KB105928

# 한국 문학,
## 모더니티의 감각과 그 분기分岐

2014

탄생 100주년 문학인 기념문학제 논문집

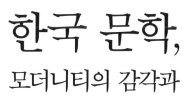

# 한국 문학,

## 모더니티의 감각과
## 그 분기分岐

윤지관 · 유성호 외

탄생 100주년 문학인 기념문학제 논문집 2014

민음사

**차 례**

# 젊은 그들, 닫힌 시대의 글쓰기

### 일제 강점기 말 문학을 어떻게 볼 것인가

윤지관(덕성여대 교수)

## 1 일제 강점기 말에 20대를 산다는 것

　올해 탄생 100주년을 맞이하는 작가들 가운데 여섯 분, 소설가(김사량, 유항림, 오영수)와 시인(이용악, 김광균, 장만영) 각 세 분씩을 조명하는 것이 이 학술 대회의 목적이다. 이름을 열거하다 보면 얼핏 이들을 동년배라는 것 외에 함께 묶을 수 있는 다른 범주가 있을까 의심이 들 정도로 서로 경향이나 경력이 무척 다르다. 소설가 세 사람 가운데 김사량은 일제 강점기 말 주로 일어로 작품을 써서 일본 문단에 알려진 인물이고 6·25 전쟁 당시 북한의 종군 작가로 남하했다가 생을 마쳤다. 유항림은 같은 시기에 몇 편의 작품을 발표하긴 했지만 주로 해방 후 북한에서 활동한 작가다. 그런가 하면 오영수는 해방 이후 남한에서 데뷔하여 토속성 짙은 소설을 쓰는 순수파 작가로 활동했다. 물론 시인들끼리라면 함께 묶을 범주가 없지 않다. 김광균은 1930년대 후반 모더니즘을 대변하는 신세대 시인 가운데 한 명으로 꼽혔고, 장만영도 모더니스트로 분류될 수 있다. 이용악은 민족의식이 두드러진 시인이긴 하지만 당대 모더니즘의 영향을 받았다. 그렇지만 이 시대의 모더니즘부터가 가령 당대의 문제들에 깊이 천착한 김사량의 리얼리즘과 크게 대비되는 것은 분명하다.

그러나 필자는 이처럼 다양하고 전혀 다른 성향을 가진 작가들을 함께 읽으면서 동년배라는 공통의 조건이 가지는 문학적 의미를 새삼 느끼게 되었다. 특히 동년배의 작가들이 처음 문학에 입문하게 되는 20대 젊은 시절 (오영수는 예외지만)에 겪은 삶의 경험은 그 시절뿐 아니라 이후의 문학에도 결정적인 영향을 미친다. 1914년생인 이들은 20대에 이른 1930년대 후반에 본격적인 문학 활동을 시작했고 해방이 되어서야 30대로 접어들게 된다. 즉 이들은 가장 혈기 왕성하던 젊은 시절을 일제 강점기 말이라는 엄혹한 시대, 일상생활조차 식민 권력에 의해 통제되고 억압되던 시대에 보낸 것이다. 이들은 한일 병합 조약으로 이미 식민지가 된 몇 년 후에 태어났고, 선배 세대와는 달리 3·1 운동이 불러일으킨 민족주의 정신의 세례도 제대로 받지 못했다. (가령 김사량의 「향수」에는 작가의 어린 시절을 연상시키는 아이가 광에 숨어 있던 운동가와 마주친 '무서웠던' 기억으로 남아 있기는 하다.) 말하자면 태어나서부터 30년을 온전히 식민지 치하에서 보냈던 이들의 삶의 경험, 식민지의 삶 바깥을 알지 못했던 이들의 청년 시절이 주는 의미는 무엇인가? 필자에게 일차적으로 다가왔던 것은 바로 이 질문이었다.

이 학술 대회의 전체 제목, "모더니티의 감각과 그 분기"가 말해 주는 것처럼 이들이 당대 현실에 대응하는 문학적 행보는 달랐다. 일제 강점기 말의 활동을 보더라도 김사량, 이용악이 민족 문제를 붙들고 씨름했다면 김광균, 장만영은 언어의 새로운 감각을 개발하는 데 치중했다. 해방 이후 분단의 현실 속에서 전자는 북에서 활동했고 후자는 남에서 활동했다. 유항림이 북한 문단에 자리 잡고 그 이데올로그가 되었다면 오영수는 남한에서 정치 현실과는 거리를 두면서 순수 문학을 지향했다. 모더니티가 식민 사회에서 발현되는 양상은 식민성과 결합하여 더욱 복합적인 면을 가지고 있기 때문에, 그 문학적 대응이 여러 방향에서 일어나는 것은 자연스럽다. 특히 젊은 문학의 대응에는 그 특유의 열정과 도전 의식과 결합되어 사회와 자아에 새롭게 눈을 뜨는 성장의 서사가 일어나기 마련이다. 그러나 주지하다시피 일제 강점기 말은 그 같은 젊음의 발현이 철저히 봉쇄되고 교양의 모험이 불가능한 시기였다. 그 닫힌 시대에 20대 시절을 보낸 이들의 상황과 삶의 경험이 어떻게 그 같은 분기를 만들어 냈는지 살펴보는 것이 유달리 흥미로운 것은 이 때문이다.

1930년대 중엽이라면 문단에서는 카프의 해산으로 리얼리즘 지향의 사회주의 문학 운동이 타격을 받은 반면 구인회의 결성과 그 성원들(이상, 박태원 등)을 중심으로 한 모더니즘 문학이 중요한 성취를 내던 시기였다. 영미 계통의 이미지즘이나 프랑스 초현실주의 등 전반적으로 서구 모더니즘의 직접적인 영향이 우리 문단에도 미치면서 현대성에 대한 모더니스트적인 문제의식이 실제 작품에나 이론에서 나타나고 있었다. 그러나 1931년 만주 사변을 시작으로 이미 국군주의적인 파시즘 체제를 강화해 나가던 일본 제국주의 지배는 1930년대 후반으로 접어들면서 문단을 포함한 한국 문화와 사회 전반에 암울한 그림자를 드리우기 시작했다. 일제 강점기 말 전시 총동원 체제가 굳어지면서 이광수 등 개량주의적인 문단 원로는 물론 카프 출신의 진보적인 중견 문인들의 잇단 전향과 회절이 이어졌고, 검열이 강화되고 조선어 교육이 금지되고 신사참배가 강요되었다. 이처럼 극히 어두워지는 사회 환경에서 이 1914년생 문인들의 문학 활동이 시작된 것이다.

이 같은 상황 때문에 젊은 문인들이 환멸과 좌절감과 분노의 감정에 지배되었으리라는 것은 짐작이 가는데, 그 심리적 양상을 혼란스러운 모습 그대로 드러내고 있는 것이 유항림의 소설들이다. 유항림은 소설에서의 심리주의 등 모더니즘 성향을 보이는 《단층》 동인으로서 불과 네 편의 작품만을 발표했고 그 작품적 수준도 미숙한 것이 사실이다. 그러나 그의 소설들은 당대 젊은 정신이 처한 곤경과 혼란, 그리고 그 병리적 현상을 여과 없이 드러내 주는 효과가 있다. 그의 소설의 주인공들은 '허무의 생활'을 인정하면서 '열정 없는 청춘'을 자조하고(「마권」의 만성), '이지러진 청춘의 쾌락'에 매몰되면서 '숙명론적인 한숨'을 쉬고(「구구」의 면우), '감정의 원형'이

상실되고 단지 '논리의 부호'뿐인 자신을 자책한다(「부호」의 동규). 이 청년 군상들의 무기력함과 그 잉여 인간적인 심리를 모더니즘의 특성과 연결 짓기는 손쉬운 일이고 실제로 당시 자본주의의 일정한 진전으로 형성된 배금주의나 소비 사회 등의 현상과 관련하여 이들의 좌절을 일반적인 의미의 모더니티와의 만남과 연결 지을 소지도 없지 않다. 그러나 이들의 방황과 좌절이, 이 당대 식민지 권력의 파시즘적 현실이 젊음의 발흥을 무참히 꺾어 버린 결과 비롯된 것이라는 점은 작품 도처에서 산견된다. 무엇보다 이들은 중등학교 시절에 이념 운동에 가담했다가 곤욕을 치른 경험을 공유하고 있고, 그 아름다운 '이론'의 하늘이 무너진 현실 속에서 갈 곳을 잃어버린 젊음의 "이상스러워진 정열"을 투박한 그대로 그려 낸 점에서 유항림의 소설은 당대 젊음의 좌표 상실에 대한 날것대로의 보고서다.[1]

유항림 자신은 이처럼 혼란스러운 작품들만 남겼지만 이 같은 시대 상황의 충격과 좌절의 원체험을 함께하고 있는 동년배 작가 시인들이 그것에 대한 문학적 대응을 모색하는 과정에서 모더니티 감각의 '분기'가 비롯되는 것이라면, 그들이 헤쳐 나아가야 했을 핵심적인 문제는 무엇이었을까? 문학에서는 변혁 이념의 추상이 무너진 자리에 구체적인 생활과 살아 있는 감정을 갈구했던 것이 카프 이후 문학적 지향의 하나였다. 이 가운데에서 이들 길 잃은 청춘들의 고통스럽고 우울한 내면이 형성되고 그것이 모더니티의 새로운 감각과 조우한다고 한다면, 여기에 그들의 현실을 옥죄는 파시즘 권력의 작용이 한결 더 미세하게 그들의 일상생활과 심리에까지 미치게 되는 과정이 동반된다. 유항림과 마찬가지로 중등학교 시절 학내 문제를 일으키고 자퇴했던 김사량이 당대 내선일체를 요구하는 일제 강점기말 삶의 조건을 면밀하게 탐구하는 정면 대응의 방향으로 나아간다면, 초기에 경향적인 시를 쓰던 김광균이 언어의 새로운 감각을 일깨우는 방향으

---

1) 당시 이 연배의 청소년이 중등학교에 재학하던 1932년 말의 정치의식 조사에 따르면 사회주의 지지가 67퍼센트로 압도적이고, 공산주의 지지 4퍼센트까지 합치면 70퍼센트에 이른다. 박찬승 외, 『역비 한국학 총서 — 근대편』(역사비평사, 2008).

로 우회하여 나아간 것, 그 같은 분기의 원인에는 역시 파시즘의 일상화가 도사리고 있는 것이다.

이 당시 리얼리즘이든 모더니즘이든 어느 방향의 문학이든 간에 파시즘의 논리 및 현실과 어떤 방식으로든 맺어져 있고 이에 대한 대응의 방식이었음에 주목하게 된다. 두 방향이 모두 서구 문학의 경우 모더니티에 대한 대응의 방식에서 탄생한 근대 혹은 현대 문학의 큰 분기라면, 일제 강점기 말 파시즘적 현실이 강화되던 이 시기가 문학계에서는 사회주의적이고 변혁 지향적인 문학이 쇠퇴하고 서구 모더니즘에 대한 관심이 본격화되는 변곡점이라는 사실은 이 시대 문학을 이해하는 하나의 관건이 될 수도 있다. 사실 이 당시 파리의 함락과 함께 파시즘이 새로운 이념으로 부각되면서 서구의 자유주의적 자본주의에 대한 불만과 비판이 지식인들 사이에 팽배했다는 점, 그리고 특히 영국의 중심적인 모더니스트들, 에즈라 파운드(Ezra Pound), 엘리엇(T. S. Eliot), 예이츠(W. B. Yeats), 윈담 루이스(Wyndham Lewis), 로렌스(D. H. Lawrence) 등이 정도의 차이는 있지만 문학 경력의 어느 국면에서 파시즘에 경도된 일을 떠올릴 수 있다. 식민지 조선에서 파시즘이 맹위를 떨치고 선전되던 1930년대 후반 이후의 식민지 문학은 이 같은 국제 정세나 사상적 흐름과 어떤 관련이 있는지 물어볼 필요가 있다. 과연 이 젊은 문인들이 이 어둠의 국면, 서구적인 근대의 몰락과 파시즘의 대두 속에서 마주친 모더니티와의 대면이 가지는 의미는 무엇인가?

## 2 시대의 문제와 씨름하다, 김사량의 경우

일제 강점기 말의 군국주의 이데올로기를 문학에서 대변하는 논리는 국민문학론이고 그 대변자인 최재서의 논리에 토대가 되고 있는 것은 국가와 문화의 동일시, 즉 국가의 이상이 곧 문화이므로 문학도 국가가 대변하는 국민 문화의 일환이라는 것이다. 이때의 '이상적' 국가가 '현실의' 국가와 동일시되고 또 그 국가는 조선이 아닌 일본으로 상정되며, 그 이론적 기반은 정책적으로나 이념적으로 식민지 지배의 핵심 논리인 대동아 공영권과 내선일체론이었다. 당시 문인들을 포함하여 대부분의 지식인들의 훼절이나 친일 행위의 근거가 된 것도 바로 이 논리였다. 그것이 이데올로기이며 이를 근거로 하는 것에 허위위식이 개입되어 있음은 당연하지만, 최재서의 시도처럼 내선일체의 논리를 끝까지 밀고 나아가 극단적인 파시즘 옹호로 나아가는 경우도 있었고, 1940년대에 들어서는 국제 정세 또한 파리 함락 등 서구 근대의 몰락이 가시화되는 등 그 너머를 사고할 가능성이 어느 때보다 닫혀 있었던 것이 식민지의 현실이었다. 이런 시기에 명징한 정신으로 이 문제를 정면으로 응시하고 그것과 씨름하는 일이 가지는 의미는 큰 것이다. 김사량이 이 시기 문학에서 중요한 것은 바로 이 '내선일체'라는 문제가 제기하는 정신적 사회적 의미에 정면 대응을 해낸 당대 거의 유일한 작가라는 점이다.

김사량은 주로 일본어로 창작했고 그 때문에 '친일작가론'의 대상이 되기도 하고 한국 문학에서 그 자리가 애매했으나, (최근 학계의 새로운 조명을 받고 있거니와) 한국 문학에서 그의 중요성은 바로 이 당대 문제와의 문학적인 정면 대응이라는 점에 있다. 그의 일어 선택부터가 당시 제국 내의 보편어를 통해 내선일체에 얽힌 문제에 접근하기 위한 방법론적인 선택인 면이 많고, 비록 여기에는 스스로 말하다시피 "일본적인 감각이나 감정으로 이행하여 휩쓸려 갈 것 같은 위험성"[2]을 감수한 셈이니, 말하자면 호랑이 굴에 들어간 격이라고 할 수 있을 법하다. 그가 과연 호랑이를 잡았느냐, 아니면 잡아먹히고 말았느냐가 그 평가의 중요한 논점이자 근거가 될 터인데, 어느 쪽이냐의 여부를 떠나 호랑이 굴에서의 싸움은 그 자체로서 의미 있다고 보아야 할 것이다.

이 싸움이 당대 역사에 대한 해석과 맺어져 가장 노골적이고 격렬하게

---

2) 김사량, 「조선 문화 통신」, 김재용·곽형덕 엮음, 『김사량, 작품과 연구 2』(역락, 2009), 339쪽.

일어나고 있는 전투적인 작품이 「향수」라면, 그의 다른 수작인 「빛 속으로」와 「광명」은 그 심리적 내면적인 측면의 조용하지만 치열한 싸움의 양상을 보여 준다. 그런가 하면 「천마」는 '내선일체' 이데올로기가 식민지의 범부에서부터 제국의 엘리트에 이르기까지 미친 인간 희극을 거의 노신의 「아Q정전」을 보는 것과 같은 풍자 정신으로 해부했다. 이들 작품들은 역시 당대의 지배 이데올로기인 내선일체 옹호 논리 및 그것을 뒷받침하는 현실에 대한 냉정하고도 고통스러운 인식이 그대로 드러나 있는 문제작들이라 할 수 있는데, 역시 그 가장 강력한 옹호론은 「향수」에서 피력된다.

작가는 무장 투쟁에 참여했다가 일제 특무대원으로 변절한 옥상렬의 입을 통해 조선인이 일제 지배에 협력해야 하는 이유를 설파한다. 운동가의 아내로 달과 같이 아름답던 화자의 누님이 북경에서 아편 밀매꾼이 되어 있는 비참한 현실, 이런 현실 속에서 "비극적인 사변이 하루라도 빨리 우리 동아의 대지에서 없어지도록 협력해야 비로소 일본인을 위해서도 고향 사람을 위해서도 혹은 지나인을 위해서도 좋을 것"이라는 현실 논리가 그것이다. 화자가 그를 경멸하기에 앞서 존경과 신뢰를 가지고 누님을 지켜 줄 것을 오히려 부탁까지 하는 것은, 그 어떤 이론적인 합리화에 앞서서 고향 사랑에 대한 그의 진정성을 느끼기 때문이다. 이와 함께 화자가 기차로 만주 땅을 지나면서 과거 고구려 병사를 떠올리며 "오늘날 이 광야에 철도가 놓이고 만주국도 건강한 발전을 이루어, 나는 또 한 사람의 완전한 일본 국민으로서 북경으로 가고자 이 만주국을 횡단하고 있다."라는 감회까지 포함하면 이 작품은 그야말로 친일의 논리를 교묘하게 설득하는 데 목적이 있는 듯도 보인다.

그러나 주인공 이현의 북경 여행의 과정에서 드러나는 것은 민족과 그 범주가 가지는 정치적 존재론적 의미에 대한 무수한 환기의 장치들이다. 여행의 시작부터 "무언가 검은 그림자가 자신의 뒤를 따라 올라탄 것 같은 느낌"에서부터 경찰의 검문, 북경 거리의 곤핍한 민중들, 누님 집안의 비참하고 파멸적인 상황, 아들이 자원입대했는데도 일본군을 보고 공포에 빠져 버리는 누님, 이 모든 면밀한 묘사들은 '대동아'의 이상이 어떤 왜곡된 폭력 구조에 의해 형성되었는가를 그 기원에서부터 심문하는 것이며, 그러기에 마지막 장면에서의 주인공 자신의 감정적인 반응과 결심("훌륭한 동아의 한 사람, 세계의 한 사람"이 되어 누나를 구하리라는)에도 불구하고 작품 전체는 그 결말을 전복하는 힘을 가지고 있다. 실상 이 작품이 현재의 상황에 대해서 갖는 애매성 내지 이중성은 부모의 죄를 조금이라도 가볍게 하기 위해 자원입대한 누님의 아들이 "이미 네 마음속에 다른 사상이 싹트기 시작한 것인지" 묻는 말에 부정하지 않는 것에도 드러난다. 또한 골동품점의 조선 그릇들의 '비통한 울림'에서 누님의 신음 소리를 듣는 장면의 상징성도 그렇다. 그러나 그런 이중성을 용인하고 버티는 힘이 김사량의 서사를 말하자면 '호랑이 굴의 리얼리티'에 도달하게 한다.

일제 강점기 말 '내선일체'가 관념적으로 제도적으로 강제되는 과정에서 '국민'의 개념은 두 이민족을 하나로 묶어 내는 범주라고 할 수 있고, 민족 간의 문제가 한 국민 내부에서의 갈등이나 이질성으로 전환되어 드러나게 된다. 민족의식이 투철한 민족주의자라면 '국민'임을 받아들이지 않겠거니와 실제로 내선일체가 가공의 이데올로기인 만큼이나 국민 범주도 마찬가지다. 그런데 김사량의 내부적 접근은 민족주의자의 저항이 아니라 바로 그 국민 내부의 이질성이나 차별에 초점이 가 있는 것처럼 보인다. 역으로 이는 내선일체를 현실로 전제하는 것일 수 있기 때문에 친일의 혐의나 당대 현실에 대한 역사의식의 궁핍을 거론할 소지도 생긴다. 「빛 속으로」와 「광명」이 문제적인 것은 이 같은 위험을 감수하거나 현실을 짐짓 인정하고서 조선인이란 것이 무엇인지 그 민족적 정체성을 질문하고 있다는 것이다.

내선일체라는 논리로 징병까지 이루어지지만 실제로 그것이 생활 현실 속에서 가장 직접적으로 대두되기로는 두 민족 구성원이 한 가족을 이루는 경우, 즉 민족 간 결혼이다. 실제로 내선일체의 지표 가운데 하나로 보아도 좋을 이런 결혼은 매우 희귀한데(통계에 따르면 1923~1933년 11년간 1,029건, 1933년 48건), 「빛 속으로」와 「광명」은 공히 이런 가정을 주제로 해서 법적 관습적 차별 현실 속에서 그 같은 융합이 야기하는 갈등과 심리의 병리적인 양상을 면밀하게 다루고 있다. 물론 소설의 전체적인 구도는 이 이민족 결혼의 상처와 갈등이 소통을 통해 해소 또는 봉합되는 내면적 화해의 드라마로 되어 있고, 이 과정에서 작가를 연상시키는 화자의 열등감과 우월감의 콤플렉스와 자의식이 치유되는 성장의 서사가 뒷받침되어 있다. 가령 「광명」에서 화자는 한국인 남편과 결혼한 일본인 부인이 남편이 한국 출신 식모를 괴롭히는 것을 보고 그 남편에게 "선생은 내선융화라고 하는데, 지금 그 문제를 몸으로 통절하게 생각하고 괴로워하지 않는 인간은 한 사람도 없을 것이요. 그런데 선생은 댁의 식모에게 그러한 태도를 보이는 것이 진정으로 내선융화를 꾀한다고 생각하느냐"라고 추궁하지만 결국 이들 내선결혼 가정이 "선구자로서 슬픔과 고통, 그리고 곤란한 상황을 온몸으로 겪고 있"다는 것을 이해하게 된다. 아 자체로 보면 이민족의 이질성을 극복해 가는 전망을 보여 주는 훌륭한 친일 소설이 될 수도 있지만, 여기에도 이 구도를 해체할 정도의 해소될 수 없는 갈등과 이질성이 지속적으로 확인된다. 화자 또한 비록 문제 해결을 했을지언정 "이 모든 일이 어쨌든 한편으로 바보같이 느껴"지는 것을 피할 수 없는 것이다. 이것은 「빛 속으로」에서 화자가 스스로를 '완전히 성숙한 어른'이라고 믿고 있었지만, 결국 "이 땅에서 조선인이라는 것을 의식할 때마다 언제나 자신을 무장하지 않으면 안됐다. 그렇다, 확실히 나는 진흙탕과도 같은 연극에 지쳐 있다."라고 그 허위의 삶의 형식을 인정하고 있는 것과 일맥상통한다.

김사량은 이처럼 당대의 핵심 문제인 내선일체라는 일본 파시즘의 주된 이데올로기를 생활 현실 속에서 그리고 자기 정체성을 질문하는 가운데서 내파한다는 점에서 최재서 식의 국민 문학 논리에 가장 철저한 반대자라고 할 수 있다. '국민'으로 통합될 수 없는 '민족'에 대한 사유, 그것이 고향 의식으로 나타나든 정체성에 대한 모색으로 나타나든 당대 현실의 진상을 파헤치려는 리얼리즘 정신에 의해 추동되고 있는 것은 분명하다.

## 3 감각적 언어 뒤로 숨다, 김광균의 경우

일제 강점기 말의 대표적인 모더니스트 가운데 하나로 김기림의 고평을 받은 김광균은 얼핏 보기에 당대의 시대 상황에 대한 관심이 탈색되어 있고 그것과의 어떤 연관을 찾기 어렵다. 김사량이 시대 현실과 벌인 피투성이 싸움에 비교해 보면 둘은 동시대를 살았던 동갑내기로 보이지 않을 정도다. 그런데 김기림이 김광균을 높이 본 것은 '단순한 언어의 문양'이 아니라 그의 시정신이 "역사 속에서 끊임없이 확대되고 높아 가는 한 시대의 가치 의식을 체현"하고 있기 때문이라고 한다.(《시단의 동태》, 1939. 12) 김기림의 이같은 언급은 1930년대 후반 문학의 새로운 지향을 '모더니즘과 사회성의 결합'으로 정식화한 임화의 주장에 동조하고 그에 뒷받침 받은 것이다.

그러나 1939년 발간된 『와사등』의 시편들에 '역사'나 '사회성'이 배면으로 물러나거나 지워져 있다는 것은 분명한데, 모더니즘과 사회성의 결합이라면 임화 자신이 1930년대 초반까지 시도했던 '단편 서사시'에 어울리는 규정인 한편, 이들 모더니즘 주창자들이 주목한 신진 시인들 가운데 가령 당대 사회 해석에서 민족적 성격에 주목한 오장환은 모르겠으되 대개 비애의 정서를 도시의 풍경화에 담은 김광균(또 장만영)에게라면 동떨어진 주문이라고 할 수 있다. 그런데 실상 김광균 자신도 『와사등』 이전 1930년대 초반에는 고바야시 다키지의 노동 소설 『게공선』을 높이 평가하고, 데뷔 당시 초기 시에서 경향시를 시도했다는 사실은 그를 시대 상황과 맺어서 읽는 일에 어느 정도 시사하는 바가 있으리라 본다. "왼종일 피곤한 노역을 마치고/ 저녁길을 혼자서 돌아올 때면/ 공연이 의지할 곳 없는 설음이/ 가슴에 울어나드라"(「하늘」)나, "우리들이 기름을 빨리든 공장을 쫓겨나든 날부터/ 허므러진 기계의 녹스른 비애는"(「실업자의 오월」) 같은 시구에서 그가 역시 유항림이나 김사량과 같은 시기를 살았던 동년배 작가임을 확인하게 되고, 아울러 이후 그의 시에 깔려 있는 비애와 애상의 원천을 다시 한 번 생각해 보게 된다.

이미지즘을 한국 시에 본격 도입한 것으로 평가받는 김광균의 첫 시집

『와사등』의 표제작인 「와사등」은 그의 기법적 특징과 그 정조 및 세계관을 가늠해 줄 가장 중요한 성취로 여겨지는데, 빈 하늘에 걸린 가스등불을 시적 화자의 갈 길을 지시하는 신호기에 비유한 첫 두 행에 이어 다음 두 연이 그 중심 내용을 담고 있다.

> 긴 — 여름해 황망히 나래를 접고
> 늘어진 고층 창백한 묘석같이 황혼에 젖어
> 찬란한 야경 무성한 잡초인 양 헝클어진 채
> 사념 벙어리되어 입을 다물다
>
> 피부의 바깥에 스미는 어둠
> 낯설은 거리의 아우성 소리
> 까닭도 없이 눈물겹고나
>
> —「와사등」 부분

이 시가 데뷔 초에 쓰인 「하늘」이나 「오월의 노래」와는 다른 감각을 구사하고 있는 것은 사실이지만, 공통되는 부분도 있다. 물론 「하늘」의 배경이 시골로 여겨지는 데 비해 이 시의 배경이 도시이기 때문에 고층과 야경과 군중이 그려지긴 하지만, 서정적 주체가 황혼 녘을 시름에 잠겨 혼자 걷고 있는 설정은 마찬가지다. 그러나 두 시가 현격히 대비되는 이유는 무엇보다 이 시에서 그 비애가 '까닭 없는' 것으로 그려지면서 종일 피곤한 노역에 시달리고 나서 '의지할 곳 없는' 설움에 잠기는 전자의 의미 내용이 삭제된 점이다. 김광균의 모더니즘 시에서 현실은 추상되어 드러나지 않거나 괄호 속에 감추어져 있다. 군중에 섞여 가면서 "내 어디서 그리 무거운 비애를 지니고 왔기에"라는 표현이 과거의 경험이 그에게 비애의 정서를 형성했음을 알 수 있고 '슬픈' 등불은 차게 빛나며 걸려 있을 뿐 시인의 갈 길을 지시해 주지는 못하며 지향을 잃어버린 화자의 당혹감을 전해 준다. 만약 이 연배의 다른 작가 시인들과 마찬가지로 김광균 또한 과거 운동의 기억이 와해된 현실, 일상에서 모든 변화의 가능성이 닫히는 당대의 경험이 그의 문학 속에 형상화되어 있다고 한다면, 그의 '방황'과 '좌절'과 '비애'는 유항림이 소설에서 혼란스럽게 제시한 그 청춘의 환멸과 정처 없는 영혼을 간결한 이미지와 시어로 표현하고 있다고 할 법도 하다.

사실 고층 빌딩을 "창백한 묘석"에, 야경을 "무성한 잡초"에 비유하는 것은 신선하고 감각적인 이미지 구사로 이미지스트의 면모를 보인다고 할 수 있지만, 이 연에서 더 중요한 것은 찬란한 도시의 거리가 실상은 폐허나 무덤으로 인식되고 있다는 것이다. 이것은 도시 자체의 폐허성에 대한 '객관적' 인식이라기보다 세계를 대하는 시인 자신의 어두운 정서의 객관 상관물(objective correlative)로 이해하는 것이 옳을 것이다. 그랬을 때 죽음과 같은 시대 상황에 대한 당대의 시적 인식(이상에게서도 현저한)이 김광균에게도 예외가 아니고, "벙어리되어" 입을 다문 "사념"도 사회 변화의 신념이나 기대를 상실한 좌절감을 전하고 있다고 할 법하다. 그렇기 때문에 사물들에서 주관을 배제하고 감각에 드러나는 방식으로 이미지화한다는 그의 시적 기법이 때때로 매력적인 '풍경화'를 낳기도 하지만, 그 전체적인 시의 특성은 모더니즘적이라기보다 오히려 감상적 낭만주의에 가깝다고 보아야 할 것이며, 당대 모더니즘 논자들이 이론적 틀로 삼은 주지주의와는 정반대의 지점에 가 있다.

김광균이나 장만영같이 이미지스트로 알려진 시인들의 '모더니즘'이 피상적이라는 지적은 많았고 그것이 영미의 이미지즘을 제대로 구현하지 못한 탓이라는 지적도 그렇다. 실제로 1915년 이미지즘 선언에서 내세운 기본 원칙은 비유나 이미지의 '정확성'이지 '회화성'이 아니었다. 다만 정서를 '정확하게' 전달할 수 있는 '이미지'를 창출해야 한다는 항목 때문에 이미지즘이라고 지칭되었을 뿐이다. 더구나 이미지즘의 주창자라고 할 에즈라 파운드 자신이 곧 더 복잡하고 역동적인 정서를 구사할 수 있는 시작 방법으로 '소용돌이론(vorticism)'을 택하면서 이미지즘 그룹을 탈퇴했고 나머지 이미지스트들의 시들 가운데 뛰어난 시적 성취는 나오지 않았다. 즉 김광균의 이미지즘의 수준도 문제지만 이미지즘 자체의 피상성이 더 근본적이고, 실제로 엘리엇과 예이츠 등 영미의 본격 모더니스트들의 성취에는 이미지즘의 '정확한 이미지 구사'뿐 아니라 상징적 기법, 초현실주의적 기법, 전통 문법 해체, 구어체 구사 등 아방가르드적인 정신과 언어 혁신이 총체적으로 작용하고 있다. 오히려 한국 문학에서는 1930년대 말에 생을 마친 이상의 시야말로 언어 및 전통 관습의 해체를 동반한 진정한 모더니즘의 성취였고, 그 성취는 비록 억압받고 있었지만 1930년대 전반까지 식민지 사회의 운동적 활력이 남아 있던 시기적 상황에 빚진 것이다. 그런 점에서 김광균 등 이후 시인들에게서 모더니즘의 진전을 본 당대 논자들은 어떻게 시대의 질곡이 모더니즘조차 후퇴시켰는가를 이해하지 못한 것이다.

김광균의 '피상적' 모더니즘이 가령 친일 문인들이 우후죽순으로 생겨나던 당대 현실의 흐름에서 오히려 벗어날 수 있는 밀실이 되고 있었다는 것은 역설적이다. 이미지즘의 대변자였던 파운드 자신부터가 파시즘에 경도되었을 뿐 아니라 무솔리니 정권의 나팔수 노릇을 했던 것은 널리 알려진 바다. 파운드가 서구의 자유주의적 자본주의의 이념적 허구성과 그 폐해로서의 '고리대금업(usury)'를 만악의 근원으로 보면서, 이를 넘어설 대안으로 뚜렷한 규율로 새 질서를 구축한다는 인민적 국가주의를 선택한 것도 그렇다. 그런데 그에 있어서 시에서의 간결성과 구체성, 정확성의 원칙이 결국 파시즘의 수용으로 이어졌다는 것은 주목을 요한다. 애매하고 추상적이고 모호한 언어가 '좋은 시'에서 배격되어야 할 것이라면, 높은 이자놀이를 정당화하는 자본주의의 표리부동하고 모호한 담론은 '좋은 사회'를 위해서 배격되어야 하는 것이다.[3]

모더니즘의 논리가 어떻게 파시즘 옹호로 연결되는가는 강점기 말의 최

---

3) Victor C. Ferkiss, "Ezra Pound and American Fascism," *The Journal of Politics*, Vol. 17. No. 2, May, 1955, 176~188쪽.

재서의 전향 논리에서도 엿볼 수 있지만, 당대 모더니스트 시인들에게는 그런 염려가 전혀 없었다. 그만큼 이미지즘에 충실하지도 모더니즘에 철저하지도 않았고 오히려 막힌 사회에 대한 허무감과 좌절을 막연한 비애의 정서로 환원해 정리하고, 그만한 수준에서 '질서'를 추구했기 때문이다. 엄혹한 군국주의 아래에서 이처럼 감각적 언어 속으로의 도피는 어쩌면 당대를 견디는 한 방법인지도 모른다.

## 4 민족적 시야의 열림 — 이용악 시의 의미

시대가 엄혹할지라도 시가 현실을 노래하지 않는다는 이유로 비판받아야 하는 것은 아니다. 아니, 모국어가 소멸의 위기에 처한 엄혹한 시기이기에 어떤 형식일지라도 언어를 다듬고 지키고 새롭게 해 나가는 시적 작업은 그 자체로 일종의 정치적 무의식을 가지게 마련이다. 거기에는 유토피아를 지향하는 숨은 동기가 존재하고 있고, 김광균과 장만영이 언어의 감각을 시험하는 작업 속에도 그것은 마찬가지다. 다만 현실을 시언어의 표층에서 사라지게 할수록 시의 충일성 또한 축소된다는 것이며, 이들의 시가 시적인 긴장도에서나 언어의 울림에서 큰 한계를 보이는 것도 이와 유관하다. 그리고 우리는 그 같은 시적 대응이 이 시대의 전형이 될 수 없다는 것은 동년배의 시인 이용악의 절창들을 읽으면 바로 느낄 수 있다.

「풀버렛소리 가득 차 있었다」, 「천치의 강아」, 「두만강 너 우리의 강아」, 「낡은 집」, 「전라도 가시내」 등 이 시기에 쓰인 이용악의 절창들은 일제 강점기 말 민중의 참상과 유민들의 고단한 삶을 노래하면서도 모국어의 가락과 울림을 적절히 활용하여 읽는 이의 심금을 울리는 힘이 있다. 이 같은 시의 힘은 눈 온 뒤의 푸른 하늘을 "은어의 향수"에, 눈 덮인 말 없는 지붕을 "얼어 죽은 산토끼"에 비유하는 언어 감각이 뒷받침되면서 살아가는 민중들의 구체적인 생활 현장과 정서가 생생하게 전달되기 때문이다. 이웃 털보네가 가난에 시달리다 떠나 버린 빈집의 사연을 노래한 「낡은 집」이나 낯선 북간도 술막에서 함경도 사내와 전라도 가시내가 조우한 이야기를 담은 「전라도 가시내」는 말할 것도 없고, 「두만강 너 우리의 강아」에서 두만강에게 잠들지 말라고 호소하던 시인은 문득 "북간도로 간다는 강원도치와 마조앉은/ 나는 울 줄을 몰라 외롭다"라고 끝맺는다. 이 현실 환기력이 이 시들에 구체성을 부여하면서 의미 층위를 확장 심화하는 것이다.

그러나 이용악의 시가 다른 동년배의 작가들과는 달리 활달하고 열려 있는 언어 구사를 가능하게 한 것은 역시 민족의 운명이라는 넓은 시야를 확보하고 있기 때문이다. 민족 범주를 말하는 것이 거의 기피되다시피 하는 것이 지구화 이후 탈근대적인 담론의 대세지만, 실제로 식민 사회에서 민족 문제의 심층에 닿지 않고는 현실 이해에서든 시의 조직에서든 구체성이 결핍되기 마련이다. 모더니스트 시인들은 물론이지만, 김사량이나 유항림과 같은 소설가들, 특히 민족 정체성의 문제에 천착한 전자조차도 민족 단위의 삶들이 경험하고 있는 집단적인 고통과 원한의 맥락을 이용악과 같이 시적 성취 속에 녹여내지 못한 것은, 그만큼 파시즘의 압박이 민족 범주 자체를 해소하고 동아시아 또는 '국민'의 틀을 강요한 까닭이 클 것이다. 이용악은 이 파시즘의 강화로 막혀 있는 공간을 민족 이동이라고 해도 좋을 유이민들의 이주 현실을 통해 민족적 시야를 확보함으로써 넘어설 수 있었던 것이다. 수십 년 지속된 식민 수탈 구조는 농촌 민중들의 삶을 피폐화하면서 대규모 유민을 발생시켰고, 이 민족적 재앙의 현실을 민중적 시각에서 바라보는 문학이 '내선일체' 논리나 '대동아 공영권'에 얽매이지 않는 시야를 가지게 된 것은 당연하다.

역시 일제 강점기 말의 문학에서 핵심이 되는 대립 가운데 하나는 nation이라는 범주의 두 가지 측면, 즉 '국민'과 '민족' 사이의 길항 관계라고 할 것이다. 당대 현실로서 '국민'에 대한 의식 없이 '민족'을 중심으로 민중적 시각을 유지한 이용악이 있는가 하면, 다른 편에는 '민족'을 무화시키고 '국민'을 중심에 놓으려고 하는 파시즘에 맞서서 그 모순을 파고들면서 그 둘의 관계를 성찰하려 한 김사량이 있었다. 이 두 사람은, 한 사람은 만주 지역으로 쫓겨난 유민들의 입장에서, 다른 한 사람은 스스로 일본 내지로 들어가 식민지 출신으로 소수민의 삶을 살았다. 지역과 형태는 다르지만 이 이산(diaspora)을 통한 고향 상실이 이들에게 향수를 야기하고 그것은 그들의 문학을 추동하는 커다란 동기였다. 심지어 고향 상실감과 향수는 고국을 떠나지 않은 두 모더니스트 시인들에게도 중심이 되는 주제였다. 국경을 넘어 낯선 땅에서의 삶에서 고향은 민족 범주와 필연적으로 맺어져 민족적 민중적 현실과 연계되는 데 비해, 유년기의 농촌에서의 삶에 대한 도시민의 정서로서의 향수에는 낭만적인 요소가 더 크게 자리한다. 이 동년배 여섯 문학인들의 삶과 문학의 분기를 이해하는 하나의 방법은 어쩌면 이 고향 의식의 본질이 무엇인지 묻는 것일지도 모른다.

# 회귀와 환상의 이미지즘

유성호(한양대 교수)

## 1 1930년대의 시사적 지형과 '역사적 모더니즘'

1930년대는 경성을 중심으로 식민지 근대가 화려하면서도 왜곡된 방식으로 꽃을 피운 자본주의적 난숙기(爛熟期)였다. 이 시기의 시사적 지형은 1920년대의 주류였던 프로 문학과 민족주의 문학의 동시적 지양이라는 요청에 의해 구성된다. 그 핵심에 선 이들이 바로《시문학》과 '구인회'를 구성했던 일군의 순수 서정과 모더니즘 시인들이었다. 특히 후자는 세계적 동시성으로서의 모더니즘을 자신들의 미학적 방법이자 이념으로 받아들여 식민지 사회에서 일정하게 '미적 근대성'을 일구려는 의지와 노력을 보여 주었다고 할 수 있다.

물론 모더니즘은 '미적 근대성'과 비슷하기는 하지만, 그보다는 훨씬 제한된 의미를 지니는 개념이다. 일차적으로 그것은 19세기 말엽에서 20세기 전반에 걸쳐 서양 예술을 풍미한 전위적이고 실험적인 예술 운동에 한정된다. 따라서 르네상스 때부터 시작되었다 해도 과언이 아닌 '모더니티'와 비교해 볼 때, 1930년대 '모더니즘'은 기껏해야 반세기 정도의 역사를 지니고 있을 뿐이었다. 어쨌든 1930년대의 역사적 모더니즘은 근대성의 보편성과 식민지 현실의 특수성이 그 안에 변증법적으로 매개되어야 한다는 당위적 명제를 충족시키지 못한 채, 방법적으로만 그것을 받아들인 흔적을 우리 시사에 남기게 된다.

따라서 서양 이론과의 대비를 통해 이 시기의 모더니즘을 옹호하거나 비판했던 원전 확인형 연구나 작품의 기법을 중시하여 그 의의를 부각시키는 기법 중시형 연구[1]보다는, '보편성/특수성', '저항/순응'의 혼재 과정을 당대의 미적 주체들이 어떻게 그려 나갔는가를 탐색하는 것이 훨씬 더 이 시기를 현재화하는 안목이 된다. 그 역사적 자료가 되는 시인들이 정지용, 김기림, 이상, 김광균, 장만영, 오장환 등이다.


## 2 장만영의 생애와 이미지즘

초애(草涯) 장만영(張萬榮, 1914~1975)은. 그동안 도시 생활에 대한 회의와 고향에 대한 그리움 때문에 자연에의 귀의를 줄곧 노래한 '전원시인'으로 알려져 왔다. 그는 황해도 연백에서 3대 독자로 태어났는데, 그곳에서 그의 부친은 배천온천을 경영했다. 장만영은 배천보통학교를 졸업하고 서울로 올라와 경성제2고보에 다녔는데, 이때 도스토옙스키의 『죄와 벌』을 읽고 문학에 빠져들기 시작했으며 이러한 열정으로 교내 회람지를 꾸미기도 했다. 1932년 졸업 후에 「봄노래」 등을 《동광(東光)》에 투고하여 김억의 추천으로 작품이 실림으로써 창작 활동을 시작했다. 그때 장만영은 이미 '전원시인'으로 유명했던 신석정과도 친교를 맺는다. 1934년 일본으로 건너간 그는 동경 미자키 영어학교 고등과에 적을 두고 문학 공부를 하면서 많은 시를 발표했다. 1935년 귀국 후 그는 많은 문인을 사귀고, 신석정의 처제인 박영규와 결혼하여 고향에서 시작을 계속하다가 1937년 첫 시집 『양

---

1) 박헌호, 「'구인회'를 어떻게 볼 것인가」, 상허문학회, 『근대 문학과 구인회』(깊은샘, 1996), 33쪽.

(羊)』을 자비 간행했다. 이후 홀로 서울 생활을 하며 두 번째 시집 『축제(祝祭)』를 낸 후, 도시 생활에 지쳐 고향으로 돌아가 살 것을 결심한다. 광복 후 고향 배천이 38선 이북으로 굳어지자 1947년 서울로 이사, 회현동 자택에 조그마한 출판사인 '산호장(珊瑚莊)'을 등록하여 시집 『유년송(幼年頌)』을 간행했다. 이 시집은 전편이 어린 시절의 회상만으로 이루어진 시집인데, 시인은 자작시 해설에서 "다시는 돌아올 길 없는 그날을 그리는 마음에선지" 이 시집이 가장 애착이 간다고 밝혔다. 당시 그는 '산호장'에서 박인환, 김경린, 임호권, 김경희, 김병욱이 결성한 동인 《신시론(新詩論)》 1집을 자원하여 내주었으며, 조병화의 첫 시집 『버리고 싶은 유산(遺産)』을 내주었다. 전쟁이 나자 그는 겨울까지 서대문구의 부모 집에 숨어 지내다가 부산으로 피난하여 1953년까지 지냈다. 그사이 부모가 돌아가시고, 수입의 원천이었던 배천온천이 이북으로 넘어갈 것이 기정사실화되자, 일곱 남매를 키우며 살아야 했던 그는 정신적으로나 생활적으로나 큰 충격을 받게 된다. 이후 그는 서울신문사에 입사하여 월간 《신천지(新天地)》의 주간을 지냈으며, 계속 시작에 정진하다가 1966년에는 한국시인협회 회장을 지내기도 했다. 1956년 제4시집 『밤의 서정(抒情)』, 1957년 제5시집 『저녁 종소리』, 1965년에 시와 산문집 『그리운 날에』를 발간했고, 『장만영 선시집(張萬榮選詩集)』(성문각, 1964)을 출간함으로써 자신의 시 세계를 직접 갈무리했다. 만년에는 거의 시작 활동을 하지 않았다.

이러한 생애의 줄기를 가지고 있는 장만영에 대한 그동안의 시사적 언급은, '고향'과 '전원'에 대한 그리움의 시인으로 요약할 수 있다. 그의 초기 시편들은 도시 생활을 등지고 목가적 유년 시대로 돌아가고자 하는 지극한 원망(願望)을 담고 있었다. 그는 '어머니', '순이', '아가' 같은 고향과 유년을 환기하는 이미지 속에, 어린 날의 순진무구함을 잃어버린 데 대한 상실감과 그리움을 대상(代償)했다. 그의 시에서 현재는 언제나 쓰라린 슬픔의 현실이었고, 과거는 회상 속에서 감미롭게 추억되는 서정적 원천으로서의 역할을 했다. 이러한 주제 권역을 그는 신선하고 감각적인 이미지를 통해 퍽 특이한 방식으로 시화했는데, 이를 두고 "그는 농촌의 티를 벗지 못한 서정적 동심적인 면에서 신석정을 닮았고, 대상을 이미지화하는 면에서는 김광균 등의 모더니스트들과 현대적 호흡을 통하고 있다."(백철, 『신문학 사조사(新文學思潮史)』)라는 지적이 있기도 했다. 이처럼 장만영은 과거 지향, 고향 회귀의 마음을 선명한 이미지즘의 방법론으로 결속해 낸 시인이었다. 하지만 그것은 시적 육체에서 역사와 현실을 유보하고 배제함으로써 얻게 된 방법적인 것이었다고 할 수 있다. 그래서 그는 자신의 회귀와 환상의 감각으로 새로운 미학 지대(美學地帶)를 건설하여 그 안에 자족한 것이며, 이는 비판적 이성을 매개로 해야 하는 이상적인 근대적 주체로서는 아쉬운 점이 아닐 수 없다. 또한 근대 자본주의에 대한 거부의 열정을 핵심으로 하는 '미적 근대성'의 기율과 그의 시가 많은 부분 어긋나 있는 것도 바로 이 부분일 것이다. 응전과 거부가 아니라 회귀와 환상의 이미지즘이 그의 몫이었기 때문이다. 따라서 1920년대 시인들이 보였던 감상과 영탄이 현실 부정과 환멸의 소산이었듯이, 장만영의 회귀와 환상의 이미지즘 역시 식민지 현실에 절망하고 그것을 부정하는 정서가 반영된 것이 틀림없다 할 것이다.


## 3 회귀의 이미지즘

앞에서도 암시했듯이, 장만영은 우리 근대시의 창작 방법을 논하려 할 때 꽤 의미 있게 거론될 시인이다. 그는 1920년대의 편내용주의와 감상성을 방법적으로 극복한 1930년대 모더니즘 운동을 실천했으며, 한국적 이미지즘의 시 경향에 선구적 길목을 냈다. 동시대의 다른 모더니스트들처럼 그 역시 시의 내용보다는 대상을 감각적으로 재현하는 방법에 심혈을 기울였다는 점에서, 그는 매우 충실한 당대 문맥으로 기념 가능한 시인이다. 그의 대표작을 읽어 보자.

순이, 벌레 우는 고풍(古風)한 뜰에
달빛이 밀물처럼 밀려왔구나.

달은 나의 뜰에 고요히 앉아 있다.
달은 과일보다 향그럽다.

동해 바다 물처럼
푸른
가을
밤

포도는 달빛이 스며 고웁다.
포도는 달빛을 머금고 익는다.

순이, 포도 넝쿨 밑에 어린 잎새들이
달빛에 젖어 호짓하구나.

—「달·포도·잎사귀」 전문

《시건설(詩建設)》1936년 12월호에 발표된 이 시편은, 한 폭의 회화를 연상시키는 이미지 연쇄로 짜여 있다. 고풍스러운 뜰에 비친 달빛, 달빛 아래 익어 가는 포도, 달빛에 젖은 잎사귀 형상 등은 그 자체로 눈에 익숙하게 익은 그림이 아닐 수 없다. 첫 연과 마지막 연에는 "순이"라는 이름이 나오는데, 이 여인은 장만영 시편에서 "어머니", "아가"와 함께 자주 등장하는 순수 이미지의 캐릭터이다. 그 순수 이미지는 다른 시편들에서 "누이", "연인", "어릴 적 동무" 등으로 파생되면서, 시인이 아름다운 세계를 함께 누리고 싶은 친화적 대상들로 나타난다.

이 시편의 공간 배경은 "벌레 우는 고풍한 뜰"이고, 시간 배경은 그 뜰을 비추는 달이 뜬 밤이다. 그런데 시인은 "달빛"이 뜰을 비춘다거나 가득 차 있다는 등의 정적 이미지가 아니라, "밀물처럼 밀려왔구나."라는 동적 이미지로 달밤 이미지를 표현한다. 여기에서 "달빛"은 뜰에 고요히 앉은 채 하나의 '세계'를 만들어 간다. 시인은 뜰 앞 마루에 앉아 뜰 안 풍경을 바라보면서, 달이 '나'의 안으로 들어와 일체감을 이루는 경지를 보여 준다. 4연에서는 달빛에 빛나는 가장 아름다운 부분으로 시선이 집중되는데, 검푸른 포도와 달밤의 색상이 유사성을 띠면서 포도와 밤도 하나로 동화되어 반짝이고 있다. 그리고 2연의 "향그럽다"는 후각적 이미지로 '달'과 '포도'가 연결되고, 넝쿨 밑 잎사귀들은 달빛에 젖어 있는 촉각적 이미지로 연결됨으로써, 이 시편의 감각적 충일성이 완성된다. 여기에서 '호젓함'이란 고요하고 한적한 뜰의 분위기를 표현한 것으로서, 호젓한 "어린 잎새들"이야말로 장만영 시편에서 흔히 나오는 감미로운 아름다움의 유년적 이미지라 할 수 있다.

우리가 잘 알듯이, 하나의 이미지는 대상의 단순한 모사나 재생으로 이루어지지는 않는다. 설사 그것이 대상을 충실히 모사하는 것에 목표를 둔다 해도, 시 안에 구현된 이미지는 시인의 주관적 목적이나 욕망에 의해 선택되고 변형되고 배열된 어떤 것일 수밖에 없다. 이러한 선택, 변형, 배열 과정에 결정적으로 개입하는 것이 바로 시인 자신의 주관이다. 그것은 언제나 '어떤 것에의 의식'이므로, 시 안의 이미지는 대상과 주관의 복합적 구성물이 아닐 수 없다. 그 점에서 장만영 시의 이미지에는, 전혀 인위적인 훼손이 없는 평화롭고 아늑한 이상향을 그리는 시인의 유토피아 지향성이 반영되어 있다고 할 수 있다.


나는 바다로 가는 길로 걸어간다. 노오란 호박꽃이 많이 핀 돌담을 끼고 황혼이 있다.


돌담을 돌아가면 ── 바다가 소리쳐 부른다. 바다 소리에 내가 젖는다. 내가 젖는다.

물바람이 생활처럼 차다. 몸에 스며든다. 요새는 모든 것이 짙은 커피처럼 너무도 쓰다.

나는 고향에 가고 싶다. 고향의 숲이, 언덕이, 들이, 시내가 그립다. 어릴 적 기억이 파도처럼 달려든다.

바다가 어머니라면 — 하고 나는 생각해 본다. 바다의 품에 안기고 싶다. 안기어 날개같이 보드러운 물결을 쓰고 맘 편히 쉬고 싶다.

수평선 아득히 아물거리는 은빛의 향수. 나는 찢어진 추억의 천막을 깁는다. 여기 모래벌에 주저앉아…….

　　　　　　　　　　　　　　　　　　　　　　　　　——「향수」 전문

이 작품 역시 시각적 이미지(노오란 호박꽃, 황혼, 수평선)와 청각적 이미지(바다 소리), 촉각적 이미지(젖는다, 차다), 미각적 이미지(쓰다) 등이 시편 곳곳에 배치됨으로써 향수의 감각이 얼마나 구체적이고 절절한 시공간성을 가지는지를 잘 보여 준다. 특별히 현재와 과거, 이곳과 그곳의 확연한 대위법(對位法)이 '고향'의 유토피아적인 속성을 배가한다. 하지만 그 지향은 결국 돌아갈 수 없는 슬픔으로 이어지면서, 현실의 냉엄함을 환기하는 데 역설적으로 기여한다. 저물녘 바다로 가는 길을 걷다가 생활처럼 구체적으로 떠오르는 '고향'의 모습은 "요새는 모든 것이 짙은 커피처럼 너무도 쓰다."라는 반추와 현저한 대조를 이룬다. 이렇게 "어릴 적 기억"의 힘으로 현실을 견뎌 가는 시인의 모습 속에서 우리는, "수평선 아득히 아물거리는 은빛의 향수"가 비록 퇴행적이지만 여전히 현실 견인적인 기운을 가지고 있음을 알아차릴 수 있는 것이다.

얼마나 우쭐대며 다녔었나,
이 골목 정동길을.
해어진 교복을 입었지만
배움만이 나에겐 자랑이었다.
도서관 한구석 침침한 속에서
온종일 글을 읽다
돌아오는 황혼이면
무수한 피아노 소리,
피아노 소리 분수와 같이 눈부시더라.

그 무렵
나에겐 사랑하는 소녀 하나 없었건만
어딘가 내 아내 될 사람이 꼭 있을 것 같아
음악 소리에 젖는 가슴 위에
희망은 보름달처럼 둥긋이 떠올랐다.
그 후 20년
커어다란 노목이 서 있는 이 골목
고색창연한 긴 기와담은
먼지 속에 예대로인데
지난날의 소녀들은 어디로 갔을까,
오늘은 그 피아노 소리조차 들을 길 없구나.

—「정동(貞洞) 골목」 전문

　　장만영은 1920년대 후반부터 1930년대 초반까지 서울에서 학교를 다녔
다. 1949년에 쓴 이 시편에서 '그 후 20년'이라고 술회하고 있으니 시적 상
황과 전기적 사실은 그대로 부합한다. 가난했지만 도서관에서 온종일 책
을 읽을 만큼 학구열이 높았고 자부심도 컸던 그는, "어딘가 내 아내 될 사

람이 꼭 있을 것" 같은 동경을 가졌다. 하지만 시간이 흘러 다시 찾은 정동 골목에는 "커어다란 노목"과 "기와담"은 그대로이지만 "지난날의 소녀들"은 다 사라져 버렸고, 그 시절 "피아노 소리"조차 숨어 버렸다. 시간의 무상한 흐름 속에서 시인은 그 옛날 '우쭐댐'과 '배움'의 자랑으로 넘쳤던 "정동 골목"으로 퇴행하고 회귀함으로써 자신의 한 시절을 그리게 된다. 그래서인지 황혼에 들곤 했던 "피아노 소리"나 "어딘가 내 아내 될 사람이 꼭 있을 것 같아" 음악 소리에 젖어 들던 시간에 대한 아득한 회귀 의식이 '뜰 안'이나 '고향'처럼 평화롭고 아늑하게 만져진다.

이처럼 장만영 시편들은 근본적으로 '시간'에 대한 회상과 회귀의 형식으로 쓰인다. 그 시간 형식을 통해 그는 속악하고 가파른 현실을 넘어 또는 현실을 비껴 나 전혀 '다른 세계'로 잠입한다. 기억을 통해 다다른 그 '다른 세계'로의 지향이, 선연한 이미지군(群)을 통해 구체성과 고유성과 적실성을 얻고 있는 것이다.


### 4 환상의 이미지즘

잭슨은 "환상성은 알레고리의 개념화와 시의 은유적 구조 둘 다에 저항하기 때문에"[2] 나란히 자리할 수 없는 것이라고 말했다. 이러한 논의는 환상이 주로 이야기 장르에 한정되어 있으며 시는 그다지 환상에 부합하지 않는다는 점을 말해 준다. 하지만 라캉은 환상이 "어떤 상황에 대한 진정한 공포심을 완화하는 역할"[3]을 한다고 보았고, 그리고 환상이 "공포를 은폐하는 것"이며 동시에 "그것이 억압된 지점을 만들어 낸다."라는 점을 강조했다. 말할 것도 없이, 시적 상상력은 모든 형상들을 서로 뒤섞어 놓는

---

2) 로즈메리 잭슨, 서강여성문학연구회 옮김, 『환상성 ― 전복의 문학』(문학동네, 2001), 59쪽.
3) 슬라보예 지젝, 대니 노부스 엮음, 『라캉 정신 분석의 핵심 개념들』(문학과지성사, 2013), 231쪽.

자유를 누림으로써 마술적 지위를 획득하면서, 동시에 어떤 일상 또는 관습의 세계에 대해 저항할 수 있는 것일 터이다.[4] 그 점에서 시에서 '환상'이란 기괴하고 비현실적이라는 표피적 속성보다는, 현실과의 접점에서 그 고통을 은폐하면서 '더 먼 곳'을 지향하는 유토피아 지향을 변형적으로 수용함과 동시에 현실을 자유롭게 굴절하면서 마술적인 꿈을 부여하는 속성을 잘 보여 준다고 할 수 있을 것이다. 장만영 시편의 또 다른 지향은, 이처럼 현실 일탈을 꾀하면서 새로운 세계를 그려 내는 '환상'에 의해 구현된다.

> 유리로 지은 집입니다.
> 창들이 하늘로 열린 집입니다.
> 집은 연못가 딸기밭 속에 있습니다.
> 거기엔 꽃의 가족들이 살고 있습니다.
> 지평선 너머로 해가 기울고
> 밤이 저 들을 걸어올 때면
> 집 안에는 빨간 등불이 켜지고
> 꽃들이 모두 모여 앉아 식사를 합니다.
>
> 자, 이리로 오시오.
> 좋은 음식 냄새가 풍기지요?
>
> 꽃들이 지금 저녁 식사를 하고 있습니다.
> 저, 접시에 부딪치는 포오크며 나이프 소리……
> 저 무슨 술 냄새 같은 것이 나지요?
>
> 이리로 좀 더 가까이 와 보시오.

---

4) 프리드리히 후고, 장희창 옮김, 『현대시의 구조』(지식을만드는지식, 2013), 38쪽.

보기에도 부럽게 즐거운 가족들입니다.

그리고 저 의상이 어쩌면 저렇게 곱습니까?

식사가 끝나면

으레 꽃들은 춤을 춥니다.

조금만 여기에서 기다려 주시오.

이윽고 우리는 아름다운 음악을 들으며

이 세상에서 보기 드문 호화스러운 무도를 구경할 것입니다.

—「온실」 전문

　시인은 "온실"의 외관을, 창들이 하늘로 열린 채 연못가 딸기밭에 있는 "유리로 지은 집"으로 묘사했다. 이는 그 자체로 신비하고 동화적인 공간 설정이다. 그 안에 사는 "꽃의 가족들"이 황혼 녘에 빨간 등불을 켜고 식사를 하는 장면은, 저녁 불빛을 받아 희미하게 빛나는 온실의 안쪽을 생동감 있게 변형한 것이다. 이렇게 즐겁고도 부러운 "저녁 식사"를 하는 가족들은 고운 의상을 입은 채 "아름다운 음악"을 들으며 "이 세상에서 보기 드문 호화스러운 무도"를 펼친다. 이러한 '음악'과 '춤'의 예술적 묘사 자체가 미메시스적인 것이 아니라 환상적인 것임은 말할 것도 없다. 이처럼 모방적 재현보다는 환상적 변형을 통해 '다른 세계'를 그려 냄으로써 장만영은 현실 일탈적이고 동화적인 하나의 세계를 창조하고 있다. 그 창조 작업을 통해 시인은 현실의 가파름을 넘어, 그것 너머 있는 '다른 세계'를 지향하는 것이다.

　장미 가지를 휘어 울타리를 한 하이얀 양관을 돌아가면 곧 바다였다.

　어느 날 황혼 소년은 바다로 나아가 가슴 깊이 오래니 지니고 있던 무지개 같은 꿈을 차디찬 물결 위에 집어 던졌다. 그리고 자기 봄마저……

　이제 꿈은 바다 깊이 밑바닥 바둑돌처럼 갈앉아 떨어지는 꽃잎새들을 생각하고 있으리라……. 이제 서글픈 느낌만을 주던 봄도 이윽고 물결을 따라 그 어느 먼 해안으로 아주 떠나가리라.

　소년은 가벼운 마음에서 휘파람까지 불며 황혼 길을 돌아갔다, 등 뒤에서 부르는 바다 소리를 하모니카처럼 들으면서……

　그러나 소년은 그날 밤부터 시름시름 병을 앓아 자리에 눕고 말았다. 그가 무슨 병으로 앓는지는 의사도 모르는 수수께끼였다.

──「소년」 전문

여기에서도 '소년'의 시선으로 포착된 '다른 세계'가 들어 있다. 바닷가에 위치한 하얀 양관(洋館)이 장미에 둘러싸여 있다. 황혼에 한 소년이 바다로 나아가서 오래 지니고 있던 무지개 같은 꿈을 버린다. 그렇게 그의 꿈은 바다 깊이 가라앉았고, 봄도 "어느 먼 해안"으로 떠나갈 것을 예감한다. 바다 소리를 하모니카 소리로 들으면서 가볍게 바다를 떠난 소년은 그날 밤부터 병을 앓게 된다. '꿈'이 빠져나가자 '병'으로 이어지는 수수께끼 같은 상황이 시편의 전(全) 메시지를 이룬다. 이때 '병'은 육체적 질병이라기보다는 오래도록 몸에 지니고 있던 '꿈'이 정말 무지개처럼 사라져 버리자 찾아온 어떤 '환(幻)'의 상태일 것이다. 그렇게 '소년'과 '봄'과 '꿈'과 '바다'와 '병' 사이의 연결 고리가 느슨한 채로 환상적이고 비현실적인 이미지를 구축함으로써, 이 시편은 '다른 세계'로의 몽환적 진입을 가능하게 하고 있는 것이다.

　본·스트리트는 바닷가 조그만 고장
　낯설은 이방인들이 가끔 드나다니는 거리.

　상점 유리창이며 간판들이
　온통 바다 빛인데
　여기 BOND STREET를 파는 담배 가게에서
　나는 바다빛 눈의 한 소녀를 만났다.

바다빛 눈의 소녀는
바다 빛깔의 표지를 씌운
시집을 들고 있었다.
그것은 바레리의 『바닷가 무덤』이었다.

저녁 바람은 바다 소리 속에서
마지막 나의 여행을 재촉하는데
등에 노을을 지고
돌아 나오는 내 가슴속엔
바다빛보다 짙푸른
노스탈지아가 서리었다.
꽃도 낙화지는 본·스트리트의
하늘 아래서.

——「BOND STREET」 전문

　낯선 이방인들이 가끔씩 드나드는 'BOND STREET'는 그 자체로 현실 가운데 있는 거리이기보다는, "바닷가 조그만 고장"이라는 장만영 특유의 고요하고 평화로운 이미지를 은유하는 공간일 것이다. 물론 '본드 스트리트'는 명품 상점들로 유명한 영국의 거리 이름이고, 이 시 안에서처럼 국제적 브랜드의 담배 이름이기도 하다. 아마도 그 안에는 담배 상인 필립 모리스가 런던 본드 스트리트에 상점을 열고, 손으로 만 터키산 시가를 판매하면서 유명한 담배 기업을 일군 성장 신화가 깃들어 있기도 할 것이다. 어쨌든 그 거리는 바다 빛깔의 유리창과 간판들로 가득한 아름다운 곳이고, 시인은 아름다운 "바다빛 눈의 한 소녀"를 거기에서 만난다. 그녀가 들고 있는 폴 발레리의 『바닷가 무덤』은 우리에게 흔히 '해변의 묘지'로 번역된 그 시집인데, 그것은 그 거리만큼 신비롭고 아름다운 이국 정서 구현에 기여한다. 그렇게 마지막 여행을 재촉하는 "바람"과 "노을"을 등에 진 채 화자는 "바다빛보다 짙푸른/ 노스탈지아"를 안은 채 현실로 귀환한다. 이처럼 장만영은 이국적 분위기 속에서 현실 너머의 상상을 지속하고 있다.

이러한 장만영의 환상적 공간, 이미지, 정서 설정의 이면에는 '다른 세계'를 미적으로 창조하여 가혹한 현실을 견디고 위무하려는 낭만적 의지가 깔려 있다. 그 점, 회귀나 귀환 같은 낭만적 구심 욕망과 함께 장만영 시의 확연한 원심 욕망이 되고 있다 할 것이다. 그것이 '온실'과 '소년'과 '본드 스트리트'의 동화적이고 몽환적이고 이국적인 '다른 세계'를 통해 구현됨으로써, 장만영 시편으로 하여금 '환상'을 통한 현실 일탈 또는 현실 견인의 의지를 선보이게 하고 있는 것이다.


## 5 장만영 시편의 독자성

장만영의 이러한 회귀와 환상의 이미지즘은, 낭만주의자들이 그랬던 것처럼, 현실 도피의 일환으로 해석될 수 있을 것이다. 현실을 직시하거나 극복하려는 적극적 방법을 피하고 과거나 환상으로 회귀하고 잠행하려는 성향은 다분히 도피적 혐의를 받을 수밖에 없기 때문이다. 그럼에도 불구하고 장만영의 회귀와 환상 지향을 새로운 세계의 도래를 기대하는 일종의 '낭만적 의지'로 파악하는 것도 가능할 것이다. 당시 많은 모더니스트들은 과거 역사를 부정하거나 극복해야 할 대상으로 삼았다. 하지만 장만영은 그와 달리 훼손되지 않은 원형 공간을 상정하면서, 유년이라는 시간과 고향이라는 공간을 통해 힘들고 어려운 현재의 자아가 돌아갈 수 있는 정신적 귀속처를 만들었다. 이는 과거를 폐쇄적 공간으로 설정하여 그 안에서 자족적인 모습을 재구성함으로써 공동체적 삶과 풍속의 원형을 복원하고자 하는 것과는 달리, 현실 역사가 개입하는 것을 철저히 봉쇄하면서 순수 원형을 상상적으로 회복하려는 의식 때문에 가능했을 것이다.

또한 환상적 경험의 장만영 시편들은 현재적이고 물리적인 재현보다는 새로운 지각 작용을 통해 가장 아름답고 몽환적인 경험을 처리하고 있다.

현재적 자아가 표면적으로 또는 심리적으로 강하게 설정되어 있는 것이 아니라 온전히 '다른 세계'에 몰입함으로써 그 상상적 지각 작용이 시의 전부를 이루도록 한 것이다. 이처럼 궁극적으로 시가 현재로 수렴되는 의식에 바탕을 둔다는 사실을 인정한다면, 장만영 시에서는 그것이 현실과 상상의 대비를 통해 이루어지는 것이 아니라, 전적으로 상상에 몰입함으로써 이루어진다는 특성을 지닌다고 할 수 있을 것이다.

결론적으로 장만영 시편은 크게 유년이나 고향으로 돌아가려는 회귀 시편과, 현실 일탈을 지향하면서 '다른 세계'를 그려 내는 환상 시편으로 나뉜다. 특별히 유년과 고향 회귀의 성격을 지니는 시편들은, 현재적 회상 체험보다는 과거적 지각 작용으로서 유년 체험을 재현적으로 처리한다는 데 그 특징이 있다. 과거를 회상하는 현재적 자아가 심리적으로 강하게 설정되어 있고, 나아가 온전히 과거에 몰입함으로써 과거의 지각 작용이 생생하게 살아나도록 하고 있다. 온전히 회상 안으로 대상의 지각 작용이 일어나기 때문에 회상 주체보다는 회상의 내용이 도드라지게 남게 된다.

그런가 하면 장만영 시편들은 환상적 기제들을 많이 활용하는 특성을 일관되게 지닌다. 이러한 속성은 그를 사실적인 의미의 '전원적 모더니스트'에 한정시키지 않는다. 생의 이상향을 그리거나 현실을 떠나 표박과 유랑의 상상을 꾀할 때 그는 줄곧 일종의 낙원 향수로서의 환상적 상황을 택한다. 이러한 '회귀'와 '환상'은 사실 그의 시를 이루는 한 줄기로서, 가파르고 엄혹한 물리적, 역사적 현실을 우회적으로 비판하려는 의도요, 새로운 이미지를 통해 새로운 세계를 상상적으로 생성하려는 장만영만의 이미지즘 전략이자 성과라 할 수 있을 것이다. 하지만 우리는 이러한 긍정적 가능성에도 불구하고, 장만영의 이미지즘은 감각적 심미성, 낭만적 비애 등의 편향으로 그 육체를 형성했고, 그래서 그에게 모더니즘이란 세계관이나 인식론 혹은 자기를 규정하고 실천하는 기율이 아니라 다소 방법적인 수용에 한정된 것이었다고 말할 수 있을 것이다.

# 제1주제에 관한 토론문


김진희(이화여대 교수)


　장만영은 한국 현대시사에서 1930년대 이미지즘의 적확한 이해와 구사, 조소적(彫塑的) 깊이를 가진 시인으로 평가받아 왔습니다. 이런 평가에는 별 이견이 없는 것으로 알고 있습니다. 그의 작품은 신석정, 김광균 등과의 관련성 속에서 1930년대 이미지즘, 폭넓게는 모더니즘에 대한 종합적 이해를 위해서도 연구되어야 할 가치가 있는 텍스트라고 생각합니다. 그런데도 작가 연구나 작품 연구가 다른 모더니스트 시인에 비해 상대적으로 많지 않습니다. 이런 의미에서 반복되는 평가에서 나아가 새로운 미학적 가치, 문학사적 의미 등이 고찰되어야 한다고 생각합니다. 이런 맥락에서 이번 학술 대회가 장만영에 대한 학술적 관심을 환기시키는 계기가 되었으면 하는 바람을 가집니다.

　위와 같은 문제의식의 맥락에서 유성호 선생님의 장만영론 「회귀와 환상의 이미지즘」은 1930년대 한국 모더니즘의 특수성 안에서 이미지즘의 시인 장만영을 이해하고 그 시 세계의 개성을 규명하고자 했다는 점에서 의미 있는 연구라고 생각합니다. 특히 장만영 시 세계의 특성이 '회귀'라는 의식으로 유년이나 고향으로 돌아가고자 하는 욕망이 시 세계를 지배하는 동인이라는 분석, 그리고 현실을 일탈하고자 하는 심리가 작품에서 '환상'을 구현하고 있다는 지적은 장만영 시인에 대한 이해뿐 아니라 1930년대 이후 모더니즘의 한 특성을 이해할 수 있는 의미 있는 논의라고 생각합니다.

토론자인 저는 선생님께서 장만영 시인의 작품 세계를 통찰하는 기본적인 관점에 공감하고 이런 인식이 장만영의 시 세계에 대한 풍요로운 이해에 기여하고, 나아가 모더니즘의 문학사적 지형을 이해하는 데 중요한 틀로 작용하리라 생각합니다. 이런 관점에서 선생님께 보다 더 자세하게 관련된 논의를 여쭙고자 합니다.

첫째, 선생님께서는 서론에서 한국의 모더니즘을 연구하는 기본 관점으로 서양 이론과의 일방적 대비가 아니라 당대 미적 주체들의 실천적 창작을 이해해야 함을 강조하면서 이 연구의 기본 토대로 삼고 있습니다. 보편성/특수성, 저항/순응이라는 혼재 과정을 제시하고 있습니다. 이런 관점에서 장만영의 창작과 관련한 이미지즘의 구체적 시작(詩作) 상황에 대해 설명을 부탁드립니다.

둘째, 선생님께서는 1920년대 감상과 영탄이 현실 부정과 환멸의 소산이었듯, 장만영의 회귀와 환상의 이미지즘 역시 식민지 현실에 대한 절망과 부정에서 연유한다고 설명하고 있습니다. 발표문 전체에서 장만영이 '다른 세계'를 지향하는 근저에 가파른 현실, 문제적 현실에 대한 일탈 의지가 존재한다고 설명합니다. 그런데 논의에서 '현실'이라는 말의 함의가 다소 모호할 때가 있습니다. 즉 시 작품의 문맥 안에서 읽으면, 이미지즘의 시에서 의미(내용)의 배제라는 차원에서의 현실 일탈이라는 식으로 읽히기도 하고, 역사·현실적 차원에서의 현실로 읽히기도 합니다. 그런데 후자의 경우 장만영의 작품에서 곧바로 역사와 현실에 대한 일탈이라는 구체성이 잘 읽히지 않습니다. 선생님 생각이 어떠신지 설명을 부탁드립니다.

셋째, 인용된 시 작품들에 대해 질문 드립니다. 잘 알려진 「달·포도·잎사귀」 같은 경우 이미지즘 시의 일반적인 의미에서 시각적 이미지를 통해 회화적, 또는 조소적 특성을 구현하고 있다고 생각합니다. 그런데 「향수」

나 「정동 골목」 그리고 환상을 담고 있는 시 작품에서는 기존의 논의에서와 같은 맥락에서 이미지즘이 작품에서 어떻게 구현, 또는 작동되고 있는지 궁금합니다. 특히 '환상' 혹은 '환상성'을 토대로 하는 대부분의 작품은 이야기성이 수반되고 있습니다. 이런 텍스트들에서 이미지와 환상은 어떻게 만나고 있는지, 이미지는 어떤 역할을 하는지 설명해 주셨으면 합니다.

넷째, 선생님께서는 유년으로의 회귀와 환상적 시공간의 설정을 나누어서 논의하시고 있습니다. 그런데 유년의 시공간 역시 초현실의 시공간, 환상의 시공간에 포함하여 동일한 지평에서 사유될 수 있는 것은 아닌지 궁금합니다. 즉 선생님께서 제안하신 '다른 세계', 또는 유토피아적 상상력의 일환으로 장만영은 훼손되지 않은 유년이나 현실의 틈입이 없는 환상적 시공간을 구상하는 것은 아닌지요. 그렇다면 유년의 회귀 역시 유토피아 지향의 한 특성으로 이해될 수 있지 않을까 합니다. 이런 특성은 후반부에서 장만영 시에서 낭만적 의지를 읽을 수 있다는 선생님의 진술 등과도 관련됩니다만, 유년의 기억, 동화적 상상, 소년소녀의 등장 등은 낭만주의의 이상 낙원에 대한 상상 또는 환상과 연관될 수 있기 때문입니다. 이 부분에 대한 선생님의 생각은 어떠신지 궁금합니다.

다섯째, 선생님과 논의의 지점은 같다고 생각합니다만, 문학사적 의의를 여쭙고 싶습니다. 선생님께서는 결론 부분에서 장만영의 이미지즘 시에서 긍정적 가능성과 한계성을 언급하고 있습니다. 신석정의 '전원'이나 청록파의 '자연'이 비현실적인 공간, 인공적인 낙원의 공간으로 상상되지만 한편으로는 그런 세계를 그리는 시적 주체의 상상의 힘이 나름대로 폭력적이고 암울한 식민지 현실과는 전혀 다른 시공간을 구성한다는 측면에서 일정한 문학사적 의의를 획득하고 있습니다. 이런 관점에서 장만영이 구현한 이미지즘, 나아가 모더니즘의 역사성은 어떻게 평가할 수 있을지 선생님의 고견을 부탁드립니다. 감사합니다.

## 장만영 생애 연보

1914년   음력 1월 25일, 황해도 연백군 온천면 영천리 87번지에서 부친 장완
        식과 모친 김숙자 사이에서 3대 독자로 태어남. 부친은 배천온천호텔
        을 경영했고, 모친은 양조장을 경영함.

1923년   배천공립보통학교 입학.

1927년   배천공립보통학교 졸업. 서울로 올라와 경성제2고등보통학교에 입학.
        서대문 천영동에서 하숙을 함.

1928년   도스토옙스키의『죄와 벌』등을 읽고 문학에 빠져들기 시작함.

1929년   고보 선후배인 정현웅, 이시승, 한노단 등과 함께 교내 회람지를 육필
        로 꾸밈. 이 회람지에 습작품「쓰레기통」을 발표.

1931년   안서 김억에게 서면으로 지도를 받으면서 습작을 이어 감.

1932년   경성제2고등보통학교 졸업. 졸업 후「봄노래」등을《동광》에 투고하
        여 김억의 추천으로 작품이 실림으로써 창작 활동을 시작함.

1933년   이미 '전원시인'으로 유명했던 신석정과 친교를 맺음.

1934년   일본으로 건너가 도쿄 미자키 영어학교 고등과에 적을 두고 문학 공
        부를 하면서 많은 시편들을 발표함.

1935년   도쿄 유학을 계속하면서 작품을 발표함.

1936년   귀국 후 많은 문인들을 사귐. 10월, 신석정의 처제인 박영규와 결혼.

1937년   제1시집『양』을 100부 한정판으로 자비 간행함.

1938년   상경하여 관수동 22번지에서 생활함. 장남 석훈 출생.

1939년   제2시집『축제』출간(인문사).

1940년   고향으로 돌아와 광복이 될 때까지 배천에서 생활함. 장녀 애라 출생.

| 1944년 | 배천온천을 직접 경영함. 차남 광훈 출생. |
| --- | --- |
| 1945년 | 광복 후 고향 배천이 38 이북으로 굳어지자 풍족했던 가산이 기울기 시작함. |
| 1947년 | 서울 회현동 2가 42-7번지로 이사. 차녀 리라 출생. |
| 1948년 | 회현동 집에 조그마한 출판사인 '산호장'을 등록하여 제3시집 『유년 송』을 간행함. '산호장'에서 박인환, 김경린, 임호권, 김경희, 김병욱이 결성한 동인 《신시론》 1집을 자원하여 내 줌. |
| 1949년 | 조병화의 첫 시집 『버리고 싶은 유산』을 내 줌. |
| 1950년 | 전쟁이 나자 겨울까지 서대문의 부모 집에 숨어 지냄. 부산으로 피난하여 1953년까지 지냄. |
| 1952년 | 삼남 영훈 출생. 『고등 문예 독본』 출간. |
| 1953년 | 1월에 모친이, 12월에 부친이 별세함. |
| 1954년 | 서울신문사에 입사하여 월간 《신천지》의 주간을 지냄. |
| 1955년 | 출판사 정양사 일을 도움. 삼녀 을라 출생. |
| 1956년 | 제4시집 『밤의 서정』 출간. 11월, 서울신문사 퇴사. |
| 1957년 | 제5시집 『저녁 종소리』(정양사)와 『현대시의 이해와 감상』, 『소월 시 감상』 출간. |
| 1958년 | 자작시 해설집 『이정표』(신흥출판사)를 펴냄. 사남 성훈 출생. |
| 1959년 | 한국시인협회 부회장에 선임. 한양대학교 강사를 지냄. 『현대시 감상』 출간. |
| 1964년 | 제6시집 『장만영 선시집』(성문각) 출간. |
| 1965년 | 시와 산문집 『그리운 날에』 발간. |
| 1966년 | 한국시인협회 회장 선임. |
| 1970년 | 제7시집 『등불 따라 놀 따라』를 신협출판사에서 펴내기로 했으나, 교정만 본 채 출판되지 못함. |
| 1973년 | 제8시집 『저녁놀 스러지듯이』(규문각) 출간. |
| 1975년 | 10월 8일, 새벽 2시 30분경 급성췌장염 등 합병증으로 타계. 경기도 |

고양군 벽제 천주교 묘역에 안장.

1982년    6월 2일, 벽제에서 용인공원묘지로 이장. 7월 10일, 고인의 8주기를 맞아 김경린, 김광균, 송지영 등이 시비 건립.

1986년    11월 7일, 한국신시학회 주최로 용산시립도서관 강당에서 장만영 시인 10주기 추모식 거행.

1988년    생전에 간행하지 못한 제7시집 『등불 따라 놀 따라』를 『놀 따라 등불 따라』로 개제하여 경운출판사에서 출간.

2005년    고인의 30주기를 기념하여 시집 전체와 산문집을 묶은 『장만영 전집』을 펴냄.

2014년    한국작가회의와 대산문화재단 주최로 '2014년 탄생 100주년 문학인 기념문학제' 개최. 여기에서 유성호가 장만영에 대한 주제 발표하고 김진희가 토론에 참여함.

장만영 작품 연보

| 발표일 | 분류 | 제목 | 발표지 |
| --- | --- | --- | --- |
| 1932. 5 | 시 | 봄노래 | 동광 |
| 1932. 7 | 시 | 고향에 돌아와서 | 농민 |
| 1932. 7 | 시 | 농부의 설움 | 농민 |
| 1932. 7 | 시 | 즐겁던 어린 때 | 농민 |
| 1932. 7. 3 | 시 | 물장난 | 조선일보 |
| 1932. 7. 3 | 시 | 동무여 | 조선일보 |
| 1932. 10 | 시 | 마을의 여름밤 | 동광 |
| 1933. 1 | 시 | 정처 없이 떠나고 싶지 않나? | 동광 |
| 1933. 1 | 시 | 자네는 와서 | 동광 |
| 1933. 7 | 시 | 귀로 | 동방평론 |
| 1933. 10 | 시 | 나비여! | 신동아 |
| 1933. 10 | 시 | 알밤 | 신동아 |
| 1933. 12 | 시 | 산과 바다 | 학등 |
| 1934. 4 | 시 | 겨울밤의 환상 | 학등 |
| 1934. 4 | 시 | 비 걷은 아침 | 신동아 |
| 1934. 5 | 시 | 고요한 오후 | 신동아 |
| 1934. 6 | 시 | 고요한 밤 | 학등 |
| 1934. 8 | 시 | 별 | 신인문학 |
| 1934. 9 | 시 | 가을 아침 풍경 | 신인문학 |
| 1934. 9 | 시 | 풀밭 위에 잠들고 싶어라 | 신인문학 |

| 발표일 | 분류 | 제목 | 발표지 |
| --- | --- | --- | --- |
| 1934. 10 | 시 | 아직도 거문고 소리는 들리지 않습니까? | 신동아 |
| 1934. 12. 7 | 시 | 새벽 | 동아일보 |
| 1935. 2. 5 | 시 | 항구 풍경 | 동아일보 |
| 1935. 3. 20 | 시 | 봄 들기 전 | 동아일보 |
| 1935. 4 | 시 | 달 | 신인문학 |
| 1935. 5 | 시 | 무지개 | 학등 |
| 1935. 5 | 시 | 달밤 | 학등 |
| 1935. 5 | 시 | 봄 들기 전 | 학등 |
| 1935. 5. 17 | 시 | 해안에서 | 동아일보 |
| 1935. 6 | 시 | 풍경 | 학등 |
| 1935. 6 | 시 | 아침 창에서 | 학등 |
| 1935. 8 | 시 | 외로운 섬 | 학등 |
| 1935. 8 | 시 | 아아 내 마음이 외로워 | 학등 |
| 1935. 9 | 시 | 돌아오지 않는 두견이 | 학등 |
| 1935. 9 | 시 | 가을 아침 풍경 | 학등 |
| 1935. 9 | 시 | 졸음 | 학등 |
| 1935. 11 | 시 | 새로 3시 | 신인문학 |
| 1935. 12 | 시 | 아침 | 신인문학 |
| 1936. 1 | 시 | 바다 삼제 | 신인문학 |
| 1936. 2 | 시 | 호수 | 신인문학 |
| 1936. 12 | 시 | 달·포도·잎사귀 | 시건설 |
| 1937 | 시집 | 양 | 자가본 |
| 1938. 2 | 시 | 너는 오지 않으려느냐 | 맥 |
| 1938. 3 | 시 | 들꽃이 핀 둔덕 | 맥 |

| 발표일 | 분류 | 제목 | 발표지 |
|---|---|---|---|
| 1938. 6. 7 | 시 | 순이와 나와 | 조선일보 |
| 1938. 6 | 시 | INITIAL | 시건설 |
| 1938. 7 | 시 | 향수 | 시건설 |
| 1939 | 시집 | 축제 | 인문사 |
| 1939. 2 | 시 | 상심 | 여성 |
| 1939. 2 | 시 | 애가 | 여성 |
| 1939. 7 | 시 | 바다여 | 청색지 |
| 1939. 8 | 시 | 풍경 | 시건설 |
| 1940. 1. 19 | 시 | 온천호텔 초 | 동아일보 |
| 1940. 2 | 시 | 비의 IMAGE | 조광 |
| 1940. 4 | 시 | 서정가 | 조광 |
| 1940. 6 | 시 | 풍경 | 시건설 |
| 1940. 6. 7 | 수필 | 홍역 | 문장 |
| 1940. 6. 18 | 시 | 소녀와 해바라기 | 동아일보 |
| 1940. 6. 18 | 시 | 온천이 있는 거리 | 동아일보 |
| 1940. 7 | 시 | 수야 | 조광 |
| 1940. 9 | 시 | 뻐꾹새 감상 | 조광 |
| 1940. 12 | 시 | 춘야 | 태양 |
| 1941. 2 | 시 | 마음 산으로 갈 때 | 인문평론 |
| 1943. 1 | 시 | 유동사모시 | 조광 |
| 1948 | 시집 | 유년송 | 산호장 |
| 1948. 1 | 시 | 눈이 나리는 밤에 | 개벽 |
| 1948. 3 | 시 | 광화문 빌딩 | 백민 |
| 1948. 4. 18 | 시 | 관수동 | 경향신문 |
| 1948. 6 | 시 | 이향사 | 민성 |

| 발표일 | 분류 | 제목 | 발표지 |
|---|---|---|---|
| 1948. 7. 8 | 수필 | 문고 출판기 | 백민 |
| 1948. 9. 25 | 시 | 가을 | 조선일보 |
| 1948. 11 | 수필 | 오식 | 학풍 |
| 1948. 11 | 평론 | 출판 문화의 저하 | 민성 |
| 1948. 11. 28 | 평론 | 노천명 수필집 『산딸기』를 읽고 | 자유신문 |
| 1949. 3 | 수필 | 붓 대신 호미 들고 | 민성 |
| 1949. 8. 3 | 평론 | 신시론 동인들의 감각 | 태양신문 |
| 1949. 10 | 시 | 정동 골목 | 문예 |
| 1949. 12 | 시 | 귀성 | 민성 |
| 1950. 1 | 시 | 사랑 | 신천지 |
| 1950. 1 | 시 | 출발 | 시문학 |
| 1950. 2 | 시 | 등불 | 신경향 |
| 1950. 3 | 시 | 순아에게 주는 시 | 백민 |
| 1950. 3 | 수필 | 현직과 본직 | 민성 |
| 1950. 3 | 수필 | 젊은 모던이스트에게 | 신천지 |
| 1950. 6 | 시 | 시장에 가는 길 | 문예 |
| 1950. 9. 22 | 시 | 폐촌 | 한성일보 |
| 1950. 12 | 시 | UN 묘지 | 문예 |
| 1951. 5 | 시 | 정야 | 문학예술 |
| 1951. 6 | 수필 | 서부 전선에서 | 시문학 |
| 1951. 11 | 수필 | 초토 위에 서서 | 신천지 |
| 1952 | 저서 | 고등 문예 독본 | 대양출판사 |
| 1953. 11 | 시 | 바람이 지나간다 | 문예 |
| 1954. 4 | 시 | 온천 | 학원 |
| 1955 | 번역시집 | 하이네 시집 | 동국문화사 |

| 발표일 | 분류 | 제목 | 발표지 |
| --- | --- | --- | --- |
| 1955. 2 | 시 | 병실에서 | 현대문학 |
| 1955. 7 | 시 | 꽃이 질 무렵 | 현대문학 |
| 1955. 12 | 시 | 갈 바람과 매소부와 | 문학예술 |
| 1956 | 시집 | 밤의 서정 | 정양사 |
| 1956 | 번역시집 | 남구의 시집 | |
| 1956. 3 | 시 | 어느 고을 | 현대문학 |
| 1956. 8. 30 | 평론 | 소재와 표현의 새 동향 | 동아일보 |
| 1957 | 시집 | 저녁 종소리 | 정양사 |
| 1957 | 저서 | 현대시의 이해와 감상 | 신흥출판사 |
| 1957 | 저서 | 소월 시 감상 | 박영사 |
| 1957. 4 | 시 | 사슴 | 현대문학 |
| 1957. 4 | 시 | 도심 지대에서 | 문학예술 |
| 1957. 10 | 시 | 산골 | 현대문학 |
| 1957. 12 | 시 | 게 | 사상계 |
| 1958 | 해설집 | 이정표 | 신흥출판사 |
| 1958. 6. 8 | 평론 | 현대시의 난해 | 동아일보 |
| 1959 | 저서 | 현대시 감상 | |
| 1959. 1 | 시 | 모래벌에서 | 사상계 |
| 1959. 3 | 시 | 네모진 창가에 앉아 | 현대문학 |
| 1959. 10. 23 | 시 | 임 그리는 마음 | 동아일보 |
| 1960. 1 | 시 | 애가 | 현대문학 |
| 1960. 7 | 시 | 포플라 나무 | 현대문학 |
| 1961 | 번역시집 | 바이론 시집 | |
| 1961. 1 | 시 | BOND STREET | 현대문학 |
| 1961. 2 | 시 | 깊은 밤 촛불 아래 | 사상계 |

| 발표일 | 분류 | 제목 | 발표지 |
| --- | --- | --- | --- |
| 1961. 11 | 시 | 나부 | 사상계 |
| 1962 | 시집 | 그리운 날에 | 한일출판사 |
| 1963. 12 | 시 | 산등에 올라 | 현대문학 |
| 1964 | 시집 | 장만영 선시집 | 성문각 |
| 1964. 4 | 시 | 밤의 노래 | 현대문학 |
| 1964. 4 | 시 | 침묵의 시간 | 문학춘추 |
| 1964. 5 | 평론 | 장미에게는 거름을 | 현대문학 |
| 1964. 8 | 평론 | 김용호의 안과 밖 | 문학춘추 |
| 1964. 9 | 평론 | 시민 정신을 바탕으로 | 현대문학 |
| 1964. 10 | 평론 | 현대시의 문제점과 한국 현대시의 새 진단 | 현대문학 |
| 1965 | 수필집 | 그리운 날에 | |
| 1965. 4 | 시 | 대낮의 이미지 | 문학춘추 |
| 1967. 12 | 시 | 정동 골목 | 현대문학 |
| 1968. 8 | 시 | 조그만 동네 | 현대문학 |
| 1969. 1 | 시 | 마담 보바리 | 월간문학 |
| 1970. 2 | 시 | 여인 | 신동아 |
| 1970. 6 | 평론 | 김영랑 | 월간문학 |
| 1970. 7 | 시 | 새벽녘이었다 | 월간문학 |
| 1970. 10 | 시 | 꽃들 | 월간중앙 |
| 1971. 6. 21 | 시 | 금산사 가는 길 | 한국일보 |
| 1972. 7. 21 | 시 | 그리운, 그리운 내 고향이여 | 한국일보 |
| 1973 | 시집 | 저녁놀 스러지듯이 | 규문각 |
| 1974 | 시집 | 양 | 광일문화사 |
| 1977 | 시집 | 어느 날의 소녀에게 | 서림문화사 |

# 장만영 연구서지

1974      김용직, 「30년대의 한국 시」, 『한국 현대시 연구』, 일지사

1977      김남석, 「시의 색채 심리」, 『현대시 원론』, 서음출판사

1980      조병춘, 「현실 도피와 전원의 시」, 『한국 현대시사』, 집문당

1981      문덕수, 「장만영론」, 『한국 모더니즘 시 연구』, 시문학사

1981      김학동, 「한미 시의 연관 양상」, 『한국 근대시의 비교 문학 적 연구』, 일조각

1982      박철희, 「실향 시대의 두 시인」, 박철희 편, 『김광균, 장만 영』, 지식산업사

1982      한영옥, 「장만영, 김광균 시의 특질 비교」, 《연구논문집》 15, 성신여대

1983      황순구, 「장만영의 서한집」, 《시문학》 4월호, 시문학사

1984      김용성, 『한국 현대문학사 탐방』, 현암사

1985      백철, 『한국 신문학 발달사』, 박영사

1986      신동욱, 『우리 시의 역사적 연구』, 새문사

1986      김삼규, 「장만영 연구」, 서강대 대학원 석사 논문

1988      최동호, 「장만영의 「달·포도·잎사귀」」, 『한국 대표시 평 설』, 문학세계사

1988      김창수, 「장만영 시의 모더니즘 수용과 그 변모」, 부산대 대학원 석사 논문

1995      박기태, 「장만영 시 연구」, 한국외대 대학원 석사 논문

1996      김용직, 「전원적 모더니즘 ― 장만영」, 『한국 현대시사』, 한

국문연

1997    이승훈, 「1930년대 한국 모더니즘 시 연구(2)」, 《한양어문》 15, 한양대

2004    김미숙, 「장만영 시의 공간 연구」, 동아대 대학원 석사 논문

2005    김종호, 「장만영 시의 창작 배경과 그 특징」, 《우리문학연구》 19, 우리문학회

2005    한영옥, 「장만영 시 연구」, 《한국문예비평연구》 18, 한국현대문예비평학회

2007    오세영 외, 『한국 현대시사』, 민음사

**작성자 유성호** 한양대 교수

# 오영수, 향수의 정치학

김종욱(서울대 교수)

## 1 들어가는 말

오영수(吳永壽, 1909. 2. 11~1979. 5. 15)는 등단 이후 30여 년 동안 『머루』(1954), 『갯마을』(1956), 『명암(明暗)』(1958), 『메아리』(1960), 『수련(睡蓮)』(1965), 『황혼』(1976), 『잃어버린 도원(桃園)』(1978) 등 일곱 권의 단편집을 출간했다. 그는 자신의 소설 세계를 ① 6·25 전쟁 이후부터 환도 전까지 농어촌에서 취재한 서민의 서정을 바탕에 둔 작품들, ② 환도 이후부터 도시 서민층의 삶을 통해 삶의 문제를 다룬 작품들, ③ 전쟁으로 야기된 비극을 주로 다루고 있는 작품들로 구분한 바 있는데,[1] 특히 ①과 ②에 해당하는 작품들이 서정성이나 토속성, 그리고 인간성 등의 개념과 관련되어 문단의 집중적인 조명을 받았다. 김동리가 "온정과 선의의 세계"를 그려 낸 작가[2]라고 말한 이래, "도시의 탁류에 오염되지 않은 건강한 생명을 가진 인간에의 강렬한 향수"를 가지고 주체적인 가치를 추구하는 작가[3]라든가

---

1) 대담, 「인정의 미학 ― 오영수 씨와 대화」, 《문학사상》, 1973. 1, 305쪽.
2) 김동리, 「온정과 선의의 세계」, 《신문예》, 1959. 1.
3) 천이두, 「따뜻한 관조의 미학」, 『현대 한국 문학 전집』(신구문화사, 1972).

"이지적이기보다는 정서적이요, 사실적이기보다는 낭만적인" 작가⁴⁾라는 평가가 이어졌던 것이다.

실제로 오영수의 작품에는 가난하고 어리숙한 인물들이 주인공으로 등장하는 경우가 많다. 그들은 세상의 질서에 현명하게 대처하지 못한 채 곤경에 빠져 있다. 그런데도 작가는 그들을 선의로 세상을 보면서 다른 사람에게 온정을 베푸는 긍정적인 인물로 묘사한다. 전쟁 직후의 암울한 현실을 묘사하고자 했던 다른 전후 작가들과는 달리 인간미가 넘치는 아름다운 세계를 구축하기 위해 노력했던 것이다. 더욱이 사건의 서사적인 전개보다는 압축과 대비를 활용하여 주제 의식을 표현하려는 태도는 한국 단편 소설의 미학적 계승자라는 평가로 이어지기도 한다.

그렇지만 오영수의 소설 세계가 현실에 대한 무관심에서 비롯되었다고 비판하는 이들도 적지 않다. "오영수는 지금의 농촌이 어떻게 바뀌어 가는가, 농민들의 정신은 어떻게 현대화해 가는가는 생각지 않는다."⁵⁾라는 정태용의 지적은 그것을 잘 보여 준다. 현실에 대한 냉철한 분석이 없이 현재의 타락상을 극복할 수 있는 대안으로 손쉽게 반문명적인 자연 예찬이나 복고적인 전통 복귀를 내세운다는 점에서 현실 도피적이며 시대착오적이라고 비판하는 것이다.

이와 관련하여 김윤식은 오영수의 소설에 삶의 과정이 없고 운명만이 존재한다는 점을 들어 문협 정통파의 후속 세대이며 반리얼리즘 작가라고 규정한다.⁶⁾ 오영수가 현대 도시의 타락성에 오염되지 않은 건강한 인간성에 대한 향수를 어린이, 농촌, 자연 등으로 환치했다는 점에서 이 지적은 많은 이들의 공감을 얻고 있다. 뿐만 아니라 오영수가 김동리의 추천을 받아 문단에 등단했고, 문협 정통파의 매체였던 《현대문학》이 창간될 때부터 십수 년 동안 편집장으로 활동했다는 사실 또한 이러한 주장에 설득력을 더해

---

4) 천승준, 「인간의 긍정 — 오영수론」, 《현대문학》, 1959. 9.
5) 정태용, 「20년의 정신사」, 《현대문학》, 1967. 9.
6) 김윤식, 「작가와 내면 풍경」, 『김윤식 소설론집』(동서문학사, 1991), 20쪽.

준다.

그렇지만, 오영수가 문단에 등장한 이후 30여 년 동안 100편이 훨씬 넘는 작품들을 발표하면서도 거의 흔들림 없이 일관된 소설 세계를 유지해 왔다는 사실에 주목할 필요가 있다. 마흔이라는 늦은 나이에 문단에 등장한 까닭에 오영수의 작가적 지향은 개인적으로는 등단 이전, 역사적으로는 문협 정통파가 형성되기 이전에 확고하게 자리 잡고 있었다고 생각된다. 따라서 그의 작품에서 역사성이나 현실성이 나타나지 않는다고 해서 곧바로 '생의 구경적 형식'을 탐구하고자 했던 문협 정통파의 후속 세대로 규정될 수는 없다. "역사의식과 리리시즘의 양의성을 가진 작가"[7]라는 지적처럼 오영수는 리얼리즘과 반리얼리즘, 서정성과 현실성 사이에서 자신의 자리를 마련하고 있는지도 모를 일이다.[8]


## 2 청년문학가협회 경남지부와 아나키즘

오영수는 1949년 김동리의 추천을 받아 《신천지》에 「남이와 엿장수」(「고무신」으로 개제, 1949. 9)를 발표하고 이어 이듬해 《서울신문》 신춘문예에 「머루」(《신천지》, 1950. 4)가 입선되면서 공식적인 등단 과정을 거친다.[9] 그렇지만 오영수는 중앙 문단에 등단하기 전부터 부산·경남 지역에서 활발한 시작 활동을 펼치고 있었다. 광복 직후에 오영수는 경남여중에 근무하면서 매월 간행되던 교우회지 《학교소식》 1호부터 꾸준하게 시를 발표하고 있었다.[10] 그리고 1946년에 접어들자 조선청년문학가협회 경남지부 결성

7) 김병걸, 「오영수의 양의성」, 《현대문학》, 1967. 9, 259쪽.

8) 이와 관련하여 박훈하는 「근대성 너머로 문득, 도원을 보다」(《오늘의 문예비평》 45, 2002. 6)에서 오영수가 바라본 '고향'과 《현대문학》이 내세웠던 '전통'이 "매우 상이한 수준에서 교묘하게 접합"(304쪽)된 것임을 지적하고 있다.

9) 오영수가 《신천지》에 소설 「남이와 엿장수」를 발표하게 되고, 이듬해 《서울신문》 신춘문예에 「머루」가 입선하게 된 경위에 대해서는 김동리의 회고에 잘 나타나 있다.

10) 오영수가 경남여중 교우지에 발표한 시는 총 15편이다.(이순욱, 「광복기 시인 염주용의

에 앞장서면서 지역 문단에 자신의 입지를 마련하고자 했다.

> 문화를 통하여 이상을 지키려는 문학인의 모임으로 조선청년문학가협회
> 가 결성되어 지금까지 활발한 운동을 계속하여 오던바 이에 호응하여 오는
> 22일 하오 1시에 부산 동대신정 광신국민학교에서 조선청년문학가협회 경남
> 지부를 결성키로 되었다. 당일에는 서울 중앙간부 4, 5인도 참석한다 하며 동
> 회의 강령과 준비위원은 다음과 같다.
>   – 자주독립에 문화적 헌신을 기함
>   – 민족문학의 세계사적 사명의 완수를 기함
>   – 일체의 공식적·예속적 경향을 배격하고 진정한 문학 정신을 옹호함
>   – 지방 문화의 육성과 향토 문학의 건설을 기함
>   준비 위원: 하기락, 탁창덕, 조주흠, 염주용, 천세욱, 오영수 씨 외 제씨
> —《동아일보》, 1946. 6. 15

잘 알려져 있다시피 조선청년문학가협회가 결성된 것은 1946년 초다.
1946년 2월 8일부터 이틀간 서울에서 열린 전국문학자대회가 열리면서 조
선문학건설본부와 조선프롤레타리아문학동맹이 조선문학가동맹으로 통합
된다. 이에 위기를 느낀 우익 진영에서도 3월 13일에 전조선문필가협회를
조직하지만, 문학 이외의 직업에 종사하는 인물들이 많았던 까닭에 구체적
인 활동을 기대하기 어려웠다. 이에 1946년 4월 4일 종로 YMCA 강당에서
우익 진영의 소장 문학인들을 중심으로 조선청년문학가협회가 결성된다.
김동리가 회장을, 유치환·김달진이 부회장을, 서정주(시)·최태응(소설)·이
광래(희곡)·조연현(평론)·조지훈(고전 문학) 등이 임원을 맡으면서 진용을
갖추었던 것이다.

이러한 광복 직후의 문단 상황에 호응하여 부산에서도 다양한 문학 단체

---

매체 활동과 '문예 신문」, 《석당논총》 52, 2012, 32쪽)

들이 속출하고 있었다. 서울에서 문학가동맹이 결성된 직후인 1946년 2월 10일 부산지부가 결성되었고 이어 2월 14일에는 조선예술동맹 부산지구협의회가 구성되는데, 여기에 맞서 청년문학가협회 경남지부가 결성된 것이다. 이때 준비위원으로 이름을 올린 여섯 사람을 보면 이 조직의 윤곽을 짚어 볼 수 있다. 여기에 참여했던 인물들[11]은 크게 세 그룹으로 나뉜다.

① 《자유민보》를 중심으로 한 아나키스트 그룹

하기락(河岐洛, 1912~1997)은 당시 부산에서 발행되던 《자유민보》의 주간으로 활동하고 있었다. 1946년 2월 26일 "국민국가의 자주독립, 민주주의의 확립 및 자유인권의 신장"을 사시로 내세우며 창간된 《자유민보》는 미군정 중에 경상남도 지사였던 김철수(金喆壽)가 사장을 맡고 있었지만, 주간을 맡고 있던 하기락이나 편집국장을 맡고 있던 김지병이 모두 1946년 2월 21~22일 부산 금강사에서 열린 경남북아나키스트대회에 참가한[12] 것을 미루어 볼 때 아나키즘 경향이 강한 신문이었던 것으로 보인다. 또 다른 준비위원이었던 조주흠(趙周欽)과 천세욱(千世旭) 역시 《자유민보》 기자였다.

② 지역 문예지 발행인 그룹

청년문학가협회 경남지부에 참여했던 탁창덕(卓昌悳, 1913~?), 염주용(廉周用, 1911~1953)은 잡지 발행인들이었다. 그들은 《문예신문》(염주용), 《중성》(탁창덕) 등을 발간하면서 부산 지역 발표 매체를 장악하고 있었기

---

11) 1946년 청년문학가협회 경남지부에서 '해방 1주년 기념 시집'으로 간행한 『날개』에는 김수돈·조향·탁소성·유치환·고두동·김춘수·천세욱·오영수·조봉제·김달진 등이 지부 회원으로, 그리고 김동명·정지용·김영랑·변영로·박종화·모윤숙·서정주·박목월이 본부 회원으로 시를 게재했다. 이를 통해서 경남지부 회원들의 면면을 짐작해 볼 수 있다.(박태일, 「만선일보」와 경남·부산 지역 문학」,《현대문학의 연구》 36, 2008, 73쪽, 주) 85 참조)

12) 구승회 외, 『한국 아나키즘 100년』(이학사, 2004), 267~268쪽.

때문에 지역 문단에 큰 영향력을 행사하고 있었다. 탁창덕이 경남지부 초대 대표[13]를 맡았던 것이나, 염주용이 좌우 문단 통합에 앞장서 삼남문학회 회장을 맡았던 것에서 잘 드러난다. 이들은 일제 강점기 때 만주국에 건너가《만선일보》에서 활동했던 경력을 공유하던 인물들이기도 했다.[14]

### ③ 경남여중을 중심으로 한 문인 그룹

광복 직후 경남여중에는 김수돈(金洙敦, 1917~1966)과 박영한이 국어 교사로 일하고 있었고, 오영수도 미술 교사로 근무하고 있었다. 김수돈은 1939년《문장》에서 정지용의 추천을 받아 문단에 등단한 시인이었고, 1946년부터 통영문화협회 멤버이기도 했던 김춘수, 조향 등과 함께《노만파(魯漫派)》동인으로 합류한다. 그래서 김수돈이 1947년 문예신문사에서 첫 번째 시집『소연가(召燕歌)』(300부 한정판)를 간행할 때, 장정을 오영수가, 교정을 박영한이 맡게 된다.

다양한 문학 단체들이 이념과 인맥을 따라 난립하던 광복 직후에 이렇게 이질적인 세 그룹이 하나의 단체를 조직할 수 있었던 것은 주목할 만한 일이다. 물론 세 그룹이 손을 잡았던 것은 바로 좌익 문단 내지는 좌익 이념에 대한 대타 의식이라고 할 수 있다. 그렇지만, 세 그룹은 지역 문단의 특성상 인맥으로도 강하게 묶여 있었는데, 그 매개 역할을 했던 이가 바로 유치환이다. 그는 1937년 부산의 화신백화점 부산사무소에서 근무하면서 동인지《생리》의 편집 겸 발행인을 맡는 등 지역 문단에 든든한 입지를 가지고 있었다. 염주용은 이 동인지에 시「나의 별」을 발표한 적이 있어서

---

13) 이와 관련하여 문덕수는 유치환이 지부 결성식에 나타나지 않은 것을 탁창덕이 "회장을 맡고 싶어하는 것을 눈치"채고 일부러 피한 것이라고 말한 바 있다.(문덕수,『청마 유치환 평전』, 시문학사, 2004)

14) 유치환, 탁창덕, 염주용의 만주에서의 행적과 관계에 대해서는 박태일의「「만선일보」와 경남·부산 지역 문학」에 자세하게 언급되어 있다.

만주에서도 유치환과 함께 지냈으며, 탁창덕 또한 일찍이 만주에 머물면서 《만몽일보》에 시를 발표한 적이 있었다. 이와 함께 유치환은 아나키즘적 경향을 띠었던 통영문화협회에서 조향·김춘수 등과 깊은 관계를 맺고 있었는데, 이들과 함께 《노만파》 동인으로 활동한 김수돈의 첫 시집 『소연가』의 서문을 쓰기도 했다. 또한 아나키스트의 메카였던 함양에 안의중학교를 설립하고 초대 교장을 역임한 하기락이 후임으로 추천한 인물이 바로 유치환이었다.

이처럼 유치환을 매개로 하여 결성된 청년문학가협회 경남지부는 반공주의를 표면에 내세우고 있지만, 아나키즘과도 깊은 관련을 맺고 있었던 것으로 추측된다. 아나키즘에 대한 통념과는 달리 광복 직후의 아나키스트 운동은 조선의 혁명 과정을 '민족주의적 민주 혁명의 단계'라고 규정하면서 조선공산당을 소아병적 좌익 분자로 강하게 비판하고 있었다.[15] 따라서 넓은 의미에서 사회주의적 성향을 띤 아나키즘조차 반공주의라는 맥락 속에서 하나의 조직으로 결합할 수 있었던 것이다. 청년문학가협회 경남지부에서 내세운 결성 취지를 살펴보면, 본부의 강령을 그대로 옮겨 놓으면서도 마지막에 '지방 문화의 육성과 향토 문학의 건설을 기함'이라는 항목을 추가했던 것도 이와 관련되는 듯하다. 이 항목은 지역 문단의 일반적인 수사라기보다는 아나키스트들의 정치적 지향을 암묵적으로 표현한 것으로 여겨지기 때문이다.

그런데, 다양한 문학적·정치적 지향을 가진 세력들의 잡거 형태였던 청년문학가협회 경남지부는 몇 차례의 이합집산을 통해 조직을 정비해 나간다. 1946년 10월 24일 부산·경남 지역에서는 좌우 문단을 통합한 삼남문학회가 결성되는데, 이러한 통합 작업이 앞장섰던 인물들이 청년문학가협회의 염주용과 탁창덕, 그리고 조선문학가동맹의 김정한이었다.[16] 그런데,

---

15) 구승회 외, 『한국 아나키즘 100년』(이학사, 2004), 268쪽.
16) 삼남문학회가 결성되면서 염주용이 회장을 맡고 탁창덕도 임원을 맡았다. 오영수는 삼남문학회를 중심으로 부산 지역 문인들과 독자와의 연대를 위해 1946년 11월부터 매월

1949년 7월 17일 전국문화단체총연합회 경남지부 결성식에서 염주용이 발간하던 《문예신문》과 김정한이 발행하던 《문화건설》, 탁창덕이 발간하던 《중성》을 "민족상잔을 적극적으로 합리화시키고 있는 반동문화인의 소굴임을 지적하고 이를 규탄함"이라는 결정서가 채택된다.[17] 정부 수립을 전후하여 사회가 급속히 우경화하면서 좌우 합작 노선을 보여 주던 삼남문학회, 즉 ②그룹이 지역 문단에서 배제되었던 것이다. 결국 청년문학가협회 경남지부는 정치적으로는 반공주의를 선명하게 내세우면서도 문학적으로는 유치환의 영향력 아래 아나키즘적 분위기를 간직하게 된다. 조향이나 김춘수 등이 보여 주었던 여러 문학적 실험들은 이러한 분위기를 반증하는 것이기도 하다.

### 3 시인으로서의 길, 문단을 향한 오랜 열정

문학에 대한 오영수의 열정은 매우 뿌리 깊은 것이었다. 오영수는 아홉 살까지 향리인 울주군 언양면 동부리의 서당에서 한학을 공부하다가 늦깎이로 언양공립보통학교에 입학한 뒤, 1927년 '언양소년단 오영수'라는 이름으로 《동아일보》에 동시 「병아리」(1927. 5. 25)를 발표했다. 이 무렵 언양소년단은 조직적인 차원에서 동요·동시 창작을 장려했던 것으로 여겨진다. 1927년 《동아일보》 신춘문예 아동문예 부문에서 오덕선(「꿈」, 2등, 언양소녀회)과 신태균(「새앙쥐」, 3등, 언양소년단)이 당선되었고, 오영수가 동시를 발표하기 직전인 5월 1일 오학근(「갈째싹」, 언양소년단)과 문창준(「새」, 언양소년단)이 작품을 발표했으며, 이듬해 신춘문예에도 박복순(「눈」, 입선, 언양소년회)이 입선했던 것이다. 그래서 오영수는 학교를 졸업한 뒤에도 《동아일보》에 「박꽃 아가씨」(1929. 10. 2)를, 그리고 《조선일보》에 「술 자신 우리

---

첫 번째 일요일에 문학동호자 간담회를 개최하고자 했을 때 발기인으로 참가하기도 했다.
17) 이순욱, 앞의 글, 13~14쪽.

아버지」(1929. 11. 10), 「눈 마진 내 닭」(1929. 12. 1), 「도토리밥」(1930. 1. 22), 「뎐신대」(1930. 1. 25), 「니 빠진 한아버지」(1930. 2. 20) 등을 발표하면서 문학 수업을 계속한다.

그렇지만 늦게 시작했던 향학의 꿈을 달성하기 위해 세 차례나 일본을 다녀오는 사이 오영수의 동시 창작은 더 이상 지속될 수 없었다. 일본 오사카에서 신문 배달을 하면서 어렵게 학비를 마련해 나니와중학[浪速中學] 속성과를 마치고 니혼대학 전문부에 입학 준비를 하다가 부친이 위독하다는 거짓 전보를 받고 어쩔 수 없이 귀국하여 2년 동안 고향에서 면 서기를 하기도 했고, 두 번째에는 도쿄의 어느 실내장식사에서 직공으로 일하면서 니혼대학 전문부에 적을 두었지만 각기병으로 학업을 계속하지 못한 채 귀국하여 예천에서 간판일로 생계를 도모했던 적도 있었다. 결국 세 번째로 일본에 건너가 도쿄 국민예술원을 졸업하고서야 오랜 향학열을 채울 수 있었던 서른 살의 오영수는 조선에 돌아온 후 가정을 꾸미면서 새로운 희망에 부풀게 된다. 하지만 1940년부터 이태 동안 어머니와 아버지를 잇달아 여의는 가정적인 불행이 찾아온 데다 일본 경찰의 감시까지 받게 되자 고향을 떠난다.

일본의 대륙 침략 정책인 만주사변이 장기화되어 소위 대동아전쟁이란 2차 대전으로 확대되어 갈 무렵이어서 식량 공출을 비롯해 강제노동 징발과 지식인들의 동태 감시는 날로 심해 갔고, 나 역시 불온사상·불령선인이란 낙인이 찍혀 신변의 위험, 경제적 궁핍, 그야말로 질식할 것 같은 불안과 절망의 나날이었다. 더구나 언문말소정책으로 문학에 대한 꿈마저 포기해 버렸다. 암담하고도 절박한 시기였다. 하다못해 아내가 단기 교원 강습을 받고 내 모교에 교편을 잡게 되자 나는 모든 것을 아내에게 맡겨 버리고 도둑고양이처럼 고향을 빠져나와 만주[新京]로 가 버렸다.[18]

---

18) 오영수, 「고향에 있을 무렵」, 『오영수 대표작 선집』 제7권(동림출판사, 1974), 248쪽.

일제 강점기 말에 오영수가 감시 대상이 되었던 이유는 명확하지 않다. 이 시기에 청년회관을 열어 마을 청년들에게 역사와 한글, 연극과 음악 등을 가르치기도 했다는 주장[19]이 있긴 하지만 그 근거가 분명하지는 않다. 그렇지만 일제 강점기 동안 언양 지역에서 전개되었던 소년 운동 내지는 청년 운동과 관련되었을 가능성은 높다. 오영수는 보통학교 졸업 이후를 회고하면서 "철저한 민족주의자였던 S 씨와 이미 작고한 전 대학교과서 주식회사 사장이었던 K 씨는 재향 주도 멤버로서 일찍부터 신문지국을 경영하고 지방의 문화 계통과 민족의식 고취에 기여한바 컸다. 그로 인해 사재의 희생과 일경의 감시에도 무척 시달렸다. 더구나 S 씨는 그 반생의 대부분을 감옥에서 보냈다."[20]라고 언급하면서 이들이 주도한 "야학은 오륙 년 동안 계속되었으나 불온 사상의 소굴이라 해서 몇몇 간부가 끌려가고 결국 문도 닫히고 말았다."[21]라고 말한다.

실제로 언양소년단은 민족의식이 매우 투철한 단체였다. 언제 결성되었는지는 확인하기 어렵지만, 1924년부터 언양청년회와 함께 가극대회(1월 3~4일)나 웅변대회(8월 7일)[22]를 개최하는 등 활발하게 활동하다가 1926년 5월 30일 언양소년소녀연맹으로 확대 개편한다.[23] 이들의 활동은 언양소년단 불온 문서 사건을 통해서 세상에 알려지게 된다.

두 명은 작년 12월 중순에 치안유지법 위반으로 울산경찰서에 검거되어

19) 이재인, 「오영수의 전기적 생애」, 『오영수 문학 연구』(문예출판사, 2000), 174쪽.
20) 오영수, 「고향에 있을 무렵」, 『오영수 대표작 선집』(동림출판사, 1974), 243쪽. 여기에서 S와 K는 언양 지방의 청년 운동을 주도했던 신주극(신학업)과 김기오다.
21) 위의 책, 244쪽.
22) 「언양소년소녀 가극대회」, 《동아일보》, 1924. 1. 10.
   「언양소년소녀 현상웅변대회」, 《동아일보》, 1924. 8. 11.
23) 언양소년소녀연맹 창립대회에서 발표된 선언문은 다음과 같다. "어린 무리들아 모여오라, 소년단의 깃발 밑으로! 장래의 용사가 되고 주인공인 어린이 무리여! 부패한 사회를 돌파하고 평화의 봄나라에 새 백성이 되려고 우리는 주의, 강령을 굿세이 잡아 언양소년소녀연맹을 세우노라."

이래 수 삭 동안 부산검사국의 취조를 마치고 지난 21일에 부산지방법원에서 佐佐木 판사의 심리와 千綿 검사의 입회로 공판이 열리었는데, 방청석에는 개정 전에 벌써부터 입추의 여지도 없이 대만원이었다. 그 기소 이유를 듣건대 피고 이동계는 원래 언양청년동맹 회원으로서 대정 4년 3월에 언양소년단의 간부가 되어 이래 그 소년단에서 모든 지도를 해 오던 중 소년단 총회의 석상에서 ○○사상을 선전했다는 것이요, 김동하는 대정 15년 3월에 언양소년회에 입회하여 동회 간부 신영업, 이동계와 및 언양청년동맹원 오정호 등이 항상 언양소년회는 조선○○을 위해 노력하지 않으면 아니된다는 의미의 강화 지도에 직접 간접으로 자극을 받아 소화 3년 12월 8일에 자기 집에서 불온한 광고지를 작성하여 그것을 동월 11일에 언양주재소 앞 게시판에 붙여둔 것과 그가 다니는 보통학교에서 만국기를 그려오라는 말을 듣고 그 가운데에 구한국 태극기를 그려넣었다는 것으로써 이라는 데 이에 대하여 千綿 검사는 <u>이 사건의 피고들은 비록 나이는 어리다 할지라도 그 의식은 장래의 무엇을 목적하는 확실한 신념을 세워 있는 것</u>으로 넉넉히 인증할 수 있고 따라서 <u>그들의 소년운동은 오늘의 일본 국체와는 도저히 서로 용납할 수 없는 바이므로써</u> 엄중한 처분을 하지 않을 수 없다 하여 보안법 제7조를 적용해 징역 각 1년의 구형을 한다 하매 이 사건의 담임변호사인 김일룡 변호사는 장시간의 열렬한 변호를 한 뒤에 양 피고인의 무죄의 판결을 주장하고 폐정했다는데 판결 언도는 오는 28일로 결정했다더라.

— 「언양소년회 불온문서 사건」, 《동아일보》, 1929. 3. 23

이 사건은 5월 21일 대구복심법원에서 조선 독립 사상을 선전하고 일본인이 조선인을 압박하고 정부 또한 차별 대우한다고 하고 일본인 상품 불매를 선동한 혐의로 확정 판결을 받음으로써 일단락된다.[24] 하지만 스무 살

---

24) 「언양 김동하·이동계 양 소년 팔개월 언도, 언양소년회 사건」, 《동아일보》, 1929. 3. 30;
「언양소년동맹 이동계 군 출옥」, 《동아일보》, 1929. 12. 19.

도 안 된 미성년자들에게 "나이는 어리다 할지라도 그 의식은 장래의 무엇을 목적하는 확실한 신념을 세워 있는 것"으로 판단할 정도로 확신범이었던 이들의 태도로 미루어 볼 때, 이 무렵 언양소년단에 소속되었던 오영수역시 '불온사상·불령선인'으로 감시를 받았으리라 짐작된다.

만주로 건너간 후 오영수는 신경에서 열리던 '만주국 건국 10주년 대동아박람회'에서 니혼대학 전문부 시절 함께 직공으로 일하던 요네다(米田)를 만난다. 이때 벌어들인 돈으로 고향에 돌아와 빚을 청산하고 처가가 있던 동래의 일광국민학교로 전근하는 아내와 함께 이사를 한다. 그런데 이곳에서 징용으로 끌려갈 위기에 처하자 처형의 알선으로 일광면 서기로 취직하게 된다. 이곳에서 오영수는 '해인사 사건'에 연루되어 치안유지법 위반으로 1년간 옥고를 치르고 피신해 있던 범부 김정설을 만나게 된다. 그리고 김정설은 자신을 만나기 위해 찾아온 동생 김동리에게 "오 군도 문학에 뜻이 있는 모양"[25]이라 말하며 만남을 주선한다. 이때 김동리는 오영수를 만나 아동 문학보다는 소설을 쓰라고 권유했지만, 오영수는 그 말을 귀담아듣지는 않았던 듯하다. 광복 후에도 그는 계속해서 시를 쓰면서 지역 문단에서 활동했던 것이다.

그런데 지역 문단이 문인 중심으로 재편성되는 과정에서 오영수의 입지는 그리 넓은 편이 아니었다. 청년문학가협회 경남지부 준비위원으로 활동하면서 시 「숲」(『날개』, 청년문학가협회 경남지부, 1946. 8. 15)이라든가 「바다」(《중성》, 1946. 9) 등을 발표하기도 하고, 염주용이 발간하던 《문예신문》 신춘문예에 시 「호마(胡馬)」가 3등으로 당선되기도[26] 했지만 중앙 문단에서 인정을 받은 것이 아니었다. 《백민》에 발표된 시 「산골 아가」(1948. 10)와 「유월의 아침」(1949. 2·3)으로는 문인으로 인정받기에 턱없이 모자란 것이었다. 청년문학가협회 경남지부 회원들이 1948년 12월에 열린 민족정신앙양 전국

---

25) 김동리, 「오영수 형에 대하여 — '머루' 무렵을 중심으로」, 《현대문학》, 1979. 7, 232쪽.
26) 맥랑생, 「호마(胡馬)」, 《문예신문》 50, 1948. 4, 이순욱, 앞의 글, 30쪽에서 재인용.

문화인총궐기대회 준비위원으로 활동한 것과는 달리 오영수는 대회에 초청받는 것으로 만족할 수밖에 없었던 것이다. 결국 오영수는 지역 문단에서의 시작 활동을 청산하고 소설가로서 새로운 문학 인생을 시작한다.


### 4 상상된 공동체의 아나키즘적 성격

오영수의 사상적 기반을 반공주의와 민족주의, 그리고 아나키즘의 결합이라고 했을 때, 그것은 어떻게 구체화되었을까? 그것의 외피를 형성하고 있는 것은 물론 반공주의였다. 1949년 오영수는 김동리의 도움[27]으로 중앙 문단에 진출하지만 본격적으로 작품 활동을 펼치기도 전에 한국 전쟁을 만나게 된다. 이에 경남 지역에서는 유치환을 중심으로 경남문총구국대가 결성되었는데, 오영수는 1950년 9월 28일 유치환, 김재문(사진가), 우신출(화가), 이준(화가) 등과 함께 육군 보병3사단 23연대에 배속되어 동부 전선을 종군한다. 인천 상륙 작전이 펼쳐지던 9월 28일 부산역을 떠나 경주, 포항, 영덕을 거쳐 원산까지 국군과 더불어 진격하던 경험은 「동부 전선 종군기」에 잘 그려져 있다. 종군 이후 부산에 형성된 피난 문단[28]에서 많은 문인들과 교유하게 된 오영수는 전쟁이 끝나자 "미칠 듯이 그리운 곳이면서도 가시밭처럼 밤새 사나운 곳"[29] 서울로 삶의 터전을 옮기게 된다. 그리고 1955년 《현대문학》이 창간되자 조연현(주간)과 함께 편집장으로 일하게 된다.[30]

---

27) 일광에서 시작된 오영수와 김범부 사이의 인연은 광복 이후에도 지속되었으리라 짐작된다. 광복 직후 김범부는 곽상훈, 김법린, 박희창, 오종식, 이시목 등과 함께 일오구락부라는 정치 단체를 조직하고 경남 지역에서 활동했는데, 1950년 제2대 민의원 선거에서 부산 동래에서 당선된 바 있다. 김동리가 서울신문사 출판부장으로 《신천지》 편집장을 맡았을 당시에는 서울신문사 고문이기도 했다.

28) 잘 알려져 있듯이 피난지 부산에서 새롭게 형성된 문단의 풍경을 그린 김동리의 「밀다원 시대」에 등장하는 '오정수'는 오영수를 모델로 한 것이다.

29) 오영수, 「촌뚜기의 변」, 『머루』(문화당, 1954).

30) 오영수가 《현대문학》 창간 작업에 동참할 수 있었던 것은 당시 대한교과서 사장이었던 동향의 김기오 덕분이라고 할 수 있다. 김기오는 일제 강점기 때 언양에서 동아일보 지

오영수의 초기 작품들에서 반공주의적 면모를 살펴볼 수 있는 작품으로「머루」(1950)를 들 수 있다. 이 작품에서 주인공 석이는 어렵사리 마련한 송아지를 키워서 농사를 더 잘 짓고자 하는 소박한 소망을 가지고 있으며, 석이 엄마는 소가 새끼를 낳으면 아들을 이웃집 처녀와 결혼시킬 생각에 가슴 설렌다. 하지만 양식을 얻기 위해 마을에 들이닥친 빨치산들이 송아지를 끌고 감으로써 석이 일가의 꿈은 산산조각이 난다. 석이 엄마는 끝까지 송아지 고삐를 놓지 않다가 목숨을 잃게 되고, 빨치산 무리에게 끌려 산으로 갔다가 돌아올 줄 모르는 아버지를 기다리다가 분이 또한 마을을 떠나고 만 것이다. 이처럼 성실하게 살아가던 석이 일가가 빨치산 때문에 고통을 받는 모습은 광복 직후의 혼란스러운 현실과 더불어 사회주의 이념의 비인간적인 모습을 비판하는 것으로 충분히 읽힐 만하다. 그렇지만 비슷한 시기에 발표된「대장간 두칠이」(1950)는 사뭇 다른 양상으로 나타난다. 언어 장애를 가지고 있는 두칠이는 빨치산들이 범냇골을 습격하자 도망을 치지만, 범냇골에서 왔다는 사실 때문에 마을 사람들로부터 빨치산이라는 오해를 받아 유치장에 갇히면서 사산으로 아내조차 잃게 된다. 따라서 오영수의 소설을 읽으면서 좌우의 이념을 선과 악으로 직접 환원시키는 태도는 적절하지 않은 듯하다. 그가 관심을 가졌던 것은 "비만 오면 그칠 물싸움도 아닌 남북 싸움에 무고한 백성들이 까닭도 없이 쓰러져 가는 사실"[31]이었다.

이념 대립에 대한 비판적 태도는「후일담」(1960)에서도 잘 드러난다. 이 작품은 제주도 4·3 사건을 배경으로 하고 있는데, 주인공 박 중위는 계엄군으로 제주도에 들어갔다가 부역 혐의를 받고 숨어 지내는 하숙집 며느리를 만나게 된다. 그녀는 여수·순천 사건 당시 빨치산의 앞잡이라는 혐의로

---

국을 운영하면서 청년 운동과 신간회 운동 등에 앞장섰던 인물로 오영수가「고향에 있을 무렵」에서 언급한 적이 있다. 당시 현대문학사는 대한교과서의 자본으로 설립된 회사여서 대한교과서 사장이 현대문학사 사장을 겸임했는데, 초대 사장이 바로 김기오였다.
31) 오영수,「머루」,『머루』(문화당, 1954), 15쪽.

남편과 함께 체포되어 모진 고문을 받다가 홀로 풀려나 제주도로 돌아왔지만, 4·3 사건이 일어나자 다시 체포되어 처형되기 직전에 기적적으로 살아남아 마루 밑에서 숨어 지내고 있었다. 이 사실을 알게 된 박 중위는 연대장에게 부탁하여 양민증을 발급해 준 뒤 다른 곳으로 전속되어 제주도를 떠나게 된다. 그런데, 6·25 전쟁 때 다시 제주도에 들렀을 때 박 중위는 그녀가 부역 혐의자 가족과 함께 경찰에 검거되어 바다에 수장되었다는 사실을 전해 듣게 된다.

이처럼 오영수의 반공주의는 좌익에 대한 부정이라는 모습을 띠고 있지만, 그렇다고 하더라도 우익에 대한 무조건적인 긍정으로 환원되지 않는다. 이념 대립은 평범한 삶을 살아갔던 일상인들의 평화를 파괴하고 결국에는 죽음으로 몰아넣는 비인간적인 폭력이었던 것이다. 북한군에 끌려간 연인을 구하기 위해 국군에 자원입대하여 야간 정찰 활동을 펼치던 중에 사살한 사람이 바로 자신이 찾던 사람이었음을 알고 자살하는 「한탄강」 (1958) 또한 이러한 관점에서 이해될 수 있을 것이다.

광복 직후의 이념 대립과 남북한 간의 동족상잔을 경험하면서 오영수의 소설 세계는 흑백 논리에 사로잡혀 자신의 이념만을 절대시하는 좌우익의 이념에 거리를 취하는 한편, 이념에 의해 훼손되어 버린 가치를 복원하는 방향으로 전개된다. 한국 전쟁 직후에 발표된 「갯마을」(1953)은 그것을 잘 보여 준다. 이 작품에서 주인공 해순은 이름이 암시하듯 '바다'로 표상되는 고향을 떠나서는 살아갈 수 없는 인물이다. 해순은 첫 남편을 바다에서 잃고 난 뒤 상수와 결혼하여 산골 마을로 들어갔다가 바다를 향한 향수를 견디지 못하고 갯마을로 돌아온다. 해순뿐만 아니라 그녀의 어머니 역시 뜨내기 고기잡이를 만나 해순을 낳게 되면서 이 마을을 떠나지 못했지만, 해순의 결혼과 함께 자신의 고향이었던 제주로 돌아간다.

「갯마을」에서 해순 모녀의 향수는 그들의 고향이 언제나 같은 모습으로 기다리고 있으리라는 기대를 담고 있다. 달리 말해 그들의 고향이 "멀리 기차 소리가 바람결에 들"리기는 하지만 외부와 거의 교섭하지 않은 고립되고 폐쇄된 공간으로 남아 있었기 때문에 고향으로의 복귀가 성공할 수 있었던 것이다. 그곳에서 예측할 수 없는 자연의 거대한 힘은 삶을 위기에 몰아넣기도 하지만, 인간과 인간 사이의 관계를 위협하는 것은 아니다. 그들이 살고 있는 고향은 언제나 상호 부조의 원리 속에 짙은 인간적 유대를 간직한 공동체의 모습을 유지하고 있는 것이다. 이처럼 사회적 갈등이 없기 때문에 인간관계를 규율하는 윤리 규범은 불필요하거나 큰 힘을 발휘하지 못한다. 자신들의 성정을 자연스럽게 드러내면서 사랑을 나누고, 기쁨과 슬픔을 타인들과 공유하며 살아가면 되는 것이다.

오영수가 그려 낸 이러한 공동체는 고립성과 폐쇄성을 벗어나지 못한 까닭에 근대화라는 시대의 현실에 부합하지 않는 비역사적 성격을 지니고 있다고 비난받기도 한다. 또한 유년의 고향을 그린 「요람기」나 「태춘기」 등과 오버랩되면서 과거로의 복귀라는 복고적 낭만주의로 규정되기도 한다.[32] 하지만 오영수는 과거로부터 지속되어 온 고향으로 복귀하고자 했던 「갯마을」에서 한 걸음 더 나아가 「메아리」(1959)를 통해 자신들만의 공동체를 만들어 가는 과정을 그리고 있다.[33]

「메아리」에서 피난살이에 지친 동욱 내외는 지리산 부근의 인적 없는 산중으로 들어가 새로운 삶을 시작한다. 지리산의 품 안에 그들은 경제적으로 자급자족적인 생활을 영위하며 타인과의 경쟁과 대립 대신에 타인에 대한 배려와 용서를 중요시한다. 그곳에서 만난 박 노인은 이러한 미덕을 잘 보여 주고 있다. 그는 고향에서 평소 일꾼으로 부리던 윤방구가 아내와 불륜을 저지르는 모습을 목격하자 집에 불을 놓고 세상을 피해 지리산으로 들어왔다. 하지만 윤방구가 빨치산이 되어 쫓겨 다니자 오히려 그를 거두게 된다.[34] 박 노인이 "나는 사람이 싫고 사람을 믿을 수가 없어서 산으

32) 장수익, 「전후 소설과 장소의 문제」, 《한국현대문학연구》 9.
33) 김인호, 「오영수 소설에 나타난 '향수'의 미학」, 《한민족어문학》 39, 4쪽.
34) 문학의 현실 참여를 주장하던 젊은 비평가 김우종은 4·19 혁명 직후에 발표된 글에서 "오영수 씨의 작품 중에서 국군의 가장 밑바닥의 추악한 모습을 폭로한 「명암」 또는 빨

로 들어와 벌써 이십 년 가까이 사는데 그게 양입니다. 역시 사람은 사람끼리 이렇게 살아야 귀천이 있겠십디더."[35]라고 말한 것처럼 그들은 이념을 넘어서 인간적인 신뢰에 기반한 공동체를 만들어 가고 있는 것이다.

이렇듯 고립된 공간에 건설된 공동체는 실제 역사에서 실현되기 어려운, 따라서 작가의 상상 속에서 만들어진 공동체에 가깝다. 「은냇골 이야기」에서 드러난 것처럼 국가의 통제가 미치지 않는다. "나라에서 세금을 받으러 온 적도 없고 관에서 호구를 조사해 간 일도 없"[36]는 것이다. 이처럼 국가라는 이름으로 이루어지는 법적·제도적 억압이 제거된 소규모 지역 공동체에서는 윤리적인 금기 또한 무의미하다. 오영수의 소설에서 자주 나타나는 일부일처제의 해체는 인간의 자연스러운 본능의 표현이기 때문에 더 이상 도덕적 판단의 대상이 되지 않는다. 그러한 성정을 자연스럽게 드러내는 것은 윤리적인 금기와 권위를 부정함으로써 자유로운 인간에 대한 믿음을 보여 주고 있는 것이다.

이처럼 모든 억압과 통제가 사라진 공간에서 자유롭게 살아가는 소규모 공동체에 대한 작가적 욕망은 과거가 아니라 앞으로 만들어 가야 할 미래로 제시된다는 점에서 복고적이기보다는 성찰적인 성격을 지닌다. 당대의 사회가 서 있는 지점을 비춰 주는 거울의 역할을 하는 것이다. 「오지에서 온 편지」에서 오영수가 소규모 공동체를 어떻게 건설해 나갈 것인가에 관한 구체적인 방법론을 제시하고자 했다는 사실은 이 점을 반증한다. 이 작품은 도시를 떠나 농촌으로 돌아간 인물이 도시에 사는 친구에게 보낸 다섯 통의 편지 형식으로 이루어져 있는데, 주인공은 서울에서의 경험을 바탕으로 도시 문명이 인간의 삶을 어떻게 파괴하는가를 비판하면서 마을

---

갱이로서 부역했던 자를 경찰 몰래 산중에 감춰 두고 그에게 삶의 길을 열어 주는 「메아리」 같은 작품은 지극히 위험한 것"이었음에도 이승만 정권 아래에서 발표한 것을 높이 평가한 바 있다.(김우종, 「정의감과 예술성」, 《동아일보》, 1960. 6. 2)
35) 오영수, 「메아리」, 『메아리』(백수사, 1960), 147쪽.
36) 오영수, 「은냇골 이야기」, 『수련』(정음사, 1965).

주민들과 함께 목축 사업을 벌이고 그들과 함께 공동 생산과 공동 분배를 실현할 수 있는 방안을 모색하고 있는 것이다. 인간의 본원적인 선함을 회복하는 소규모 공동체에 대한 강렬한 지향을 어떻게 이름 붙여야 할지 모르겠지만, 국가나 윤리 혹은 제도의 억압을 부정하면서 개인의 자유를 추구한다는 점에서 아나키즘적 비전과 여러모로 닮아 있는 것만은 부인하기 어렵다.

## 5 맺음말

오영수는 전후 현실의 암울성과 그에 대응하는 문학 정신의 치열성이라는 전후 문학의 일반적 경향과는 달리 토착적 정서를 추구한 매우 이채로운 작가였다. 순박한 인간들의 인정미를 추구하는 그의 작품에서는 반문명적인 자연 예찬이 과장적으로 나타나기도 하고 향촌에 대한 애정이 심정적인 진술로 제시되기도 한다. 또한 소설이 단편성을 면치 못하고 서정성에 함몰하는 경향을 드러내기도 한다.

하지만 오영수의 소설의 특징으로 언급되는 이러한 서정성, 전통성, 향토성 등의 개념을 아나키즘과 관련시켜 볼 때 재해석될 여지가 많다. 그의 소설에 나타나는 향수는 실제로 존재했던 고향의 공간이나 유년의 시간을 향한 것이 아니었다. 그것은 유치환이 "푸른 해원을 향하여 흔드는 영원한 노스탤지어"라고 말했던 것처럼 소규모 공동체를 향한 이루어질 수 없는 꿈이었다. 반공주의적 분위기 속에서 표현될 수 없었던 것이기에 때로는 고향으로, 때로는 유년으로, 때로는 무릉도원으로 끊임없이 모습을 달리하여 나타나고 있지만, 그 깊숙한 곳에 국가를 넘어선 아나키즘적 비전을 숨겨 놓고 있었을지도 모르겠다. 청년문학가협회 경남지부가 내세웠던 "지방 문화의 육성과 향토 문학의 건설을 기함"이라는 강령을 고려해 볼 때, 오영수 소설의 지방중심주의라든가 방언중심주의 역시 재의미화의 가능성을 내포하고 있는 것이다.

민족주의에 기대어 국가의 이익을 우선시하던 획일화된 시대적 분위기에서 이렇듯 이채로운 소설 세계를 구축할 수 있었던 궁극적인 원천이 무엇이었을까라는 물음에서 출발하여 본고는 오영수의 문학적 출발에 해당하는 청년문학가협회 경남지부의 아나키즘적 분위기에 주목했다. 획일화된 반공주의가 기승을 부리던 상황 탓에 내밀한 형태로 자리 잡을 수밖에 없었지만, 국가로의 통합을 강조하는 민족주의의 구심력과 맞서 아나키즘은 원심력으로 작동하고 있었다고 가정한 것이다. 만약 이러한 가설이 성립된다면, 전후 한국에서 형성된 '한국적 민족주의'는 우리가 생각했던 것 이상으로 다양한 스펙트럼을 가진 이념으로 재조정되어야 한다. 민족주의는 근대 이후 형성된 국제 질서에 편입되어 주체적인 목소리를 내기 위해서 반드시 민족 국가가 필요하다는 점을 강조한다. 그런데 민족 국가의 건설은 비단 민족주의자들만의 목표일 수는 없었다. 사회주의자들 역시 계급 혁명을 위한 전 단계로서 민족 국가의 건설이 필요하다는 데 인식을 같이했고, 그 결과 신간회와 같은 좌우합작노선이 현실화될 수 있었다. 그렇지만, 민족주의와 사회주의뿐만 아니라 아나키즘을 고려한다면 상황은 복잡해진다. 아나키즘은 계급 독재에 반대한다는 점에서 민족주의에 근접하면서도 국가라는 존재를 부정한다는 점에서 민족주의와 대립한다. 이러한 아나키즘과 민족주의 사이의 길항 작용 속에서 새로운 가능성이 태동한다. 즉 '한국적 민족주의'는 '국가 없는' 아나키즘에서 국가주의적 파시즘까지 다양한 스펙트럼으로 이루어진 이념들이 경쟁하던 장이었던 셈이다.

# 참고 문헌

구승회 외, 『한국 아나키즘 100년』, 이학사, 2004

구모룡, 「난계 오영수의 유기론적 문학 사상에 관한 시론」, 《영주어문》 20, 2010. 8

권영민, 『한국 현대문학사 1945~1990』, 민음사, 2000

김동리, 「온정과 선의의 세계」, 《신문예》, 1959. 1

김동리, 「오영수 형에 대하여 ―『머루』 무렵을 중심으로」, 《현대문학》, 1979. 7

김병걸, 「오영수의 양의성」, 《현대문학》, 1967. 9

김우종, 「정의감과 예술성」, 《동아일보》, 1960. 6. 2

김윤식, 「작가와 내면 풍경」, 『김윤식 소설론집』, 동서문학사, 1991

김인호, 「오영수 소설에 나타난 '향수'의 미학」, 《한민족어문학》 39, 2001

대담, 「인정의 미학 ― 오영수 씨와 대화」, 《문학사상》, 1973. 1

맥랑생, 「호마(胡馬)」, 《문예신문》 50, 1948. 4

문덕수, 『청마 유치환 평전』, 시문학사, 2004

박영준, 「오영수 소설에 나타난 생태 의식과 무의식적 자연 지향」, 《한민족문화
    연구》 44, 2013

박진희, 『유치환 문학과 아나키즘』, 지식과 교양, 2002

박태일, 「'만선일보'와 경남·부산 지역 문학」, 《현대문학의 연구》 36, 2008

박훈하, 「근대성 너머로 문득, 도원을 보다」, 《오늘의 문예비평》 45, 2002. 6

유임하, 「근대성 비판과 자연을 향한 동경」, 《작가연구》 10, 새미, 2000

이순욱, 「광복기 시인 염주용의 매체 활동과 '문예신문'」, 《석당논총》 52, 2012

이재인, 『오영수 문학 연구』, 문예출판사, 2000

이호종, 「난계 오영수론」, 《국어국문학》 26(부산대 국어국문학과), 1989. 4

이호룡, 『한국의 아나키즘 ― 사상편』, 지식산업사, 2001

장수익, 「전후 소설과 장소의 문제」, 《한국현대문학연구》 9

정태용, 「20년의 정신사」, 《현대문학》, 1967. 9

천승준, 「인간의 긍정 ― 오영수론」, 《현대문학》, 1959. 9

# 제2주제에 관한 토론문

이경재(숭실대 교수)

김종욱 선생님의 「오영수, 향수의 정치학」은 오영수에 대한 여러 가지 새로운 사실을 밝혀낸 매우 뜻깊은 논문이라고 판단된다. 이 논문에서 밝혀낸 새로운 사실은 크게 오영수의 생애와 오영수의 작품에 대한 것으로 나누어 볼 수 있다. 꼼꼼한 실증을 통하여 오영수의 일제 강점기 말과 광복 이후의 행적을 재구해 내고 있다. 이러한 1차적 자료의 꼼꼼한 추적과 정리는 후학들에게 여러 가지 도움을 줄 것으로 판단된다. 다음으로 김종욱은 서정성, 토속성, 인간성 등의 키워드를 통해 "온정과 선의의 세계"를 그려 낸 리리시즘의 작가로만 인식되어 온 오영수의 새로운 문학적 면모를 보여 주고 있다. 그것은 오영수의 대표작들을 아나키즘이라는 맥락에서 읽어 내는 과정에서 발생하는 것으로 보인다. 이것은 사상의 진공 상태와도 같은 것으로 인식되어 온 오영수 문학을 새롭게 바라볼 수 있는 하나의 틀을 만들어 냈다는 점에서 고평하지 않을 수 없다. 몇 가지 의문점들을 여쭤 보는 것으로 토론을 대신하고자 한다.

첫째, 4장은 "오영수의 사상적 기반을 반공주의와 민족주의, 그리고 아나키즘의 결합이라고 했을 때, 그것은 어떻게 구체화되었을까?"라는 문장으로 시작된다. 직접적으로 오영수가 가담한 사회 단체는 언양소년단으로 소개되어 있다. 이 언양소년단은 "나이는 어리다 할지라도 그 의식은 장래의 무엇을 목적하는 확실한 신념을 세워 있는 것"이라고 판단할 정도로 민족의식이 매우 투철한 단체였다는 것이다. 언양소년단에 소속되었기에 일제 강점기 말 오영수는 일경의 심한 감시를 받고, 나중에는 만주행까지 감행했다고 설명된다. 작품이 아닌 실제 삶에서도 오영수를 아나키스트라고 볼 수 있는 근거에 대한 보충 설명을 듣고 싶다.

둘째, 4장에서 필자는 오영수의 초기 작품들에는 반공주의적 면모가 드러난다고 주장하고 있다. 그러나 「머루」를 제외한 「대장간 두칠이」, 「후일담」, 「한탄강」 등은 모두 반공주의라기보다는 이 당시 소설의 중요한 흐름 중의 하나인 소박한 휴머니즘을 주장한 것으로 보인다. "좌익에 대한 부정이라는 모습을 띠고 있지만, 그렇다고 하더라도 우익에 대한 무조건적인 긍정으로 환원되지 않"으며, 이념 대립을 "일상인들의 평화를 파괴하고 결국에는 죽음으로 몰아넣는 비인간적인 폭력"으로 그리고 있는 이들 소설들을 "반공주의"라고 불러야 할지 의문이 든다.

셋째, 이 글에서는 「갯마을」, 「메아리」, 「은냇골 이야기」, 「오지에서 온 편지」 등을 분석한 후, 이들 작품에 "인간의 본원적인 선함을 회복하는 소규모 공동체에 대한 강렬한 지향을 어떻게 이름 붙여야 할지 모르겠지만, 국가나 윤리 혹은 제도의 억압을 부정하면서 개인의 자유를 추구한다는 점에서 아나키즘적 비전과 여러모로 닮아 있는 것만은 부인하기 어렵다."라고 결론 내리고 있다. 그러나 오영수의 대표작인 「갯마을」 같은 경우에는 아나키즘적인 해석이 완전히 들어맞는 것 같지는 않다. 해순이는 상수를 따라 상수의 고향인 산골 마을로 두 번째 시집을 간다. 그런데 이 산골이 '인간의 본원적인 선함을 회복하는 소규모 공동체'인 갯마을과 구분되는 사회적 공간으로 바라볼 이유가 없다고 생각된다. 해순이 다시 갯마을로 돌아온 것 역시 멸치 떼가 때가 되면 바닷가로 돌아오듯이, 해순이라는 생명체에게 본원적으로 내재된 시원을 향한 본능 때문이라고 할 수 있다. 해순의 어머니가 해순을 시집보내자마자 자신의 고향인 제주도로 돌아간 것처럼 말이다. 따라서 이 작품을 소규모 공동체를 지향한 아나키즘적인 작품으로 이해하는 것은 무리가 아닐까 싶다.

이 논문은 그동안 오영수를 문협 정통파의 후속 세대이며 반리얼리즘 작가로 규정한 것에서 벗어나 아나키즘을 매개로 하여 오영수 문학에 나타난 일정한 역사성과 현실성의 특징을 드러내려고 한 것으로 읽힌다. 그런데 아나키즘에는 분명 소규모 공동체를 향한 강렬한 지향이 중요한 특성으로 존재한다. 그러나 한편으로는 아나키즘에 대한 가장 통속화된 이미지가 폭동과 테러일 정도로, 아나키즘은 국가 권력에 도전하는 불온한 정치사상이다. 아나키즘은 국가 권력은 물론이고 강압적이고 억압적인 권력 일체에 대하여 거부한다. 공동체의 자치를 강조하는 아나키즘은 사회적 결정들이 반드시 자신의 동의를 거쳐 내려져야 하고, 자신이 살아온 삶의 터전을 그 누구도 강제로 빼앗을 수 없다고 주장한다. 아나키즘은 잘못된 결정이나 부당한 대우에 맞서 저항하고 싸울 때에만 나의 자치와 행복이 보장될 수 있다고 믿는 급진적 사상이다. 한마디로 아나키즘은 본능적인 반란과 저항의 힘을 내재한 강력한 정치 이데올로기이기도 한 것이다. 그런데 이 논문에서 바라보는 아나키즘은 지나치게 순화되고 정치 이데올로기로서의 측면이 거세된 것으로 규정된 것은 아닌지 모르겠다. 그 결과 이 논문을 통해 오영수 문학의 역사성과 현실성이 새롭게 드러난 것만큼이나, 아나키즘의 역사성과 현실성은 은폐되는 것이 아닌가 하는 의문이 든다.

넷째, 이 논문은 궁극적으로 전후 한국에서 형성된 '한국적 민족주의'는 다양한 스펙트럼을 가진 이념으로 재조정되어야 한다고 주장한다. 한국적 민족주의에는 국가로의 통합을 강조하는 민족주의의 구심력과 함께 아나키즘이 원심력으로 존재했기 때문이다. 그런데 이 글에서는 한국적 민족주의에 아나키즘이 일정한 요소로 존재했다는 근거로 청년문학가협회 경남지부에 아나키스트들이 참여했다는 것과 오영수의 문학에 아나키즘적 요소가 드러난다는 두 가지 근거가 작용한 것으로 보인다. 그러나 청년문학가협회 경남지부에 아나키스트들이 참여한 것은 사회주의 문학에 대한 대타적 규정에 의한 것이지 한국적 민족주의에 대한 참여로 볼 수 있는지 의문이 든다. 또한 오영수의 문학을 한국적 민족주의와 연관시킬 수 있는 근거도 곰곰이 생각해 볼 문제라고 판단된다.

## 오영수 생애 연보

| | |
|---|---|
| 1909년 | 2월 11일, 경남 울주군 언양면 동부리 313번지에서 아버지 오시영(吳時泳)과 어머니 손필옥(孫必玉) 사이의 5남 5녀 중 장남으로 출생. 본관은 해주. 호는 월주(月洲). 향리 서당에서 한학을 수학함. |
| 1920년 | 4월 1일, 언양공립보통학교 입학. |
| 1926년 | 3월 24일, 언양공립보통학교(제11회) 졸업. |
| 1927년 | 모교의 추천으로 우편국 사무원으로 취직하여 2년 여간 근무. |
| 1931년 | 일본에 건너가 고학으로 오사카 나니와중학 속성과에서 수학. |
| 1932년 | 일본 오사카 나니와중학 속성과 졸업. |
| 1933년 | 언양에서 면 서기로 근무. |
| 1935년 | 일본에 건너가 동경의 한 실내장식사에서 말단 직공으로 일하며 니혼대학 전문부에 입학했으나 '부친 별세'라는 거짓 전보를 받고 급히 귀국. |
| 1937년 | 일본으로 건너가 도쿄 국민예술원에 입학. |
| 1939년 | 일본 도쿄 국민예술원 졸업. 동래 일신여고(현 동래여고) 출신의 김정선(金貞善)과 결혼. 장녀 숙희 출생. |
| 1940년 | 차녀 국이 태어났으나 2년 뒤에 사망함. 모친 별세. |
| 1941년 | 부친 별세. |
| 1942년 | 만주국 신경으로 건너감. 만주국 건국 10주년 박람회에서 1935년 일본에 있을 때 함께 일했던 요네다(米田)를 만나 4월 초순부터 9월까지 장식업자로 일함. |

| | |
|---|---|
| 1943년 | 만주에서 귀국. 아내가 처가 인근의 일광보통학교로 전근하게 되자, 경남 양산군 일광면 산전리로 이사. 처형의 알선으로 일광면 서기로 근무. 이 무렵 기장 좌천에 은거해 있던 범부 김정설을 만나면서 김동리와도 교우함. 장남 철 출생. |
| 1945년 | 12월, 부산 경남여고 미술 교사로 부임. 후에 국어 교사가 되어 재직함. |
| 1946년 | 부산시 낙민동 242번지로 이사. 차남 윤 출생. 조선청년문학가협회 경남지부 결성에 앞장섬. |
| 1948년 | 《백민》 10월호에 시 「산골 아가」 발표. 삼남 건 출생. |
| 1949년 | 《백민》 5월호에 시 「6월의 아침」 발표. 《신천지》 9월호에 「남이와 엿장수」 발표(김동리 추천). |
| 1950년 | 《신천지》 4월호에 「머루」 발표.(《서울신문》 신춘문예 입선작) 9월, 유치환과 함께 동부 전선에 종군.(3사단 22연대 소속) |
| 1951년 | 부산중학교로 전임. 부산시 동구 수정동 664로 이사. 차녀 영 출생. |
| 1954년 | 《현대문학》 창간을 위해 상경하여 아우 오양근의 집에서 기거. 단편집 『머루』 출간. |
| 1955년 | 《현대문학》 편집장.(주간 조연현) 「박학도」로 제1회 한국문학가협회상 수상. |
| 1956년 | 단편집 『갯마을』 출간. |
| 1957년 | 서울 성북구 돈암동 250번지로 이사. |
| 1958년 | 단편집 『명암』 출간. |
| 1959년 | 제7회 아세아자유문학상 수상. 수상작은 「메아리」. |
| 1960년 | 단편집 『메아리』 출간. |
| 1963년 | 서울 도봉구 우이동으로 이사. |
| 1965년 | 단편집 『수련』 출간. |
| 1966년 | 위궤양으로 현대문학사의 실무를 떠나 이듬해 수술을 받음. |

| 1970년 | 한국문인협회 소설분과위원장으로 피선. |
| 1972년 | 12월부터 위궤양이 악화되어 서울대병원에 입원 후 수술. |
| 1973년 | 1월, 퇴원함. |
| 1974년 | 서울 도봉구 쌍문동 486번지로 이사. |
| 1976년 | 단편집『황혼』출간. |
| 1977년 | 경남 울주군 웅촌면 곡천리로 이사.(침죽재(枕竹齋)로 명명) 제22회 대한민국 예술원상. |
| 1978년 | 단편집『잃어버린 도원』출간. |
| 1979년 | 5월 15일, 경남 울주군 웅촌면 곡천리 자택에서 간염으로 타계. 언양면 송태리 선영에 안장. |

오영수 작품 연보

| 발표일 | 분류 | 제목 | 발표지 |
|--------|------|------|--------|
| 1927. 5. 25 | 동시 | 병아리 | 동아일보 |
| 1929. 10. 2 | 동시 | 박꽃 아가씨 | 동아일보 |
| 1929. 11. 10 | 시 | 술 자신 우리 아버지 | 조선일보 |
| 1929. 12. 1 | 동시 | 눈 마진 내 닭 | 조선일보 |
| 1930. 1. 22 | 동시 | 도토리밥 | 조선일보 |
| 1930. 1. 25 | 동시 | 던신대 | 조선일보 |
| 1930. 2. 20 | 동시 | 이 쌔진 한아버지 | 조선일보 |
| 1946. 8. 15 | 시 | 숲 | 『날개』(해방 1주년 기념 시집) |
| 1946. 9 | 시 | 바다 | 중성 |
| 1948. 4 | 시 | 호마(胡馬) | 문예신문 50 |
| 1948. 10 | 시 | 산골 아가 | 백민 16 |
| 1949. 6 | 시 | 6월 아침 | 백민 5-3 |
| 1949. 9 | 소설 | 남이와 엿장수 (「고무신」으로 개제) | 신천지 39 |
| 1950 | 소설 | 대장간 두칠이 | 민주신보 |
| 1950. 4 | 소설 | 머루 | 신천지 45 |
| 1951 | 소설 | 설야(雪夜) | 협동 |
| 1951 | 소설 | 두 피난민 | 주간국제 |

| 발표일 | 분류 | 제목 | 발표지 |
|---|---|---|---|
| 1951 | 소설 | 이사 | 문예 |
| 1951 | 소설 | 상춘(霜春) | 주간국제 |
| 1951 | 소설 | 촌뜨기의 변 | 문예 |
| 1952 | 소설 | 윤이와 소 | 중학국어 1학년 |
| 1952 | 소설 | 아찌야 | 사병문고 |
| 1952 | 소설 | 천가(千哥)와 백가(白哥) | 협동 |
| 1952 | 소설 | 병상기 | 문예 |
| 1952. 1 | 소설 | 화산댁 | 문예 13 |
| 1953 | 소설 | 가을 | 문예 |
| 1953 | 소설 | 코스모스와 소년 | 파랑새 |
| 1953 | 소설 | 용연삽화(龍淵揷話) | 문예 |
| 1953. 2 | 소설 | 노파와 소년과 닭 | 문예 15 |
| 1953. 5 | 소설 | 누나별 | 학원 |
| 1953. 7 | 소설 | 눈사람 | 신천지 54 |
| 1953. 9 | 소설 | 두 노우(老友) | 문예 17 |
| 1953. 12 | 소설 | 갯마을 | 문예 19 |
| 1954 | 소설집 | 머루 | 문화당 |
| 1954. 4 | 소설 | 어느 여인상(女人像) | 문학예술 1 |
| 1955. 3 | 소설 | 어떤 죽음 | 신태양 31 |
| 1955. 3 | 소설 | 학도란 사나이 (「박학도」로 개제) | 현대문학 3 |
| 1955. 5 | 소설 | 종군기: 동부전선 | 현대문학 5 |
| 1955. 10 | 소설 | 비오리 | 현대문학 10 |
| 1956 | 소설 | 욱이란 아이 | 새벗 |
| 1956 | 소설집 | 갯마을 | 중앙문화사 |

| 발표일 | 분류 | 제목 | 발표지 |
| --- | --- | --- | --- |
| 1956 | 소설 | 한탄강 | 서울신문 |
| 1956. 1 | 소설 | 어느 나루 풍경 | 문학예술 10 |
| 1956. 3 | 소설 | 응혈(凝血) | 현대문학 15 |
| 1956. 5 | 소설 | 종차(終車) | 문학예술 14 |
| 1956. 6 | 소설 | 태춘기(胎春期) | 현대문학 18 |
| 1956. 11 | 소설 | 나비 | 학원평론 1 |
| 1956. 11 | 소설 | 욱이 생일날 | 문학예술 22 |
| 1956. 11 | 소설 | 염초네 | 현대문학 23 |
| 1957. 3 | 소설 | 나비 | 현대문학 27 |
| 1957. 4 | 소설 | 불구 | 새벽 8 |
| 1957. 5 | 소설 | 낙엽 | 자유춘추 1-3 |
| 1957. 6 | 소설 | 여우 | 현대문학 30 |
| 1957. 8 | 소설 | 춘한(春寒) | 문학예술 28 |
| 1957. 10 | 소설 | 제비 | 현대문학 34 |
| 1958 | 소설집 | 명암 | 백수사 |
| 1958 | 소설 | 두꺼비 | 현대공론 |
| 1958 | 소설 | 까마귀와 소녀 | 영남문학 |
| 1958. 2 | 소설 | 후조(候鳥) | 현대문학 38 |
| 1958. 3 | 소설 | 미완성 해도 | 신태양 66 |
| 1958. 6 | 소설 | 명암(明暗) | 현대문학 42 |
| 1958. 9 | 소설 | 한탄강 | 서울신문 |
| 1958. 9 | 소설 | 내일의 삽화 | 사상계 62 |
| 1958. 12 | 소설 | 초가을 | 지성 3 |
| 1959 | 소설집 | 몽떼 크리스트 백작(번역) | 창원사 |
| 1959. 4 | 소설 | 촌경(寸景) A | 신문예 |

| 발표일 | 분류 | 제목 | 발표지 |
| --- | --- | --- | --- |
| 1959. 4 | 소설 | 메아리 | 현대문학 52 |
| 1959. 6 | 소설 | 낙수(落穗) | 사상계 71 |
| 1959. 8 | 소설 | 개개비 | 현대문학 29 |
| 1959. 9 | 소설 | 합창 | 사상계 74 |
| 1959. 12 | 소설 | Y 소년의 경우 | 사상계 77 |
| 1960 | 소설집 | 메아리 | 백수사 |
| 1960. 2 | 소설 | 한(恨) | 현대문학 62 |
| 1960. 6 | 소설 | 후일담 | 현대문학 66 |
| 1960. 7 | 소설 | 태춘기(胎春期) | 새벽 35 |
| 1961. 4 | 소설 | 은냇골 이야기 | 현대문학 76 |
| 1961. 10 | 소설 | 수련(睡蓮) | 현대문학 82 |
| 1961. 11 | 소설 | 비파(枇杷) | 사상계 101〔증〕 |
| 1961. 12 | 소설 | 실소(失笑) | 예술원보 7 |
| 1962. 3 | 소설 | 기질: 소박한 사람들 | 현대문학 87 |
| 1962. 7 | 소설 | 소쩍새 | 현대문학 91 |
| 1962. 11 | 소설 | 수변(水邊)(「낚시광」으로 개제) | 사상계 114〔증〕 |
| 1963 | 소설집 | 갯마을 | 동민문화사 |
| 1963. 4 | 소설 | 안나의 유서(遺書) | 현대문학 100 |
| 1963. 11 | 소설 | 고개 | 현대문학 107 |
| 1964. 3 | 소설 | 시계 | 세대 10 |
| 1964. 3 | 소설 | 난 | 현대문학 111 |
| 1965 | 소설집 | 수련 | 정음사 |
| 1965. 2 | 소설 | 섬에서 온 식모 | 현대문학 122 |
| 1965. 9 | 소설 | 피 | 신동아 13 |
| 1966. 1 | 소설 | 수변춘추(水邊春秋) | 현대문학 133 |

| 발표일 | 분류 | 제목 | 발표지 |
| --- | --- | --- | --- |
| 1966. 4 | 소설 | 만화(漫畵): 토끼의 재패(再敗) | 현대문학 136 |
| 1966. 6 | 소설 | 오도 영감 | 문학 2 |
| 1966. 11 | 소설 | 거지와 진주 반지 | 현대문학 143 |
| 1967. 2 | 소설 | 부채(負債) | 현대문학 146 |
| 1967. 5 | 소설 | 추풍령 | 현대문학 149 |
| 1967. 8 | 소설 | 도설(塗說) | 신동아 36 |
| 1967. 10 | 소설 | 요람기(搖藍期) | 현대문학 154 |
| 1967. 12 | 수필 | 내가 영향 받은 작가: 막연할 뿐 | 현대문학 |
| 1968 | 소설집 | 오영수 전집 | 현대서적 |
| 1968. 1 | 소설 | 한일(閑日) | 현대문학 |
| 1968. 3 | 소설 | 명촌(鳴村) 할아버지 | 사상계 179 |
| 1968. | 소설 | 실걸이꽃 | 현대문학 159 |
| 1968 | 소설 | 바캉스 | 신동아 49 |
| 1969. 2 | 소설 | 뚝섬 할머니 | 월간문학 4 |
| 1969. 2 | 소설 | 괴짜 | 아세아 1 |
| 1969. 5 | 소설 | 뜸 | 현대문학 173 |
| 1969. 8 | 소설 | 엿들은 대화 | 현대문학 176 |
| 1969. 11 | 소설 | 바가지 | 신동아 63 |
| 1970. 2 | 소설 | 산딸기 | 월간중앙 23 |
| 1970. 4 | 소설 | 전우(戰友) | 현대문학 184 |
| 1970. 7 | 소설 | 저어(齟齬) | 월간문학 21 |
| 1970. 7 | 소설 | 골목안 점경 | 한국일보 |
| 1971. 2 | 소설 | 맹꽁이 | 신동아 78 |
| 1971. 8 | 소설 | 새 | 현대문학 200 |
| 1971. 12 | 소설 | 도라지꽃 | 샘터 |

| 발표일 | 분류 | 제목 | 발표지 |
|--------|------|------|--------|
| 1971. 12 | 소설 | 환상의 석상 | 월간문학 37 |
| 1972. 1 | 소설 | X 씨의 어느 하루 | 나라사랑 6 |
| 1972. 3 | 소설 | 제자와 친구와 | 나라사랑 |
| 1972. 7·8 | 소설 | 안나의 유서 | 새시대문학 13 |
| 1972. 7 | 소설 | 오지에서 보내는 편지 | 현대문학 211~214 |
| 1972. 8 | 소설 | 흘러간 이야기 | 새생명 |
| 1972. 8 | 소설 | 매미 | 월간문학 45 |
| 1972. 9 | 소설 | 망향수(望鄕愁) | 신동아 97 |
| 1972. 10 | 소설 | 축견기(畜犬記) | 문학사상 1 |
| 1973. 1 | 소설 | 오도(五道) 영감 기타 | 문학사상 4 |
| 1973. 5 | 소설 | 입원기 | 현대문학 221 |
| 1974 | 소설집 | 오영수 대표작 전집(전7권) | 동림출판사 |
| 1974. 1 | 소설 | 섬에서 | 문학사상 16 |
| 1974. 5 | 소설 | 삼호강(三湖江) | 현대문학 233 |
| 1974. 6 | 소설 | 실향(失鄕) | 한국문학 8 |
| 1974. 8 | 소설 | 기러기 | 문학사상 23 |
| 1974. 11 | 소설 | 피로 | 한국문학 13 |
| 1975 | 소설집 | 갯마을 외 | 삼중당 |
| 1975. 1 | 소설 | 어느 여름밤의 대화 | 현대문학 241 |
| 1975. 3 | 소설 | 낮도깨비 | 문학사상 30 |
| 1975. 8 | 소설 | 어린 상록수 | 현대문학 248 |
| 1975. 10 | 소설 | 입추 전후 | 시문학 51 |
| 1975. 10 | 소설 | 회신(回信): 오지의 C 군에게 보내는 편지 | 문학사상 37 |

| 발표일 | 분류 | 제목 | 발표지 |
| --- | --- | --- | --- |
| 1975. 12 | 소설 | 어린 상록수 | 펜뉴스 1 |
| 1976 | 소설집 | 황혼 | 창작과비평사 |
| 1976. 3 | 소설 | 황혼 | 뿌리깊은나무 1 |
| 1976. 3 | 소설 | 산호(珊瑚) 물부리 | 창작과비평 39 |
| 1976. 5 | 소설 | 명암 | 독서생활 6 |
| 1976. 7 | 수필 | 나의 인생 나의 문학 | 월간문학 89 |
| 1976. 8 | 소설 | 분수 | 문학사상 47 |
| 1976. 8 | 소설 | 건망증 | 현대문학 260 |
| 1976. 10 | 소설 | 해장국 | 한국문학 36 |
| 1976. 12 | 소설 | 뜬소문 | 신동아 148 |
| 1976. 12 | 수필 | 다시 부르는 실향의 노래 | 월간중앙 105 |
| 1977 | 소설집 | 갯마을 | 자유문학사 |
| 1977 | 소설집 | 고개 | 자유문학사 |
| 1977. 3 | 소설 | 세배 | 문학사상 54 |
| 1977. 5 | 소설 | 술 | 현대문학 269 |
| 1977. 7 | 소설 | 두메 낙수(落穗) | 월간문학 101 |
| 1977. 8 | 소설 | 수련(睡蓮) | 독서생활 21 |
| 1977. 9 | 소설 | 목에 걸린 가시 | 현대문학 273 |
| 1977. 12 | 소설 | 잃어버린 도원(桃園) | 창작과비평 46 |
| 1977. 12 | 소설 | 노이로제 | 문예중앙 |
| 1978 | 소설집 | 잃어버린 도원 | 율성사 |
| 1978. 1 | 소설 | 신화적 | 문학사상 64 |
| 1978. 3 | 소설 | 속 두메 낙수 | 현대문학 279 |
| 1978. 5 | 소설 | 울릉도 뱃사공 | 문학사상 68 |
| 1978. 6 | 소설 | 모자(母子) | 문예중앙 |

| 발표일 | 분류 | 제목 | 발표지 |
|---|---|---|---|
| 1978. 7 | 소설 | 지나 버린 이야기 | 한국문학 57 |
| 1978. 7 | 소설 | 봄 | 현대문학 283 |
| 1978. 10 | 소설 | 녹슨 칼 | 현대문학 286 |
| 1979. 1 | 소설 | 특질고(特質考) | 문학사상 76 |
| 1979. 2 | 소설 | 편지 | 월간문학 120 |

| 1959. 1 | 김동리, 「온정과 선의의 세계 ― 「명암」을 중심으로」, 《신문예》 |
|---|---|
| 1959. 3 | 문덕수, 「서정의 온상 ― 오영수 씨 소설집 「명암」에 대하여」, 《현대문학》 5, 3 |
| 1959. 9 | 천승준, 「인간의 긍정 ― 오영수론」, 《현대문학》 5, 9 |
| 1961 | 이강언, 「오영수 연구」, 청구대 《국어국문학연구》 5 |
| 1965 | 김용운, 「오영수 작품론 ― 작품과 그 배경을 중심으로」, 《연세어문학》 1 |
| 1965. 5 | 신동욱, 「긍정하는 히로」, 《현대문학》 11, 5 |
| 1967. 8 | 천이두, 「정적·인정적 특질 ― 한국 단편소설론」, 《현대문학》 13, 8 |
| 1967. 9 | 김병걸, 「오영수의 양의성 ― 문제 작가·문제 작품」, 《현대문학》 13, 9 |
| 1968. 12 | 김교선, 「오영수의 작품 세계 ― 이달의 화제」, 《현대문학》 14, 12 |
| 1970. 2 | 정창범, 「한국 문학에 나타난 아름다운 부부상」, 《새가정》 179 |
| 1973. 1 | 정창범, 「인정의 미학 ― 오영수 씨와의 대화」, 《문학사상》 4 |
| 1973. 7 | 이화형, 「인정과 긍정의 미학 ― 오영수론」 고려대 《어문논집》 14·15 |
| 1974. 12 | 김영화, 「한국적 서정의 재현」, 《제주대학보》 |
| 1976. 12 | 송재영, 「서평: 향수의 미학 ― 「황혼」 오영수 저」, 《세계의 문학》 2 |
| 1977. 3 | 염무웅, 「노작가의 향수」, 문학과지성 |

| 1978 | 한용환, 「화해의 문학 시론 — 오영수를 중심으로」, 《새국어교육》 27 |
|---|---|
| 1979. 7 | 장문평, 「반문명적 인간상의 예시, 오영수의 작품 세계」, 《한국문학》 69 |
| 1979.0 7 | 김동리, 「오영수 형에 대하여 — '머루' 무렵을 중심으로」, 《한국문학》 69 |
| 1979. 9 | 신경득, 「공동 사회의 불꽃 — 오영수론」, 《현대문학》 25, 9 |
| 1980 | 김영진, 「오영수론」, 동아대 교육대학원 석사 논문 |
| 1980 | 곽근, 「오영수 문학의 동물 의식 고찰」, 《새국어교육》 32 |
| 1981 | 민경탁, 「오영수 소설 연구」, 고려대 교육대학원 석사 논문 |
| 1981 | 배병철, 「현대 소설에서 본 윤리 의식 — 황순원·오영수 작품을 중심으로」, 경희대 교육대학원 석사 논문 |
| 1981 | 김봉군, 「오영수의 소설 미학」, 《성심어문논집》 5 |
| 1981. 6 | 임종수, 「오영수론 — 작품 세계를 중심으로」, 《중앙대 어문논집》 15 |
| 1981. 6 | 조건상, 「난계 오영수론 서설 — 그의 작가 정신을 중심으로」, 《대동문화연구》 14 |
| 1981. 10 | 민현기, 「증오의 세계와 향수의 세계 — 오영수론」, 계명대 《한국학논집》 8 |
| 1982. 12 | 배홍득, 「오영수론 — 특히 죽음의 문제를 중심으로 본 작가의식」, 동아대 《국어국문학》 5 |
| 1982. 12 | 김인봉, 「오영수론」, 중앙대 《문리대학보》 41 |
| 1983 | 김명복, 「오영수의 소설 연구」, 성신여자대 석사 논문 |
| 1983 | 이영숙, 「오영수의 소설에 관한 연구」, 연세대 교육대학원 석사 논문 |
| 1983 | 황송문, 「다시 읽어 보는 전후 문제작 — 오영수 작 「박학도」」, 《북한》 141 |

| 1984 | 김애옥, 「오영수 미학의 기조」, 《수련어문논집》 11 |
|---|---|
| 1984. 2 | 송하섭, 「오영수 소설의 서정성에 관한 연구」, 《배재대 논문집》 5 |
| 1985 | 김교선, 「원초적인 삶의 의지 — 오영수의 「갯마을」의 구조」, 《국어문학》 25 |
| 1986 | 김학진, 「오영수 소설론」, 동국대 교육대학원 석사 논문 |
| 1986 | 유희남, 「오영수 소설 연구」, 연세대 교육대학원 석사 논문 |
| 1986. 5 | 임종수, 「오영수 문학의 작품 분석 연구」, 중앙대 《어문논집》 19 |
| 1986. 6 | 권태을, 「오영수 소설의 문체에 나타난 심상고 — 「갯마을」·「메아리」를 중심으로」, 상주농업전문대학 《논문집》 27 |
| 1986. 12 | 김영화, 「문학과 친근감 — 오영수의 경우」, 제주대 《국문학보》 8 |
| 1986. 12 | 김영화, 「분단 상황과 문학적 형상화 — 오영수의 「머루」에서 「환상의 석상」까지」, 제주대 《논문집: 인문사회과학편》 23 |
| 1987 | 권명자, 「오영수 소설의 주제와 작중 인물 연구 — 그 유형과 특성을 중심으로」, 한국외국어대 석사 논문 |
| 1987. 7 | 김영화·김병택, 「오영수의 소설 연구」, 제주대 《논문집: 인문사회과학편》 24 |
| 1988 | 김교선, 「원초적인 삶의 의지 — 오영수의 「갯마을」의 구조」, 《비평문학》 2 |
| 1988 | 장명희, 「오영수 소설 연구」, 《수련어문논집》 15 |
| 1989 | 이혜진, 「오영수 소설에 나타난 서정성과 주제 연구」, 연세대 교육대학원 석사 논문 |
| 1989. 4 | 이호종, 「난계 오영수 — 작가의 문학 세계를 중심으로」, 부산대 《국어국문학》 26 |
| 1990 | 김경수, 「오영수 소설론」, 동국대 교육대학원 석사 논문 |
| 1992 | 박상호, 「오영수 소설에 나타난 자연성 연구」, 영남대 교육대학원 석사 논문 |
| 1993 | 김광희, 「오영수 소설에 나타난 작중 인물 성격 연구」, 동국대 |

교육대학원 석사 논문

1993. 6  임종수, 「오영수 문학의 문체 연구」, 강릉대《강릉어문학》8

1994  신연식, 「오영수 소설 연구」, 경원대 교육대학원 석사 논문

1995  정혜미, 「오영수 소설 연구」, 성신여대 교육대학원 석사 논문

1996  장승우, 「오영수 소설 연구」, 계명대 교육대학원 석사 논문

1996. 11  이현진, 「원초적 세계로의 갈구―오영수 소설 연구」,《예술세계》74

1997  한은희, 「오영수 소설 연구」, 동국대 교육대학원 석사 논문

1997  노하숙, 「오영수 소설 연구」, 국민대 석사 논문

1997  하선경, 「오영수 소설 연구」 성균관대 교육대학원 석사 논문

1997  신춘호, 「1950년대의 농민 소설 연구」,《겨레어문학》21

1997. 8  이재인, 「오영수의 현실 인식과 문명 비판」, 경기대《논문집: 인문·사회과학》40, 1

1998  김서경, 「오영수 단편 소설 연구―인물 유형을 중심으로」, 경기대 교육대학원 석사 논문

1998  신재근, 「오영수 소설 연구」, 경남대 교육대학원 석사 논문

1998  송명희, 「해녀의 체험 공간으로서의 바다」,《현대소설연구》8

1998  김상수, 「오영수 소설 연구―인물의 현실 대응 양상과 그 의미」,《목원국어국문학》5

1998. 2  김인호, 「오영수 소설에 나타난 생태학적 상상력」, 동국대《국어국문학논문집》18

1998. 11  정희선, 「오영수론―작품 세계를 중심으로」, 순천청암대《논문집》22, 2

1998. 12  이익성, 「한국 전후 서정 소설 연구―오영수와 이범선의 단편 소설을 중심으로」,《개신어문연구》15

1999  사은제, 「오영수 소설 연구」, 경기대 교육대학원 석사 논문

1999  홍현민, 「오영수 소설 연구―주제와 인물의 성격 유형을 중심

으로」, 중앙대 석사 논문

1999    김지영, 「오영수 소설 연구—그의 문학과 사회 현실의 관계를 중심으로」, 강릉대 교육대학원 석사 논문

1999    이현진, 「오영수 소설의 서정적 특성 연구」, 경기대 석사 논문

1999    이재인, 「오영수 문학 연구—삶과 문학의 일치」,《한국문예비평연구》5

1999. 12    이재인, 「자연의 서정적 이해와 본질적 인간 긍정」, 경기대《인문논총》7

2000    김민정, 「오영수 소설 연구—현실 수용 양상을 중심으로」, 단국대 교육대학원 석사 논문

2000    이광순, 「오영수 소설 연구」, 경산대 석사 논문

2000. 2    서익환, 「오영수의 문학과 인간—소심하고 내성적인 휴머니스트」, 한양여대《논문집: 인문·사회편》23

2000. 2    김은자, 「오영수 소설에 나타난 '자연' 고찰」, 관동대《인문학연구》3

2000. 12    이재인, 「21세기를 향한 오영수 소설 연구의 가능성」, 경기대《인문논총》8

2000. 12    이재인, 「21세기를 향한 오영수와 소설 연구의 가능성」,《작가연구》10

2000. 12    김현숙, 「오영수 문학의 시간·공간적 상상력」,《작가연구》10

2000. 12    유임하, 「근대성 비판과 자연을 향한 동경—오영수 소설의 현실성」,《작가연구》10

2000. 12    천이두, 「선의·해학의 문학—오영수론」,《작가연구》10

2000. 12    문흥술, 「친화적 자연에서 가혹한 원시적 자연에 이르는 과정—오영수론」,《작가연구》10

2001    김상수, 「오영수 소설 연구—인물의 현실 대응 양상을 중심으로」, 목원대 석사 논문

2001          곽성관, 「오영수 소설 연구 — 인물의 유형과 그 특성을 중심으로」, 조선대 교육대학원 석사 논문

2001          김준회, 「오영수 소설 연구」, 성균관대 교육대학원 석사 논문

2001. 12      김인호, 「오영수 소설에 나타난 '향수'의 미학」, 《한민족어문학》 39

2002          서광숙, 「오영수 소설 연구」, 영남대 교육대학원 석사 논문

2002          문화라, 「1950년대 서정 소설 연구 — 황순원, 오영수, 이범선을 중심으로」, 이화여대 석사 논문

2002          변혜정, 「오영수 소설의 생태 의식 연구」, 서강대 석사 논문

2002          배경열, 「순수와 서정의 지향 — 오영수론」, 《관악어문연구》 27

2002. 6       박훈하, 「근대성 너머로 문득 도원을 보다」, 《오늘의문예비평》 45

2002. 12      이홍숙, 「소설 속에 숨어 있는 우리 신화 — 오영수의 〈갯마을〉」 《단산학지》 8

2002. 12      송준호, 「오영수의 「갯마을」 연구」, 《한국언어문학》 49

2003          김정자, 「오영수 소설 연구 — 서정적 특성을 중심으로」, 인천대 교육대학원 석사 논문

2003          문경주, 「오영수 소설 연구 — 작품 세계의 변모 양상과 서정적 미의식을 중심으로」, 성균관대 석사 논문

2003. 3       손정수, 「원초적, 인정적, 체험적 — 오영수론」, 《동서문학》 248

2005          채희영, 「오영수 소설의 서정성 연구」, 단국대 교육대학원 석사 논문

2005. 2       채호석, 「1950년대 소설의 담론적 특성」, 《한국어문학연구》 21

2006          김정숙, 「오영수 소설 연구 — 향토성을 중심으로」, 경기대 교육대학원 석사 논문

2006          강헌국, 「소망과 현실 — 오영수의 소설」, 《국제어문》 38

2006. 가을     김선학, 「'단편 소설 미학의 전범'(이동하) 토론 원고」, 《자유문학》 61

2006. 가을　　강헌국, 「소망과 현실 ─ 오영수의 소설」, 《자유문학》 61

2006. 가을　　권영민, 「오영수 소설의 새로운 계보학을 위해」, 《자유문학》 61

2006. 가을　　김한식, 「소망과 현실 ─ 오영수의 소설'에 대한 토론문」, 《자유문학》 61

2006. 가을　　이동하, 「단편 소설 미학의 전범」, 《자유문학》 61

2006. 가을　　정형남, 「오영수 단편 소설의 전범에 대한 고찰과 설문」, 《자유문학》 61

2007　　박장희, 「오영수 소설의 유교적 성향」, 울산대 석사 논문

2007. 5　　심지현, 「오영수 초기소설에 나타난 토속의 양상」, 《국어국문학》 145

2007. 12　　최옥선, 「오영수의 낚시 소재 소설 고찰」, 《국제언어문학》 16

2007. 3　　김주현, 「1960년대 소설의 토속성에 구현된 휴머니즘의 양상」, 《중앙어문논집》 36

2007. 가을　　김주현, 「순수의 문학성과 정치성 ─ 오영수론」, 오늘의 《문예비평》 66

2008　　최옥선, 「오영수의 낚시 소재 소설 고찰」, 동국대 교육대학원 석사 논문

2008. 12　　곽근, 「오영수 소설의 특질 연구 ─ 낚시 관련 소설을 중심으로」, 《한민족어문학》 53

2008. 9　　우한용, 「오영수 문학의 생산성 그 몇 국면」, 《선청어문》 36

2009　　김은진, 「오영수 소설 「화산댁이」의 텍스트 분석과 방언」, 경성대 교육대학원 석사 논문

2009　　우찬제, 「'총알'과 '머루'의 상호 텍스트성 ─ 오영수 소설에 나타난 '전쟁과 평화'」, 《문학과환경》 8

2009　　박훈하, 「오영수 소설의 고향의 의미와 그 서정성의 좌표」, 경성대 《인문학논총》 14, 3

2009　　김경복, 「오영수 소설의 서정성 양상과 그 의미」, 경상대 《교육

이론과 실천》19

2009        임명진, 「작가 오영수의 생태적 상상력」, 《한국언어문학》 70

2010        구모룡, 「난계 오영수의 유기론적 문학사상에 관한 시론」, 《영
            주어문》 20

2010        박경수, 「부산·경남 지역 아동 문학의 현황과 전개 과정 연
            구 ― 1920~1930년 《동아일보》 게재 작품을 중심으로」, 《우리
            문학연구》 31

2010        표정옥, 「오영수 문학과 지역 축제를 잇는 자연 회귀적 신화성
            의 기호학적 연구」, 《서강인문논총》 28

2010. 2     정병헌, 「오영수 소설의 설화 수용과 지향」, 《고전문학과 교육》 19

2010. 4     오태호, 「오영수 소설에 나타난 서정적 리얼리즘 연구」, 《국제
            어문》 48

2010. 12    박경수, 「일제 강점기 일간지 게재 부산·경남 지역 동시 연
            구 ― 1920~1930년 《조선일보》 게재 작품을 중심으로」, 《한국
            문학논총》 56

2010. 12    구수경, 「오영수 소설에 나타난 식물적 상상력과 순응의 미
            학」, 《현대소설연구》 45

2011        이재근, 「오영수 소설 연구」, 목원대 석사 논문

2011        윤원식, 「오영수 소설 연구 ― 전통 지향과 인본주의 정신」, 《백
            양인문논집》 17

2011. 9     김준현, 「한국전쟁기 토속적 삶의 파괴를 형상화하는 두 경
            향 ― 오영수·하근찬의 한국전쟁 관련 단편을 중심으로」, 《비
            평문학》 41

2011. 4     오양진, 「오영수의 「갯마을」에 나타난 자연과 인간의 관계에 대
            한 연구」, 《국제어문》 51

2012        이정숙, 「오영수 소설의 가능성, 전후 문학 그리고 생태 소설」,
            《구보학보》 8

| 2012. 3 | 이순욱, 「시인 염주용의 매체 활동과 《문예신문》」, 《석당논총》 52 |
| 2013 | 박영준, 「오영수 소설에 나타난 생태 의식과 무의식적 자연 지향」, 《한민족문화연구》 44 |

**작성자 김종욱** 서울대 교수

【제3주제─김광균론】

# 김광균 시의 구조화 원리

정서와 이미지의 상관성을 중심으로

오형엽(고려대 교수)

## 1 문제 제기

김광균(1914~1993)은 1926년 《중외일보》에 시 「가신 누님」을 발표하면서 시인으로서의 활동을 시작했다. 1938년 《조선일보》 신춘문예에 시 「설야(雪夜)」가 당선되고, 1939년에 제1시집 『와사등(瓦斯燈)』을 출간하면서 1930년대 모더니즘 시를 대표하는 시인의 한 사람으로 평가되었다. 이후 제2시집 『기항지(寄港地)』(1947), 제3시집 『황혼가(黃昏歌)』(1957), 제4시집 『추풍귀우(秋風鬼雨)』(1986), 제5시집 『임진화(壬辰花)』(1989) 등을 출간했고, 산문집으로 『와우산(臥牛山)』(1985)을 남겼다. 사후에 시 전집으로 『와사등』(삶과 꿈, 1994), 『김광균 전집』(국학자료원, 2002)이 출간되었다.

김광균 시에 대한 연구는 크게 문학사적 관점,[1] 문예 사조적 관점,[2] 주

---

백철, 「모더니스트의 후예들」, 『신문학 사조사』(신구문화사, 1947); 조연현, 『한국 현대 문학사』(인간사, 1961).
2) 장윤익, 「1930년대 한국 모더니즘 시 연구」, 경북대 석사 논문, 1968; 김은전, 「김광균론」, 《심상》, 1977. 7~8; 박철희, 『한국 시사 연구』(일조각, 1981).

제 및 내용론적 관점,[3] 형식 및 기법론적 관점,[4] 시적 공간성에 대한 관점[5] 등으로 구분되며 다층적으로 진행되었다. 선행 연구들은 특히 모더니즘 혹은 이미지즘과 관련하여 회화적 이미지를 논의하거나, 낭만주의와 관련하여 애상적 감상성을 논의하는 데 집중했는데, 이는 다시 세 가지 관점으로 분류될 수 있다. 첫째, 모더니즘 혹은 이미지즘 시의 특성으로서 회화적 이미지를 긍정적으로 평가하는 관점,[6] 회화적 표현 기법은 인정하지만 감상적 정서의 노출을 부정적으로 평가하는 관점,[7] 애상적 감상성을 개인적·시대적 상황과 관련시키거나 낭만주의 혹은 전통적 서정시의 맥락에서 이해하는 관점[8] 등이 그것이다.

선행 연구들을 종합적으로 검토할 때, 지금까지 김광균 시에 대한 평가로서 찬반 양론이 공존해 온 것을 확인할 수 있다. 즉 문학사적 관점, 문예 사조적 관점, 주제 및 내용론적 관점, 형식 및 기법론적 관점 등을 망라

3) 이재오, 「김광균 시의 주제 체계에 대한 연구」, 서울대 석사 논문, 1982: 이기서, 「1930년대 한국 시의 의식 구조 연구」, 고려대 박사 논문, 1983: 김창원, 「김광균과 소멸의 시학」, 《선청어문》, 서울대사대, 1991.

4) 이사라, 「김광균 시의 현상학적 연구」, 이화여대 석사 논문, 1980: 박철석, 「김광균론」, 『한국 현대시인론』(민지사, 1998): 김태진, 「김광균 시의 기호론적 연구」, 홍익대 박사 논문, 1993.

5) 박진환, 「김광균 시의 공간 구조 연구」, 『한국 현대시인 연구』(동백문화, 1990): 박태일, 「한국 근대시의 공간현상학적 연구」, 부산대 박사 논문, 1991: 정문선, 「김광균 시 연구」, 서강대 석사 논문, 1997.

6) 김기림, 「30년대 도미(掉尾)의 시단 동태」, 《인문평론》, 1940. 12: 서준섭, 「1930년대 한국 모더니즘 문학 연구」, 서울대 박사 논문, 1977: 이숭원, 「모더니즘과 김광균 시의 위상」, 《현대시학》, 1994. 1.

7) 이승훈, 「김광균의 시 세계 — 감정의 회화」, 《현대시학》, 1972. 9: 김윤식·김현, 『한국 현대문학사』(민음사, 1973): 김종철, 「30년대 시인들」, 《문학과 지성》, 1975 봄: 김춘수, 「기질적 이미지스트」, 《심상》, 1978. 11: 이명찬, 「김광균론」, 《한성어문학》, 1998. 5.

8) 정태용, 「김광균론」, 《현대문학》, 1970. 10: 김윤식, 「모더니즘 시 운동 양상」, 『한국 현대시론 비판』(일지사, 1975): 조동민, 「김광균론」, 《현대시학》, 1978. 7: 김재홍, 「김광균」, 『한국 현대시인 연구』(일지사, 1986): 유성호, 「김광균론 — 이미지즘 시학의 방법적 수용과 그 굴절」, 『한국 현대시의 형상과 논리』(국학자료원, 1997).

하여 김광균 시에 대한 전체적 평가로서 찬사와 비판이 엇갈려 온 것이다. 이 엇갈리는 평가의 교차점에는 주로 낭만주의 시의 특성인 감상적 정서와 모더니즘 혹은 이미지즘 시의 특성인 시각적·회화적 이미지가 공존하는 문제가 놓여 있다. 김광균 시를 긍정적으로 보는 연구들은 대체로 새로운 도시적 이미지의 발굴, 시각적 이미지의 형상화 등을 비롯하여 전대의 음악적 시와 구별되는 현대적인 회화성을 가진 점을 들고 있다. 반면, 김광균 시를 부정적으로 보는 연구들은 대체로 현대적 도시의 회화적 이미지가 슬픔과 비애라는 시인의 내면 감정을 드러내는 소재적 차원에 불과하거나 기법적 방편에 머물러 문명 비판의 주제 의식조차 희미해진다는 점을 들고 있다. 전자가 참신한 회화적 이미지의 현대성을 장점으로 제시하는 반면, 후자는 과도한 감상성과 애상성을 단점으로 제시하는 것이다. 사실 김광균 시에는 이 두 양상이 공존하고 있는데, 이에 대한 정당한 평가가 현 시점의 김광균 시 연구에서 절실히 요청된다고 볼 수 있다.

이 글은 지금까지 선행 연구들이 주로 근거해 온 낭만주의 시 대 모더니즘·이미지즘 시라는 서구적 문예 사조의 관점, 그리고 감상적 정서의 노출과 시각적·회화적 이미지의 형상화를 동일한 층위에서 대립적으로 간주하는 관점에서 벗어나 새로운 접근을 시도하고자 한다. '정서와 이미지의 상관성'을 기준으로 김광균 시의 특질을 공시적 차원에서 세밀히 분석하여 그 구조화 원리[9]를 탐색하려는 것이다. 이를 위해 이 글은 제1시집 『와

---

9) '구조'가 이미 형성된 실체적 존재에 부여하는 용어인 반면, '구조화'는 그것이 생성되는 과정에 부여하는 용어이다. 따라서 '구조화 원리'의 탐색은 작품의 정태적 구조를 고찰하는 구조주의적 고찰과는 달리 작품이 구조화되는 과정을 고찰한다는 점에서 차별성을 가진다. 시의 '구조화 원리'를 규명하는 작업은 시가 구조화되는 과정에 개입되는 원리를 포착하는 것으로서, 구체적인 '시적 형식'에 대한 분석을 경유하여 '시적 생성 원리'에 접근하며, 이 작업은 시의 정태적 차원이 아니라 '시적 생성의 과정'과 '해석적 소급의 과정'이 역동적으로 충돌하는 지점을 통과해야 한다. 이러한 탐색은 작품이 형상화되는 과정에 작용하는 내면적 동력인 생성 원리에 대한 탐구로서 시적 비밀을 규명하는 데 도움이 될 것이다.

사등』과 제2시집 『기항지』를 김광균의 전기 시로 간주하고, 전기 시를 지배하는 '정서 ─ 이미지'의 상관 항을 '건조한 정서 ─ 조형성의 이미지' 조합, '멜랑콜리의 정서 ─ 불투명성의 이미지' 조합으로 대별하려 한다. 그리고 김광균 시의 특질로서 그 구조화 원리를 텍스트의 내적 시간성에 근거하여 전자의 형상화가 허물어지고 후자의 형상화로 무게 중심이 기울면서 이동하는 양상으로 파악하고, 이와 함께 핵심적 이미지가 '대낮'의 시간대와 결부되는 '조형성'의 형태적 이미지에서 '저녁'의 시간대와 결부되는 '황혼', '등불-안개' 등의 색채적 이미지로 전환됨을 밝히려 한다.[10] 이 글은 분석 대상으로 김광균의 전기 시에 해당하는 「오후의 구도」, 「추일서정」, 「외인촌」, 「와사등」 등 4편의 작품을 선정했다. 이 작품들은 이 글이 연구 방법론으로 채택한 '정서와 이미지의 상관성'과 관련된 김광균 시의 구조화 원리를 핵심적으로 함축하여 가장 높은 작품성을 보여 주는 대표작으로 간주할 수 있기 때문이다. 이 글은 이 작품들에 대한 세밀한 분석을 통해 김광균 시가 회화적 이미지의 조형성과 애상적 감상성이 공존하여 모순을 야기한다는 기존의 평가와는 달리, '정서와 이미지의 상관성'에 따른 두 계열의 조합이 차별성을 가지고 존재하고, 작품 내적 시간성에 따라 이동한다는 사실을 밝혀 보려 한다. 더 나아가 이 글은 김광균 시의 멜랑콜리적 양상을 승화의 개념과 결부시켜 재해석함으로써 김광균 시에 대해 새로운 평가를 시도하고자 한다.

---

10) 이 고찰은 텍스트에 대한 통시적 고찰이 아니라 공시적 고찰에 의해 진행된다. 즉 두 계열 사이의 이동과 전환은 전기 시의 전체적 전개 과정에서 순차적으로 일어나는 것이 아니라, 한 작품의 내부에서 발견될 정도로 내적 시간성에 의거한다. 따라서 이 글의 공시적 고찰 방식은 김광균 전기 시에 공존하는 '정서와 이미지의 상관성'에 따른 두 계열의 조합을 작품 내부의 발생론적 순서에 따라 탐색하는 것이다. 작품 내부의 시간성의 흐름 속에서 시적 특질을 규명하는 이러한 고찰 방식은 시적 형상화 과정에 개입되는 내밀한 창작 체험을 규명한다는 점에서 시적 구조화 원리, 혹은 시작 원리에 대한 탐구와 연관된다고 볼 수 있다.

## 2 정서와 이미지의 상관성

김광균의 시에는 '정서 — 이미지'의 상관 항으로서 크게 '건조한 정서 — 조형성의 이미지' 조합, '멜랑콜리의 정서 — 불투명성의 이미지' 조합이 차별적으로 등장한다.[11] 김광균은 작품의 내적 시간성 속에서 '건조한 정서 — 조형성의 이미지' 조합을 우선 형상화하고자 시도하는데, 이때 '대낮'의 시간대와 함께 기하학적이고 입체적인 이미지, 즉 형태적 이미지가 핵심적으로 등장한다. 그런데 이 시도가 허물어지고 후자의 형상화로 무게 중심이 기울면서 핵심적 이미지는 '저녁'의 시간대와 함께 '황혼', '등불-안개' 등의 형태가 모호하고 불투명한 색채적 이미지로 전환된다.

이 장에서는 '건조한 정서 — 조형성의 이미지' 조합이 무너지면서 '멜랑콜리의 정서 — 불투명성의 이미지' 조합이 등장하는 과정을 한 작품의 내부에서 압축적으로 보여 주는 「오후의 구도」를 살펴보려 한다. 김광균의 대표작으로 알려진 「외인촌」, 「설야」, 「와사등」, 「추일서정」 등이 집중적인 해석 및 평가의 대상이 되어 온 반면, 이 작품은 본격적인 연구에서 소외되어 왔다. 그러나 이 시는 김광균 시의 핵심적인 형상화 방식 및 의미 구조를 응축하고 있으며, '정서 — 이미지의 상관성'을 중심으로 두 계열 사이의 내밀한 전이 과정을 함축함으로써 김광균 시의 구조화 원리까지 규명할 수 있는 실마리를 제공한다는 점에서 중요한 작품이다.

바다 가까운 노대(露臺) 위에
아네모네의 고요한 꽃방울이 바람에 졸고
흰 거품을 물고 밀려드는 파도의 발자취가

---

11) 여기에서 '건조한 정서'는 무미건조하고 메마른(dry) 정서로서 고독, 황량, 공허 등의 감정 상태와 연관되고, '멜랑콜리의 정서'는 애상적이며 축축한(wet) 정서로서 감상, 처량, 비애 등의 감정 상태와 연관된다. 한편 '조형성의 이미지'는 기하학적이고 입체적인 구도를 뚜렷이 가지는 형태적인 이미지를 의미하고, '불투명성의 이미지'는 조형성이 약화되거나 와해되면서 기하학적이고 입체적인 구도가 희미해지고 모호해지는 이미지를 의미한다.

눈보라에 얼어붙은 계절(季節)의 창 밖에
나즉이 조각난 노래를 웅얼거린다.

천정(天井)에 걸린 시계는 새로 두시
하─얀 기적(汽笛) 소리를 남기고
고독한 나의 오후(午後)의 응시(凝視) 속에 잠기어 가는
북양항로(北洋航路)의 깃발이
지금 눈부신 호선(弧線)을 긋고 먼 해안(海岸) 위에 아물거린다.

기인 뱃길에 한배 가득히 장미(薔薇)를 싣고
황혼(黃昏)에 돌아온 작은 기선(汽船)이 부두에 닻을 내리고
창백(蒼白)한 감상(感傷)에 녹슬은 돛대 위에
떠도는 갈매기의 날개가 그리는
한줄기 보표(譜表)는 적막하려니

바람이 올 적마다
어두운 카─텐을 새어 오는 햇빛에 가슴이 메어
여윈 두 손을 들어 창을 내리면
하이얀 추억(追憶)의 벽 위엔 별빛이 하나
눈을 감으면 내 가슴엔 처량한 파도 소리뿐.
　　　　　　　　　─「오후(午後)의 구도(構圖)」[12](『와사등』) 전문

　이 시는 전체적으로 시간의 흐름에 따라 '1연(아침)─2연(대낮)─3연(저녁)─4연(밤)'으로 전개되는 기승전결의 구성을 보여 준다. 그리고 형태적

---

12) 김광균,『김광균 전집』, 김학동·이민호 편(국학자료원, 2002), 17~18쪽. 이하 김광균 시
　의 인용은 모두 이 책에 의거한다.

측면에서 각 연이 5행으로 구조화되고, 각 연마다 풍경의 묘사와 정서의 노출이 공존하는 점이 특이점으로 발견된다.

1연(아침)은 시의 공간적 배경인 "바다"의 "노대", 시간적 배경인 "얼어붙은 계절", 즉 겨울을 제시하고, 시적 대상인 "아네모네"의 "꽃방울"과 "파도"와 "눈보라"를 제시한다. 여기에서 "창"은 화자의 내면과 외부 풍경을 매개하는 시적 시선의 경계로서 중요한 역할을 담당한다. 화자는 "창"의 안쪽인 실내에 있으면서 외부 풍경을 관찰하며 자신의 의식 및 정서를 투사하거나 이입시킨다. 이 과정에서 김광균 시의 핵심적 창작 방법인 이미지의 형상화 및 정서의 표출이 발생한다. 1행의 "노대"는 시적 풍경의 무대 혹은 스크린으로서 이미지를 형상화하기 위한 토대이고, 그 위에 펼쳐지는 2~3행의 "아네모네"의 "꽃방울", "파도", "눈보라" 등은 "흰 거품"의 색채 이미지와 함께 시각적 이미지를 형성한다. "파도의 발자취"를 "조각난 노래"로 비유하는 5행에서는 시각과 청각이 혼용되는 공감각적 이미지로 전환된다. 이처럼 시각적 이미지를 둘러싸고 색채 이미지와 청각적 이미지가 조화를 이루며 정서를 노출하는 것이 김광균 시의 기본적 특성이다.

2연(대낮)에서 주목할 부분은 "새로 두시"라는 '대낮의 시간성'이 "고독"이라는 '건조한 정서' 및 "호선"이라는 '조형성의 이미지'와 긴밀한 연관성을 가진다는 점이다. 즉 "시계"가 제시하는 "새로 두시"는 단순히 시간대를 지시하는 데 그치지 않고, 그 대낮의 시간성을 통해 시적 정서의 차원에서 "고독"이라는 '무미건조한 정서'를 견인하는 인력(引力)을 발휘한다. 혹은 역으로 무미건조한 시인의 내면 정서가 "새로 두시"라는 대낮의 시간성을 견인했다고 볼 수도 있다. 또한 '대낮'의 시간성과 "고독한 나의" "응시"가 조응하면서 "하ー얀 기적 소리", "북양항로의 깃발", "호선" 등의 조형적 이미지를 견인하는 점도 중요하다. 이 조형성의 형상화에 중요한 기여를 하는 것은 "기적(汽笛)", "호선(弧線)" 등에 제시된 한자어의 시각적 효과이다. 특히 "눈부신"이라는 시어는 김광균 시의 '대낮의 시간성'과 결부된 '건조한 정서' 및 '조형성의 이미지'가 향일성(向日性)과 깊은 연관이 있음을 보여 준다.

그런데 3연(저녁)에서는 여전히 색채 이미지와 청각 이미지 및 공감각적 이미지가 등장하지만, 조형성의 이미지는 점차 약화되고 있다. "장미", "황혼", "창백한" 등이 색채 감각을 동반한 시각적 이미지이고, "갈매기의 날개가 그리는" "음표"가 시각과 청각의 공감각적 이미지로서 등장한다. 그런데 시간대가 "저녁"으로 전개되면서 이미지의 조형성은 점차 약화되고, 정서가 개입하는 강도가 강화된다. 화자가 "창"의 내부에서 외부 풍경을 관찰하며 자신의 의식 및 감정을 투사하거나 이입하는 과정에서 "감상"과 "적막"이라는 애상적 정서를 강하게 개입시키는 것이다. 2연의 "새로 두시"와 연관된 "고독"이라는 '건조한 정서'와 비교하면, 3연의 "저녁"과 연관된 "감상"과 "적막"은 '멜랑콜리의 정서'에 가깝다. "창백한", "녹슬은", "떠도는" 등의 시어는 김광균 시의 "저녁"의 시간성 및 멜랑콜리의 정서가 조형적 형태성이 와해된 불투명성의 모호한 이미지와 깊은 연관이 있음을 보여 준다.

4연(밤)에도 색채 이미지와 청각적 이미지가 공존하지만, 조형적 형태성은 더욱 약화된다. "어두운"과 "햇빛", "하이얀"과 "별빛"의 대비를 통해 색채 이미지를 드러내고, "파도 소리"가 청각적 이미지를 드러내지만, "카—텐"의 시각적 효과는 조형성의 차원까지 미치지 못한다. 이러한 양상은 "밤"의 시간대와 연관된 "추억"의 "처량"한 정서가 3연의 "황혼"과 연관된 "감상" 및 "적막"의 멜랑콜리한 정서를 더 강화시키기 때문으로 이해될 수 있다. 즉 "밤"의 시간대에 이미지의 조형성은 더 약화되고, "가슴이 메어", "여윈" 등의 상실감과 고통을 동반하는 "추억"의 "처량"한 애상적 정서가 강화되어 시의 전면에 등장하는 것이다.

우리는 이 시에 대한 분석에서 다음과 같은 가설을 도출할 수 있다. 첫째, 김광균 시에서 "창"은 시적 시선의 경계로서 화자의 내면과 외부 풍경을 매개하는 장치이다. 화자는 "창"의 내부에서 외부 풍경을 관찰하며 자신의 의식 및 정서를 투사하거나 이입시킨다. 이 과정에서 핵심적 창작 방법인 시각적 이미지의 형상화 및 정서의 표출이 발생한다. 둘째, 김광균 시의 기본적 특성은 시각적 이미지를 둘러싸고 색채 이미지 및 청각적 이미지가 조화를 이루며 정서를 노출하는 것이다. 셋째, 김광균 시에서 내적 시간성은 정서의 표출 및 이미지의 형상화와 긴밀히 조응하면서 상관성을 가진다. 즉 '대낮'의 시간성과 연관된 "고독"의 '건조한 정서'는 '조형성의 이미지'를 형상화하지만, '저녁'의 시간성과 연관된 "감상"과 "적막"의 '멜랑콜리한 정서'로 이동하면서 조형성이 약해지거나 와해되고 형태가 모호한 '불투명성의 이미지'를 형상화한다. 그리고 '밤'의 시간성과 연관된 "추억"의 "처량"한 정서가 전면에 등장하면서 '멜랑콜리의 정서' 및 '불투명성의 이미지'는 더욱 강화된다. 3장과 4장에서는 각각 '대낮의 시간성 ─ 건조한 정서 ─ 조형성의 이미지' 조합과 '저녁의 시간성 ─ 멜랑콜리의 정서 ─ 불투명성의 이미지' 조합이 상대적으로 더 큰 비중을 가지고 형상화된 작품들을 분석하면서 이 가설을 검증하고자 한다. 이를 통해 김광균 시의 구조화 원리를 좀 더 구체적으로 살피고자 한다.


## 3 건조한 정서와 조형성의 이미지

김광균 시에서 '대낮의 시간성 ─ 건조한 정서 ─ 조형성의 이미지' 조합이 주로 등장하는 대표적인 작품으로 「추일서정」을 살펴보자.

> 낙엽(落葉)은 폴 ─ 란드 망명정부(亡命政府)의 지폐(紙幣)
> 포화(砲火)에 이즈러진
> 도룬 시(市)의 가을 하늘을 생각케 한다.
> 길은 한줄기 구겨진 넥타이처럼 풀어져
> 일광(日光)의 폭포 속으로 사라지고
> 조그만 담배 연기를 내어 뿜으며
> 새로 두시의 급행차(急行車)가 들을 달린다.
>
> 포플라나무의 근골(筋骨) 사이로

공장(工場)의 지붕은 흰 이빨을 드러내인채

한가닥 꾸부러진 철책(鐵柵)이 바람에 나부끼고

그 우에 세로팡지(紙)로 만든 구름이 하나.

자욱 ― 한 풀버레 소리 발길로 차며

호을로 황량(荒凉)한 생각 버릴 곳 없어

허공에 띄우는 돌팔매 하나.

기울어진 풍경(風景)의 장막(帳幕) 저쪽에

고독한 반원(半圓)을 긋고 잠기여 간다.

―「추일서정(秋日抒情)」(『기항지』) 전문

　이 시는 전체적으로 시간성을 "새로 두시"에 고정시킨 채 가을날 오후의 풍경을 묘사하면서 내면 정서를 표출하고 있다. 1연과 2연은 각각 시적 시선이 근거리에서 원거리로 이동하면서 풍경을 묘사하는 원근법적 방식으로 대등하게 병렬되어 있다. 한편 1연이 외부 풍경의 시각적 형상화에 주력한다면, 2연은 외부 풍경의 시각적 형상화에 내면 정서를 노출시키는 것이 차이점으로 나타난다.

　1연은 시적 대상으로서 "낙엽", "길", "급행차"를 중심으로 묘사가 진행된다. "낙엽은 폴 ― 란드 망명정부의 지폐"라는 비유와 "포화에 이즈러진/도룬 시의 가을 하늘"을 중첩시킴으로써 '낙엽 ― 망명 ― 지폐 ― 포화 ― 도룬 시 ― 가을 하늘'이라는 은유가 발생한다. 라캉이 말하는 은유는 기표의 대체를 통한 의미의 발생이다. 좀 더 구체적으로 정리하면, 라캉은 은유를 '기표의 대체 ― 기표와 기의의 자리바꿈 ― 억압과 긴장 ― 의미 효과' 등의 과정으로 이해한다.[13] 인용된 시에서 "낙엽"이 "지폐"로 비유될 때 기본

13) 라캉은 은유를 의미화 연쇄 속에서 기표가 대체되는 것으로 정의한다. 대체된 기표는 기의의 차원에서 잠재적인 기표가 된다. 은유는 한 기표가 다른 기표로 대체되는 과정에서 의미를 만들어 내는 것이다. 이것은 '다른 단어를 위한 단어', 즉 '대체를 통한 의미 효과'로 이해될 수 있다. 억압된 기표와 그 대체물 사이의 긴장으로부터 은유의 불꽃이

적으로 시각적 유사성에 근거하지만, "망명정부"라는 기표를 경유할 때 억압된 기표와 그 대체물 사이의 긴장으로부터 정치적·사회적 의미가 발생한다. 그리고 다시 "포화"―"도룬 시"라는 기표를 경유하여 "가을 하늘"을 제시할 때, '전쟁의 참상'이라는 보다 구체적이고 현실적인 의미가 발생한다. "길"을 "넥타이"에 비유하는 것도 기본적으로 시각적 유사성에 근거하지만, "구겨진"이라는 기표를 경유할 때 현실의 곤고함과 궁색함이라는 의미가 개입된다. "일광의 폭포", "조그만 담배 연기" 등도 시각적 이미지의 형상화이지만, "길"이 "사라지고" "급행차가 들을 달"리는 장면은 소멸 의식이나 다른 시·공간에 대한 동경을 드러낸다는 점에서 화자의 내면 의식을 노출시킨다. 따라서 김광균 시의 시각적 이미지를 단순히 감각적 유사성에 근거한 형상화 기법으로만 이해하기보다 내용 및 주제론적 차원과 결부해 이해할 필요가 있다.

1연의 "새로 두시"는 단순히 시간적 배경을 지시하는 데 그치지 않고, 그 '대낮'의 시간성이 화자의 내면 정서 및 이미지의 형상화 차원과 결부되어 있다. 이 '대낮'의 시간성은 2연의 "호을로", "고독", "황량" 등의 화자의 '건조한 정서'와 조응하면서 '조형성의 이미지'와도 조응한다. 따라서 2연에는 "근골", "공장", "철책", "세로팡지" 등을 중심으로 시각적 이미지의 조형성이 선명히 드러난다. "공장" "지붕"의 "흰 이빨"은 색채 감각을 동반하는 시각적 이미지의 형상화이고, "한가닥 꾸부러진 철책이 바람에 나부끼"는 장면은 움직임을 동반하는 시각적 이미지의 형상화이며, "세로팡지로 만든 구름"은 시각과 촉각이 동반되는 공감각적 이미지의 형상화라고 볼 수 있다. 여기에서 "일광"은 김광균 시의 건조한 정서 및 조형성의 이미지가 '대낮'의 향일성(向日性)과 깊은 연관이 있음을 보여 준다. 그리고 "자욱―한 풀버레 소리"라는 청각적 이미지, "기울어진 풍경의 장막"이라는 시각적 이미지와

---

튀어나오는 것이다. 졸고, 「정신 분석 비평과 수사학」, 『문학과 수사학』(소명출판, 2011), 75~80쪽 참조.

함께 "호을로", "황량", "허공", "고독" 등과 같은 화자의 '건조한 정서'가 등장하게 된다. 결국 이 시는 김광균의 전기 시에서 '대낮'의 시간성이 "일광"의 향일성을 추구하면서 고독과 공허감이라는 '건조한 정서' 및 '조형성의 이미지'와 조응하고 있음을 보여 주는 것이다.

여기에서 김광균이 자신의 시론에서 "'형태의 사상성'을 통하여 조형 그자체가 하나의 사상을 대변하고 나아가 그 문학에도 어느 정도의 변화를 일으키는 데까지 나아갈 것"을 주장하고, "운문 표현의 음악성, 산문 표현의 조형 내지 시각성이 시대적으로 거부되고 있는 것으로 미루어 조형적인 산문 표현에 치중되고, 우리의 노력도 주로 이곳으로 지향되어야 할 것"[14]이라고 피력한 것을 참고할 필요가 있다. '형태의 사상성'이라는 개념은 '정서 — 이미지'의 상관 항에서 반드시 정서(내용)가 이미지(형식)를 생성시키는 발생론적 내용 우위의 관점이 아니라, 양자의 상호 작용을 전제하고 있는 이 글의 관점과 상통한다. 이처럼 김광균은 '조형성의 이미지'를 의식적이고 의도적인 차원에서 추구하는데, 이와 함께 "시에 있어서의 시대성을 거부하는 정신은 아무래도 시대의 적일 수밖에 없"고, "결국 시는 현대의 지성과 정신을 통하여 의식적으로 소위(所爲)되는 정신적 소산물일 따름"이며, "오늘 우리가 가장 큰 관심을 가지고 대할 문제 중의 하나로 '시가 비평 정신을 기를 것'이 있다."[15]라는 김광균의 주장은, '새로운 시대의 시는 문명에 대한 감수성과 과학적 사고를 바탕으로 시대정신 및 현대 사회의 가치관을 표현해야 하며, 일종의 건축학적 설계에 의해 제작되어야 한다.'라고 주장하는 김기림의 시론과 공통분모를 가진다.

김광균 시에서 '조형성의 이미지'는 시각적 이미지의 평면적 제시에 머물지 않고 원근법적 구도, 기하학적이고 건축학적인 구성, 공감각적 이미지 등을 통해 입체적 공간성을 확보하는 것을 의미한다. 김광균이 관심을

---

14) 김광균, 「서정시의 문제」, 『김광균 전집』, 앞의 책, 314~315쪽.
15) 위의 글, 310~313쪽.

가지고 천착한 고흐나 세잔 등의 인상파 화가들의 회화도 입체적 구성, 두께와 깊이의 공간성, 빛과 색채의 질감 등의 측면에서 그의 시의 조형성에 영향을 미친 것으로 보인다.[16] 결국 김광균 시에 나타나는 '대낮의 시간성―건조한 정서―조형성의 이미지'는 '향일성'을 추구하면서 현대 도시 문명에 대한 자각과 비판 의식을 드러낸다고 볼 수 있다. 이처럼 '형태의 사상성'을 통해 '향일성'을 추구하면서 시대정신 및 도시 문명에 대한 비판 의식을 드러내는 김광균 시의 내부에는 정신 분석적 관점의 '승화'의 과정이 내재되어 있다. 이에 대해서는 이후에 다시 논의하기로 한다.


## 4 멜랑콜리의 정서와 불투명성의 이미지

김광균 시에서 '정서―이미지'의 상관 항으로서 먼저 시도된 '건조한 정서―조형성의 이미지' 조합은 시인의 내면적 동요를 통해 무너지고 '멜랑콜리의 정서―불투명성의 이미지' 조합이 더 큰 비중으로 등장한다. 이 조합의 형상화로 무게 중심이 기울면서 '대낮'의 시간대와 결부된 '조형성'의 형태적 이미지는 약화되고 '저녁'의 시간대와 결부된 '황혼', '등불―안개' 등의 형태가 모호하고 불투명한 색채적 이미지로 전이된다.

김광균 시에 나타나는 멜랑콜리의 정서를 규명하기 위해 프로이트, 라캉, 지젝 등의 정신 분석적 멜랑콜리 분석을 참고해 보자. 프로이트(Sigmund Freud)는 애도(Trauer)와 멜랑콜리(Melancholie)를 구분하면서 그 공통점과 차이점을 규명한다.[17] 멜랑콜리에 대한 프로이트의 정신 분석적 규명은 '사

---

16) 김광균, 「30년대의 화가와 시인들」, 『김광균 전집』, 앞의 책, 406~412쪽.

17) 프로이트는 양자의 공통점으로 사랑하는 사람, 혹은 대상의 상실을 들고, 양자 간의 중요한 차이점으로 첫째, 애도가 의식적이라면, 멜랑콜리는 무의식적 상태에서 발생한다는 점, 둘째, 애도에서는 나타나지 않는 자애심(自愛心)의 추락이 멜랑콜리에 나타난다는 점을 지적한다. 지그문트 프로이트, 윤희기 옮김, 「애도와 멜랑콜리」, 『프로이트 전집』(13-무의식에 대하여)(열린책들, 1997), 247~270쪽. 번역본은 'Trauer'를 '슬픔'으로, 'Melancholie'를 '우울증'으로 번역하는데, 이 글에서는 각각 '애도'와 '멜랑콜리'로

랑 대상의 상실 — 나르시시즘적 퇴행 — 대상과 자아의 동일시 — 애증 병존 — 가학증 — 자기 학대를 통한 복수'로 요약될 수 있다.[18] 라캉은 멜랑콜리 주체의 자기 속으로의 침전과 세계에 대한 무관심은 사랑 대상의 상실과 관련된 리비도적 욕망이 출혈로 인해 에너지를 잃어버린 것으로 이해한다. 그는 언어적 주체가 겪는 근원적 소외와 더불어 원초적 멜랑콜리를 상정하고, 자기 비난과 욕망하지 않는 타자 사이에서 타자의 결여 그 자체와 동일시함으로써 바닥 없는 상실감과 허무를 떠안는 것을 멜랑콜리의 메커니즘으로 도출해 낸다.[19] 지젝에 의하면, 멜랑콜리의 주체가 범하는 오류는 상실과 결여를 혼동하는 데서 비롯된다. 멜랑콜리는 마치 결여된 대상을 과거에 소유했었지만 나중에 잃어버리고 만 것처럼 간주하기 때문에 일종의 '기만'이 작용한다. 욕망의 대상 — 원인은 원래부터 결여되어 있는 것, 즉 그 자체로는 실존하지 않는 '왜상적(歪像的, anamorphic) 실체'에 불과한데, 멜랑콜리의 경우 결여가 상실처럼 기만되는 과정에서 주체가 마치 대상을 소유했던 것처럼 오인하는 데서 역설이 생겨난다는 것이다.[20]

김광균 시에 나타나는 애상적 감상성에 대한 고찰로서 전기적 관점에서 시인의 생애를 참고하여 고향 상실, 유년 상실, 아버지·누이 등 가족의 죽음을 근거로 제시한 선행 연구가 있고,[21] 김광균의 시 세계 속에서 이러한 상실과 죽음의 모티프를 분석한 선행 연구도 있다.[22] 전자가 작가(시인)의

---

번역하기로 한다.

18) 졸고, 「멜랑콜리의 문학 비평적 가능성」, 『문학과 수사학』(소명출판, 2011), 238~244쪽 참조.

19) 맹정현, 「자본의 순교자 — 현대성의 우울증적 기원」, 《문학과 사회》, 2005 여름, 312~317쪽 참조.

20) 졸고, 「멜랑콜리의 문학 비평적 가능성」, 앞의 책, 246~252쪽 참조.

21) 김학동, 「김광균의 생애와 문학 — 전기적 접근」, 『김광균 연구』(국학자료원, 2002), 327~357쪽; 서덕주, 「정신적 외상과 비애의 정조」, 『김광균 연구』, 위의 책, 45~70쪽.

22) 김유중, 『김광균 — 회화적 이미지와 낭만적 정신의 조화』(건국대 출판부, 2000), 57~69쪽; 오윤정, 「고향 모티프의 유형과 매개체」, 『김광균 연구』, 위의 책, 175~189쪽; 배영애, 「죽음 모티프의 유형과 매개체」, 『김광균 연구』, 위의 책, 191~212쪽.

무의식에 대한 정신 분석적 고찰이고, 후자가 작품의 소재적 측면 및 주제적 측면에 대한 고찰이라면, 이 글은 작품(텍스트)의 무의식에 대한 정신 분석적 고찰을 시도하고자 한다. 즉 이 글은 '정서 — 이미지의 상관성'에 초점을 맞추어 작품의 내재적 분석을 통해 멜랑콜리의 정서에 대한 고찰을 시도하려는 것이다.[23] 김광균 시에서 '저녁의 시간성 — 멜랑콜리의 정서 — 불투명성의 이미지' 조합이 주로 등장하는 작품으로 「외인촌」을 살펴보자.

하이한 모색(暮色) 속에 피어 있는
산협촌(山峽村)의 고독한 그림 속으로
파 — 란 역등(驛燈)을 달은 마차(馬車)가 한대 잠기어 가고
바다를 향한 산마룻길에
우두커니 서 있는 전신주(電信柱) 위엔
지나가던 구름이 하나 새빨간 노을에 젖어 있었다.

바람에 불리우는 작은 집들이 창을 내리고
갈대밭에 묻히인 돌다리 아래선
작은 시내가 물방울을 굴리고

안개 자욱 — 한 화원지(花園地)의 벤치 위엔
한낮에 소녀(少女)들이 남기고 간
가벼운 웃음과 시들은 꽃다발이 흩어져 있다.

외인묘지(外人墓地)의 어두운 수풀 뒤엔

---

23) 이 글은 '승화'나 '멜랑콜리'라는 정신 분석적 개념을 김광균 시에 직접 적용하거나 대입하는 방식이 아니라, 그것을 김광균 시의 형식적 특성인 '정서 — 이미지의 상관성'에 근거한 시적 형상화 방식과 관련하여 고찰하고자 한다. 이러한 관점은 앞서 언급한 김광균 시의 구조화 원리에 대한 탐구의 방식과 연관된다.

밤새도록 가느단 별빛이 내리고

공백(空白)한 하늘에 걸려 있는 촌락(村落)의 시계(時計)가
여윈 손길을 저어 열시를 가리키면
날카로운 고탑(古塔)같이 언덕 위에 솟아 있는
퇴색(褪色)한 성교당(聖敎堂)의 지붕 위에선
분수(噴水)처럼 흩어지는 푸른 종소리.
—「외인촌(外人村)」(『와사등』) 전문

이 시는 전체적으로 시간의 흐름에 따라 '저녁(1~3연) — 밤(4연) — 아침(5연)'으로 전개되는데, 화자는 각 연에서 "외인촌"의 풍경을 묘사하는 동시에 내면 정서를 표출하고 있다. 1연은 시적 시선이 "산협촌"을 중심으로 원거리에서 풍경을 관찰하고 묘사하지만, 2연 이후에는 근거리로 이동하면서 풍경을 묘사하는 변화를 보여 준다. 우리는 특히 '저녁(1~3연)에 나타나는 '불투명성의 이미지', 즉 조형적 형태성이 약화되거나 와해되는 이미지로서 1연의 "하이한 모색"과 "파—란 역등"의 결합, "구름"과 "새빨간 노을"의 결합, 3연의 "자욱—한" "안개"와 "시들은 꽃다발"의 결합을 주목할 필요가 있다. 그리고 '저녁'(1~3연)과 '아침'(5연)의 시적 형상화 방식으로서 '정서—이미지'의 상관 항이 보여 주는 차별성에도 관심을 가질 필요가 있다.

1연은 시적 대상으로서 "산협촌", "마차", "전신주", "노을" 등을 중심으로 묘사가 진행된다. 시각적 이미지의 형상화가 주를 이루는데, 특히 "산협촌"의 "그림"을 중심으로 묘사되는 "하이한 모색"과 "파—란 역등"의 이미지는 색채의 대비뿐만 아니라 뿌옇게 흐려진 모호성과 차가운 불빛이 결합된 '불투명성의 이미지'를 보여 준다. 이 '불투명성의 이미지'는 "잠기어 가고"라는 표현을 통해 심화되면서 "고독"한 화자의 '건조한 정서'를 감상성 속으로 침잠시킨다. 이와 마찬가지로 "구름"과 "새빨간 노을"의 이미지는 색채의 대비뿐만 아니라 혼합적 색감과 질감을 통해 '불투명성의 이미지'를

보여 준다. 이 '불투명성의 이미지'는 "젖어 있었다"라는 표현을 통해 심화되면서 "우두커니 서 있는 전신주"와 조응하는 화자의 내면 정서를 감상성 속으로 침잠시킨다.

2연은 시적 시선이 근거리로 이동하면서 "작은 집"과 "돌다리" 아래의 "작은 시내"의 풍경을 묘사하고, 3연은 "화원지의 벤치"를 둘러싼 풍경을 묘사한다. "자욱 — 한" "안개"는 1연의 "하이한 모색"과 마찬가지로 뿌옇게 흐려진 모호성을 부여하는데, 여기에 결합되는 "가벼운 웃음"과 "시들은 꽃다발"은 청각과 시각을 결부시키며 조락하고 퇴색하는 혼합적 감각을 통해 '불투명성의 이미지'를 보여 준다. 이 '불투명성의 이미지'는 "흩어져 있다"라는 표현을 통해 심화되면서 '공허'한 화자의 '건조한 정서'를 감상성 속으로 침잠시킨다. 결국 '저녁'(1~3연)의 시간대에 나타나는 희미한 모호성에 "잠기"고 "젖"거나 "흩어"지는 '불투명성의 이미지'는 화자의 내면에서 '고독'과 '공허' 등의 '건조한 정서'가 감상성 속으로 침잠되면서 형성되는 '멜랑콜리의 정서'와 조응하면서 핵심적인 시적 형상화 방식을 형성한다.

4연에서 시적 시선이 주시하는 대상은 "외인묘지"인데, "밤"을 시간적 배경으로 삼고 "어두운 수풀"과 "별빛"이 시각적 이미지의 대조를 형성한다. 또한 5연에서 시적 시선이 주시하는 대상은 "교회당"인데, "열시"를 시간적 배경을 삼고 "공백한 하늘"과 "푸른 종소리"가 선명한 시각적 이미지의 대조를 형성한다. 5연은 "공백한 하늘", "여원 손길", "퇴색한 교회당" 등에서 사용된 관형사로 인해 공허한 분위기를 조성한다. 그러나 "분수처럼 흩어지는 푸른 종소리"라는 마지막 구절은 시각과 청각이 결부된 공감각적 이미지를 구사하여 건조하고 청신한 분위기로 전환시킨다. 이러한 분위기의 전환은 "공백한 하늘"과 "열시"가 알려 주듯 '아침'의 시간대가 도래하는 양상과 관련되며, "시계", "고탑", "분수" 등에서 보듯 조형성의 이미지가 회복되는 양상과도 관련되는 듯이 보인다. 즉 '저녁'(1~3연)의 형상화 방식이 '멜랑콜리의 정서 — 불투명성의 이미지' 조합을 중심으로 이루어진다면, '아침'(5연)의 형상화 방식은 '건조한 정서 — 조형성의 이미지' 조합을 중심으로 이루어지면서 다시 기하학적이고 입체적인 조형성의 이미지를 회복하는 것이다.

다음으로 '저녁의 시간성 ― 멜랑콜리의 정서 ― 불투명성의 이미지' 조합이 주로 등장하는 작품으로 「와사등」을 살펴보자.

차단 ― 한 등불이 하나 비인 하늘에 걸려 있다.
내 호을로 어딜 가라는 슬픈 신호(信號)냐.

긴 ― 여름해 황망히 날개를 접고
늘어선 고층(高層) 창백한 묘석(墓石)같이 황혼에 젖어
찬란한 야경(夜景) 무성한 잡초(雜草)인 양 헝클어진 채
사념(思念) 벙어리되어 입을 다물다.

피부(皮膚)의 바깥에 스미는 어둠
낯설은 거리의 아우성 소리
까닭도 없이 눈물겹고나

공허(空虛)한 군중(群衆)의 행렬에 섞이어
내 어디서 그리 무거운 비애(悲哀)를 지니고 왔기에
길 ― 게 늘인 그림자 이다지 어두워

내 어디로 어떻게 가라는 슬픈 신호(信號)기
차단 ― 한 등불이 하나 비인 하늘에 걸리어 있다.
　　　　　　　　　　　　　　　　―「와사등(瓦斯燈)」(『와사등』) 전문

이 시의 1연과 5연은 유사한 문장을 배치하는 수미 쌍관적 구성을 가지고 시 전체를 감싼다. 전체적으로 '저녁 어스름' 이후의 시간대를 배경으로

2연의 "고층", 3연의 "거리", 4연의 "군중" 등을 통해 도시의 풍경을 묘사하면서 내면 정서를 표출하고 있다. 외부 풍경의 묘사에 어김없이 내면 정서의 표출이 동반되는데, 주목할 부분은 '저녁' 이후의 시간성에 조응하여 '멜랑콜리의 정서 — 불투명성의 이미지' 조합을 중심으로 형상화가 이루어지는 점이다.

1연은 1행에서 "비인 하늘에 걸려 있"는 "차단 — 한 등불"을 통해 불투명성의 이미지를 제시하고, 2행에서는 "슬픈"을 통해 '멜랑콜리의 정서'를 제시하여 조응한다면, 5연에서는 순서를 바꾸어 1행에서 멜랑콜리의 정서를 제시하고 2행에서 불투명성의 이미지를 제시하여 조응하는 방식으로 수미 쌍관을 형성한다. 여기에서 "차단 — 한"이라는 시어에 대한 해석이 중요한데, 이 글은 김유중의 해석에 동의하며 그것을 '찬연한'과 '뿌연(흐릿한)'이라는 상호 이질적 의미를 가진 개념들이 융합된 표현으로 간주하고자 한다.[24] "차단 — 한"의 의미를 '찬연하게 빛을 발하지만 광채가 부족하여 부옇고 흐린 듯한 인상을 주는' 것으로 해석한다면, 이 양상은 「외인촌」에서 분석한 대로 '등불'과 '안개'가 결합되어 부옇게 흐려진 '불투명성의 이미지'와 밀접히 관련된다. 그래서 1연과 5연에 "슬픈"와 함께 "차단—한 등불"이 제시되는 양상은 '저녁'의 시간성과 함께 '멜랑콜리의 정서'와 '불투명성의 이미지'가 연관성을 가지고 형성된다는 이 글의 논지를 뒷받침한다.

2연에서 "늘어선 고층"을 "창백한 묘석"에 비유하고 "찬란한 야경"을 "무성한 잡초"에 비유한 것은 도시 문명 비판의 특성을 가지지만, 이러한 죽음과 허무의 주제 의식이 "사념"에서 기인하는 결과라는 점에서 시적 화

---

24) 김유중은 "차단 — 한"에 대한 기존의 해석으로서 '차디찬', '차단(遮斷)한', '차다(寒)+ ㄴ다' 등에 대해 비판적으로 논평하고, 「밤비」, 「소년 사모」, 「등(燈)」, 「환등」, 「수철리(水鐵里)」 등의 시에 등장하는 "차단 — 한"을 대조 검토하면서 '찬연한'과 '뿌연(흐릿한)'이라는 상호 이질적 의미를 가진 개념이 융합된 표현으로 해석한다. 김유중, 『김광균 — 회화적 이미지와 낭만적 정신의 조화』, 앞의 책, 153~160쪽.

자의 내면 정서인 멜랑콜리가 작용하여 생성된 것으로 볼 수 있다. 다시 말해, 2연은 네 개의 행이 각각 "여름해", "고층", "야경", "사념"이라는 주어를 중심으로 구문이 형성되는데, "여름해", "고층", "야경" 등이 "황망히 날개를 접고", "창백"하게 "젖"으며, "무성"하게 "헝클어"지는 이유는 화자의 마음속 생각인 "사념"이 "입을 다물" 정도로 비애와 허무에 사로잡혀 있기 때문이다. 이 화자의 내면 정서는 3연에서 외부의 "어둠"과 "거리의 아우성 소리"를 만나 "눈물"겨운 상태로 심화된다. 그리고 4연에서 "군중의 행렬"과 "어두"운 "그림자"를 만나 "공허"와 "비애"의 상태로 더욱 심화된다. "눈물겹고나", "공허"와 "비애" 등에 노출된 애상적 감상성은 이 시 전체를 지배하는 "차단 — 한 등불"의 불투명성의 이미지가 멜랑콜리의 정서와 긴밀히 상호 작용하여 생성된 것임을 재확인시킨다.


## 5 실재의 부정적 묘사, 승화가 침잠된 멜랑콜리

앞에서 고찰한 김광균 시의 특질로서 '건조한 정서 — 조형성의 이미지'가 '멜랑콜리의 정서 — 불투명성의 이미지'로 이동하는 양상과 관련된 구조화 원리는 다음과 같은 두 가지 초점으로 정리될 수 있다. 첫째 초점은 시적 형식의 차원으로서 '조형성의 이미지'가 무너지고 '불투명성의 이미지'가 등장하면서 '경계가 지워지며 모호해지는 부분'이 가지는 미학적 효과이다. 김광균 시는 풍경과 내심, 현상과 기억, 공간과 시간 등이 상호 침투하면서 정서와 이미지를 동시에 생성시키며 공존시킨다. 따라서 김광균 시의 이미지에는 정서의 결이 묻어 있으며, 그 이면에는 기억과 얽힌 시간과 공간의 흐름 및 중첩이 숨겨져 있다. 여기에서 '조형성의 이미지'가 무너지고 '불투명성의 이미지'가 등장하면서 경계가 지워지며 흐려지는 부분은 '실재[25]의 부정적 묘사[26]'라고 부를 만한 성격을 가진다. 즉 멜랑콜리의 정

---

25) 라캉에 의하면, 실재는 상상계도 상징계도 아닌 그 무엇이다. 실재는 상징화 이전에 존

서를 낳은 비극적 체험은 언어로 표현하기 어려운 실재와의 만남을 통해 접근할 수밖에 없다. 묘사할 수 없는 것을 묘사하려는 모순된 시도를 통해 지금 일어나고 있는 실재의 사건성을 체험하기 위해, 김광균은 '조형성의 이미지'가 무너진 자리에 '황혼', '등불—안개' 등의 색채적 이미지를 중심으로 '불투명성의 이미지'를 형상화하는 것이다.

둘째 초점은 시적 내용의 차원으로서 '건조한 정서'가 사라지고 '멜랑콜리의 정서'가 더 큰 비중을 차지하면서 '화자의 정서 표출이 강화되는 부분'이 가지는 표현 효과이다. 김광균 시에서 '불투명성의 이미지'가 등장하면서 '경계가 지워지며 모호해지는 부분'은 화자 내면의 '멜랑콜리의 정서'가 더 강하게 표출되는 양상과 긴밀히 결부된다. '조형성의 이미지'가 무너지고 '불투명성의 이미지'가 등장하면서 경계가 지워지며 흐려지는 지점에서, 중요한 것은 시적 형식이 아니라 오히려 시적 내용이다. 참신하고 현대적인 도시적 이미지의 조형성을 견지하는 동안에 절제되거나 은폐되어 온 시적 화자의 멜랑콜리적 정서는 '저녁'의 시간대와 '황혼', '등불—안개'의 색채적 이미지를 중심으로 제시되는 불투명성의 이미지에서 그 실상을 탈은폐시키고 노출시키는 것이다. '실재의 부정적 묘사'에서 중요한 것은 형식적

---

재하는 불가분의 적나라한 물질성인 동시에, 대상이나 사물이 아니라 욕구의 형태로 상징적 현실에 침입하는 어떤 것이다. 억압되어 있고 무의식적으로 기능하면서 상징화에 절대적으로 저항하는 실재는 외상(trauma) 개념과 연관되며, 조우가 불가능하다는 점에서 죽음 충동, 대상 a, 주이상스 등과 연계된다. 숀 호머, 김서영 옮김, 『라캉 읽기』(은행나무, 2006), 151~157쪽 참조. 지젝은 라캉적 실재를 상징화에 저항하는 사물의 외상적 공허일 뿐만 아니라, 무의미한 상징적 일관성 및 자신의 원인으로 환원되지 않는 순수한 외관으로서 환영을 가리키기도 한다고 말한다. 슬라보예 지젝, 박정수 옮김, 『그들은 자기가 하는 일을 알지 못하나이다』(인간사랑, 2004), 114쪽 참조.

26) 실재는 언어로 표현할 수 없는 영역이므로 '직접적 묘사'나 '간접적 묘사'가 불가능하다. 따라서 묘사할 수 없는 것을 묘사하려는 모순된 시도로서 '부정적 묘사'를 시도할 수밖에 없다. 김광균 시에서는 '등불—안개'의 '불투명성의 이미지'가 대표적인 사례이며, 이를 '찬연한'과 '뿌연(흐릿한)'이라는 상호 이질적 의미가 혼용된 "차단—한"이라는 신조어로 묘사하려 한 시도가 이러한 차원을 잘 보여 준다.

추상성이 아니라 사유의 추상성이고, 형식을 만들어 내는 내용에의 투신이다. 김광균 시에서 '멜랑콜리적 정서'의 강한 노출은 재현의 개념이나 시적 수사법의 개념으로 분석되기보다는 시적 진술 그 자체를 지금 일어나고 있는 실재의 사건으로 이해해야 하는 것이다.

이 두 가지 초점을 정리하면서 제시한 '실재의 부정적 묘사'에 대해 부연하기 위해서, 앞서 언급한 프로이트, 라캉, 지젝 등의 '멜랑콜리' 분석 이외에 '승화'의 개념을 참고할 수 있다. 라캉적 개념의 '승화'는 대상을 불가능한 실재적 사물(das Ding)[27]의 차원까지 고양하는 것이다. 지젝은 이 숭고한 대상을 "절대 부정성으로서의 순수한 무, 공백으로서의 사물의 빈 자리를 차지하고 대체하고 채워 버리는 대상"[28]이라고 설명한다. 사물을 불가능성, 순수 무, 빈 곳, 공백 등으로 설명하는 이유는 완벽한 주이상스를 체현하는 어머니라는 사물도 사실은 처음부터 없었던 것이고, 완벽한 사물은 환상 속에서만 존재하기 때문이다. 이러한 정신 분석적 '승화' 개념을 '멜랑콜리' 개념과 결부시키면, 대상을 숭고한 실재적 사물의 차원까지 고양하는 '승화'와 그것이 무너지고 추락할 때 발생하는 '멜랑콜리'는 일단 상호 대립적 관계에 놓여 있다고 볼 수 있다. 그런데 멜랑콜리가 형성되려면 승화가 먼저 존재해야 하고, 더 나아가 멜랑콜리가 유지되려면 승화의 지향성이 완전히 폐기되지 않고 유지되어야 한다. 승화가 폐기되거나 포기된 멜랑콜리는 이미 애도로 전이된 양상이지 멜랑콜리가 아니다. 멜랑콜리의 기본 메커니즘은 사랑 대상을 상실했음에도 불구하고 그것을 무의식적으

---

27) 프로이트가 말한 '사물(das Ding)'은 '그 무엇, 사물, 근원적 대상' 등의 의미를 가지고 있다. 라캉은 이것을 욕망으로부터 비롯되는 대타자, 즉 주체의 절대적 대타자라고 보고, 그것이 기표를 곤란에 처하게 하는 실재계의 일부라고 설명한다. 이 개념의 프랑스어 번역어는 '쇼즈(Chose)'인데, 크리스테바는 명명할 수 없는 최상의 행복과 표상할 수 없는 그 무엇을 '쇼즈'라고 지칭한다. 그리고 어떤 성적 대상도 리비도를 가두어 버리고, 욕망의 관계들을 단절하는 장소 혹은 전(前)-대상에 대한 대체 불가능한 지각이라고 설명한다. 졸고, 「멜랑콜리의 문학 비평적 가능성」, 앞의 책, 256~257쪽 참고.
28) 슬라보예 지젝, 이수련 옮김, 『이데올로기라는 숭고한 대상』(인간사랑, 2002), 345쪽.

로 받아들이지 않고 대상을 자신과 나르시시즘적으로 동일시하는 것이기 때문이다. 현실적으로 사랑 대상은 상실되었으나 주체가 무의식적으로 그 상실을 인정하지 않고 집착하기 때문에 퇴행적 동일시를 통해 애증 병존, 자기 비난, 바닥 없는 상실감, 허무 의식 등이 생기는 것이다. 이러한 차원에서 '멜랑콜리'에는 '승화'의 지향성이 잔존해 있고 혼융되어 있다고 간주할 수 있다. 다시 말해, 멜랑콜리 속에 승화가 고착되어 뒤엉키며 침잠하는 것이다. 한편 '승화'와 '멜랑콜리' 사이의 간극 및 공백을 메우는 것은 바로 심리적 현실로서의 '실재'이다. 정신 분석적 관점에 의하면, '승화'에도 불가능성, 즉 실체를 벗어난 빈자리로서 순수 결여인 공백이 존재하고, 이 공백을 전제하고 진행되면서 기만적 역설이 작용하는 '멜랑콜리'에도 빈자리로서 결여가 존재한다. 이 두 결여의 자리를 채우는 것은 '실재'인데, 이 글이 김광균 시의 특질을 시적 형식 및 내용의 차원에서 '실재의 부정적 묘사'라고 명명한 것은 이러한 관점과 관련된다.

이 글이 김광균 시의 구조화 원리로서 고찰한 '대낮'의 시간성과 결부되는 '건조한 정서―조형성의 이미지' 조합은 정신 분석적 관점에서 '승화'와 연관된다고 볼 수 있다. 김광균이 의식적으로 추구한 '형태의 사상성'이나 시적 이미지의 '조형성'은 감상적이고 애상적인 정서를 최대한 절제하고 응축시키면서, 그것을 기하학적이고 건축학적인 구성을 통해 형태적 이미지로 결정(結晶)하거나 입체적 공간성을 부여하는 방식을 의미한다. '대낮의 향일성'과 함께 '시간의 공간화'를 동반하는 이러한 차원은, 정신 분석적 관점에서 대상을 불가능한 실재적 사물(das Ding)의 차원, 즉 절대 부정성으로서의 순수한 무, 공백으로서의 사물의 빈 자리를 차지하고 대체하고 채워 버리는 대상의 위치에까지 고양하는 '승화'와 상통할 수 있다. 또한 '대낮의 시간성―건조한 정서―조형성의 이미지' 조합이 '저녁의 시간성―멜랑콜리의 정서―불투명성의 이미지' 조합으로 전이되는 것은 '승화'가 '멜랑콜리'로 전이되는 과정으로 재해석될 수 있다. '멜랑콜리'는 사랑 대상의 상실과 관련된 리비도적 욕망이 출혈로 인해 에너지를 잃어버린 것으로 이해되는데, 이 상실은 '승화'의 원리로서 대상을 실재적 사물의 차원으로 고양시키는 에너지가 추락하거나 무너지는 양상과도 관련되기 때문이다. 여기에서 유의할 부분은 '멜랑콜리'에는 '승화'의 지향성이 잔존해 있고 혼용되어 있다는 점이다. 즉 멜랑콜리는 '승화가 침잠된 멜랑콜리'로서 존재하는 것이다.

이와 관련하여 '저녁'의 시간성과 결부되어 형상화되는 '불투명성의 이미지'로서 '등불－안개'의 색채적 이미지에 대해 부연할 필요가 있다. 이 이미지를 좀 더 세밀히 분석하면, 코스모스적 집중, 정신적 지향, 희망과 기대, 회귀적 추억 등의 의미를 내포하는 '등불' 이미지와 카오스적 분산, 감성적 침잠, 절망과 허무, 운명적 체념 등의 의미를 내포하는 '안개' 이미지의 결합으로 볼 수 있다. 정신 분석적 관점에서 '등불'은 '승화'와 연관되고, '안개'는 승화가 추락할 때 겪는 '멜랑콜리'와 연관된다. 따라서 '등불'과 '안개'가 결합된 '불투명성의 이미지'는 승화와 멜랑콜리의 결합물, 좀 더 정확히 말한다면, '승화가 침잠된 멜랑콜리'로 이해될 수 있다. 이러한 분석은 '등불'의 이미지를 '건조한 정서－조형성의 이미지' 계열에 포함시키는 해석이 된다. 그리고 이 관점은 '저녁'의 시간성과 결부된 '멜랑콜리의 정서－불투명성의 이미지' 조합이 '대낮'의 시간성과 결부된 '건조한 정서－조형성의 이미지' 조합과 이분법적으로 분리되지 않고, 중첩되고 경계가 지워지면서 점차적으로 이동하는 특성을 가지고 있음을 보여 주는 것이기도 하다. 앞에서 "차단－한"이라는 시어를 '찬연한'과 '뿌연(흐릿한)'이라는 상호 이질적 의미를 가진 개념이 혼용된 표현으로 간주하고, '등불'과 '안개'가 결합된 '불투명성의 이미지'와 밀접히 관련된다고 언급한 것은 이러한 해석과 상통하는 것이다.


## 6 맺음말

이 글은 '정서와 이미지의 상관성'을 기준으로 김광균 시의 특질을 세밀히 분석하여 그 구조화 원리를 탐색했다. 김광균 시에는 '정서—이미지'의 상관 항으로서 크게 '대낮'의 시간성과 결부되는 '건조한 정서—조형성의 이미지' 조합, '저녁'의 시간성과 결부되는 '멜랑콜리의 정서—불투명성의 이미지' 조합이 차별적으로 등장한다. 김광균은 작품의 내적 시간성 속에서 '건조한 정서—조형성의 이미지' 조합을 먼저 시도하지만, 이 시도가 허물어지면서 '멜랑콜리의 정서—불투명성의 이미지' 조합이 더 큰 비중을 가지고 등장하게 된다. 이와 함께 핵심적 이미지가 '대낮'의 시간대와 결부되는 '조형성'의 형태적 이미지에서 '저녁'의 시간대와 결부되는 '황혼', '등불—안개' 등의 색채적 이미지로 전환된다.

　김광균 시의 특질로서 '건조한 정서—조형성의 이미지'가 '멜랑콜리의 정서—불투명성의 이미지'로 이동하는 양상과 관련된 구조화 원리는 다음 두 가지 초점으로 정리될 수 있다. 첫째, 시적 형식의 차원으로서 '조형성의 이미지'가 무너지고 '불투명성의 이미지'가 등장하면서 경계가 지워지며 흐려지는 부분은 '실재의 부정적 묘사'라고 부를 만한 성격을 가진다. 둘째, 시적 내용의 차원으로서 '건조한 정서'가 사라지고 '멜랑콜리의 정서'가 더 큰 비중을 차지하면서 '화자의 정서 표출이 강화되는 부분'에서 시의 주제적 차원이 탈은폐되면서 노출된다.

　정신 분석적 '승화' 개념을 '멜랑콜리' 개념과 결부시키면, 대상을 숭고한 실재적 사물의 차원까지 고양하는 '승화'와 그것이 무너지고 추락할 때 발생하는 '멜랑콜리'는 일단 상호 대립적 관계에 놓여 있다고 볼 수 있다. '승화'와 '멜랑콜리' 사이의 간극 및 공백을 메우는 것은 바로 심리적 현실로서의 '실재'이다. 이 글이 분석한 시간성에 따른 '정서—이미지'의 상관 항으로서 '건조한 정서—조형성의 이미지' 조합에서 '멜랑콜리의 정서—불투명성의 이미지' 조합으로의 이동은 '승화'가 '멜랑콜리'로 전이되는 과정으로 재해석될 수 있다. 여기에서 유의할 부분은 '멜랑콜리'에 '승화'의 지향성이 잔존해 있고 혼용되어 있다는 점이다. 이와 관련하여 정신 분석적 관점에서 김광균 시에 등장하는 '등불'은 '승화'와 연관되고, '안개'

는 승화가 추락할 때 겪는 '멜랑콜리'와 연관된다. 따라서 '등불'과 '안개'가 결합된 '불투명성의 이미지'는 승화와 멜랑콜리의 결합물, 좀 더 정확히 말한다면, '승화가 침잠된 멜랑콜리'로도 이해될 수 있다.

이러한 고찰을 통해 이 글은 김광균 시에서 회화적 이미지의 조형성과 애상적 감상성이 공존하여 모순을 야기한다는 기존의 평가와는 달리, '정서와 이미지의 상관성'에 따른 두 계열의 조합이 차별성을 가지고 존재하고, 작품의 내적 시간성에 따라 이동하면서 '등불'과 '안개'가 결합된 '불투명성의 이미지'를 통해 '승화가 침잠된 멜랑콜리'를 형성한다는 사실을 밝히려 했다. 이를 통해 김광균 시에서 '정서와 이미지의 상관성'에 따른 두 계열 중 '대낮의 시간성 — 건조한 정서 — 조형성의 이미지' 계열이 주로 형상화되는 경우, 향일성 및 형태의 사상성과 함께 원근법적 구도, 기하학적이고 건축학적인 구성, 공감각적 이미지 등을 통해 입체적 공간성을 확보했다는 평가가 가능해진다. 그리고 '저녁의 시간성 — 멜랑콜리의 정서 — 불투명성의 이미지' 계열이 주로 형상화되는 경우, 승화가 침잠된 멜랑콜리의 정서를 '실재의 부정적 묘사'라는 방식으로 형상화하여 실재의 사건성을 현재적으로 체험하고 시적 내용으로서 사유 및 정서에 투신했다는 평가가 가능해진다.

# 참고 문헌

김광균,『김광균 전집』, 김학동·이민호 편, 국학자료원, 2002

김기림,「30년대 도미(掉尾)의 시단 동태」,《인문평론》, 1940. 12

김유중,『김광균 — 회화적 이미지와 낭만적 정신의 조화』, 건국대 출판부, 2000

김윤식·김현,『한국 현대문학사』, 민음사, 1973

김윤식,「모더니즘시 운동 양상」,『한국 현대시론 비판』, 일지사, 1975

김은전,「김광균론」,《심상》, 1977. 7~8

김재홍,「김광균」,『한국 현대시인 연구』, 일지사, 1986

김종철,「30년대 시인들」,《문학과 지성》, 1975 봄

김창원,「김광균과 소멸의 시학」,《선청어문》, 서울대사대, 1991

김춘수,「기질적 이미지스트」,《심상》, 1978. 11

김태진,『김광균 시의 기호론적 연구』, 홍익대 박사 논문, 1993

김학동,「김광균의 생애와 문학 — 전기적 접근」,『김광균 연구』, 국학자료원, 2002

맹정현,「자본의 순교자 — 현대성의 우울증적 기원」,《문학과 사회》, 2005 여름

박진환,「김광균 시의 공간 구조 연구」,『한국 현대시인 연구』, 동백문화, 1990

박철석,「김광균론」,『한국 현대시인론』, 민지사, 1998

박철희,『한국 시사 연구』, 일조각, 1981

박태일,「한국 근대시의 공간현상학적 연구」, 부산대 박사 논문, 1991

배영애,「죽음 모티프의 유형과 매개체」,『김광균 연구』, 국학자료원, 2002

백철,「모더니스트의 후예들」,『신문학 사조사』, 신구문화사, 1947

서덕주,「정신적 외상과 비애의 정조」,『김광균 연구』, 국학자료원, 2002

서준섭,「1930년대 한국 모더니즘 문학 연구」, 서울대 박사 논문, 1977

숀 호머, 김서영 옮김,『라캉 읽기』, 은행나무, 2006

슬라보예 지젝, 박정수 옮김,『그들은 자기가 하는 일을 알지 못하나이다』, 인간 사랑, 2004

슬라보예 지젝, 이수련 옮김, 『이데올로기라는 숭고한 대상』, 인간사랑, 2002

오윤정, 「고향 모티프의 유형과 매개체」, 『김광균 연구』, 국학자료원, 2002

오형엽, 「정신 분석 비평과 수사학」, 『문학과 수사학』, 소명출판, 2011

오형엽, 「멜랑콜리의 문학 비평적 가능성」, 『문학과 수사학』, 소명출판, 2011

유성호, 「김광균론 ─ 이미지즘 시학의 방법적 수용과 그 굴절」, 『한국 현대시의 형상과 논리』, 국학자료원, 1997

이기서, 「1930년대 한국 시의 의식 구조 연구」, 고려대 박사 논문, 1983

이명찬, 「김광균론」, 《한성어문학》, 1998. 5

이사라, 「김광균 시의 현상학적 연구」, 이화여대 석사 논문, 1980

이승원, 「모더니즘과 김광균 시의 위상」, 《현대시학》, 1994. 1

이승훈, 「김광균의 시 세계 ─ 감정의 회화」, 《현대시학》, 1972. 9

이재오, 「김광균 시의 주제 체계에 대한 연구」, 서울대 석사 논문, 1982

장윤익, 「1930년대 한국 모더니즘 시 연구」, 경북대 석사 논문, 1968

정문선, 「김광균 시 연구」, 서강대 석사 논문, 1997

정태용, 「김광균론」, 《현대문학》, 1970. 10

조동민, 「김광균론」, 《현대시학》, 1978. 7

조연현, 『한국 현대문학사』, 인간사, 1961

지그문트 프로이트, 윤희기 옮김, 「애도와 멜랑콜리」, 『프로이트 전집』(13-무의식에 대하여), 열린 책들, 1997

# 제3주제에 관한 토론문

이재복(한양대 교수)

오형엽 선생님이 공들여 쓰신 「김광균 시의 구조화 원리」를 잘 읽고 공부에 큰 도움이 되었습니다. 특히 김광균 시에 대한 해석을 '구조화 원리'의 차원에서 보여 준 것은 그동안 거의 다루어지지 않았다는 점에서 주목에 값한다고 할 수 있습니다. 오 선생님께서도 지적하신 것처럼 지금까지의 김광균 시에 대한 연구는 주로 회화적 이미지, 감상적 정서, 전통적 서정시의 맥락에서 논의되어 왔으며, 이 과정에서 그의 시에 대한 긍정적이거나 부정적인 평가가 있었습니다. 이러한 평가는 이미지와 정서를 구분하고 분리해 바라보고 있다는 점에서 그의 시 전체를 온전히 평가하는 데에는 한계가 있다고 생각합니다. 이런 점에서 정서와 이미지의 상관성을 기준으로 김광균 시의 구조화 원리를 탐색하고 있는 오 선생님의 관점은 분리가 아닌 통합의 태도를 겨냥하고 있다고 보입니다. 그리고 이 통합의 관점을 크게 '건조한 정서―조형성의 이미지'의 상관항과 '멜랑콜리의 정서―불투명성의 이미지'의 상관항으로 나누어 고찰하고 있습니다. 김광균의 시 세계에 대한 이러한 고찰은 형식적인 면과 내용적인 면을 모두 포괄하면서 진행되고 있다는 점에서 의의가 있다고 생각합니다. 오 선생님의 관점과 진

술 과정에 전적으로 동감하면서 좀 더 논의 자체를 분명하게 하고 구체화
하기 위해 몇 가지 의문 나는 사항에 대해 질문하고자 합니다.

첫째, 오 선생님께서 연구 대상으로 삼고 있는 텍스트에 대한 문제입니
다. 익히 알고 있듯이 김광균은 5권의 시집을 상재하고 있습니다. 제1시집
『와사등』(1939), 제2시집 『기항지』(1947), 제3시집 『황혼가』(1957), 제4시집
『추풍귀우』(1986), 제5시집 『임진화』(1989) 등이 바로 그것입니다. 이 시집
들 중 이 논문에서 다루고 있는 시집은 제1시집과 제2시집입니다. 이 두 시
집을 논의 대상으로 한 이유가 궁금합니다. 물론 김광균의 시 세계에서 이
두 시집이 차지하는 비중이 절대적이라는 것을 잘 압니다. 아마 이런 이유
로 이 두 시집만으로 그의 시 세계를 해명하려고 한 것이라고 추측해 볼
수는 있습니다. 하지만 그의 시 세계 전체를 이해하는 데는 이 두 시집만
으로는 한계가 있지 않나 하는 생각이 듭니다. 이와 더불어 또 한 가지 드
리고 싶은 질문은 그 두 시집 중에서도 논의의 대상이 된 텍스트는 「오후
의 구도」, 「추일서정」, 「외인촌」, 「와사등」입니다. 오 선생님께서 대상으로
삼은 이 네 편의 시들이 '정서와 이미지'의 상관성과 관련하여 어떤 보편타
당한 대표성을 지니는지 궁금합니다.

둘째, 오 선생님께서는 『와사등』과 『기항지』에서 '건조한 정서 — 조형성
의 이미지'에서 '멜랑콜리의 정서 — 불투명성의 이미지'로의 변화를 읽어
내고 있습니다. 그런데 이 과정에서 한 가지 흥미로운 사실은 이러한 변화
가 우리가 알고 있는 외적 시간에 따른 계기적인 흐름과는 무관하게 작품
내적 시간성을 문제 삼고 있다는 점입니다. 오 선생님께서 말씀하신 그 '작
품 내적 시간성'이란 용어는 일반적으로 많이 사용하는 그런 용어라서 이
해하는 데 어려움이 없지만 문제는 그 '작품 내적 시간성'이 어떻게 '구조
화의 원리'로 작동하고 있는지 하는 점입니다. 구조화 혹은 구조주의에서
시간과 공간의 개념은 구조화와 구조주의의 특징이나 성격을 결정짓는다
는 점에서 매우 중요하다고 봅니다. 물론 '건조한 정서 — 조형성의 이미지'
에서 '멜랑콜리의 정서 — 불투명성의 이미지'로의 변화가 그러한 시간성을

말해 주고 있기는 하지만 그러한 변화가 김광균의 시 세계 전체 속에서 어떻게 작동하고 또 그것이 어떤 시적 정체성을 낳는지에 대한 좀 더 구체적인 해명이 있어야 하지 않나 생각합니다. 가령 우리가 구조주의를 이야기할 때 흔히 예로 드는 '장기판'과 '장기말'의 비유가 말해 주듯이 장기말의 변화는 단순히 장기말 자체에 머무는 것이 아니라 장기판 전체에 영향을 미친다는 점을 상기해 보면 '건조한 정서 ― 조형성의 이미지'에서 '멜랑콜리의 정서 ― 불투명성의 이미지'로의 변화가 그의 시의 전체 구조에 어떤 영향을 행사하고 있는지에 대한 해명은 필요하리라고 봅니다.

셋째, 이 논문의 중요한 개념 중의 하나로 사용되고 있는 '승화와 멜랑콜리' 등과 관련된 질문입니다. 저는 이 논문의 가장 새로운 해석은 김광균의 시를 '승화가 침잠된 멜랑콜리'로 읽어 내고 있는 대목이라고 생각합니다. 오 선생님께서는 이 승화가 '건조한 정서 ― 조형성의 이미지'와 대응되고, 멜랑콜리가 '불투명성의 이미지'와 대응된다고 하시면서 '등불', '안개'와 같은 질료를 통해 그것을 해명하고 있습니다. 등불은 승화와 연계되고, 안개는 승화가 추락할 때 겪는 멜랑콜리로 해석하고 있는 것이 바로 그것입니다. 이러한 해석은 탁견이라고 생각합니다. 다만 조금 아쉬운 것은 어떻게 건조한 정서, 등불이 승화와 관계되는지, 또 안개가 어떻게 멜랑콜리와 관계되는지에 대한 구체적인 해석이 있었으면 합니다. 선생님께서는 논문에서 "대상을 실재적 차원까지 고양하는 '승화'와 그것이 무너지고 추락할 때 발생하는 '멜랑콜리'는 일단 상호 대립적 관계에 있지만 멜랑콜리로의 이행 과정에 승화가 먼저 존재해야"한다고 서술하고 있습니다. 그렇다면 어떻게 김광균의 시에서의 등불이 "실재적 차원까지 고양"되는 것으로 볼 수 있는지 또 안개는 어떻게 시인과 나르시시즘적인 동일시의 양상을 드러내는지에 대한 상세한 해석이 있어야 하리라고 봅니다. 왜냐하면 이 부분은 정신분석학과 관계되어 있어서 단순한 개념적인 서술만으로는 그 이면에서 작동하는 무의식적이고 심리적인 메커니즘을 이해하기가 어렵기 때문입니다.

넷째, 김광균 시 세계에 대한 새로운 해석을 보여 주고 있는 이 논문이 더 의미를 갖기 위해서는 오 선생님께서 해석하신 이러한 내용이 우리 문학사 내에서 어떤 의미가 있는지에 대한 가치 판단이 있어야 한다고 봅니다. 김광균 시의 문학사적인 평가가 되겠지요. 김광균의 시가 선생님께서 해석하신 것처럼 "회화적 이미지의 조형성과 애상적 감상성이 공존하여 모순을 야기한다."라는 기존의 평가와는 달리 "'정서와 이미지의 상관성에 따른 두 계열의 조합이 차별성을 가지고 존재하고, 작품 내적 시간성에 따라 이동한다."라는 사실을 보여 준다면 이러한 평가가 우리 문학사 혹은 우리 시사에서 어떤 의미를 지니는가에 대한 의문은 당연한 것이라고 할 수 있습니다. 이런 점에서 이 논문의 궁극적인 목적도 여기에 있을 수밖에 없다고 봅니다.

이상 네 가지 우둔한 질문을 오형엽 선생님께 드립니다. 선생님의 고견을 부탁드리겠습니다.

# 김광균 생애 연보*

1914년  1월 19일(음력 1913년 12월 23일), 경기도 개성시 선죽동 673번지에서 포목 도매업을 하던 아버지 김창훈과 어머니 한순복 사이에서 3남 3녀 중 장남으로 태어남.

1923년  개성시에 있는 원정소학교에 2학년에 편입학.

1924년  개벽사 발행의 아동 잡지 《어린이》(2-11, 통권 22호) '5백명대현상'에 김광균이 뽑힌 것으로 보아 《어린이》의 애독자였을 것으로 추정됨.

1925년  『언문풍월』이라는 활자본 한글 시집까지 냈던 부친이 포목점을 하다가 중풍으로 쓰러져 작고함. 이후 김광균이 성장할 때까지 모친이 점포를 경영함.

1926년  개성상업학교 입학. 경기도지사로부터 작문상 수상. 12월 14일, 소년시 《중외일보》에 「가신 누님」 발표.

1927년  개성소년동맹 창립과 관련하여 규약기초위원에 선임. 7월 30일, 조선소년연합회 창립 발기대회에 조선소년연맹 대의원으로 참석. 11월 19일, 《조선일보》에 「녯 생각」 발표.

1929년  1929~1930년에 걸쳐 《동아일보》에 「한울」 등 시 5편 발표, 잡지 《대중공론》과 《음악과 시》에 「실업자의 오월」과 「소식(消息)」 발표. 3월 5일, 최초의 평론이라 할 수 있는 「개인의 소감 ─ 저술가와 출판가에게」를 《중외일보》에 발표.

1930년  3월 25일, 현동염, 최창진 등 문예에 뜻을 둔 개성 청년들과 힘을 모

---

* 오영식·유성호 엮음, 『김광균 문학 전집』(소명출판, 2014)에 실린 「작가 연보」를 참고했음.

아 '연예사(研藝社)'를 창립하고, 동인지 《유성》을 간행하기로 함.

1931년   3월, 개성상업학교 졸업.

1935년   4월 18일, 함남 이원의 김선희와 혼인. 신혼 초기에 개성에 잠시 살다
          가 군산에서 신혼 생활을 함.

1936년   3월 27일, 『을해명 시선집』(오일도 편, 시원사)에 「외인촌의 기억」과
          「오후의 구도」가 수록됨. 장남 영종 개성에서 출생.

1937년   첫 시집 『무화(霧花)와 외투(外套)』를 풍림사에서 '조선 시인 총서'로
          낼 예정이었으나 출판되지 못함. 11월 8일, 오장환, 윤곤강, 이육사, 이
          병각, 서정주 등과 함께 동인을 결성하여 동인지 《자오선》을 간행.

1938년   「설야(雪夜)」가 《조선일보》 신춘문예에 1등으로 당선. 군산에서 서
          울 본사로 올라와 다옥정에서 하숙함.

1939년   1월 25일, 『현대 조선 시인 선집』(임화 편, 학예사)에 「설야」가 수록
          됨. 8월 1일, 첫 시집 『와사등』을 오장환이 경영하던 남만서점에서 출
          간. 장녀 영자 개성에서 출생.

1940년   1월, 13·16·17일 조선일보 신년 특집 기획 기사에서 임화와 대담회
          를 가짐.

1942년   고향 개성을 떠나 서울 장사동에 살다가 계동 147-12호로 이사. 차
          녀 은영 출생.

1943년   차남 현종 출생.

1945년   광복 직후인 8월 18일에 결성된 조선문화건설중앙협의회 내 조선문
          학건설본부의 시부 위원을 맡음. 위원장은 김기림, 위원은 김광규, 오
          장환, 임화, 정지용. 12월 12일, 『해방 기념 시집』(중앙문화협회 편,
          12월 12일)에 「날개」를 발표함.

1946년   3월 1일, 광복이 되자 《신천지》, 《학병》, 《신문학》 등 잡지와 《서울신
          문》, 《경향신문》 등 일간지에 많은 작품을 발표함. 『삼일 기념 시집』
          (조선문학가동맹 시부 편, 건설출판사, 3월 1일)에 「삼일날이여! 가
          슴 아프다」를 발표.

| 1946년 | 4월 15일, 조선문화단체총연맹 주최 민족문화건설 전국회의 석상에서 '연합국과 학예술가에게 보내는 메시지'를 낭독. |
|---|---|
| 1946년 | 5월 10일, 조선학술문화출판회 결성에 발기인으로 참여. 5월 12일, '시인의 집' 주최 현대시 강좌에서 「시와 회화」 강연. |
| 1946년 | 10월 20일, 신석초, 오장환, 이용악과 함께 간행 위원이 되어 이육사의 유고 시집 『육사 시집』(서울출판사)을 간행하고 서문을 씀. 『와사등』을 정음사에서 재간.(발행일자 없음) |
| 1947년 | 5월 1일, 제2시집 『기항지』(정음사) 출간. 《민성》 3-11호에 「가을에 생각나는 사람, 김소월」을 발표하여 오장환과 함께 소월 연구에 선편을 잡음. |
| 1948년 | 삼남 승종 출생. 7월 19일, 몽양 여운형 선생 1주기 추도회에서 김기림과 함께 참석하여 추모시를 읽음. |
| 1949년 | 12월 17일, 한국문학가협회 결성에 추천회원으로 참여. |
| 1950년 | 3월 10일, 『현대시집 Ⅱ ― 신석정·김광균·장만영·유치환』을 간행(정음사)했는데, 「지등(紙燈)」을 비롯해 30편이 수록됨. |
| 1950년 | 김기림의 추천으로 가을 학기부터 중앙대학에 출강하기로 함. 6·25 전쟁이 일어나 사업(건설실업주식회사 대표)을 하던 아우 익균이 인민군에게 체포, 납북됨. |
| 1951년 | 1·4 후퇴로 부산에 피란하여 초량동에 살며 광복 직후 익균과 함께 투자해 설립했던 건설실업주식회사 사장으로 취업. |
| 1953년 | 휴전이 되어 가족 모두 서울 계동으로 돌아옴. |
| 1957년 | 7월 5일, 장만영의 주선으로 그가 운영하던 출판사 산호장에서 제3시집 『황혼가』 출간.(300부 한정판) 종로구 경운동 96-1호로 이사. |
| 1959년 | 장만영, 박남수와 함께 춘조사에서 간행한 '오늘의 시인 총서' 편집 위원을 맡음. 모두 4권이 간행된 이 총서 중에는 김수영의 첫 시집 『달나라의 장난』을 비롯해 김춘수의 『부다페스트에서의 소녀의 죽음』 등 한국 현대시 사상 기념비적인 시집들이 들어 있음. |

| 1959년 | 국제상의 한국위원회 감사역으로 부임. 10월, 박두병, 김광균 외 5인이 발기인이 되어 서울은행 설립, 개점. |
| 1960년 | 9월 30일, 장만영의 산호장에서 『와사등』 재간행. 11월 10일, 무역협회 부회장이 됨. |
| 1961년 | 6월, 모친이 작고함. 한국교향악단 창립추진위원으로 참여.(장기영 외 5인) 성북동으로 이사. |
| 1962년 | 한국벽지조합 이사장이 됨. |
| 1966년 | 중앙농약 회장이 됨. |
| 1971년 | 한국무역협회 상무이사가 됨. |
| 1974년 | 2월 6일, 산학협동재단 소위원회 위원에 선출. 9월, 한양로타리클럽에 가입, 국무총리 표창을 받음. |
| 1975년 | 전국경제인연합회 통상위원이 됨. 이중섭 20주기 기념사업회 위원으로 참여. |
| 1976년 | 6월 28일, 대한상공회의소 총회에서 9대 상임위원에 선출. |
| 1977년 | 5월 30일, 조병화, 김규동, 김경린 등이 편집위원을 맡아 김광균 시선집 『와사등』을 근역서재에서 간행. |
| 1977년 | 전경련 이사 및 금융위원이 됨. 성북구 성북2동 330-336호로 이사. |
| 1982년 | 《현대문학》 3월호에 「야반(夜半)」 등을 발표하며 오래 중단했던 시작 활동을 재개. |
| 1982년 | 6월, 한국현대시문학대계 13 『김광균·장만영』(지식산업사, 박철희 편) 간행. 국제연합한국협회 부회장 및 대한상공회의소 상임회원이 됨. |
| 1983년 | 한국·캐나다 경협 부회장이 됨. |
| 1984년 | 한양로타리클럽 회장이 됨. |
| 1985년 | 8월 15일, 산문 모음집 『와우산』 출간.(범양사) |
| 1985년 | 문예진흥후원협회 부회장이 됨. 정비석, 구상, 황순원, 김태길, 이주홍, 이성범, 김중업 등과 함께 《회귀》 동인 결성. 타계 10주기를 맞아 출간된 『신석초 전집』 출판기념회 초청인으로 참여. |

| 1986년 | 7월 15일, 제4시집 『추풍귀우』 간행.(범양사, 500부 한정판) |
|---|---|
| 1987년 | KS물산주식회사 사장이 됨. 2월 25일, 구상, 정한모 공편으로 김광균 시 연구 논문집인 『30년대의 모더니즘』 간행.(범양사) |
| 1988년 | 5월 11일, 구상, 양병식, 송지영, 조경희, 서기원, 조병화, 김규동, 김규린 등과 '김기림기념사업회'를 결성하고 회장이 되어 조선일보사 추원으로 제1회 '김기림 문학의 밤'을 개최함. |
| 1988년 | 정지용 시인을 기리는 '지용회'가 결성되어 고문을 맡음. 10월 20일, '문화의 날' 기념 대한민국문화예술상 은관문화훈장 받음. |
| 1988년 | 겨울, 중풍으로 쓰러져 서울대병원에 입원. |
| 1989년 | 시인 구상의 권유로 가톨릭에 입교하여 세례를 받음.(세례명은 니코데모) 5월 30일, 제5시집 『임진화』 간행.(범양사) |
| 1990년 | 5월 13일, 제2회 지용문학상 수상. 수상작은 『해변가의 무덤』. |
| 1990년 | 6월 9일, 김기림시비건립위원장을 맡아 김기림 모교인 보성고등학교 (송파구 방이동 소재) 교정에 김기림 시비 건립. |
| 1992년 | 종로구 부암동으로 이사. |
| 1993년 | 11월 23일, 지병으로 자택에서 별세. 묘지는 북한산록 지축리 와우산 중턱 어머니 묘소 바로 옆에 있음. |
| 1994년 | 1월 10일, 1977년에 근역서재에서 펴낸 시 전집 『와사등』을 삶과꿈에서 가족들이 재간. |
| 2002년 | 8월 16일, 김학동, 이민호에 의해 『김광균 전집』 출간.(국학자료원) |
| 2004년 | 5월, 시인의 10주기를 맞이하여 구상 시인을 비롯하여 친지, 유족의 뜻을 모아 '김광균 시비' 건립.(종로구 명륜동4가 1번지, 대학로) |
| 2012년 | 8월 30일, 김유중에 의해 『김광균 시선』 출간.(지식을만드는지식) |
| 2014년 | 5월 8일, '탄생 100주년 문학인 기념문학제 심포지엄' 개최.(한국작가회의·대산문화재단 주최) 5월 24일, 오영식, 유성호에 의해 『김광균 문학 전집』이 근대서지총서로 출간됨.(소명출판) |

## 김광균 작품 연보*

| 발표일 | 분류 | 제목 | 발표지 |
| --- | --- | --- | --- |
| 1926. 12. 14 | 시 | 가신 누님 | 중외일보 |
| 1927. 11. 19 | 시 | 녯 생각 | 조선일보 |
| 1929. 10. 13 | 시 | 한울 | 동아일보 |
| 1929. 10. 15 | 시 | 경회루에서 | 동아일보 |
| 1929. 10. 16 | 시 | 녯 동무 | 동아일보 |
| 1929. 10. 19 | 시 | 병(病) | 동아일보 |
| 1930. 1. 12 | 시 | 야경군(夜警軍) | 동아일보 |
| 1930. 3. 5 | 산문 | 개인의 소감 — 저술가와 출판가에게 | 중외일보 |
| 1930. 6 | 시 | 실업자의 오월 | 대중공론 7 |
| 1930. 8 | 시 | 소식 — 우리들의 형님에게 | 음악과 시 1 |
| 1930. 10. 30 | 산문 | 김종인 씨의 두 창작에 대하여 | 동아일보 |
| 1932. 5. 4~5 | 산문 | 『아귀도(餓鬼道)』의 전망(상·하) | 조선일보 |
| 1933. 7. 22 | 시 | 창백한 구도 | 조선중앙일보 |
| 1933. 11. 9 | 시 | 해안과 낙엽 | 조선일보 |
| 1934. 2. 8 | 시 | 그날 밤 당신은 마차를 타고 | 조선중앙일보 |
| 1934. 3. 4~5 | 산문 | 문단과 지방(상·하) | 조선중앙일보 |

* 오영식·유성호 엮음, 『김광균 문학 전집』(소명출판, 2014)에 실린 「작품 연보」를 참고했음.

| 발표일 | 분류 | 제목 | 발표지 |
|---|---|---|---|
| 1934. 3. 12 | 시 | 파도 있는 해안에 서서 | 조선중앙일보 |
| 1934. 3. 20 | 산문 | 삼월과 항구 | 조선중앙일보 |
| 1934. 3. 28 | 시 | 어두어 오는 영창(映窓)에 기대어 ― 삼월에 쓰는 편지 | 조선중앙일보 |
| 1934. 5. 2 | 산문 | 작가 연구의 전기(前記) ― 신예작가의 소묘 | 조선중앙일보 |
| 1934. 12. 9 | 시 | 풍경화 ― No.1 호반(湖畔)에서 | 조선중앙일보 |
| 1935. 3. 2 | 산문 | 함경선의 점묘 ― 소박한 나의 여정기 | 조선중앙일보 |
| 1935. 4. 8 | 시 | 풍금과 계절 | 조선중앙일보 |
| 1935. 4. 19 | 시 | 황혼보(黃昏譜) | 조선중앙일보 |
| 1935. 4. 24 | 시 | 사향도(思鄕圖) ― 요람의 기억을 모아: 정거장· 목가(牧歌)·교사(校舍)의 오후 | 조선중앙일보 |
| 1935. 4. 26 | 시 | 사향도 ― 요람의 기억을 모아: 동무의 무덤·언덕 | 조선중앙일보 |
| 1935. 5. 1 | 시 | 오후의 구도 | 조선중앙일보 |
| 1935. 5. 6~24 | 산문 | 조가(弔歌) | 조선중앙일보 |
| 1935. 5. 1 | 산문 | 서간 ― 신진 작가 서간집 | 조선문단 23 |
| 1935. 5. 1 | 시 | 고도(古都)의 기억 | 조선문단 23 |
| 1935. 7. 24 | 시 | 석고(石膏)의 기억 ― 밀톤의 고화집(古畵集)에서 | 조선중앙일보 |
| 1935. 9. 13 | 시 | 해바라기의 감상(感傷) | 조선중앙일보 |
| 1935. 9. 13 | 시 | 사항(思航) | 조선중앙일보 |
| 1935. 9. 26 | 시 | 벽화 ― 정원·고독한 판도 | 조선중앙일보 |

| 발표일 | 분류 | 제목 | 발표지 |
|---|---|---|---|
| | | (版圖)·남촌(南村)의 기억· 방랑의 일기에서·해변에 서서 | |
| 1935. 11. 21 | 시 | 창백한 산보 | 조선중앙일보 |
| 1936. 1. 16 | 시 | 향수의 의장(意匠) — 황혼에 서서·동화적인 풍경· 감상적(感傷的)인 묘지 | 조선중앙일보 |
| 1936. 2. 3 | 시 | 고궁비(古宮碑) | 조선중앙일보 |
| 1936. 2. 29 | 시 | 지등(紙燈) — 창·성호(星湖)의 인상·북청(北靑) 가까운 풍경 | 조선중앙일보 |
| 1936. 4. 9 | 시 | 이원(利原)의 기억 (1) 송단역 (松端驛)·학사대(學士臺)의 오후 | 조선중앙일보 |
| 1936. 4. 10 | 시 | 이원의 기억 (2) 산맥과 들·정월 구일 | 조선중앙일보 |
| 1936. 4. 14 | 시 | 산상정(山上町) | 조선중앙일보 |
| 1936. 12 | 산문 | 연예사(硏藝社) 시대 | 고려시보 |
| 1936. 3. 27 | 시 | 외인촌의 기억 | 『을해명 시선집』 (오일도 편, 원사) |
| 1936. 3. 27 | 시 | 오후의 구도 | 상동 |
| 1937. 1. 28 | 시 | 장미와 낙엽 | 조선일보 |
| 1937. 1. 1 | 산문 | 인생의 애도(哀圖) | 풍림 2 |
| 1937. 1. 1 | 시 | 황혼화도(黃昏花圖) | 풍림 2 |
| 1937. 2. 1 | 산문 | 풍물일기 | 고려시보 59 |
| 1937. 2. 1 | 시 | SEA. BREEZE | 풍림 3 |
| 1937. 3. 5 | 시 | 강협(江陜)과 나발 | 풍림 4 |
| 1937. 4. 1 | 산문 | 김기림론 — 현대시의 황혼 | 풍림 5 |

| 발표일 | 분류 | 제목 | 발표지 |
|--------|------|------|--------|
| 1937. 5. 1 | 시 | 화속화장(花束化粧) | 풍림 6 |
| 1937. 5. 1 | 시 | 월광곡 | 조광 3-5 |
| 1937. 5. 9 | 시 | 밤비와 보석 | 조선일보 |
| 1937. 6. 4 | 시 | 성호부근(星湖附近) | 조선일보 |
| 1937. 8. 1 | 설문 | 소하설문(銷夏說問) | 고려시보 71 |
| 1937. 8. 16 | 산문 | 서선산보(西鮮散步) | 고려시보 72 |
| 1937. 9. 1 | 시 | 다방 | 조광 3-9 |
| 1937. 11. 8 | 시 | 대화 — 경애의 령전에 준다 | 자오선 1 |
| 1938. 1. 8 | 시 | 설야 | 조선일보 |
| 1938. 5. 26 | 시 | 공지(空地) | 비판 4-5 |
| 1938. 6. 3 | 시 | 와사등 | 조선일보 |
| 1938. 6. 25 | 시 | 여정(旅情) | 고려시보 91 |
| 1938. 7. 26 | 시 | 풍경(1. 2) | 비판 4-7 |
| 1938. 8. 1 | 설문 | 소하설문 | 고려시보 94 |
| 1938. 9. 26 | 시 | 광장 | 비판 4-9 |
| 1938. 9. 26 | 시 | 소년 | 비판 4-9 |
| 1938. 11. 1 | 산문시 | 추첩(秋帖) | 고려시보 100 |
| 1939. 1. 1 | 시 | 흰 구름에 부치는 시 | 여성 4-1 |
| 1939. 1. 25 | 시 | 설야 | 현대 조선 시인 선집(임화 편, 학예사) |
| 1939. 2 | 시 | 등(燈) | 비판 5-2 |
| 1939. 2 | 시 | 정원(庭園) | 비판 5-2 |
| 1939. 4 | 시 | 공원(公園) | 시학 1 |
| 1939. 4 | 설문 | 시단인(詩壇人)의 동인지관 | 시학 1 |

| 발표일 | 분류 | 제목 | 발표지 |
|---|---|---|---|
| 1939. 7. 9 | 시 | 뎃상 | 조선일보 |
| 1939. 8. 1 | 시집 | 와사등 | 남만서점 |
| 1939. 8. 28 | 산문 | 촌어집(寸語集) | 시학 3 |
| 1939. 9. 1 | 산문 | 헌사 ― 오장환 시집 | 문장 8 |
| 1939. 10. 28 | 시 | 조화(弔花) ― 경애에게 | 시학 4 |
| 1939. 10. 28 | 시 | 소야(小夜) | 시학 4 |
| 1939. 12. 1 | 시 | 도심 지대 | 인문평론 3 |
| 1940. 1. 1 | 설문 | 새해 설문 | 고려시보 127 |
| 1940. 1. 13, 16, 17 | 대담 | 시단의 현상과 희망 (김광균·임화) 상·중·하 | 조선일보 |
| 1940. 2. 18 | 시 | 광장 외 4편 | 신선(新撰) 시인 집(시학사 편, 발행) |
| 1940. 2. 1 | 산문 | 서정시의 문제 | 인문평론 5 |
| 1940. 4. 1 | 시 | 향수 | 인문평론 7 |
| 1940. 5. 1 | 시 | 눈 오는 밤의 시 | 여성 5-5 |
| 1940. 7. 1 | 시 | 추일서정(秋日抒情) | 인문평론 10 |
| 1940. 8. 8 | 시 | 백화점 | 조선일보 |
| 1940. 9. 1 | 시 | 황량(荒凉) | 문장 18 |
| 1941. 1. 1 | 시 | 수철리(水鐵里) | 인문평론 14 |
| 1941. 3. 1 | 시 | 장곡천정(長谷川町)에 오는 눈 | 문장 24 |
| 1941. 5. 1 | 시 | 단장(短章) | 춘추 2-5 |
| 1942. 1. 1 | 시 | 야차(夜車) | 조광 8-1 |
| 1942. 1. 1 | 시 | 대낮 | 조광 8-1 |
| 1942. 5. 1 | 시 | 일모(日暮) | 춘추 3-5 |
| 1942. 6. 1 | 시 | 비(碑) | 춘추 3-6 |

| 발표일 | 분류 | 제목 | 발표지 |
|---|---|---|---|
| 1942. 12. 1 | 시 | 녹동(綠洞) 묘지에서 | 조광 8-12 |
| 1942. 12. 1 | 시 | 반가(反歌) | 조광 8-12 |
| 1945. 12. 12 | 시 | 날개 | 『해방 기념 시집』 (중앙문화협회 편, 발행) |
| 1946 | 시집 | 와사등(재판) | 정음사 |
| 1946 | 산문 | 노신(魯迅)의 문학 입장 | 예술신문 |
| 1946. 1. 15 | 설문 | ① 한자 폐지와 국문 횡서(橫書) 문제 ② '8·15의 감격' 외 | 신천지 창간호 |
| 1946. 1. 28 | 산문 | 시인의 변(辨)(상) | 중앙신문 |
| 1946. 2. 25 | 시 | 상여를 보내며 | 학병 2 |
| 1946. 2. 26 | 산문 | 시인의 변(하) | 중앙신문 |
| 1946. 3. 1 | 시 | 삼일날이여! 가슴 아프다 | 『삼일 기념 시집』 (건설출판사) |
| 1946. 3. 17 | 산문 | 시와 민주주의 | 중앙신문 |
| 1946. 4. 6 | 산문 | 인민의 선두에 서시라 | 조선인민보 |
| 1946. 4. 26 | 역시 | 회향(懷鄕)(헷세 원작) | 시의 밤 낭독 시집 |
| 1946. 5. 1 | 설문 | 내가 싫어하는 여자 | 신천지 1-4 |
| 1946. 5. 5 | 시 | 복사꽃과 제비 — 어린이날을 위하여 | 서울신문 |
| 1946. 5. 12 | 강연 | 시와 회화 | '시인의 집' 주최 현대시 강좌 |
| 1946. 5. 19 | 산문 | 신간평: 바다와 나비 | 서울신문 |

| 발표일 | 분류 | 제목 | 발표지 |
|---|---|---|---|
| 1946. 6. 30 | 산문 | 신간평: 에세—닌 시집 | 서울신문 |
| 1946. 7. 15 | 시 | 은수저 | 문학 창간호 |
| 1946. 7. 4 | 시 | 미국 장병에게 주는 시 | 조선인민보 |
| 1946. 8. 6 | 설문 | 우익 8원칙과 좌익 5원칙을 어떻게 생각합니까 | 동아일보 |
| 1946. 8. 10 | 시 | 영미교(永美橋) | 신문학 3 |
| 1946. 9. 1 | 산문 | 근대주의와 회화 | 신천지 1-8 |
| 1946. 10. 15 | 시 | 구선리(九宜里) —조(弔) 안동수 군 | 협동 2 |
| 1946. 10. 20 | 산문 | 이육사의 유고 시집 『육사 시집』 서문 | 『육사 시집』 (서울출판사) |
| 1946. 10. 20 | 설문 | 여성들의 지나친 화장 외 | 서울신문 |
| 1946. 12 | 시 | 고도(古都)의 기억 | 시가집 『아름강운 강산』 (정태진 편, 신흥국어연구회) |
| 1946. 12. 1 | 시 | 비풍가(悲風歌) | 민성 2-13 |
| 1946. 12. 1 | 산문 | 문학의 위기 | 신천지 1-11 |
| 1946. 12. 3 | 산문 | 시단의 두 산맥 | 서울신문 |
| 1947. 3. 4 | 산문 | 문학 평론의 빈곤 | 서울신문 |
| 1947. 3. 10 | 산문 | 문학청년론 | 협동 4 |
| 1947. 3. 20 | 시 | 상여를 보내며 | 1946년판 『조선 시집』(조선문학가 동맹시부 편, 아문각) |

| 발표일 | 분류 | 제목 | 발표지 |
| --- | --- | --- | --- |
| 1947. 4. 1 | 시 | 노신(魯迅) | 신천지 2-3 |
| 1947. 5. 1 | 시집 | 기항지(寄港地) | 정음사 |
| 1947. 7. 20 | 평론 | 전진과 반성 — 시와 시형 (詩形)에 대하여(상) | 경향신문 |
| 1947. 8. 3 | 평론 | 전진과 반성 — 시와 시형 에 대하여(하) | 경향신문 |
| 1947. 8. 3 | 시 | 상여를 좇으며 — 여운형 선생 장례날 | 우리신문 |
| 1947. 8. 10 | 시 | 황혼가 | 새한민보 1-5 |
| 1947. 10 | 시 | 뻐꾹새 | 신교육건설 2 |
| 1947. 10. 1 | 시 | 시를 쓴다는 것이 이미 부질없고나 — 곡 배인철 군 | 신천지 2-9 |
| 1947. 10. 24 | 산문 | 가을에 생각나는 사람, 김소월 | 민성 3-11 |
| 1948. 1. 1 | 시 | 비량신년(悲凉新年) | 자유신문 |
| 1948. 1. 26 | 시 | 승용마차 | 서울신문 |
| 1948. 1. 28 | 산문 | 설정식 씨 시집『포도』를 읽고 | 자유신문 |
| 1948. 2. 10 | 시 | 기적(汽笛) | 신민일보 |
| 1948. 2. 15 | 산문 | 시의 정신 — 회고와 전망을 대신하여 | 새한민보 2-4 |
| 1948. 2. 29 | 산문 | 30년대의 시 운동(상) | 경향신문 |
| 1948. 3. 28 | 산문 | 30년대의 시 운동(하) | 경향신문 |
| 1949. 1. 1 | 시 | 그믐날 밤에 혼자 누어 생각하기를 | 자유신문 |
| 1949. 1. 15 | 산문 | 김철수 시집『추풍령』발문 | 『추풍령』(삼호장) |
| 1949. 4. 20 | 시 | 가로수 외 4편 | 『시집 — 조선문학 |

| 발표일 | 분류 | 제목 | 발표지 |
|---|---|---|---|
| | | | 전집 10』(임학수 편, 한성도서) |
| 1949. 11. 1 | 산문 | 추야장(秋夜長) | 문예 4 |
| 1950. 3. 10 | 시 | 지등(紙燈) 외 30편 | 『현대시집 Ⅱ 신석정·김광균· 장만영·유치환』 (정음사) |
| 1951 | 시 | 영도다리 | 발표지, 일자 미상 |
| 1952 | 시 | UN군 묘지에서 | 발표지, 일자 미상 |
| 1952. 11. 5 | 시 | 오후의 구도 외 17편 | 『현대국문학수 (粹)』(조향 편, 자유장) |
| 1953. 5. 4 | 산문 | 납치된 8만 명의 운명 | 동아일보 |
| 1955. 1. 18 | 산문 | 이중섭 개인전 목록에 실린 글 | |
| 1956 | 시 | 화투(花鬪) | 발표지, 일자 미상 |
| 1957. 7. 5 | 시집 | 황혼가 | 산호장 |
| 1959. 12. 10 | 산문 | 『장서언 시집』 발문 | 『장서언 시집』 (신구문화사) |
| 1960. 9. 30 | 시집 | 와사등 | 재간행 |
| 1964. 6 | 산문 | 시와 상업 | 발표지, 일자 미상 |
| 1967. 11. 25 | 시 | 안방 | 한국일보 |

| 발표일 | 분류 | 제목 | 발표지 |
|---|---|---|---|
| 1968. 11. 1 | 시 | 제당(霽堂)이 가시다니 | 현대문학 14-11 |
| 1976. 12. 1 | 시 | 목련 | 세계의 문학 1-2 |
| 1976. 12. 1 | 시 | 황혼 | 세계의 문학 1-2 |
| 1977. 5. 30 | 시전집 | 와사등 | 조병화·김규동· 김경린 편, 근역서재 |
| 1978. 4. 11 | 산문 | 백상(百想) 30년 — 백상 장기영 선생 1주기에 붙여 | 서울경제신문 |
| 1979. 1. 25 | 산문 | 예술가 사태 | 서울경제신문 |
| 1979. 9. 3 | 산문 | 우두고(雨杜考) | 한양로타리클럽 주보 908 |
| 1980. 4. 29 | 산문 | 한철(漢徹)이… | 경향신문 |
| 1980. 9. 6 | 산문 | 퇴행성 인생 | 경향신문 |
| 1980. 9. 13 | 산문 | 화가·화상(畵商)·화족(畵族)(상) | 경향신문 |
| 1980. 9. 27 | 산문 | 화가·화상·화족(중) | 경향신문 |
| 1980. 10. 13 | 산문 | 화가·화상·화족(하) | 경향신문 |
| 1981. 5. 1 | 산문 | 50년 | 월간조선 |
| 1981. 7. 26 | 산문 | 내수 산업의 운명 | 한국경제신문 |
| 1981. 9. 7 | 산문 | 로타리 송가고(頌歌考) | 한양로타리클럽 주보 1000 |
| 1981. 12. 7 | 산문 | 현암(玄岩) 사후(死後)에 | 한양로타리클럽 주보 1012 |
| 1982. 1. 15 | 산문 | 마리서사(茉莉書舍) 주변 | 세월이 가면 (근역서재) |

| 발표일 | 분류 | 제목 | 발표지 |
|---|---|---|---|
| 1982. 6. 25 | 시선집 | 김광균·장만영 | 박철희 편, 지식산업사 |
| 1982. 9. 10 | 산문 | 30년대의 화가와 시인들 | 계간미술 가을 23 |
| 1983. 9. 1 | 시 | 시비(詩碑)를 세우고 | 현대문학 345 |
| 1983. 12. 20 | 산문 | 연년세세(年年歲歲) | 한양로타리클럽 주보 1103 |
| 1984. 1 | 산문 | 재정(財政)·금융이 가야 할 길 | 전경련 230 |
| 1984. 3. 1 | 시 | 야반(夜半) | 현대문학 30-3 |
| 1984. 3. 1 | 시 | 성북동 | 현대문학 30-3 |
| 1984. 3. 1 | 시 | 목상(木像) | 현대문학 30-3 |
| 1984. 3. 1 | 시 | 안성에서 | 현대문학 30-3 |
| 1984. 3. 1 | 시 | 소곡(小曲) | 현대문학 30-3 |
| 1984. 3. 1 | 시 | 한려수도 | 현대문학 30-3 |
| 1984. 5. 8 | 시 | 불신자의 노래 | 한국일보 |
| 1984. 7. 1 | 시 | 학수(學秀) | 문학사상 141 |
| 1984. 7. 1 | 시 | 수반(水盤)의 시 | 문학사상 141 |
| 1984. 7. 2 | 산문 | 로타리 회원에서 로타리 안으로 | 한양로타리클럽 주보 1127 |
| 1984. 9. 3 | 산문 | 결의를 새롭게 | 한양로타리클럽 주보 1136 |
| 1984. 12 | 시 | 입추가(立秋歌) | 금융 |
| 1984. 12. 17 | 산문 | 이기(貳期) 인생 | 한양로타리클럽 주보 1149 |
| 1985. 2. 1 | 시 | 최순우 씨 | 월간조선 |
| 1985. 6. 8 | 산문 | 이중섭을 욕보이지 말라 | 경향신문 |

| 발표일 | 분류 | 제목 | 발표지 |
|---|---|---|---|
| | | — '어느 요절한 화가의 유작전(遺作展)' 유감 | |
| 1985. 6. 2 | 시 | 양석성 군 장례식날 | 한국일보 |
| 1985. 6 | 시 | 안개의 노래 | 회귀 1집 |
| 1985. 6 | 시 | 점심(點心) | 회귀 1집 |
| 1985. 6 | 시 | 다시 수련 | 회귀 1집 |
| 1985. 6 | 시 | 산정호수 | 회귀 1집 |
| 1985. 6 | 시 | 자규루(子規樓) | 회귀 1집 |
| 1985. 6 | 시 | 입추가(立秋歌) | 회귀 1집 |
| 1985. 6. 28 | 산문 | 나의 골프 이력 | 매일경제신문 |
| 1985. 8. 15 | 산문집 | 와우산 | 범양사 |
| 1985. 9. 1 | 산문 | 편집을 마치고 | 한양로타리 30년사 |
| 1985. 10. 2 | 산문 | 가을에 생각나는 사람 | 경향신문 |
| 1985. 11. 1 | 시 | 수의(壽衣) | 동서문학 |
| 1986. 3. 10 | 시집 | 모더니즘 시선집 — 이상, 김광균, 김경린, 김수영, 김규동, 박인환 | 청담문학사 |
| 1986. 5. 1 | 시 | 삼월이 온다 | 월간조선 |
| 1986. 6. 10 | 시 | 회귀에의 헌시 | 회귀 2집 |
| 1986. 6. 10 | 시 | 목련나무 옆에서 | 회귀 2집 |
| 1986. 6. 10 | 시 | 혼우(昏雨) | 회귀 2집 |
| 1986. 6. 10 | 시 | 오월의 꽃 | 회귀 2집 |
| 1986. 6. 10 | 시 | 중앙청 부근 | 회귀 2집 |
| 1986. 6. 10 | 시 | 금동불이(金銅佛耳) | 회귀 2집 |
| 1986. 6. 10 | 시 | 황진(黃塵) 1 | 회귀 2집 |

| 발표일 | 분류 | 제목 | 발표지 |
|---|---|---|---|
| 1986. 6. 10 | 시 | 황진 2 | 회귀 2집 |
| 1986. 6. 10 | 산문 | 금가(琴歌) | 회귀 2집 |
| 1986. 7. 1 | 시 | 사막 도시 | 문학사상 |
| 1986. 7. 1 | 시 | 독서 | 문학사상 |
| 1986. 7. 15 | 시집 | 추풍귀우(秋風鬼雨) | 범양사 |
| 1986. 8. 4 | 산문 | 수재(守齋)와 오원(梧苑) | 한양로타리클럽 주보 1224 |
| 1986. 8. 21 | 시 | 경복궁 담에 기대어 | 박물관신문 |
| 1986. 12. 1 | 시 | 뻐꾸기 | 문학정신 3 |
| 1986. 12. 1 | 시 | 임진화(壬辰花) | 문학정신 3 |
| 1986. 12. 1 | 시 | 우수(憂愁)의 날 | 문학정신 3 |
| 1986. 12. 1 | 시 | 황접(黃蝶) | 문학정신 3 |
| 1987. 1 | 시 | 편지 | 소설문학 |
| 1987. 2 | 시 | 추일서정(秋日敍情) | 한국문학 |
| 1987. 4 | 시 | 일기 | 문학사상 |
| 1987. 5 | 시 | 흑설(黑雪) | 동서문학 |
| 1987. 8. 5 | 산문 | 경제 단체는 혁신되어야 한다 | 매일경제신문 |
| 1987. 6 | 시 | 유원지(遊園地) | 회귀 3집 |
| 1987. 6 | 시 | 오월화(五月花) | 회귀 3집 |
| 1987. 6 | 시 | 구역질 | 회귀 3집 |
| 1987. 6 | 시 | 장(墻) | 회귀 3집 |
| 1987. 7 | 시 | 폐원(廢園) | 월간에세이 |
| 1987. 10. 7 | 시 | 뉴욕서 들려온 소식 | 조선일보 |
| 1988. 5. 1 | 시 | 십일월의 노래 | 문학정신 |
| 1988. 5. 1 | 시 | 기괴한 신사 | 문학정신 |

| 발표일 | 분류 | 제목 | 발표지 |
|---|---|---|---|
| 1988. 5. 12 | 산문 | 편석촌의 체온<br>— 제1회 김기림 문학의 밤 회상문 | |
| 1988. 6 | 시 | 산 1 | 회귀 4집 |
| 1988. 6 | 시 | 산 2 | 회귀 4집 |
| 1988. 6 | 시 | 산 3 | 회귀 4집 |
| 1988. 6 | 시 | 입추야(立秋夜) | 회귀 4집 |
| 1988. 6 | 시 | 해변가의 무덤 | 회귀 4집 |
| 1988. 11. 10 | 시 | 무료일일(無聊日日) | 회귀 5집 |
| 1988. 11. 10 | 시 | 우수송(右手頌) | 회귀 5집 |
| 1988. 11. 10 | 시 | 한등(寒燈) | 회귀 5집 |
| 1988. 11. 10 | 시 | 회전 도어 | 회귀 5집 |
| 1988. 11. 10 | 시 | 성군도(星群圖) | 회귀 5집 |
| 1988. 11. 10 | 시 | 가을 바람의 노래 | 회귀 5집 |
| 1988. 8 | 산문 | 이미 죽고 사라진 사람들 | 동서문학 169 |
| 1989. 5. 30 | 시집 | 임진화(壬辰花) | 범양사 |
| 1989. 11. 10 | 산문 | 우인의 회억 | 회귀 5집, 송지영<br>유고집『우인일<br>기』(융성출판,<br>1991)에 재수록 |
| 1990. 2. 1 | 시 | 수풀가에서 | 월간현대시 1-2 |
| 1990. 12. 24 | 시 | 조계산-법정(法頂) 님에게 | 회귀 6집 |
| 1990. 12. 24 | 시 | 겁씨(法氏)에 대하여 | 회귀 6집 |
| 1990. 12. 24 | 시 | 세월(世月) | 회귀 6집 |
| 1990. 12. 24 | 산문 | 노신(魯迅)과 주위의 조선인 | 회귀 6집 |
| 1991. 11. 15 | 시집 | 김광균 시선 와사등 | 미래사 한국 대표 |

| 발표일 | 분류 | 제목 | 발표지 |
|---|---|---|---|
| | | | 시인 100인 선집 |
| 1994. 1. 10 | 시선집 | 와사등 | 재간(삶과꿈) |
| 2002. 8. 16 | 전집 | 김광균 전집 | 김학동·이민호 편(국학자료원) |
| 2007 | 시집 | Gas light: the poems of Kim kwang kyoon | Ryou kyong joo, New York: Codhill Press |
| 2012. 8. 30 | 시집 | 김광균 시선 | 김유중 편, 지식을 만드는 지식 |
| 2014. 5. 24 | 전집 | 김광균 문학 전집 | 오영식·유성호 편. 소명출판 |

| 1938. 10 | 이병각, 「향수하는 소시민 ─ 김광균 「와사등」의 세계」, 《시학》 |
| 1940. 12 | 김기림, 「30년대 도미(掉尾)의 시단 동태」, 《인문평론》, 인문사 |
| 1946. 12. 5 | 김동석, 「시단의 제3당 ─ 김광균의 「시단의 두 산맥」을 읽고」, 《경향신문》 |
| 1947 | 백철, 「모더니스트의 후예들」, 『신문학 사조사』, 신구문화사 |
| 1947. 3. 11 | 김상훈, 「빈곤한 논리 ─ 김광균 씨 소론에 대하야」, 《독립신보》 |
| 1949 | 김동석, 「김광균론 ─ 뿌르조아의 인간상」, 『시인의 위기』, 탐구당 |
| 1958 | 이봉구, 「문학과 우정의 모사 ─ 김광균 시집 『황혼가』를 읽고」, 《현대문학》 37 |
| 1958. 8 | 박남수, 「김광균 황혼가」, 《현대시》 2 |
| 1961 | 조연현, 『한국 현대문학사』, 인간사 |
| 1964 | 이원구, 「시의 시학 표상의 연구」, 《공주사대 논문집》 2 |
| 1967. 2 | 김상태, 「시적 언어의 의미론적 연구 ─ 이상과 광균을 중심으로」, 서울대 석사 논문 |
| 1967. 2 | 이인섭, 「김소월과 김광균의 시에 대한 문체론적 고찰」, 서울대 석사 논문 |
| 1968 | 장윤익, 「1930년대 한국 모더니즘 시 연구」, 경북대 석사 |

논문

1968. 12    김영일, 「회화의 문학 — 이미지스트로서의 김광균론」, 《사상계》 16-12

1969    한계전, 「김광균의 시적 변모고 — 전·후기 시의 구분」, 《국어교육》 2

1970    오세영, 「한국 현대시 이미지 연구」, 서울대 석사 논문

1970    김대행, 「한국 현대시의 언어 표출사적 연구」, 서울대 석사 논문

1970. 10    정태용, 「김광균론」, 《현대문학》 16-10

1972. 9    이승훈, 「김광균의 시 세계 — 감정의 회화」, 《현대시학》 4-9

1972. 10    김상태, 「김광균과 이상의 시 — 그 대비적 고찰, 의미론적인 시점에서」, 《전북대 논문집》 14

1973    김해성, 「김광균론」, 『한국 현대시인론』, 금강출판사

1973    신명석, 「한국 시에 나타난 모더니즘 연구」, 《수련어문》 1, 부산여대

1973    김윤식·김현, 『한국문학사』, 민음사

1975    백철·이병기, 『국문학전사』, 신구문화사

1975    박철석, 「한국의 시와 밤의 인식」, 《수련어문》 3, 부산여대

1975    김종철, 「30년대의 시인들」, 《문학과지성》 1975 봄, 문학과지성사

1975    김윤식, 「모더니즘시 운동 양상」, 『한국 현대시론 비판』, 일지사

1976    재근, 『이미지즘 시인선』, 정음사

1976. 8    이인섭, 「김소월과 김광균 시의 문체 연구」, 《월간문학》 9-8

1976. 8    이명자, 「김광균의 공간 분석」, 《심상》 35

1977    서준섭, 「1930년대 한국 모더니즘 문학 연구」, 서울대 박사 논문

| 1977. 2 | 신익호, 「김광균 시 연구」, 숭전대 석사 논문 |
| 1977. 7~8 | 김은전, 「김광균론」, 《심상》 46~47 |
| 1978 | 임효순, 「김광균론」, 《명지어문학》 10, 명지대 |
| 1978. 1 | 박진환, 「고독한 낭인 —『와사등』을 중심으로」, 《현대시학》 106 |
| 1978. 2 | 김준학, 「김광균론 — 시집 『와사등』을 중심으로」, 동아대 교육대학원 석사 논문 |
| 1978. 6 | 이인복, 「한국 문학에 나타난 죽음」, 《월간문학》 |
| 1978. 7 | 조동민, 「김광균론」, 《현대시학》 283 |
| 1978. 8 | 김규동, 「김광균의 풍모」, 《현대문학》 113 |
| 1978. 11 | 김춘수, 「기질적 이미지스트 — 김광균과 30년대」, 《심상》 62 |
| 1979 | 김규동, 「근대 정신과 『와사등』의 위치 — 김광균 소론」, 『어두운 시대의 마지막 언어』, 백미사 |
| 1980 | 김배홍, 「김광균 시의 이미지 연구」, 충남대 석사 논문 |
| 1980 | 장윤익, 「한국적 이미지즘의 특성」, 『문학 이론의 현장』, 문학예술사 |
| 1980 | 이사라, 「김광균 시의 현상학적 연구」, 이화여대 석사 논문 |
| 1980. 2 | 박철석, 「김광균론」, 《현대시학》 131 |
| 1981 | 박철희, 「감정의 풍경화」, 『한국 시사 연구』, 일조각 |
| 1981 | 문덕수, 「김광균론」, 『한국 모더니즘 시 연구』, 『시문학사』 |
| 1981 | 박호영, 「김광균의 「와사등」 — 자아를 상실한 소시민의 서정」, 『한국 현대시 작품론』, 문장사 |
| 1981 | 서준섭, 「김광균의 「추일서정」 — 상실과 결핍감의 이미지」, 『한국 현대시 작품론』, 문장사 |
| 1982 | 장기주, 「은유의 의미론과 해석 — 김광균 시를 중심으로」, 서강대 석사 논문 |
| 1982 | 박철희, 「김광균·장만영론」, 『서정과 인식』, 이우출판사 |

| 1982 | 박철희, 「실향 시대의 시인」, 『김광균·장만영』, 지식산업사 |
| 1982. 2 | 이재오, 「김광균 시의 주제 체계에 관한 연구」 서울대 석사 논문 |
| 1982. 2 | 하효곤, 「김광균 시의 이미지고(考) ─ 바슐라르의 상상력을 중심으로」, 동아대 석사 논문 |
| 1982. 7 | 이유식, 「김광균론 ─ 김광균 시의 플롯 구조 원리」, 《시문학》 |
| 1982. 7~8 | 이재오, 「김광균 시에 나타난 죽음의 이미지」, 《심상》 10권 7~8 |
| 1983 | 이기서, 「1930년대 한국 시의 의식 구조 연구」, 고려대 박사 논문 |
| 1983 | 이경애, 「김광균론」, 전북대 석사 논문 |
| 1983 | 조동민, 「김광균 시의 모더니티」, 김용직 외, 『한국 현대시사 연구』, 일지사 |
| 1983 | 이건청, 「'떠남'과 '등불'의 이미저리 ─ 김광균의 「와사등」」, 『한국 대표시 평설』, 문학세계사 |
| 1983 | 이영희, 「김광균론」, 《호서대학 논문집》 |
| 1983 | 예창해, 「김광균의 시적 지향과 그 성과」, 《비교문학》 8 |
| 1983. 2 | 신은경, 「김영랑과 김광균 시를 통해 본 1930년대 시의 두 방향」, 한국정신문화연구원 석사 논문 |
| 1983. 2 | 장기주, 「은유의 의미론과 해석 ─ 김광균 시를 중심으로」, 서강대 석사 논문 |
| 1983. 10 | 이사라, 「김광균·윤동주 시의 상상적 질서 ─「눈오는 밤의 시」와 「눈오는 지도」의 구조 분석」, 《이화어문논집》 6 |
| 1984 | 김봉군, 「김광균론」, 『한국 현대 작가론』, 민지사 |
| 1984. 2 | 채만묵, 「형태의 사상성과 한계 ─ 모더니스트 김광균의 시 작품을 중심으로」, 《국어문학》 24, 국어문학회 |
| 1984. 2 | 김정혜, 「김광균 시의 비교 문학적 연구」, 국민대 석사 논문 |

| 1984. 2 | 장현경, 「김광균론―『와사등』에서 나타난 자아 표현 양상을 중심으로」, 동아대 석사 논문 |
| 1984. 3 | 허형만, 「김광균론 ― 색채 의식 표현을 중심으로」, 《표현》 |
| 1985 | 김재홍, 「김광균의 시」, 『한국 현대시 형성론』, 인하대 출판부 |
| 1985. 2 | 원명수, 「한국 모더니즘 시에 나타난 소외 의식과 불안 의식 연구」, 중앙대 박사 논문 |
| 1986 | 김재홍, 「김광균 ― 방법적 모더니즘과 서정적 진실」, 『한국 현대시인 연구』, 일지사 |
| 1986 | 이추하, 「한국 모더니즘과 김광균」, 동국대 석사 논문 |
| 1986. 2 | 박태일, 「김광균 시의 회화적 공간과 그 조형성」, 《국어국문학》 23, 부산대 국문과 |
| 1987. 2 | 김두수, 「김광균의 시 의식 고찰」, 조선대 교육대학원 석사 논문 |
| 1988 | 나병철, 「모더니즘과 소외의 자기 인식」, 『한국 문학의 근대성과 탈근대성』, 문예출판사 |
| 1988 | 원명수, 「김광균의 시에 나타난 주제 연구」, 《우리문학연구》 6·7 |
| 1988. 8 | 조석구, 「김광균 시 연구」, 단국대 석사 논문 |
| 1988. 11 | 이건청, 「모더니즘의 성과와 한계 ― 김광균을 중심으로」, 《동양문학》 5, 동양문학사 |
| 1989. 7 | 이경호, 「도시 서정시의 출발과 그 한계 ― 김광균의 시세계」, 《현대시학》 |
| 1990 | 허영자, 「김광균 시에 있어서의 눈의 심상」, 《성신어문학》 3, 성신여대 국문과 |
| 1990 | 박진환, 「김광균 시의 공간 구조 연구」, 『한국 현대시인 연구』, 동백문화 |

| 1990 | 이무섭, 「김광균론」, 강원대 석사 논문 |
|---|---|
| 1990. 2 | 김태진, 「김광균 시 연구」, 홍익대 석사 논문 |
| 1990. 2 | 이무섭, 「김광균론」, 강원대 교육대학원 석사 논문 |
| 1990. 2 | 김원배, 「한국 이미지즘 시 연구 — 이장희·정지용·김광균을 중심으로」, 인천대 교육대학원 석사 논문 |
| 1990. 2 | 정창섭, 「시집 『와사등』 연구」, 한양대 교육대학원 석사 논문 |
| 1990. 8 | 홍성순, 「김광균 시의 이원적 구조」, 경기대 교육대학원 석사 논문 |
| 1991 | 박태일, 「김광균 시의 새로운 읽기」, 『김광균 시선·와사등』, 미래사 |
| 1991 | 김창원, 「김광균과 소멸의 시학」, 《선청어문》 19, 서울대 국어교육과 |
| 1991. 2 | 박태일, 「한국 근대시의 공간현상학적 연구」, 부산대 박사 논문 |
| 1991. 2 | 설옥희, 「김광균론」, 전남대 석사 논문 |
| 1991. 8 | 박노균, 「정지용과 김광균의 이미지즘 시」, 《개신어문연구》 8 |
| 1991. 8 | 김정혜, 「김광균 시 연구」, 경남대 교육대학원 석사 논문 |
| 1992. 5 | 김용직, 「식물성 도시 감각의 세계 — 김광균론」, 《현대시》 |
| 1992. 8 | 윤순관, 「김광균 시의 감상성 연구」, 호남대 석사 논문 |
| 1993 | 김만성, 「김광균론」, 충남대 석사 논문 |
| 1993 | 어진숙, 「김광균 시의 전통성 연구」, 한국교원대 석사 논문 |
| 1993. 2 | 김태진, 「김광균 시의 기호론적 연구」, 홍익대 박사 논문 |
| 1994 | 어진숙, 「김광균 시 연구 — 전통 양상을 중심으로」, 한국교원대 석사 논문 |
| 1994. 1 | 한영옥, 「이 땅의 이미지스트 — 김광균의 시 세계」, 《현대시학》 |
| 1994. 1 | 이숭원, 「모더니즘과 김광균 시의 위상」, 《현대시학》 |

| 1994. 2 | 김만성, 「김광균론」, 충남대 교육대학원 석사 논문 |
| 1994. 2 | 장병천, 「김광균 시의 내적 심상에 관한 연구」, 공주대 교육대학원 석사 논문 |
| 1994. 8 | 선홍기, 「김광균 시 연구」, 고려대 교육대학원 석사 논문 |
| 1994. 8 | 어진숙, 「김광균 시 연구」, 한국교원대 석사 논문 |
| 1994. 8 | 권오욱, 「김광균 시의 회화성 연구」, 명지대 사회교육대학원 석사 논문 |
| 1995 | 김훈, 「한국 모더니즘시의 분석적 연구 — 김광균의 구조」, 《어문연구》, 한국어문교육연구회 |
| 1995 | 고명수, 「김광균론」, 『한국 모더니즘 시인론』, 문학아카데미 |
| 1995. 2 | 윤대관, 「김광균 시 연구」, 조선대 교육대학원 석사 논문 |
| 1995. 8 | 김진아, 「김광균 시의 물 이미지 고찰」, 조선대 석사 논문 |
| 1995. 8 | 김영순, 「김광균 시 연구 — 색채어에 나타난 초현실주의를 중심으로」, 호남대 석사 논문 |
| 1995. 8 | 김난숙, 「김광균론」, 경기대 교육대학원 석사 논문 |
| 1996 | 김용직, 「주지주의계 모더니즘」, 『한국 현대시사』, 한국문연 |
| 1996 | 박민수, 「「와사등」의 '차단 — 한'의 의미」, 『한국 현대시의 리얼리즘과 모더니즘』, 국학자료원 |
| 1996 | 이숭원, 「모더니즘과 김광균 시의 위상」, 『현대시와 지상의 꿈』, 시와 시학사 |
| 1996 | 김태진, 『김광균 시 연구』, 보고사 |
| 1996 | 김태진, 『김광균 시와 김조규 시의 비교 연구』, 보고사 |
| 1996. 2 | 정문경, 「김광균 시의 이미저리 연구」, 전북대 교육대학원 석사 논문 |
| 1996. 2 | 김광수, 「김광균 시 연구」, 세종대 석사 논문 |
| 1997 | 유성호, 「김광균론 — 이미지즘 시학의 방법적 수용과 그 굴절」, 『한국 현대시의 형상과 논리』, 국학자료원 |

| 1997 | 박진환, 「김광균론」, 『한국 현대시 연구』, 자유지성사 |
|---|---|
| 1997 | 손문수, 「김광균 시 연구」, 인천대 교육대학원 석사 논문 |
| 1997 | 선효원, 「김광균 시 연구」, 《동남어문논집》 7 |
| 1997 | 한상철, 「김광균 시에 나타난 영화적 요소의 고찰」, 《어문연구》 29 |
| 1997. 2 | 오범식, 「김광균 시 연구」, 국민대 석사 논문 |
| 1997. 2 | 정문선, 「김광균 시 연구」, 서강대 석사 논문 |
| 1997. 2 | 김영대, 「김광균 시 연구」, 성균관대 교육대학원 석사 논문 |
| 1998 | 김영대, 「김광균 시 연구」, 성균관대 석사 논문 |
| 1998 | 조영복, 「모더니즘 시의 '현실'과 그 기호적 맥락 ─ 김광균의 「서정시의 문제」를 중심으로」, 《한국현대문학연구》 6 |
| 1998. 2 | 김은희, 「김광균 시 연구」, 연세대 석사 논문 |
| 1998. 2 | 박정규, 「김광균 시 연구」, 창원대 교육대학원 석사 논문 |
| 1998. 5 | 이명찬, 「김광균론」, 《한성어문학》 17 |
| 1998. 8 | 이문걸, 「한국 현대시의 기호학적 연구 ─ 김광균을 중심으로」, 《동남어문논집》 8, 동남어문학회 |
| 1998. 8 | 최은지, 「김광균 시의 의미 구조 연구」, 중앙대 석사 논문 |
| 1999 | 박태일, 「김광균 시의 중심 상실과 중천의 서정」, 『한국 근대시의 공간과 장소』, 소명출판 |
| 1999. 2 | 권오욱, 「김광균 시의 기호론적 연구」, 명지대 박사 논문 |
| 1999. 2 | 김명옥, 「김광균 시 연구」, 교원대 박사 논문 |
| 1999. 3 | 김경란, 「김영랑과 김광균 시의 아이러니 ─ '눈물'의 심상을 중심으로」, 《한국문학연구》 21, 동국대 한국문학연구소 |
| 2000 | 김유중, 『김광균』, 건국대 출판부 |
| 2000 | 김용직, 「식물성과 모더니즘」, 《한국현대시인연구》, 서울대 출판부 |
| 2000. 2 | 선효원, 「한용운·김광균 시의 대비 연구」, 동아대 박사 논문 |

| 2000. 8 | 이상은, 「김광균 시의 공간성 연구」, 고려대 석사 논문 |
| 2000. 8 | 최문준, 「김광균 시 연구」, 연세대 교육대학원 석사 논문 |
| 2000. 11 | 김윤정, 「김광균 시에 나타난 자아 정체성 연구」, 《한국시학연구》 3, 한국시학회 |
| 2001 | 윤지영, 「김광균 초기작의 근대적 면모 ─ 문체와 시어법을 중심으로」, 《어문연구》 112 |
| 2001. 2 | 임희, 「김광균 시 연구 ─ 색채 이미지를 중심으로」, 목포대 석사 논문 |
| 2001. 8 | 김소연, 「김광균 시 연구」, 성균관대 석사 논문 |
| 2001. 10 | 진순애, 「김광균 시의 자연과 모더니티」, 《한국시학연구》 5, 한국시학회 |
| 2002 | 김학동, 「김광균의 생애와 문학 ─ 전기적 접근」, 『김광균 연구』, 국학자료원 |
| 2002 | 정문선, 「서정이라는 이름의 20세기적 사변성」, 『김광균 연구』, 국학자료원 |
| 2002 | 정문선, 「기존 논의의 쟁점과 현논의의 방향 ─ 김광균 시의 이해와 평가를 중심으로」, 『김광균 연구』, 국학자료원 |
| 2002 | 서덕주, 「정신적 외상과 비애의 정도 ─ 초기의 습작 시편을 중심으로」, 『김광균 연구』, 국학자료원 |
| 2002 | 엄성원, 「우울한 내면의 도시적 풍경화 ─ 『와사등』 시편을 중심으로」, 『김광균 연구』, 국학자료원 |
| 2002 | 엄성원, 「김광균의 '우울한 모더니즘」, 『김광균 연구』, 국학자료원 |
| 2002 | 윤지영, 「비애를 표출하는 두 가지 방식 ─ 『기항지』 시편을 중심으로」, 『김광균 연구』, 국학자료원 |
| 2002 | 윤지영, 「무엇을 보고 어떻게 말하는가 ─ 시어 및 문체」, 『김광균 연구』, 국학자료원 |

| 2002 | 배영애, 「시의 서정과 전환적 의미 —『황혼가』 시편을 중심으로」, 『김광균 연구』, 국학자료원 |
| 2002 | 배영애, 「'죽음' 모티프의 유형과 매개체」, 『김광균 연구』, 국학자료원 |
| 2002 | 오윤정, 「노혼(老魂)의 회귀적 서정 —『추풍귀우』 시편을 중심으로」, 『김광균 연구』, 국학자료원 |
| 2002 | 오윤정, 「고향 모티프의 유형과 매개체」, 『김광균 연구』, 국학자료원 |
| 2002 | 최윤정, 「삶과 죽음의 경계 넘기 —『임진화』 시편을 중심으로」, 『김광균 연구』, 국학자료원 |
| 2002 | 최윤정, 「풍경의 발견에서 내면의 발견으로」, 『김광균 연구』, 국학자료원 |
| 2002 | 조용훈, 「새로운 감수성과 조형적 언어」, 『김광균 연구』, 국학자료원 |
| 2002 | 정형근, 「죽음에로 흘러드는 삶, 삶에로 흘러나오는 죽음」, 『김광균 연구』, 국학자료원 |
| 2002 | 한영옥, 「김광균 시 연구 — '형태의 사상성'과 관련하여」, 《한국문예비평연구》 11 |
| 2002. 2 | 윤영화, 「김광균 시 연구」, 명지대 석사 논문 |
| 2002. 2 | 이영주, 「김광균 시의 기호학적 연구 — 시집 『와사등』을 중심으로」, 명지대 석사 논문 |
| 2002. 2 | 박종철, 「1930년대 한국 모더니즘 시 연구 — 정지용·김기림·김광균을 중심으로」, 서남대 교육대학원 석사 논문 |
| 2002. 2 | 김진아, 「김광균 시의 '흙' 이미대지적 상상력을 바탕으로」, 《인문학연구》 27 |
| 2002. 8 | 김진아, 「김광균 시의 이미지 연구」, 조선대 박사 논문 |
| 2003. 2 | 엄영미, 「김광균 초기 시 연구」, 동국대 석사 논문 |

| 2003. 2 | 박혜선, 「김광균 시 연구」, 전북대 석사 논문 |
| 2003. 2 | 최영규, 「김광균론」, 안양대 교육대학원 석사 논문 |
| 2003. 3 | 박현수, 「김광균의 '형태의 사상성'과 이미지즘의 수사학」, 《어문학》 79 |
| 2003. 12 | 류순태, 「모더니즘 시에서의 이미지와 서정의 상관적 연구 ― 김광균의 시를 중심으로」, 《한중인문과학학연구》 11, 한중인문과학연구회 |
| 2004 | 홍경주, 「김광균의 서구 모더니즘의 변환과 그의 이미지즘에 대한 재고」, 《비교문학》 32 |
| 2004. 2 | 손현미, 「김광균 시 연구」, 영남대 교육대학원 석사 논문 |
| 2004. 2 | 고윤자, 「김광균 시의 색채어 연구」, 조선대 석사 논문 |
| 2004. 4 | 최명표, 「해방기 김광균의 시와 이론」, 《현대문학이론연구》 21 |
| 2004. 8 | 안태진, 「김광균 시에 나타난 실존적 생명 의식 연구」, 동의대 석사 논문 |
| 2004. 8 | 유현정, 「시 텍스트성에 의한 연구 ― 김광균 시를 중심으로」, 홍익대 교육대학원 석사 논문 |
| 2005 | 엄성원, 「한국 모더니즘 시에 나타난 '항구'의 주제학적 연구 ― 1930년대 김기림과 김광균의 시를 중심으로」, 《현대문학이론연구》 26 |
| 2005. 2 | 정순희, 「김광균 시의 이미지 연구」, 한남대 교육대학원 석사 논문 |
| 2006 | 나희덕, 「1930년대 모더니즘시의 시각성 ― '보는 주체'의 양상을 중심으로」, 연세대 박사 논문 |
| 2006 | 이영애, 「김광균 시의 '낯설게 하기' 기법과 시적 의미 ― 「추일서정」을 중심으로」, 《한국언어문학》 59 |
| 2006. 2 | 박현순, 「김광균론」, 아주대 교육대학원 석사 논문 |
| 2006. 4 | 나희덕, 「김광균 시의 조형성과 모더니티」, 《한국시학연구》 |

15, 한국시학회

2007. 2    정진, 「김광균과 김현승 시의 고독 의식 연구」, 조선대 교육
           대학원 석사 논문

2007. 8    엄홍화, 「김광균 시의 모더니티 연구」, 충남대 석사 논문

2008       김석준, 「김광균의 시론과 지평 융합적 시 의식」, 《한국시
           학연구》 21, 한국시학회

2008       윤의섭, 「감각의 복합성과 모더니즘 시의 '회화성' 연
           구 — 1930년대 김기림·김광균·정지용 시를 중심으로」,
           《한중인문학연구》 25

2008. 2    조상준, 「김광균과 김조규 시의 비교 연구」, 성균관대 박사
           논문

2008. 2    정영미, 「김광균 시 연구 — 도시 이미지에 나타난 근대성을
           중심으로」, 영남대 석사 논문

2008. 8    강혜진, 「김광균 시의 모더니티 연구 — 공간 분석을 중심
           으로」, 계명대 교육대학원 석사 논문

2009       김진희, 「낭만적 이미지스트, 김광균의 시선과 사유」, 『근
           대 문학의 장(場)과 시인의 선택』, 소명출판

2009       박성필, 「김광균 시의 소리 표상에 관한 연구」, 《국어교육》
           130

2009. 2    전우선, 「김광균 시 연구」, 창원대 석사 논문

2009. 2    이유미, 「김광균 시 교육 연구」, 아주대 교육대학원 석사
           논문

2009. 2    김미정, 「김광균 시의 소멸 의식 고찰」, 공주대 교육대학원
           석사 논문

2009. 6    윤지영, 「1930년대 시에 나타난 서울 산책자의 균열과 봉
           합 — 김기림과 김광균의 시를 중심으로」, 《기호학 연구》 25

2009. 8    이유원, 「김광균 시의 문학 교육적 가치와 활용 방안 연

구」, 고려대 교육대학원 석사 논문

2009. 8     고봉준·이선이, 「1930년대 후반 시의 도시 표상 연구 — 오장환·김광균·박팔양을 중심으로」, 《한국시학연구》 25

2009. 8     정연경, 「이미지 중심의 시 교육 방법 연구 — 김광균 시를 중심으로」, 인하대 교육대학원 석사 논문

2010     김경은, 「김광균 시에 나타난 장소성 연구」, 《인문사회논총》 17

2010     정유화, 「김광균 시의 공간 구조 연구」, 《한민족문화연구》 35

2010. 2     엄홍화, 「김광균과 하기방 시의 비교 연구」, 충남대 박사 논문

2010. 9     송기한, 「김광균 시의 전향과 그 의식 변이 연구」 《어문연구》 65, 어문연구학회

2010. 12     박민영, 「김광균 시 연구 — 이미지의 조형성을 중심으로」, 《돈암어문학》 23

2011. 8     윤수하, 「김광균의 『와사등』 연구 — 조형기호학적 관점으로」, 《국어문학》 51, 국어문학회

2012. 6     박민규, 「중간파 시 논쟁과 김광균의 시론」, 《배달말》 50, 배달말학회

2014. 4     라기주, 「김광균 시에 나타난 '애도'의 양상 연구」, 《한국문예비평연구》 43

2014. 5     오형엽, 「김광균 시의 구조화 원리 — 정서와 이미지의 상관성을 중심으로」, 한국 문학, 모더니티의 감각과 그 분기 — 탄생 100주년 문학인 기념문학제 심포지엄, 한국작가회의·대산문화재단 주최

**작성자 오형엽** 고려대 교수

# 이용학과 리용악[1]

## 월북 후 이용악 연구를 위한 조감도

이상숙(가천대 교수)

## 1

이용악은 1914년 11월 23일 함경북도 경성군 경성면 수성동에서 태어 났다. 그의 조부와 아버지는 두만강 국경 지역에서 소금상(밀수입상)을 한 것으로 추정되며, 어린 시절 아버지가 사망하여 홀어머니가 온갖 행 상으로 생계를 책임진 것으로 보인다. 북방의 혹독한 기후, 식민지 현실, 밀수입상의 불안함, 아비 없이 홀어머니와 동생들과 함께 견뎌야 했던 궁 핍은 이용악 유년 시절의 지배적 풍경이며 정서였다. 그는 1932년 함북 경성의 경성농업학교를 중퇴하고 일본으로 건너갔다. 히로시마 홍문(興 文)중학, 니혼대학 예술과를 거쳐 1936년 일본 상지대학(上智大學) 신문학 과에서 수학한 후 1939년 대학 졸업과 동시에 귀국하여 《인문평론》의 편 집기자 생활을 했다.[2] 유학 중 그는 부두 노동자로 학업과 생계를 꾸리며

---

1) 이 글은 2014년 5월 한국작가회의와 대산문화재단이 공동 주최한 '탄생 100주년 문학인 기념문학제'의 발표 원고를 수정한 것이다. 필자는 이후 이 글을 토대로 이용악 시에 관 한 학술 논문을 발표했음을 밝혀 둔다.
2) 이용악의 전기적 사실에 대해서는 윤영천의 『이용악 시 전집』(창작과비평사, 1988)의 연

기아와 추위에 떨었고, 귀국 후 기자 생활을 하면서도 정해진 거처 없이 공원 벤치에서 자거나 문 닫은 가게를 전전하는 등 극도의 궁핍은 계속되었다고 한다.

기아와 추위를 견뎌야 하는 극한의 생활 중에도 이용악은 1935년 《신인문학》에 「패배자의 소원」으로 등단했고, 유학 중 만난 김종한과 동인지 《이인(二人)》을 발행했으며, 동경에서 『분수령』(동경: 삼문사, 1937), 『낡은 집』(동경: 삼문사, 1938) 두 권의 시집을 발간했다. 귀국 후 1942년까지 《인문평론》 기자로 있었는데, 친일 시로 비판받는 「길」, 「눈 내리는 거리에서」, 「불」 등의 시들을 이 시기에 발표했다. 1942년 낙향 후 고향에 머물다 광복 직후 서울로 돌아왔다. 그동안 《청진일보》 기자, 주을읍 사무소 서기 등을 지내다 1943년 모 사건에 연루되어 경찰에 체포되고 시 원고를 빼앗기는 등의 우여곡절이 있었다 한다.

윤영천은, 광복 직후 서울로 돌아온 이용악이 조선총독부 도서관장의 적산가옥을 재빨리 불하받은 것을 두고 "생활인으로서의 그의 민첩성"을 알 수 있다고 했다.[3] 어린 시절부터 극한의 환경에서 살아남아야 했던 이용악의 생존 본능과 생활인으로서의 감각이 광복 후 좌익 단체 가입과 경향성 짙은 시의 창작, 월북, 북한에서 시인으로의 성공 등을 설명하는 근거가 될지도 모른다. '생활의 감각'과 시대에 맞는 변모는 그의 시를 이해하는 데 도움이 될 것이다.

광복기의 서울에서 그는 조선문학가동맹의 회원이 되었고 《중앙신문》의 기자로 활동하는 등 좌익 계열에서 활동했다. 세 번째 시집 『오랑캐꽃』(서울: 아문각, 1947)과 시선집 『이용악집』(서울: 동지사, 1949)을 발간했다.

---

보와 『리용악 시선집』(조선작가동맹출판사, 1957)의 「작가 략력」 등을 함께 참조했으며, 이용악의 일본 유학 과정과 유학 중 생활에 대해 면밀히 밝힌 한아진의 「이용악 시의 서사성과 장소 체험」(동국대 대학원 석사 논문, 2013. 12)이 크게 참조가 되었다.
3) 윤영천, 「민족시의 전진과 좌절」, 위의 책, 198쪽.

『리용악 시선집』(평양: 조선작가동맹출판사, 1957)의 「저자 략력」에 따르면 그는 1949년 8월 경찰에 체포되어 10년 징역형을 언도받았다. 서대문형무소에서 복역하던 중 한국 전쟁이 발발했고, 서울에 들어온 인민군에 의해 6월 28일 출옥하여 월북했다고 한다. 1951~1952년까지 조선문학동맹 시분과위원장, 1956년부터 1957년 『리용악 시선집』 발간 당시까지 조선작가동맹출판사 단행본 부주필을 맡았고, 북한의 문학 매체에 꾸준히 작품을 발표했다.

《조선문학》 1956년 8월호에 발표한 「평남 관개 시초」는 조선인민군 창건 5주년 기념문학예술상 1956년 시 부문 일등상을 받았다고 한다. 『리용악 시선집』 발간 이후에도 이용악은 《조선문학》과 《문학신문》과 같은 북한 문단의 중심 매체에 꾸준히 시를 발표했고, 그의 시들은 북한 평단의 긍정적인 평가와 찬사를 받았다. 이미 발표된 이용악의 시들은 여러 종합 시집[4]에 재수록되며 북한 문단의 인정을 받았고, 북한의 문학사도 그는 매 시기마다 중요한 작품을 낸 시인으로 기록하고 있다. 또, 과거의 작품을 골라 펴낸 『현대 조선 문학 선집 28권 ― 1930년대 시선 3』(문학예술출판사, 2004)에 이용악 시는 다른 시인들보다 많은 15편이 선정되었고, 2006년 6월호 《조선문학》에 시 「당의 행군로」(《문학신문》, 1967. 5. 26)가 '추억에 남는 시'라는 코너에 재수록되고, 1968년 9월, '공화국 창건 20주년 훈장'이 제정되었을 때 김일성에게 그 훈장을 받았다 한다. 1971년 이용악은 사망했지만, 30년이 지난 2003년 9월에는 "조국통일 위업에 바친 그의 공로를 높이 평가"한 김정일에게 '조국통일상'을 받는[5] 등 북한 문단에서 꾸준히 높은 평가를 받는 대표 시인이었다.

---

4) 북한 문단에서 특정 주제 아래 여러 시인들의 시를 모아 묶는 시집.
5) 문학민, 「은혜로운 태양의 품속에서 창작된 리용악의 시들」, 《조선문학》, 2009. 5, 23쪽.

2

　1914년에 태어난 다른 작가들과 같이 이용악 또한 일제 강점기와 광복기, 분단을 온몸으로 경험했다. 본격적인 문학 활동을 시작하는 20~30대를 그들은 엄혹한 식민지 예술가, 식민지 작가로 살았다. 리얼리즘과 모더니즘의 문학적 흐름 안에서 그들은 예술가로 성장했고 식민지라는 생존/실존의 현실을 살아야 했다. 이용악 시에 대한 학계의 연구 또한 이 시기에 집중되어 이루어졌다. 『분수령』, 『낡은 집』, 『오랑캐꽃』 세 권의 시집과 미수록 시편들이 주된 연구 대상이었다. 1988년 월북 문인의 해금 이후 이용악 연구는 본격화된다. 북방의 국경 지역을 중심으로 식민지 유이민의 현실 인식 연구에서 시작되어 서사 지향성과 서술성에 주목한 연구, 반복, 대화 등의 언술적 특징에 대한 연구, 고향, 북방 의식에 집중한 연구 등으로 확산되며 지금까지 많은 성과가 축적되었다. 이 연구들을 통해 식민지 국경 지대 유이민의 비참한 현실을 형상화한 그의 초기 시에 나타난 서정성과 시적 감각에 대해서 충분히 논의되었으며, 그의 친일과 경향성의 단초도 발견되었다.

　1946년 전국문학자대회에 참가한 후 이용악은 짧은 인상기를 남긴다. 그 글에는 "잃어버린 벗도 떠나버린 벗도 없이, 몸 판 벗도 마음 판 벗도 없이 다같이"하지 못함을 아쉬워했다.[6] 길지 않은 글 안에 이 문장이 두 번이나 언급된 것이 눈길을 끈다. 그의 친일 시를 알고 있는 우리는, 여기에서 그가 스스로를 '어떤 벗'으로 인식했을까가 궁금해진다. 혹시 그 스스로는 몸도 마음도 판 적이 없다고 생각한 것은 아닌지, 그의 자의식을 떠받치는 면

---

6) 이용악, 「전국문학자대회 인상기」, 《대조》, 1946. 7.
　"참으로 그동안 잃어버린 벗도 떠나버린 벗도 없이, 참으로 그동안 몸 판 벗도 마음 판 벗도 없이 다같이 이날을 즐기고 다같이 팔을 걷고 우리 문학의 앞날을 토의할 수 있었더라면 우리는 얼마나 더 행복했을까." "나는 또다시 끝으로 생각한다. 만약 그동안 잃어버린 벗도 떠나버린 벗도 없이, 만약 그동안 몸 판 벗도 마음 판 벗도 없이 다같이 한자리에 앉을 수 있었더라면, 죽음에서 돌아온 사람들끼리 이번의 모임인 대회가 얼마나 더욱 찬란한 것이었을까."

죄부는 어디에서 나온 것인지, 이 모든 근거는 그의 시에서 찾을 수밖에 없다. 이용악은 산문, 시론(詩論) 혹은 회고 형식의 글들이 많지 않기 때문이다. 윤지관은 이용악의 친일 시에서 시적 기교와 허위의식의 결합이 보여 주는 파탄을 지적했고,[7] 조명제는 이용악 시의 친일 성향과 광복 후 친일의 과(過)를 가리기 위한 자기변명과 은폐의 행위를 강도 높게 비판했다.[8] 반면 윤영천[9]과 김재홍은 이를 살기 위한 일시적 시행착오로[10] 한정하며 이용악을 에둘러 옹호했다. 생활인의 민첩한 생존 본능이든 일시적 시행착오이든 일제 강점기 말 그가 우리 문학사에서 '훼절'로 부를 만한 행보를 보인 것은 사실이며, 광복 후 좌익 이념적 성격을 창작과 문단 활동에서 명백히 보여 준 것도 사실이다.[11]

그의 월북 과정과 월북 후의 문학적 행보를 살펴보면, 그가 적어도 민첩한 생존 본능이거나 일시적 시행착오로 사회주의를 택한 것이라고 볼수 없다. 조선문학가동맹 회원이 되고 남로당에 가입하면서 표면화되었지만 비참한 현실과 억압받는 민중의 삶을 형상화한 그의 초기 시에 이미

---

7) 윤지관, 「영혼의 노래와 기교의 시」, 《세계의 문학》, 1988 가을.

8) 조명제, 「이용악 시의 친일 성향 고」, 《비평문학》, 한국비평문학회, 1991. "이용악이 스스로의 친일적 굴절의 부끄러움을 모를 리가 없다. 그 부끄러움의, 달리 말하면 '위장의 시적 책략'의 단서가 됨직함, 결코 우수한 표현이라고는 볼 수 없는 시행들을 상투화시킴으로써 시인 이용악은 자신이 저지른 친일의 강도를 약화, 혹은 무화시키려 애쓴 것으로 판독된다." 372~373쪽.

9) 윤영천, 앞의 글.

10) 김재홍, 『그들의 문학과 생애 ― 이용악』(한길사, 2008), 127쪽. "이용악의 친일 시편이 발견되는 것은 사실이나 그것들은 살기 위해 일시적으로 저질러진 과오이자 시행착오일 뿐, 그의 근본 성향은 역시 민족 문학의 길이며 반제 항일 운동의 연장선상에 놓인다는 사실을 확인할 수 있다."

11) 그는 1947년 몇 달간 《문화일보》 기자로 활동했으며 오장환의 권유로 남로당에 입당, 서울시 문련 예술과원으로 임명되었다 한다. 1948년 《농림신문》 기자로 입사했고, 1949년 남로당 예술과책 배호 등과 함께 활동하다 검거되어, '남로당 서울시 문련 예술과 사건'으로 징역 10년을 선고 받았다. 이상은 최원식이 찾아낸 『좌익 사건 실록』의 내용과 이경희의 『북방의 시인 이용악』(국학자료원, 2007)을 참조했다.

계급에 대한 인식과 그것을 대결과 저항으로 고취하는 경향성의 초기적 모습을 찾을 수 있다.[12] 광복 후 그의 좌익 활동과 월북 후의 왕성한 문학 활동은 어쩔 수 없이 저지른 일시적 시행착오나 생활과 생존을 위한 기민함과 민첩함으로 보기에는 매우 적극적인 것이었다. 사회주의를 선택한 것은 시인 이용악이 선택한 가장 커다란 문학적 선회일 것이다. 1930년대 식민지 조선의 시인 이용악은 사라지고 철저한 사회주의 시인 '리용악'이 등장했다. 이용악과 리용악은 전혀 다른 관점으로 접근해야 한다. 이용악과 리용악을 남 혹은 북, 둘 중 하나의 문학적 관점에만 고정하여 본다면, 그의 시들은 시적 성취의 우(愚)와 열(劣)로 나뉘고, 시인 이용악은 생존을 위해 훼절한 문학인의 불행과 민족적 분단의 비극으로 손쉽게 귀결되기 때문이다. 이용악을 더 잘 이해하기 위해 이용악이 아닌 북한의 시인 '리용악'에 대한 연구가 필요하다. 그 결과가 비록 우리 문학사에서 훼절보다 더한 그 무엇으로 표현될지라도 이용악 문학의 전체를 이해하기 위해 또 우리가 사랑하는 광복 전 이용악을 재해석하기 위해서도 필요한 일이다. 이 글에서 본격적인 리용악 연구를 위해 살펴야 할 몇 가지 문제를 조감하고자 한다.

　월북 후 이용악에 대한 연구가 집중적으로 이루어진 바는 없지만, 남한 연구자에 의해 발간된 북한 문학사와 월북 문인에 대한 기초적 연구, 북한 문학 연구 등의 분야에서 최근 의미 있는 성과들이 나오고 있다.[13]

---

12) 이에 대해서는 김낙현, 「이용악 시 연구」, 《어문논집》 30호, 중앙어문학회, 2002; 최명표, 「해방기 이용악의 시 세계」, 《한국언어문학》 63집, 한국언어문학회, 2007 참조.

13) 최근의 논의 중, 북한 문학 속의 이용악에 대한 평가와 연구를 보인 글 몇몇만 소개하면 다음과 같다.
　　신형기·오성호, 『북한문학사』(평민사, 2000); 김인섭, 「월북 후 이용악의 시 세계 —『리용악 시선집』을 중심으로」, 《우리문학연구》 15집, 2002; 김재홍, 『그들의 문학과 생애 —이용악』(한길사, 2008); 송지선, 「월북 후 이용악 시의 서사 지향성 연구 —《조선문학》 발표 작품을 중심으로」, 《한국언어문학》 69집, 한국언어문학회, 2009; 배석호, 「이용악의 「평남 관개 시초」 고찰」, 《동양학》 47집, 단국대 동양학연구원, 2010; 이경수, 「『리용악 시선집』 재수록 작품의 개작과 그 의미」, 《한국근대문학연김인섭은 『리용악 시선집』을 분석하며, 월북 전후의 이용악 시가 서정성을 중심으로 지속성을 가지고 있으며 그것이 북한 시단에서 시적 성취를 얻는 바탕이 되었다고 평가했다.[14) 김인섭이 언급한 '체제 문학의 부자유'가 이용악에게 있었는지는 좀 더 논의할 문제다. 이용악이 그것을 '부자유'로 느끼지 않고 새로운 '판'으로 받아들였다고 필자는 생각하기 때문이다.

　김인섭의 연구 이후 북한에서 발표한 이용악의 다른 시편들이 발굴되어 소개되었고 북한 문학 연구에도 진척이 있어 지금은 좀 더 자세한 논의를 할 수 있게 되었다. 이경수는 『리용악 시선집』에 실린 월북 전 재수록 작품들의 개작 사항을 꼼꼼히 살펴 이용악이 '북한의 문예 정책을 따르고 있지만 작품의 미학성을 훼손하는 결과를 보인 것은 아니'라는 결론을 도출했고, 월북 후 이용악 시를 청년 표상을 중심으로 분석하여 이용악의 시가 '북한 체제가 지향하는 근대 국가 체제 강화와 사회주의 국가 체제 공고화'에 기여했음을 밝혔다. 이러한 논의는 북한 문학 연구에서 치우치기 쉬운 주제 분석에서 벗어나 서정성, 언술과 어조, 대중성 고려 방식 등 형식적 분석을 수행하여 월북 후 이용악 시 연구의 중요한 참조점이 될 것이다.

　다음에 나오는 표는 이용학이 월북한 후 그가 발표한 작품들의 목록을 정리한 것이다.

---

구》 25호, 한국근대문학회, 2012: 이경수, 「월북 이후 이용악 시에 나타난 청년의 표상과 그 의미」,《한국시학연구》 35호, 한국시학회, 2012. 12: 곽효환, 『초판본 이용악 시선(지만지, 2012) 등이다.

14) "비극적인 민족 현실에 남다른 분노를 보이면서도 연민의 정을 바탕으로 시적 서정성을 충분히 드러냈던 그의 시적 성향은, 체제 문학의 부자유 속에서도 충분히 발휘되어 이념과 정서가 괴리되지 않고 시적 정서로 표출되었고, 당국으로부터도 인정받아 주도적인 문예 활동을 할 수 있었다." 김인섭, 위의 글, 256쪽.

| 제목 | 출전 | 비고 |
|---|---|---|
| 막아보라 아메리카여* | 《문학예술》 4, 1951. 11 | |
| 二0세의 화학 기사* | 『보람찬 청춘』, 민주청년사, 1955 | 단편 소설 |
| 자랑 많은 땅의 처녀* | 〃 | 단편 소설 |
| 봄 | 『리용악 시선집』, 조선작가동맹출판사, 1957 | |
| 어선민청호 | 〃 | 《조선문학》(1955. 7) |
| 소낙비 | 〃 | |
| 보리가을<br>나들이배에서<br>아침 | 〃 | 시초「어느 반도에서」 |
| 석탄 | 〃 | |
| 탄광 마을의 아침 | 〃 | |
| 좌상님은 공훈 탄부 | 〃 | |
| 귀한 손님은 좋은 철에 오시네 | 〃 | |
| 쏘베트에 영광을 | 〃 | |
| 욕된 나날 | 〃 | |
| 어두운 등잔밑 | 〃 | |
| 짓밟히는 거리에서 | 〃 | |
| 원쑤의 가슴팍에 땅크를 굴리자 | 〃 | |
| 핏발선 새해 | 〃 | |
| 평양으로 평양으로 | 〃 | 「어디에나 싸우는 형제들과 함께 ─ 김일성 장군께 드리는 노래」, 《문학예술》 1952. 1 |

---

15) 이 표는 1950년 6월 월북한 이용악이 북한 문단에서 발표한 작품만을 담고 있다. 『리용악 시선집』에 개작되어 실린 월북 이전 작품들은 포함하지 않았다. 『리용악 시선집』에 수록된 월북 후 작품들은 대부분 기발표작들인데, 주로 《조선문학》, 《문학신문》, 여타 종합 시집 등에 실렸었다. 이전 수록 매체에 대한 자세한 사항은 다른 논문을 통해 밝힐 것이다.

| | | |
|---|---|---|
| 모니카 펠톤 녀사에게 | 〃 | 『녀성들에게』, 조선녀성사, 1952 |
| 불탄 마을<br>달 밝은 탈곡 마당<br>토굴집에서<br>막내는 항공병 | 〃 | 시초「싸우는 농촌에서」 |
| 다만 이것을 전하라 | 〃 | |
| 위대한 사랑<br>흘러들라 십리굴에<br>열풍 저수지<br>두 강물을 한곬으로<br>전설 속의 이야기<br>덕치마을에서 1<br>덕치마을에서 2<br>물냄새가 좋아선가<br>열두 부자 동둑<br>격류하라 사회주의에로 | 〃 | 평남 관개 시초<br>「열두 부자 동둑」의<br>《조선문학》(1956. 8)<br>수록시 제목은「열두<br>부자 동뚝」<br>조선인민군 창건 5주년<br>기념문학예술상 1956년<br>도 시부문 일등상 수상 |
| 혁명사상으로 무장하련다*<br>— 현지로 떠나는 작가들의 결의 | 《문학신문》 1958. 12. 25 | 산문 |
| 우리의 정열처럼 우리의 념원처럼* | 《문학신문》 1959. 1. 1 | |
| 기'발은 하나<br>듬보비짜<br>미술 박물관에서<br>에레나와 원배 소녀<br>꼰스탄짜의 새벽 | 《조선문학》 1959. 3 | 루마니아 방문 시초 |
| 우산'벌에서 | 《문학신문》 1959. 9. 25 | |
| 영예군인공장촌에서 | 《조선문학》 1959. 12 | |
| 빛나는 한나절 | 《조선문학》 1960. 1 | |
| 열 살도 채 되기 전에<br>봄의 속삭임 | 《조선문학》 1960. 4 | |
| 땅의 노래 | 《문학신문》 1966. 8. 5 | 가사 |
| 다 치지 못한다 | 《문학신문》 1966. 9. 27 | 가사 |
| 우리 당의 행군로 | 《문학신문》 1961. 9. 8 | 가사<br>창작년도 1951년 1월 1<br>일로 표기<br>시집『당에 영광을』 |

| | | |
|---|---|---|
| | | (1961), 《문학신문》 (1967. 5.26), 시집 『백두산이 보인다』(1972), 시집 『해방 후 서정시 선집』(1979)과 《조선 문학》(2006. 7)호에 재수록 |
| 당 중앙을 사수하리 | 《문학신문》 1967. 7. 11 | |
| 붉은 충성을 천백배 불태워 | 《문학신문》 1967. 9. 15 | |
| 오직 수령의 두리에 뭉쳐 | 《문학신문》 1967. 9. 29 | |
| 찬성의 이 한 표, 충성의 표시! | 《문학신문》 1967. 11. 24 | |
| 어느 한 농가에서 | 《조선문학》 1968. 4 | 서정서사시 |
| 산을 내린다* | 시선집 『조국이여 번영하라』 1968 | |
| 앞으로! 번개같이 앞으로!* | 『철벽의 요새 ― 조선인민군 창건 20주년 기념 시집』, 1968 | |
| 피값을 천만배로 하여* | 종합 시집 『판가리 싸움에』, 1968 | |
| 날강도 미제가 무릎을 꿇었다 | 《조선문학》 1969. 4 | |

위의 목록을 정리하기까지 선행 연구자들의 성과에 힘입은 바 크다.[16] 위 목록 중 *표시가 된 8편(시 5편, 소설 2편, 산문 1편)은 이 글을 준비하는 과정에서 그 존재가 처음 확인된 것이다.[17]

1950년 6월 월북하여 1971년 지병으로 별세하기까지 이용악은 1951년부터 1969년까지 꾸준히 작품을 발표했다. 1952년 「어디에나 싸우는 형제들과 함께 ― 김일성 장군께 드리는 노래」(《문학예술》 1952. 1), 「모니카 펠톤

---

16) 특히 이정애의 「이용악 시 연구」(서울대 석사 논문, 1990)는 북한 자료의 열람이 용이하지 않은 시기 월북 후 발표 자료의 많은 부분을 밝혀낸 성과를 높이 사야 할 것이며, 한아진의 「이용악 시의 서사성과 장소 체험」(동국대 석사 논문, 2014)은 전기적 사실과 작품을 나란히 살피는 균형 잡힌 실증적 연구 성과를 보여 주었고, 곽효환은 『초판본 이용악 시선』(지만지, 2012)에 서지 사항만 알려져 있던 작품들을 정리하여 수록했다.
17) 새로 발굴한 작품들 중 소설에 대한 해제는 다른 논문을 통해 곧 발표될 예정이다.

녀사에게」(『녀성들에게』, 조선녀성사, 1952) 이후부터 1955년까지 약간의 공백기가 눈에 띄는데, 이 시기 북한에서는 이른바 '종파 투쟁'이 일어나 남한 출신 월북 문인들인 임화, 김남천, 이태준, 이원조 등이 숙청되었던 시기이다. 이때 이용악에게도 무슨 일이 있었던 것 같지만 공식적 자료를 확인하지는 못했다.[18] 그러나 이용악은 1953년의 종파 투쟁에서 살아남았고, 1958년 이후의 숙청에서도 살아남아 별세 직전인 1969년까지 작품을 발표했고, 이후의 북한 문학사에서 높게 평가 받는 시인이었다는 것은 확인할 수 있다. 여러 종합 시집에 시가 재수록된 점, 2000년 이후에도 '추억에 남는 시'로서 유력 문예지 《조선문학》에 호명된 점은 북한 시사에서의 그의 위상을 시사한다.

1953년이 김일성 세력이 남로당, 연안파 등과 권력 투쟁을 벌이는 시기였다면 1956~1958년은 문학계로 본다면 좀 더 의미 있는 혼란기였다. 스탈린 사후 소련에서 1인 독재에 대한 비판이 일고 문학의 문학성을 강조하는 '해빙'의 분위기가 있었는데 이 봄바람이 북한에 전해져 문학계에 '도식주의' 논쟁이 일어난 것이 1956년 말 '제2차 조선작가대회' 때였다. 이른바 구호와 외침으로 일관하여 흥분만을 전달하는 '도식적인 시'를 쓸 것이 아니라 형상성과 문학성을 갖춘 문학이 필요하다는 주장이 힘을 얻어 이 대회 이후 김순석, 백석, 홍순철, 서만일 등의 서정성, 문학성을 갖춘 문인들이 문단의 중심에 서게 되었다. 하지만 2년이 채 못 되어 그들은 중앙 문단에서 숙청되었다. 현지 작가 파견의 형식으로 이루어졌지만 당시 현지로 파견된 문인들 중 많은 이들이 문단에 복귀하지 못하고 현지 노동자로 삶을 마치게 되었다. 이는, 1인 독재 비판이라는 악재를 '주체/자주의 강조'로 반전시킨 김일성이 다시 권력의 중심으로 자리 잡으면서 일어난 일이다. 마치 꿈처럼 2년간 북한 문학계에 불었던 문학성 강조의 훈풍은 단번에 '부르주아'

---

로 매도되었고 파견 작가들의 많은 수가 돌아오지 못했다. 이후 북한 문학계는 전보다 더 강력한 김일성 찬양의 수사로 점철되었다. 임화, 김남천, 이태준, 이원조 등 초창기 북한 문학의 중심 인물들은 1953년부터 시작된 종파 투쟁 중 제거되었고, 이때를 무사히 넘긴 작가들도 백석처럼 1958년 하반기 이후 하방된 후 문단에 돌아오지 못하거나 한설야처럼 종파 분자로 숙청되어 문단에 복귀하지 못하고 쓸쓸히 생을 마쳤지만, 이용악은 북한 문단에서 그들과 다른 삶을 살았다. 그 스스로 자발적으로 그리고 매우 적극적으로 사회주의 시인이 되기 위해 노력했기 때문일 것이다.

　광복 전 그의 시가 보여 준 짧은 시형에 담긴 소박하고도 강렬한 감정과 정서를 기억하는 남한의 연구자들이 당혹스러울 만큼 이용악은 북한 시단의 형성과 전개 단계에서 사회주의 시인으로 연착륙했고 그 전변의 과정을 시를 통해 여실히 보여 주었다. 그는 한국 전쟁기, 전후 복구기, 항일 혁명 강조기, 천리마 시기 등 매 시기 북한 문예 정책을 적극적으로 지지하는 시편들을 다수 제작했는데, 이른바 도식적 구호시나 외침의 수사를 넘어 사회주의 시인의 정체성과 의식성을 드러내기 위해 시 창작에 최선을 다했다. 전쟁기 미군에 대한 증오와 적개심을 극단적으로 표현한 시 「핏발선 새해」, 전후 복구기 농촌 경리와 대수로 공사의 성과를 그려 낸 「평남 관개 시초」, 김일성의 항일 혁명 전통을 그 어떤 문학적 사상적 이념적 전통보다 강조하던 시기에 제작한 「당의 행군로」 등은 모두 철저히 당 문예 정책에 입각한 것이었다. 월북 전 시들에서 보이던 비탄의 파토스(pathos)는 사회주의 문학이 강조하는 "공민적 빠뽀쓰(public pathos)"로 대체되었고, 짧은 시형의 서정시는 농촌/노동 현지의 생활을 그려 내는 "뽀에마(서사시)"로 대체되었다.[19] 여기에 이용악 특유의 서정성과 특징화된 인물로 드러내는 이야기성이 북한 시단의 대중적인 인민성과 형상성의 성과로 인정되었다.

---

19) 리용악, 「혁명 사상으로 무장하련다: 현지로 떠나는 작가들의 결의」, 《문학신문》 1958. 12. 25.

3

『리용악 시선집』에는 월북 후 이용악이 쓴 시들과 함께 월북 전 시들을 수록했다. 월북 전 시들의 개작 과정에는 사회주의 시인 리용악의 모습이 투영되어 있다. 그가 시선집에 들어갈 시를 추리고 몇몇 표현들을 수정하는 과정에 작동한 사회주의 시인의 자의식 속에는 친일 가리기와 사회주의에 걸맞는 "공민적 빠뽀스"가 있었다.

친일 성향의 시 중 그 정도가 가장 심한 「눈 내리는 거리에서」는 제외하고 「불」, 「길」은 남겨 두었다. 「눈 내리는 거리에서」는 대동아 공영의 표현이 노골적[20]이어서 광복 후 서울에서 펴낸 『오랑캐꽃』에도 수록하지 않았고 월북 후 평양에서 펴낸 『리용악 시선집』에도 수록할 수 없었을 것이다. 「불」과 「길」은 감상성이 드러나는 시행을 빼고 시행을 짧게 나누어 연 구분을 달리하는 등의 변화와 함께 부분적으로 표현을 수정했다.

| 「불」(『오랑캐꽃』, 1947) 전문 | 「불」(『리용악 시선집』, 1957) 전문 |
|---|---|
| 모든 것이 잠잠히 끝난<br>다음에도<br>당신의 벗이래야 할 것이 | 모두가 잠잠히 끝난 다음에도<br>불이여 그대만은<br>우리의 벗이래야 할 것이 |
| 솟아오르는 빛과 몸을 부비면<br>한결같이 일어설 푸른 비늘과 같은<br>아름다움<br>가슴마다 피어 | 치솟는 빛과 함께 몸부림치면<br>한결같이 일어설 푸른 비늘과 같은<br>아름다움<br>가슴마다 피여 |
| 싸움이요<br>우리 당신의 이름을 빌어<br>미움을 물리치는 것이요 | 싸움이요<br>싸움이요<br>우리 모두 불스길 되어<br>미움을 물리치는 것이요 |

20) "이제 오랜 치욕과 사슬은 끊어지고/ 잠들었던 우리의 바다가 등을 일으켜/ 동양의 창문에 참다운 새벽이 동트는 것이요/ 승리요/ 적을 향해 다만 앞을 향해/ 아세아의 아들들이 뭉쳐서 나아가는 곳/ 승리의 길이 있을 뿐이요"(「눈 내리는 거리에서」 부분).

논자들은 「불」에서 빛을 일본의 상징으로 해석하여 이용악의 친일 성향을 논한다. 이 시의 개작 과정에서 눈여겨보아야 할 것은 '당신', '불', '싸움'이다. 앞 시에서, '불'은 모든 것이 끝난 후에도 한결같이 피어나는 것으로 '당신의 벗'이다. 불을 가슴에 안고 '우리'는 '미움을 물리치는' 싸움을 하는데, 그 싸움은 아마도 '당신'을 위한 싸움일 것이다. 1942년 《매일신보》에 실린 이 시에서 '우리가 가슴에 품은 불'은 '당신'이며 우리가 하는 싸움은 당신을 명분으로 하는 싸움이 된다. 빛과 불을 형상화한 2연의 표현이 빼어나지만 이 시에서 우리는 분명히 당신을 위한 우리이고 '빛=>불>당신'의 확산 과정이 충분히 친일의 혐의를 받을 만하다.

　　개작된 시에는 '불'은 곧 그대이다. 앞의 시에 있었던 '당신'은 사라지고 '불=그대=우리'의 관계로 바뀌었다. 친일의 혐의를 받을 만한 '당신'의 존재가 삭제된 것이다. "싸움이요"가 반복되며 "우리의 싸움"이 바로 "불길"과 같다는 비교적 단순한 의미 구조를 형성한다. 개작을 통해 친일의 맥락을 소거한 것이지만 이러한 수정은 오히려 그의 친일을 증명하고 그의 의식적 변화를 강하게 드러내 준다. 부분적인 변화이지만 이 시의 개작 과정을 통해 오히려, 앞의 시를 쓸 때 이용악이 친일을 의도 또는 감지하며 썼다는 것을 확인할 수 있었다. 또 싸움의 분명한 대상이나 맥락 없이 '싸움을 강조하여 외치고 우리 모두 불길이 되자'라는 전형적인 격정의 수사는 '도식주의'로 몰릴 만한 사회주의 시의 전형성으로 판단된다. 이 시의 개작이 문학적 형상성을 위한 개작은 아니었던 것이다.

　　일제 강점기 말인 1942년 3월 국책 어용 매체 《국민문학》에 실린 시 「길」에는 "나라에 지극히 복된 기별", "우러러 어찌야 즐거운 백성"과 같은 친일의 맥락이 존재한다. 개작의 과정에서, 이 부분은 행수가 늘어나고 늘어난 행에 맞도록 표현이 반복된다는 변화 외에는 기존의 시와 크게 다를 바 없다. 달라진 것이라면 1942년의 "나라"가 1957년 평양에서는 떠올리는 '나라'가 될 수 있으며 "복된 기별" 역시 북한의 복된 기별로 읽어도 무방하다는 이용악의 강변이 느껴진다는 사실뿐이다.

| 「길」(『오랑캐꽃』, 1947) 부분 | 「길」(『리용악 시선집』, 1957) 부분 |
|---|---|
| 나라에 지극히 복된 기별이 있어 찬란한 밤마다<br>숫한 별 우러러 어쩌야 즐거운 백성이 아니리 | 나라에 지극히 복된 기별이 있어<br>찬란한 밤이면 밤마다<br>숫한 별 우러러 가슴에 안고<br>어쩌야 즐거운 백성이 아니리 |

앞 시의 "복된 기별"이란 태평양 전쟁의 승전보였을 것인데, 이용악은 오히려 수정을 가하지 않음으로써, "복된 기별"을 일상이 전투인 북한에서 느낄 수 있는 '기쁨' 정도의 혁명적 낭만으로 치환한 것으로 보인다. "찬란", "가슴에 안고", "즐거운" 등은 개인의 감정이 '백성', '인민'의 기쁨과 도취, 즉 '공민적 빠뽀스'로 과장되는 사회주의 시의 도식적이고 전형적인 수사를 보인 것이다. 「불」에서 이용악은 개작을 통해 친일을 반증했고, 「길」은 수정을 가하지 않음으로써 친일 혐의에서 당당해지려는 태도를 드러냈다. 이는 모두 친일을 인식한 행위이다. 「길」은 이용악이 리용악이 되는 과정이 얼마나 쉽게 일어나는지, 이용악의 시어 '나라'가 매우 민첩하게 저항 없이 달라질 수 있음을 보여 주었다. 그의 이러한 민첩함을 혹자는 생존 본능으로 옹호할 수도 있고, 분단의 비극이라는 더 큰 운명의 문제로 휩쓸어 버릴 수 있다. 이는 다른 월북 작가들을 보는 우리의 일반적 시각과 다름없지만, 이용악에게는, 적어도 월북 후 이용악에게는, 적당하지 않은 시각이다.

두 편의 시에서 보았듯 그의 개작에 틈입한 의식은 '자기방어'였다. 또 그는 아무 저항이나 거부감 없이 사회주의 문학에 편입된다. 몇몇 연구자들이 지적한바 북한 시단에서도 그는 특유의 서사성, 서정성을 잃지 않으며 성공했지만, 단지 타고난 시재(詩才)와 시의 성향 때문이 아닌 좀 더 적극적이며 의식적인 전변의 힘이 그에게 작동한 것 같다.

다음은 그의 빼어난 시 중 하나인 「낡은 집」의 부분이다.

| 「낡은 집」, 부분(『낡은 집』 수록) | 「낡은 집」, 부분(『리용악 시선집』 수록) |
|---|---|
| 그가 아홉 살 되든 해<br>사냥개 꿩을 쫓아 단이는 겨울<br>이 집에 살던 일곱 식솔이<br>어대론지 살아지고 이튿날 아침<br>북쪽을 향한 발자옥만 눈 우에 떨고 있<br>었다<br><br>더러는 오랑캐영 쪽으로 갔으리라고<br>더러는 아라사로 갔으리라고<br>이웃 늙은이들은<br>모두 무서운 곳을 짚었다 | 그가 아홉 살 되던 해<br>사냥개 꿩을 쫓아다니는 겨울<br>이 집에 살던 일곱 식솔이<br>어디론가 사라진 이튿날 아침<br>북쪽을 향한 발자국만 눈 우에 떨고 있<br>었다<br><br>더러는 오랑캐영쪽으로 갔으리라고<br>더러는 아라사로 갔으리라고<br>이웃 늙은이들은 모두<br>멀고도 추운 고장을 짚었다 |

위 시 중 "모두 무서운 곳을 짚었다" 부분이 『리용악 시선집』에는 "멀고도 추운 고장을 짚었다"로 바뀌었다. 어린 화자에게 친구 가족이 떠나간 곳으로는 오랑캐령이나 아라사 쪽이 모두 '무서운 곳'이기 때문에 '눈 우에 떨고 있는 발자욱'이라는 앞 연의 시어는 차가운 날씨와 함께 다가오는 엄혹한 운명에 대한 공포를 극대화하며 더욱 핍진해지는 것인데, 이용악은 스스로 이 부분을 "멀고도 추운 고장을 짚었다"라는 평범한 표현으로 바꾸었다. 때문에 앞 연의 "발자욱" 역시 그저 추운 날씨에 떤다는 단조로운 의미로 한정되었다. 사회주의 형제의 나라, 친선의 나라인 러시아와 중국 등을 '무서운 곳'으로 표현할 수 없었던 북한의 시인 이용악 스스로의 자기 검열과 사회주의 시인의 자의식이 작동한 것으로 보인다.[21] 이 외에도 『리용악 시선집』에서 이러한 유형의 적극적인 개작과 수정을 다수 확인할 수 있다. 다른 논문을 통해 자세히 다루어져야겠지만 '친일 논란'을 의식하는 이

---

21) 흥미로운 것은 2004년 류희정이 편찬한 『현대 조선 문학 선집 28 — 1930년대 시선 (3)』 (평양: 문학예술출판사)에는 "이웃 늙은이들은/ 모두 무서운 곳을 짚었다"로 표기되어 있다는 것이다. 이 부분을 해명하기 위해서는 2000년대 북한 문학계의 지향, 『현대 조선 문학 선집』 시리즈 간행의 배경, 편찬자 류희정 등에 대한 다각적 고려가 필요할 것이다.

용악의 태도와 사회주의 시인으로 전변하는 그의 모습을 재수록시 개작 과정에서 추정해 볼 수 있다. 논란이 될 만한 시 「눈 내리는 거리에서」를 시선집에서는 제외하면서도 「길」과 「불」을 남겨 둔 그의 복잡한 내면을, 다른 시들의 개작 과정, 북한에서의 활동 등을 통해 좀 더 깊게 살필 필요가 있다. 개인의 파토스가 "공민적 빠뽀스"로 옮겨 가는 과정에서 이용악은 자신의 과거를 검열했고 자신의 현재를 사회주의 시인의 자의식으로 무장했으며 그 안에서 전과는 다른 자신의 시를 구축하려 적극적으로 노력했다. 이는 이용악이 생존을 위해 문학을 포기하거나 문학성을 포기한 다른 월북 문인의 경우와는 구분되어야 하는 지점이다. 또 분단이 가져온 시/문학의 죽음을 안타까워하는 연구자들의 정서적 태도가, 이념으로 변화되는 문학을 예증하는 텍스트를 바라보는 객관적 태도로 바뀌어야 하는 지점이기도 하다.

북한 문학사에서 가장 많이 언급되는 이용악의 시는 「핏발선 새해」, 「평남 관개 시초」, 「당의 행군로」이다. 북한 문학사마다 시기 구분이나 표현상의 차이는 있지만 위의 시들에 대한 평가는 대체로 일치한다. 한국 전쟁 중 새해(1951년 1월 1일)를 맞으며 쓴 시 「핏발선 새해」는 "과장법과 비유법을 능숙하게 사용하여 불타는 증오심과 견결한 반미 투쟁 정신을 무장시키는 데 이바지한 작품",[22] "투철한 반미 투쟁 정신을 힘있게 반영"[23]한 작품, "과장과 비유법을 적적히 도입하여 폭로와 규탄, 저주와 보복의 열정을 더욱 두드러지게"[24] 한 작품으로 평가되었다. 미군에 대한 증오와 적개심을

---

22) 사회과학원 문학연구소 편, 『조선문학사(1945~1958)』(과학백과사전종합출판사, 1978); 이상숙 편, 『북한의 시학 연구 5권 ─ 시문학사』(소명출판, 2013), 400~423쪽에서 재인용. 이하 북한 문학사 인용은 모두 이상숙의 『북한의 시학 연구 5권 ─ 시문학사』에서 재인용하고 해당 쪽수를 밝힌다.

23) 박종원·류만 저, 『조선 문학 개관 (2)』(사회과학출판사, 1986); 『북한의 시학 연구 5권 ─ 시문학사』, 423쪽.

24) 김선려·리근실·정명옥 저, 『조선문학사 (11)』(사회과학출판사, 1994); 『북한의 시학 연구 5권 ─ 시문학사』, 509~510쪽.

원색적으로 드러내는 시는 한국 전쟁 중 쓰이고 장려된 북한 시의 전형적 모습이다.

「평남 관개 시초」는 1956년 8월호 《조선문학》에 실린 10편의 시 묶음이다. 전후 북한은 전후 복구와 농업 부양을 위해 대규모 관개 공사를 추진했는데, 대동강과 청천강(안주시, 문덕군, 숙천군 일대)을 잇는 관개 체계인 평남관개 수로와 대동강물을 퍼 올려 온천군, 대동군, 증산군 농지에 공급하는 기양 관개[25] 공사가 대표적이다. 대규모 관개 공사에 작가들을 파견하여 작품을 쓰게 하는 것은 당시 북한 문예 정책의 기조였으며, 이 일환으로 이용악은 평남 관개 공사 현지에 파견되었고 10편으로 이루어진 시초 「평남 관개 시초」 시를 발표한다. 김상오가 기양 관개 공사 현지에 파견된 후 「기양 관개 시초」를 발표하는 것과 같은 맥락이다. '인민 경제의 복구와 발전을 위해 노동 계급의 인물 전형 창조', '건설 투쟁의 신심 고취' 등을 강조하던 전후 북한 문예 정책에 충실한 시 「평남 관개 시초」는 조선인민군 창건 5주년 기념문학예술상 1956년도 시 부문 일등상을 수상했으며 북한 문학사에서 높은 평가를 받았다.

"사회주의 건설을 위하여 악전고투하는 로동 계급의 형상을 다각적으로 노래한"[26] 작품, "당의 수리화 정책의 빛나는 생활력을 보여 주면서 력사적인 자연 개조를 실현한 농민들의 환희와 랑만, 감격과 기쁨을 짙은 민족적 정서와 생활 긍정의 열정"으로 노래한 작품"[27]으로 높이 평가했으며, 당시 협동조합, 대자연 개조 사업 관련 작품들 중 하나로 "정론적 색채가 강한

---

25) 1957년 10월 착공하여 1959년 4월 개통했다고 하는데, 1950년대 후반 북한 시단에서 활발히 활동하여 높은 평가를 받던 시인 김상오는 「기양 관개 시초」(1958년)를 발표한다.

26) 언어문학연구소 문학연구실 편, 『조선 문학 통사 (하)』(과학원 출판사, 1959); 『북한의 시학연구 5권 ─ 시문학사』, 555~558쪽.

27) 『조선 문학 개관』; 『북한의 시학 연구 5권 ─ 시문학사』, 673~676쪽. 『조선 문학 개관』에서는 이용악을 "공장과 농촌, 어촌 등 생활 무대가 넓은 것이며 근로하는 인민들의 창조적 로동과 생활에 대한 기쁨과 랑만이 조국의 아름다운 자연에 대한 시적 화폭 속에서 그윽한 향토적 서정을 가지고 흘러나오고 있는 것이다."라고 평했다.

시 「격류하라 사회주의에로」[28]를 들기도 했다. 문학사별 또는 논자별로 개별 시편에 대한 격찬과 비판이 엇갈리기는 하지만 이용악 시에 대한 전반적인 평가는 비슷한 양상을 보인다.

「우리 당의 행군로」는 항일 혁명 전통을 강조하던 시기에 쓰인 것으로 김일성이 항일 투쟁을 하던 곳을 답사하고 느낀 소회를 밝힌 시다. 북한 문학사는 이 시를, "항일 혁명 전통 주제, 수령에 대해 충직했던 항일 혁명 투사의 사상 정신적 미를 밝히기 위한 창작", "혁명 전통의 의의와 생활력을 노래한 작품",[29] "당의 혁명 전통과 항일 혁명 투쟁 시기 항일 유격대원",[30] "영광스러운 혁명 전통을 이룩하신 위대한 수령님에 대한 다함없는 칭송과 흠모, 충성의 감정을 깊이 있게 형상화한 서정시", "수령님에 대한 다함없는 감사와 충성의 감정을 심오하게 형상화한 우수한 작품의 하나",[31] "주체형의 당, 조선로동당은 준엄한 항일 대전의 진군길에서 탄생한 것임을 간결하고 박력 있는 시 형상 속에서 노래"[32]한 작품으로 서술하여 주로 수령 형상 문학의 전범으로 높이 평가했다.

문학사 외에도 문예지 작품평, 평론 등에 나타난 이용악에 대한 평가는 문학사의 그것과 다르지 않은 맥락 안에서 좀 더 구체적이고 상세한 평가가 이루어졌다.[33] 지면상 다 언급하지는 못하지만 주로 상찬한 부분은 이용

---

28) 리기주 저, 『조선문학사 12』(사회과학출판사, 1999); 『북한의 시학 연구 5권 — 시문학사』, 747~758쪽.

29) 『조선문학사』(1959~1975)」; 『북한의 시학 연구 5권 — 시문학사』, 777~782쪽.

30) 『조선 문학 개관』; 『북한의 시학 연구 5권 — 시문학사』, 850쪽.

31) 최현식 저, 『조선문학사 13』(사회과학출판사, 1999); 『북한의 시학 연구 5권 — 시문학사』, 881~882쪽.

32) 천재규·정성무 저, 『조선문학사 14』(사회과학출판사, 1996), 『북한의 시학 연구 5권 — 시문학사』, 1165쪽.

33) 리효운, 「시인의 얼굴」, 《조선문학》 1957. 4; 박산운, 「『리용악 시선집』을 읽고」, 《문학신문》, 1958. 6. 19; 김우철, 「생활의 체온을 간직한 시인 — 『리용악 시선집』을 읽고」, 《조선문학》, 1958. 12; 한진식, 「시인의 통찰력 리용악의 「평남 관개 시초」에 대한 단평」, 《문학신문》, 1963. 2. 1; 방철림, 「리용악과 「평남 관개 시초」」, 《천리마》, 1995. 12; 문

악이 전형적 인물 형상을 잘 포착하여 그의 이야기를 잘 전개하는 우수한 서사성을 가지고 있다는 점과 '인민성'으로 평가받을 만한 토속 서정을 잘 드러내고 있다는 부분이다. 이는 남한 연구자들이 주목한 '인물 중심의 서사성'과도 일맥상통하는 바가 있어 추후 연구의 대상이 될 만하다. 사회주의 시인으로서의 적극성, "공민적 빠뽀스", 인물 형상화와 서사성은 리용악을 안착시키는 주요한 요건이라 할 수 있다.

위의 대표작과 그에 대한 평가가 증명하듯 이용악은 해당 시기별 북한 문예 정책에 충실한 창작을 하여 당시에도 성과를 인정받은 것은 물론이고 최근의 북한 문단에서도 이용악은 훌륭한 사회주의 시인으로 기억되고 평가되고 있다. 숙청, 하방, 복권 등의 부침을 겪은 다른 월북 문인들과는 사뭇 다른 삶을 산 것이다.


### 4

지면 관계상 이 글에서 자세히 다룰 수는 없지만, 발표를 준비하는 과정에서 이용악의 작품 8편을 새로 찾아낼 수 있었다. 몇몇 시의 경우 이용악 연구자들 사이에서는 개인이 소장하거나 알고 있었을 작품일 수도 있겠으나 현재까지는 학계에 소개된 바 없는 작품들이다. 특히 짧은 소설 두 편을 담은 소설집 형식을 띤 『보람찬 청춘』(민주청년사, 1955)은 그 존재가 이 글을 통해 처음 알려지는 것이다.

전쟁 중 아버지를 잃은 소년이 어른들도 힘들다는 화학 기사에 도전하여 20세 나이에 청년 화학 기사가 되었다는 내용의 「20세의 화학 기사」와 광복 전 순사에게 고초를 겪어 다리를 못쓰게 된 아버지를 대신하여 어린 처녀 창옥이가 토지 개혁으로 받은 땅에 농사를 짓고 돼지를 키우는 모범적인 모습으로 조선로동당원이 되고 훈장을 받는다는 「자랑 많은 땅의 처

---

학민, 「은혜로운 태양의 품속에서 창작된 리용악의 시들」, 《조선문학》, 2009. 5.

녀」 두 편이 『보람찬 청춘』에 실려 있다. 두 편의 주인공은 모두 전쟁 전에는 소년, 소녀였지만 전쟁기/전후 복구 시기를 거치며 당 정책에 앞장서 큰 성과를 내고 당과 국가로부터 칭찬을 받는 20세 청년으로 성장한다. 이 소설에는 미국에 대한 적개심과 전후 복구가 이루어진 평양에 대한 묘사, 당 정책의 승리를 보여 주는 생약 산업 현장과 농촌의 변화가 담겨 있다. 모두 이 시기 당 문예 정책이 요구하는 소재이자 주제이다. 수기(르포르타주/오체르크) 형식처럼 보이기도 하는 이 작품은, 소설을 창작한 바 없는 이용악의 첫 번째 서사 문학이다. 서사성 강한 시를 썼으며 이야기/사연을 가진 전형성 강한 인물을 중심으로 시적 형상성을 높였던 이용악에게 서사 장르가 전혀 낯설지는 않았을 것이지만, 당 정책에 부응하여 소설을 창작했다는 것은 의도성과 적극성이 부각되는 행위인 것은 사실이다.

다음은 이 발표에서 처음 공개되는 작품 목록이다. 시 5편 소설 2편 산문 1편이다.

| 막아보라 아메리카여 | 《문학예술》 4, 1951. 11, 70~71쪽 | 시 |
| 二0세의 화학 기사 | 『보람찬 청춘』, 민주청년사, 1955 | 단편 소설 |
| 자랑 많은 땅의 처녀 | 『보람찬 청춘』, 민주청년사, 1955 | 단편 소설 |
| 혁명사상으로 무장하련다<br>― 현지로 떠나는 작가들의 결의 | 《문학신문》 1958. 12. 25 | 산문 |
| 우리의 정열처럼 우리의 넘원처럼 | 《문학신문》 1959. 1. 1 | 시 |
| 산을 내린다 | 시선집 『조국이여 번영하라』, 1968 | 시 |
| 앞으로! 번개같이 앞으로! | 『철벽의 요새 ― 조선인민군 창건 20주년 기념 시집』, 1968 | 시 |
| 피값을 천만배로 하여 | 종합 시집 『판가리 싸움에』, 1968 | 시 |

『보람찬 청춘』과 함께 소개되는 위의 시들, 산문 또한 당 정책, 문예 정책에 충실한 작품들이며 그 표현 또한 당시 북한 시들이 보여 주는 전형성을 드러낸다. 소련군, 중국군이 조선 인민과 함께 미군을 대적하여 싸운다는 내

용의 전쟁기 시 「막아보라 아메리카여」를 비롯하여 다른 시편들도 반미 의식, 투쟁 의식을 고취하고 있다. 이 작품들의 발견으로 사회주의 체제의 시인, 북한 문예 정책에 부합하는 시인 이용악의 모습과 그를 위해 적극적으로 노력하는 이용악의 모습을 확증할 수 있다.

「풀벌레 소리 가득차 있었다」와 「낡은 집」에서 보았던 궁핍과 서러움을 여린 감성으로 드러내던 청년 시인 이용악이 「피값을 천만배로 하여」, 「날강도 미제가 무릎을 꿇었다」라고 원색적으로 외치고 김일성을 맹목적으로 찬양하는 사회주의 시인 리용악으로 바뀐 모습을 우리 연구자들은 객관적으로 이해하고 분석해야 한다. 이용악은 더 이상 이용악이 아닌 리용악이겠지만 리용악 역시 이용악의 모습이라는 것을 인정해야 한다. 이를 통해 일반의 사회주의와도 다른 비정상적으로 왜곡된 북한 문학의 모습이 더욱 부각될 것이다. 그것 또한 분단국가인 한국 문학의 몫이다. 여태까지 월북 후 이용악 연구에서 필요한 몇 가지 화제를 중심으로 후반기 이용악의 시와 문학적 행보를 조감해 보았다. 건너뛴 많은 부분은 후속 연구를 통해 더욱 면밀히 규명되어야 하는데, 더욱이 광복 전 — 광복기 — 월북 후로 이어지며 이용악 문학의 변화와 지속에 심도 있게 접근하는 연구가 필요하다.

# 제4주제에 관한 토론문

박수연(충남대 교수)

선생님의 글은 이용악의 북한 시편들을 주로 살펴보고 있습니다. 제가 과문한 관계로 이용악의 그 시편들에 대해 잘 알지 못하고 있던 터에 선생님의 글 덕분에 많은 사항들을 배우게 되었습니다. 더구나 새로 발굴된 작품들의 목록까지 제공해 주셔서 저로서는 더할 나위 없이 소중한 독서였습니다. 이 자리를 빌려 고마움을 표합니다. 여기에서 말씀드리는 것은 선생님의 글에 대한 문제 제기라기보다는 몇 가지 더 자세히 고민해 보고 싶은 사항들입니다.

우선 북한의 문학사 서술 전략의 변화 속에서 이용악의 시에 대한 평가 변화는 없는가를 묻고 싶습니다. 우리가 아는 대로 북한의 문학사 서술이 시기적 이념적 방향에 따라 여러 변모를 보이고 있다면, 이용악의 시에 대한 평가 또한 그 서술 체계의 이념적 규정들로부터 자유롭지 못할 것입니다. 그 부분이 해명된다면 이용악의 시가 가진 북한문학사적 위상이 해명될 수 있지 않을까 여겨집니다.

다음, 선생님의 글에는 이용악 시의 연속성과 차이성을 살펴보려는 두 가지 측면이 동시에 나타납니다. 첫째 연속성의 측면입니다. 다른 연구자들도 공통적으로 주장하는 것이 이용악의 광복 이전과 이후 시편들의 연속적 측면입니다. 예를 들어 선생님께서도 이렇게 말씀하십니다. "이용악 특유의 서정성과 특징화된 인물로 드러내는 이야기성이 북한 시단의 대중적인 인민성과 형상성의 성과"에 연결된다는 것입니다. 문학사적 서술에서 한 문인의 연속적 특징을 찾아내는 것은 아주 중요한 일임이 분명합니다. 그런 연구상의 필요성을 감안하더라도 이용악의 북한 시편들이 광복 이전의 서정성과 시적 완성도를 무너뜨리지 않았다는 평가에는 전제 사항이 따라야 할 듯합니다. 월북 이후 그의 시편들에 심심찮게 드러나는 구호적 표현들을 고려한다면, 그의 시편들의 완성도를 인정하기 위해서는 심미적 척도가 달라져야 하는 것은 아닐까요? 시 한 편의 구성에서 언어 하나가 차지하게 될 비중을 고려한다면 시와 구호의 문제는 북한의 시편들에서 그저 있을 수 있는 부차적 사항으로 처리될 수 있는 것은 아닐 듯합니다. 그렇다고 해서 구호적 시편들을 실패한 시라고 편향되게 규정할 수는 없을 것입니다. 이용악의 광복 이전 시와 북한에서의 시가 시적 경향이라는 측면에서, 그리고 완성도의 측면에서 크게 차이가 나지 않는다고 말하기 위해서는 그런 평가를 위한 척도가 무엇인지를 말씀해 주셔야 할 듯합니다.

그런데 제가 보기에는 두 시의 언어적 사용 방식에서 무시 못할 차이가 있다고 여겨집니다. 이 점에 대해서는 이미 선생님께서도 지적해 두고 있습니다. "사회주의 시인으로서의 적극성, "공민적 빠뽀스", 인물 형상화와 서사성은 리용악을 안착시키는 주요한 요건"이라는 지적이 그것입니다. 간단히 말해서 시의 길이나 서사 체계, 구호적 언어 들이 그것이라고 할 수 있을 것입니다. 이것은 결국 시적 감성 체계의 차이일 테고, 그 감성 체계를 구성하도록 강제한 창작 배경과 관련하여 설명되어야 할 것입니다. 이것은 단지 남한의 서정과 북한의 서정의 차이에서 그치는 문제는 아닐 듯합니다. 이를테면, 작품의 우월성 여부를 판단할 수 있는 차이는 아니라는 말입니다. 그것은 한국 근대시와 최근 시 사이에 우월성의 차이가 있는 것은 아닌 것과 마찬가지입니다. 그것은 글자 그대로 감성 체계의 차이일 것입니다. 그렇다면, 이용악의 시에 대해서는 광복 이전의 시와 이후의 시를 연속선상에서 바라보기보다는 둘 사이의 차이에 주목하여 바라보는 것이 타당한 것은 아닌가 생각됩니다.

다음, 이용악의 친일 시의 문제입니다. 그가 친일 작품을 쓴 것은 분명합니다. 그러나 친일 작품을 썼다는 것과 그가 친일 문인인가에 대해서는 구별하여 논의하려는 관점이 필요한 것은 아닌가 생각됩니다. 친일 작품을 지속적으로 창작한다는 사실은 그 문인의 의식이 일정하게 당대의 이념에 기울어 있다는 사실을 환기합니다. 그러나 작품 몇 편으로 친일 여부를 판단하는 것은 한 문인의 문학적 생애 전체와 관련해서 볼 때 지나친 것은 아닐까요? 이용악의 경우에 대해서는 그러므로 그의 친일 여부를 따지는 일이 상당히 가혹하다고 여겨집니다. 더구나 그는 인문 평론을 그만두고 고향으로 돌아가 작품을 쓰지 않습니다. 그 과정은 김기림의 경우와 유사하다고 할 수 있을 것 같습니다. 김기림에게도 파시즘을 선전한 '올림피아'에 대한 감격적 감상문이 있다는 사실을 고려한다면, 이용악과 관련한 친일 시에 논의는 정지되어도 되는 것은 아닌가 여겨집니다.

마지막으로, 이용악 시의 개작 문제가 활발하게 논의되고 있다면, 그 작품들의 원본 확정 문제도 동시에 논의되어야 할 것으로 보입니다. 선생님께서는 어떤 것이 원본이어야 한다고 생각하시는지 묻고 싶습니다. 이상입니다. 감사합니다.

이용악 생애 연보

1914년    11월 23일, 함북 경성군 경성면 수성동에서 이석준의 5남 2녀 중 3남
          으로 태어남. 형은 송산(松山), 동생은 용해(庸海).

1928년    함북 경성농업학교 입학.

1932년    경성농업학교 중퇴. 히로시마 흥문(興文)중학 4학년 편입.

1933년    흥문중학 졸업. 니혼대학[日本大學] 예술과 입학.

1935년    《신인문학》에 「패배자의 소원」으로 등단. 김종한과 동인지 《이인》
          발간.

1936년    상지대학(上智大學) 신문학과 입학.

1937년    제1시집 『분수령(分水嶺)』(동경: 삼문사) 간행.

1938년    제2시집 『낡은 집』(동경: 삼문사) 간행.

1939년    상지대학 신문학과 졸업. 귀국.《인문평론》 편집기자로 입사 후 1942년
          까지 근무.

1942년    낙향하여 《청진일보》 기자로 활동. 주을읍 사무소 서기를 지냄.

1945년    해방기 서울로 돌아옴. 조선문학가 동맹 가입.《중앙신문》 기자로 활동.

1946년    전국문학자대회 참관.

1947년    제3시집 『오랑캐꽃』(서울: 아문각) 간행.

1949년    제4시집(시선집) 『이용악집』(서울: 동지사) 간행. 8월, 경찰에 체포되
          어 징역 10년형 언도.

1950년    서울 서대문형무소 복역 중 한국 전쟁 발발. 6월 28일, 인민군에 의
          해 출옥하여 월북.

1951년    1952년까지 조선문학동맹 시분과위원장.

| 1956년 | 1957년까지 조선작가동맹출판사 단행본 부주필.《조선문학》1956년 8월호에 실린 「평남 관개 시초」로 조선인민군 창건 5주년 기념문학예술상 시 부문 일등상 수상. |
|---|---|
| 1957년 | 제5시집(시선집)『리용악 시선집』(평양: 조선작가동맹출판사) 간행. |
| 1968년 | 김일성에게서 '공화국 창건 20주년 훈장' 수상. |
| 1971년 | 사망. |
| 2003년 | 9월. 김정일에게 '조국통일상' 수상. |

이용악 작품 연보

| 발표일 | 분류 | 제목 | 발표지 |
|---|---|---|---|
| 1935. 3 | 시 | 패배자의 소원 | 신인문학 |
| 1935. 4 | 시 | 애소, 유언 | 신인문학 |
| 1935. 9. 14 | 시 | 임금원의 오후 | 조선일보 |
| 1935. 9. 26 | 시 | 북국의 가을 | 조선일보 |
| 1935. 11. 8 | 시 | 정오의 시 | 조선중앙일보 |
| 1935. 12 | 시 | 무숙자 | 신인문학 |
| 1937. 5. 30 | 시 | 북쪽 | 『분수령』 (동경: 삼문사) |
| 1937. 5. 30 | 시 | 나를 만나거던 | 상동 |
| 1937. 5. 30 | 시 | 도망하는 밤 | 상동 |
| 1937. 5. 30 | 시 | 풀버렛소리 가득차 잇섯다 | 상동 |
| 1937. 5. 30 | 시 | 포도원 | 상동 |
| 1937. 5. 30 | 시 | 병 | 상동 |
| 1937. 5. 30 | 시 | 국경 | 상동 |
| 1937. 5. 30 | 시 | 령(嶺) | 상동 |
| 1937. 5. 30 | 시 | 동면하는 곤충의 노래 | 상동 |
| 1937. 5. 30 | 시 | 새벽 동해안 | 상동 |
| 1937. 5. 30 | 시 | 천치의 강아 | 상동 |
| 1937. 5. 30 | 시 | 폭풍 | 상동 |

| 발표일 | 분류 | 제목 | 발표지 |
|---|---|---|---|
| 1937. 5. 30 | 시 | 오늘도 이 길을 | 상동 |
| 1937. 5. 30 | 시 | 길손의 봄 | 상동 |
| 1937. 5. 30 | 시 | 제비 갓흔 소녀야 | 상동 |
| 1937. 5. 30 | 시 | 만추 | 상동 |
| 1937. 5. 30 | 시 | 항구 | 상동 |
| 1937. 5. 30 | 시 | 고독 | 상동 |
| 1937. 5. 30 | 시 | 쌍두마차 | 상동 |
| 1937. 5. 30 | 시 | 해당화 | 상동 |
| 1938. 11. 10 | 시 | 검은 구름이 모여든다 | 『낡은 집』<br>(동경: 삼문사) |
| 1938. 11. 10 | 시 | 너는 피를 토하는 슬픈 동무였다 | 상동 |
| 1938. 11. 10 | 시 | 밤 | 상동 |
| 1938. 11. 10 | 시 | 연못 | 상동 |
| 1938. 11. 10 | 시 | 아이야 돌다리 위로 가자 | 상동 |
| 1938. 11. 10 | 시 | 앵무새 | 상동 |
| 1938. 11. 10 | 시 | 금붕어 | 상동 |
| 1938. 11. 10 | 시 | 두더쥐 | 상동 |
| 1938. 11. 10 | 시 | 그래도 남으로만 달린다 | 상동 |
| 1938. 11. 10 | 시 | 장마 개인 날 | 상동 |
| 1938. 11. 10 | 시 | 두만강 너 우리 강아 | 상동 |
| 1938. 11. 10 | 시 | 우라지오 가까운 항구에서 | 상동 |
| 1938. 11. 10 | 시 | 등불이 보고 싶다 | 상동 |
| 1938. 11. 10 | 시 | 고향아 꽃은 피지 못했다 | 상동 |
| 1938. 11. 10 | 시 | 낡은 집 | 상동 |

| 발표일 | 분류 | 제목 | 발표지 |
| --- | --- | --- | --- |
| 1939. 6. 29 | 시 | 버드나무 | 조선일보 |
| 1939. 8 | 시 | 절라도 가시내 | 시학 |
| 1939. 8 | 시 | 두메산곬 1 | 순문예 |
| 1939. 10 | 시 | 오랑캐꽃 | 인문평론 |
| 1939. 10 | 시 | 강ㅅ가 | 시학 |
| 1939. 10 | 시 | 두메산곬 2 | 시학 |
| 1940. 1 | 시 | 등을 동구리고 | 인문평론 |
| 1940. 2. 10 | 시 | 어둠에 저저 | 조선일보 |
| 1940. 4 | 시 | 술에 잠긴 센트헤레나 | 인문평론 |
| 1940. 6 | 시 | 바람 속에서 | 삼천리 |
| 1940. 6. 15 | 시 | 뒷길로 가자 | 조선일보 |
| 1940. 8 | 시 | 푸른 한나절 | 여성 |
| 1940. 8 | 시 | 당신의 소년은 | 조선일보 |
| 1940. 8. 11 | 시 | 무자리와 꽃 | 동아일보 |
| 1940. 10 | 시 | 두메산곬 4 | 시학 |
| 1940. 11 | 시 | 슬픈 일 많으면 | 문장 |
| 1940. 11 | 시 | 해가 솟으면 | 인문평론 |
| 1940. 12. 26 | 시 | 눈보라의 고향 | 매일신보 |
| 1940. 12. 27 | 시 | 벽을 향하면 | 매일신보 |
| 1940. 12. 30 | 시 | 별 아래 | 매일신보 |
| 1941. 5 | 시 | 벌판을 가는 것 | 춘추 |
| 1941. 7. 24 | 시 | 열두 개의 층층계 | 매일신보 |
| 1941. 7. 25 | 시 | 꽃가루 속에 | 매일신보 |
| 1941. 7. 27 | 시 | 다시 항구에 와서 | 매일신보 |
| 1941. 7. 30 | 시 | 비늘 하나 | 매일신보 |

| 발표일 | 분류 | 제목 | 발표지 |
|---|---|---|---|
| 1941. 8. 1 | 시 | 벨로우니카에게 | 매일신보 |
| 1941. 12. 1 | 시 | 막차 갈 때마다 | 매일신보 |
| 1941. 12. 3 | 시 | 달잇는 제사 | 매일신보 |
| 1941. 12. 14 | 시 | 등잔 밑 | 매일신보 |
| 1942. 2 | 시 | 노래 끝나면 | 춘추 |
| 1942. 3 | 시 | 길 | 국민문학 |
| 1942. 3 | 시 | 눈 나리는 거리에서 | 조광 |
| 1942. 4. 3 | 시 | 죽엄 | 매일신보 |
| 1942. 4. 5 | 시 | 불 | 매일신보 |
| 1942. 6 | 시 | 구슬 | 춘추 |
| 1945. 12 | 시 | 시굴 사람의 노래 | 해방 기념 시집 |
| 1945. 12. 12 | 시 | 38도에서 | 신조선보 |
| 1946. 2 | 시 | 벗, 미칠 만한 것 | 예술타임스 |
| 1946. 2 | 시 | 월계는 피어 | 생활문화 |
| 1946. 3 | 시 | 항구에서 | 민심 |
| 1946. 4 | 시 | 나라에 슬픔이 있을 때 | 신문학 |
| 1946. 7 | 시 | 오월에의 노래 | 문학 |
| 1946. 8 | 시 | 하나씩의 별 | 민주주의 4 |
| 1946. 11. 3 | 시 | 노한 눈들 | 서울신문 |
| 1946. 12 | 시 | 거리에서 | 신천지 |
| 1946. 12. 5 | 시 | 흙 | 경향신문 |
| 1947. 2 | 시 | 슬픈 사람들끼리 | 백제 |
| 1947. 2 | 시 | 그리움 | 협동 |
| 1947. 2 | 시 | 기관구(機關區)에서 | 문학 |
| 1947. 4. 20 | 시 | 집 | 오랑캐꽃 |

| 발표일 | 분류 | 제목 | 발표지 |
|--------|------|------|--------|
| | | | (서울:아문각) |
| 1947. 4. 20 | 시 | 밤이면 밤마다 | 상동 |
| 1947. 4. 20 | 시 | 다리 우에서 | 상동 |
| 1947. 4. 20 | 시 | 두메산곬 3 | 상동 |
| 1947. 7 | 시 | 다시 오월에의 노래 | 문학 |
| 1948. 1. 1 | 시 | 소원 | 독립신보 |
| 1948. 1. 1 | 시 | 새해에 | 제일신문 |
| 1948. 1 | 시 | 하늘만 고웁구나 | 개벽 |
| 1948. 1 | 시 | 빗발 속에서 | 신세대 |
| 1949. 1. 25 | 시 | 우리의 거리 | 『이용악집』 |
| | | | (서울: 동지사) |
| 1949. 1. 25 | 시 | 유정에게 | 상동 |
| 1951. 11 | 시 | 막아 보라 아메리카여 | 문학예술 |
| 1955. 5 | 시 | 석탄 | 조선문학 |
| 1955. 7 | 시 | 어선민청호 | 조선문학 |
| 1955. 12. 30 | 오체르크 | 二0세의 화학 기사 | 『보람찬 청춘』 |
| | | | (평양: 민주청 |
| | | | 년사) |
| 1955. 12. 30 | 오체르크 | 자랑 많은 땅의 처녀 | 상동 |
| 1956. 8 | 시 | 위대한 사랑 | 조선문학(「평남 |
| | | | 관개 시초」 10편) |
| 1956. 8 | 시 | 흘러들라 십리굴에 | 상동 |
| 1956. 8 | 시 | 열풍 저수지 | 상동 |
| 1956. 8 | 시 | 두 강물을 한곬으로 | 상동 |
| 1956. 8 | 시 | 전설 속의 이야기 | 상동 |

| 발표일 | 분류 | 제목 | 발표지 |
| --- | --- | --- | --- |
| 1956. 8 | 시 | 덕치마을에서 1 | 상동 |
| 1956. 8 | 시 | 덕치마을에서 2 | 상동 |
| 1956. 8 | 시 | 물냄새가 좋아선가 | 상동 |
| 1956. 8 | 시 | 열두 부자 동둑 | 상동 |
| 1956. 8 | 시 | 격류하라 사회주의에로 | 상동 |
| 1957 | 시 | 봄 | 『리용악 시선집』 (평양: 조선작가 동맹출판사) |
| 1957 | 시 | 어선 민청호 | 상동 |
| 1957 | 시 | '어느 반도에서' ─보리가을 ─소낙비 ─나들이배에서 ─아침 | 상동 |
| 1957 | 시 | 석탄 | 상동 |
| 1957 | 시 | 탄광 마을의 아침 | 상동 |
| 1957 | 시 | 좌상님은 공훈 탄부 | 상동 |
| 1957 | 시 | 귀한 손님은 좋은 철에 오시네 | 상동 |
| 1957 | 시 | 쏘베트에 영광을 | 상동 |
| 1957 | 시 | 욕된 나날 | 상동 |
| 1957 | 시 | 어두운 등잔밑 | 상동 |
| 1957 | 시 | 짓밟히는 거리에서 | 상동 |
| 1957 | 시 | 원쑤의 가슴팍에 땅크를 굴리자 | 상동 |

| 발표일 | 분류 | 제목 | 발표지 |
| --- | --- | --- | --- |
| 1957 | 시 | 핏발선 새해 | 상동 |
| 1957 | 시 | 평양으로 평양으로 | 상동 |
| 1957 | 시 | 모니카 펠톤 녀사에게 | 상동 |
| 1957 | 시 | '싸우는 농촌에서' | 상동 |
| | | ─불탄 마을 | |
| | | ─달 밝은 탈곡 마당 | |
| | | ─토굴집에서 | |
| | | ─막내는 항공병 | |
| 1957 | 시 | 다만 이것을 전하라 | 상동 |
| 1958. 12. 25 | 산문 | 혁명 사상으로 무장하련다 | 문학신문 |
| | | ─현지로 떠나는 작가들의 | |
| | | 결의 | |
| 1959. 1. 1 | 시 | 우리의 정열처럼 우리의 | 문학신문 |
| | | 념원처럼 | |
| 1959. 3 | 시 | 기'발은 하나 | 조선문학(「루마 |
| | | | 니아 방문 시초」) |
| 1959. 3 | 시 | 듬보비쨔 | 상동 |
| 1959. 3 | 시 | 미술 박물관에서 | 상동 |
| 1959. 3 | 시 | 에레나와 원배 소녀 | 상동 |
| 1959. 3 | 시 | 꼰스탄쨔의 새벽 | 상동 |
| 1959. 9. 25 | 시 | 우산'벌에서 | 문학신문 |
| 1959. 12 | 시 | 영예군인공장촌에서 | 조선문학 |
| 1960. 1 | 시 | 빛나는 한나절 | 조선문학 |
| 1960. 4 | 시 | 열 살도 채 되기 전에 | 조선문학 |
| 1960. 4 | 시 | 봄의 속삭임 | 조선문학 |

| 발표일 | 분류 | 제목 | 발표지 |
|---|---|---|---|
| 1961. 9. 8 | 시 | 우리 당의 행군로 | 문학신문 |
| 1966. 8. 5 | 가사 | 땅의 노래 | 문학신문 |
| 1966. 9. 27 | 가사 | 다 치지 못한다 | 문학신문 |
| 1967. 7. 11 | 가사 | 당 중앙을 사수하리 | 문학신문 |
| 1967. 9. 15 | 시 | 붉은 충성을 천백배 불태워 | 문학신문 |
| 1967. 9. 29 | 시 | 오직 수령의 두리에 뭉쳐 | 문학신문 |
| 1967. 11. 24 | 시 | 찬성의 이 한 표, 충성의 표시! | 문학신문 |
| 1968 | 시 | 산을 내린다 | 시선집 『조국이여 번영하라』 (평양: 문예출판사) |
| 1968 | 시 | 앞으로! 번개같이 앞으로! | 『철벽의 요새─조선인민군 창건 20주년 기념 시집』(평양: 조선문학예술동맹출판사) |
| 1968 | 시 | 피값을 천만배로 하여 | 종합 시집 『판가리 싸움에』 (평양: 문예출판사) |
| 1968. 4 | 서정서사시 | 어느 한 농가에서 | 조선문학 |
| 1969. 4 | 시 | 날강도 미제가 무릎을 꿇었다 | 조선문학 |

## 북한 자료

| | |
|---|---|
| 1958. 12 | 김우철, 「생활의 체온을 간직한 시인 ―『리용악 시선집』을 읽고」, 《조선문학》 |
| 1954. 1 | 한설야, 「전진하는 조선 문학」, 《조선문학》 |
| 1957. 4 | 리효운, 「시인의 얼굴」, 《조선문학》 116 |
| 1958. 6. 19 | 박산운, 『리용악 시선집』을 읽고, 《문학신문》 |
| 1958. 7. 10 | 백설수, 「깊은 사색에 잠기게 한다 ―『리용악 시선집』을 읽고」 |
| 1958. 12. 25 | 남궁만, 「진정한 로동의 체현자」, 《문학신문》 |
| 1963. 2. 1 | 한진식, 「시인과 통찰력 ― 리용악의 「평남 관개 시초」에 대한 단평」, 《문학신문》 |
| 1995. 12 | 방철림, 「리용악과 「평남 관개 시초」」, 『천리마』 |
| 2009. 5 | 문학민, 「은혜로운 태양의 품속에서 창작된 리용악의 시들」, 《조선문학》 |

## 남한 자료

| | |
|---|---|
| 1937. 6. 25 | 한식, 「이용악 시집 『분수령』을 읽고」, 《조선일보》 |
| 1947 | 김동석, 「시와 정치 ― 이용악 시 「38도에서」를 읽고」, 예술과 생활, 박문출판사 |
| 1948. 10 | 김광현, 「내가 본 시인 ― 정지용, 이용악」, 《민성》 |
| 1987 | 장영수, 「오장환과 이용악의 비교 연구」, 고려대 박사 논문 |
| 1988 | 윤영천, 「민족시의 전진과 좌절」, 윤영천 편, 『이용악 시 전 |

집』, 창작과비평사

| 1988 가을 | 김종철, 「용악 — 민중 시의 내면적 진실」, 창작과 비평 |
| 1990 | 이정애, 「이용악 시 연구」, 서울대 석사 논문 |
| 1991 | 박건명, 「이용악론」, 건국대 대학원 《논문집》 |
| 1991 | 이희경, 「이용악 시 연구 — 공간 의식을 중심으로」, 전북대 석사 논문 |
| 1991 | 황인교, 「이용악 시의 언술 분석」, 이화여대 박사 논문 |
| 1992 | 이은봉, 「1930년대 후기 시의 현실 인식 연구」, 숭실대 박사 논문 |
| 1993 | 오성호, 「이용악의 리얼리즘 시 연구」, 『한국 근대시문학 연구』, 태학사 |
| 1994 | 류순태, 「이용악 시 연구 — '구조'와 '모형화'를 중심으로」, 서울대 석사 논문 |
| 1995 | 고형진, 「1920~30년대 시의 서사 지향성과 시적 구조」, 고려대 박사 논문 |
| 1995 | 고형진, 『한국 현대시의 서사 지향성 연구』, 시와 시학사 |
| 1995 | 이수남, 「한국 현대 서술시 특성 연구 — 임화, 박세영, 백석, 이용악의 시를 중심으로」, 부산외대 석사 논문 |
| 1996 | 권혁, 「이용악 시의 공간 상징 연구」, 홍익대 석사 논문 |
| 1997 | 김도희, 「이용악 시의 공간 연구」, 동의대 석사 논문 |
| 1997. 7 | 심재휘, 「1930년대 후반기 시 연구」, 고려대 박사 논문 |
| 1998 | 최종금, 「1930년대 한국 시의 고향 의식 연구 — 백석, 이용악, 오장환을 중심으로」, 한국 교원대 박사 논문 |
| 1999 | 서지영, 「한국 현대시의 산문성 연구 — 오장환, 임화, 백석, 이용학, 이상 시를 대상으로」, 서강대 박사 논문 |
| 1999 | 이명찬, 「1930년대 후반 한국 현대시의 고향 의식 연구」, 서울대 박사 논문 |

| | |
|---|---|
| 1999 | 장석원, 「이용악 시의 대화적 구조 연구」, 고려대 석사 논문 |
| 2000 | 김명인, 「서정적 갱신과 서술 시의 방법 ― 이용악 시고」, 『시어의 풍경』, 고려대 출판부 |
| 2000 | 신형기·오성호, 『북한문학사』, 평민사 |
| 2000 | 윤한태, 「이용악 시의 서사적 구조에 관한 연구」, 《어문논집》 28 |
| 2000 | 이명찬, 『1930년대 한국 시의 근대성』, 소명출판 |
| 2002 | 김인섭, 「월북 후 이용악의 시 세계 ―『리용악 시선집』을 중심으로」, 《우리문학연구》 15 |
| 2002 | 유종호, 『다시 읽는 한국시인』, 문학동네 |
| 2002. 12 | 이경수, 「한국 현대시의 반복 기법과 언술 구조 ― 1930년대 후반기의 백석, 이용악, 서정주 시를 중심으로」, 고려대 박사 논문 |
| 2003 | 이경수, 「한국 현대시의 반복 기법과 언술 구조 ― 1930년대 후반기의 백석, 이용악, 서정주 시를 중심으로」, 고려대 박사 논문 |
| 2003 | 정명숙, 「이용악 이야기 시의 특성 연구」, 아주대 석사 논문 |
| 2004. 9 | 이영미, 「북한의 문학 장르 오체르크 연구」, 《한국문학이론과 비평》 24, 한국문학이론과 비평학회 |
| 2004 | 강연호, 「이용악 시의 공간 연구」, 《현대문학이론연구》 23 |
| 2005 | 신용목, 「이용악 시에 나타난 유랑 의식 연구」, 고려대 석사 논문 |
| 2005. 9 | 박용찬, 「이용악 시의 공간적 특성 연구」, 《어문학》 89 |
| 2006 | 이경수, 『한국 현대시와 반복의 미학』, 월인 |
| 2006 | 조남주, 「이용악 시의 공간 연구」, 연세대 석사 논문 |
| 2006. 6 | 강연호, 「백석, 이용악 시의 귀향 모티프 연구」, 《한국문학이론과 비평》 31 |

| 2006. 9 | 류찬열, 「1930년대 후반기 리얼리즘 시 연구―임화, 이용악 시의 서사성 수용 양상을 중심으로」, 《어문논집》 35 |
| 2007 | 곽효환, 「한국 근대시의 북방 의식 연구」, 고려대 박사 논문 |
| 2007 | 이경희, 「이용악 시 연구―북방 정서 모티브를 중심으로」, 인하대 박사 논문 |
| 2007 | 이경희, 『북방의 시인, 이용악』, 국학자료원 |
| 2008 | 김재홍, 『그들의 문학과 생애―이용악』, 한길사 |
| 2008 | 윤영천, 「'해방'과 남북 문단 추이」, 『형상과 비전』, 소명출판 |
| 2009 | 송지선, 「월북 후 이용악 시의 서사 지향성 연구―《조선문학》 발표 작품을 중심으로」, 《한국언어문학》 69, 한국언어문학회 |
| 2009. 6 | 이경수, 「이용악 시에 나타난 '길'의 표상과 '고향―조선'이라는 심상 지리」, 《우리문학연구》 27 |
| 2010 | 배석호, 「이용악의 「평남 관개 시초」 고찰」, 《동양학》 47, 단국대 동양학연구원 |
| 2010. 12 | 이현승, 「1930년대 후반기 시의 언술 구조 연구―백석, 이용악, 오장환의 시를 중심으로」, 고려대 박사 논문 |
| 2012 상반기 | 이경수, 「『리용악 시선집』 재수록 작품의 개작과 그 의미」, 《한국근대문학연구》 25, 한국근대문학회 |
| 2012. 12 | 김춘식, 「시적 표상 공간의 장소성」, 《한국문학연구》 43 |
| 2012 | 곽효환 엮음, 『초판본 이용악 시선』, 지식을 만드는 지식 |
| 2012. 12 | 이경수, 「월북 이후 이용악 시에 나타난 청년의 표상과 그 의미」, 《한국시학연구》 35, 한국시학연구 |
| 2013 | 이상숙 외 편, 『북한의 시학 연구 5권―시문학사』, 소명 |
| 2014 | 한아진, 「이용악 시의 서사성과 장소 체험」, 동국대 석사 논문 |

**작성자 이상숙** 가천대 교수

# 서발턴의 서사와 식민주의의 구조[1]
## ─일제 강점기 말 김사량의 문학

서영인(경희대 강사)

## 1 서론

도쿄제국대학 출신으로 조선 문단을 거치지 않고 일본 문단에 데뷔, 아쿠타가와 상 수상 후보에 오를 만큼 일본 문단에서 활약, 그러나 일본 제국 패망이 얼마 남지 않은 시점에서 태항산 항일 유격대로 탈출, 광복 후 한국전쟁에 참전하여 종군 중 전사, 이후 남쪽의 문학사에서도 북쪽의 문학사에서도 정당하게 등재되지 못한 비운의 작가. 간략히 나열하는 것만으로도 김사량의 이력에는 지난한 불연속면이 있다. 이 불연속면은 김사량 문학 연구의 불연속면이기도 하다.

일본어로 작품을 썼다는 이유로 친일 문학이라는 평가를 받기도 했지만 최근의 김사량 연구는 김사량 문학의 저항성에 대체로 동의하고 있다. 그러나 이 저항의 성격에 대해서는 여러 이견들이 있는데, 이는 크게 민족주의적 저항과 탈식민주의적 저항으로 나누어 볼 수 있을 것 같다. 김사량이

---

[1] 이 글은 2014년 5월 한국작가회의와 대산문화재단이 공동 주최한 '탄생 100주년 문학인 기념문학제'의 발표 원고를 수정한 것이며, 이후 학술지《현대문학이론연구》57집(2014. 6)에 수록되었다.

일본, 한국, 북한에서 모두 긍정적 의미에서의 '민족주의자'로 평가되었다는 지적[2]처럼, 김사량 문학과 민족주의의 연관은 깊다. 가령 "국내에 있을 때 그는 우회적 글쓰기 방식을 통하여 일본의 식민주의에 대해서 협력하지 않는 자세를 취"했고, "이러한 글쓰기 방식마저 더 이상 통하지 않을 정도로 일본 당국의 요구와 간섭이 심하게 되자 결국 국내를 탈출하는 최후의 방법을 택"[3]했다고 했을 때, 그의 저항 의식은 자주 민족의식으로 대체되어 읽힌다. 이러한 민족의식은 "그의 작품들이 일본 제국의 신민으로 되어가는 인물과 조선인의 정체성을 지키면서 살아가고자 하는 인물로 대조되어 구성된 것[4]"이라는 언급에서 '조선인의 정체성'이라는 단어로 다시 설명된다. 일제 강점기 말 김사량이 처해 있었던 이중어 글쓰기의 환경 역시 민족주의와 연관되는 중요한 근거가 된다. 이른바 '국가 없는 민족의 상상적 공동체'로서의 '문학' 혹은 '조선어'가 문제시되기 때문이다. "조선어 말살 정책을 문학의 처지에서 보면 국민 국가 상실의 시작"이었으며 "한국 근대 문학이 그동안 '상상의 국민 국가' 몫을 해 왔음을 이보다 더 분명히 증거한 경우는 없다."[5]라는 단언이 이에 해당한다. 김사량에 있어서 이는 '언어 의식'과 '이중어 글쓰기'의 분리라는 형태로 드러난다. 김사량은 그의 작품 대부분을 일본어로 창작했으나 "우리들은 조선어 감각으로서만 기쁜 것을

---

2) 김석희, 「김사량 평가사 ─ '민족주의'의 레토릭과 김사량 평가」, 《일어일문학연구》 57집.

3) 김재용, 「김사량 ─ 망명 혹은 우회적 글쓰기의 돌파구」, 『협력과 저항』(소명출판, 2004), 243쪽.

4) 김재용, 「일제 말 김사량 문학의 저항과 양극성」, 『김사량, 작품과 연구 1』(역락, 2008), 427쪽. 물론 이 글에서 김재용은 '조선인의 정체성'이 협소한 민족주의로 이해되어서는 안 된다고 부기하고 있다. 김사량 문학의 무대가 조선 반도에 국한되지 않았다는 점에 주목한 것이다. 그러나 여기에서 국제적 연대라는 의미가 반드시 민족주의와 상반된 개념으로 사용되지는 않는다. 여기에서 국제주의란 각 민족의 민족주의가 연대를 통해 공통의 전선을 형성하는 것으로 이해될 수 있다. 김사량의 저항 의식을 정당하게 평가하기 위해서라도, '조선인의 정체성'이 환기하는 민족주의적 함의는 좀 더 세심하게 분별될 필요가 있다.

5) 김윤식, 『일제 말기 한국 작가의 일본어 글쓰기론』(서울대 출판부, 2003), 73쪽.

알고 슬픔을 느끼며, 화를 느껴 왔"으며, "감각과 감정을 무시한 곳에"[6] 문학은 없다는 입장을 분명히 한다. 일제 강점기 말의 조선어 말살 정책이 민족 정체성을 위협하는 강력한 억압이었다는 것은 여러 논자들이 동의하는 바다. "국가가 사라진 마당에 남은 것은 오직 민족뿐이었고, 그 민족의 정체성을 유지할 수 있는 유일한 방법은 모국어의 보존[7]"이었기에 일본어 창작 문제는 단순한 표기 문자의 선택에 그치는 일이 아니었다. 그리고 김사량의 언어 의식은 "일본어는 제국주의자들의 지배어로서가 아니라 조선어와 다를 바 없는 대등한 위치에서의 다른 민족어였을 따름"[8]이라는 민족 정체성 지키기의 한 증거로서 제시된다.

민족 말살과 황민화 정책에 반대했던 김사량 문학의 저항 의식은 자주 민족의식으로 환원된다. 김사량의 문학으로부터 민족적 정체성을 찾는 것 자체가 문제될 것은 없으며, 더욱이 "제3세계 민족 담론의 역사성, 즉 맥락의 차이가" "서구 민족주의와 다른 실천적 효과를 창출"[9]한다는 점을 생각한다면 '민족'이라는 말에 지나치게 과민할 필요도 없다. 다만 중요한 것은 김사량 문학의 저항성이 '민족'이라는 말을 넘어서는 어떤 것을 함유하고 있다는 사실이다. '민족주의'로의 환원은 일제 강점기 말 김사량 문학이

6) 김사량, 「조선 문학 풍월록」(일본어), 《문예수도(文藝首都)》, 1939. 6.(인용은 『김사량, 작품과 연구 2』, 역락, 2009, 280쪽) 김사량의 일본어 작품의 경우 원 출처를 밝히고 인용은 별도의 부기가 없는 한 위 선집에 의거한다.

7) 노상래, 「김사량의 창작어관 연구」, 《어문학》 80호, 2003, 193쪽.

8) 노상래, 위의 글, 208쪽. 김사량의 언어 인식은 그가 일본어로 창작했음에도 불구하고 제국어에 반대하는 민족 정체성을 견지하고 있었음을 밝히는 근거로 자주 언급된다. 예컨대 황호덕은 「제국 일본과 번역 (없는) 정치」(《대동문화연구》 63집, 2008)에서 번역기관을 주창한 김사량의 평문을 들어 번역이라는 중개를 제안하는 김사량의 의식이 일본과 조선을 대등한 언어 공동체로 설정함으로써 일본어의 지배적 위치를 부정하고 있음을 밝히고 있다. 덧붙여 말하자면 김윤식은 김사량의 언어 의식과 이에 반하는 일본어 창작을 '국민 문학'에 대한 의식과 '작가로서의 글쓰기 욕망'의 괴리로 보고 있으며 그의 연안행은 이러한 괴리의 귀결점이라고 해석하고 있다.

9) 하정일, 『탈식민의 미학』(소명출판, 2008), 29쪽.

보여 준 다양한 지평을 충분히 설명할 수 없기 때문에 문제가 된다.

이 문제는 김사량의 '이중어 글쓰기'에서 '혼종성'을 읽고자 하는 연구를 통해서도 온전히 해결되지는 않는 것 같다. 김사량의 작품에서 식민주의에 포섭되면서도 저항하는 양가성을 읽는 견해들[10] 속에서 김사량의 텍스트는 언제나 불안과 균열을 드러낸다. 이는 작품 속의 인물들이 드러내는 불안이기도 하지만, 또한 식민 담론의 실패를 증언하는 장치이기도 하다. 이러한 독법이 "혼종적 저항"[11]의 가능성을 열어 놓는 것은 사실이지만, 그 저항의 '양가성'은 언제나 이중적 의미망 속에 놓여 있다는 점에서 저항 주체를 적극적으로 해명할 수 없다는 문제를 지닌다.[12] '혼종성' 속에는 언제나 식민주의의 모순과 균열이 잠재해 있지만 그 모순과 균열이 반드시 저항으로 연결되는 것은 아니다. 식민주의를 모방하면서도 불가능한 동일시에 의한 저항이 수행되기 위해서는 저항의 거점을 그 균열의 담론으로부터 찾아내는 저항의 주체가 필요하다. 담론의 균열을 읽는 엄밀한 시선은 저항의 주체를 가능하게 하는 거점을 찾는 일과 더불어 수행될 때 진정한 의미에서의 '탈식민적' 가치를 찾을 수 있다.

김사량 문학은 일제 강점기 말 조선어와 민족성 자체가 말살되는 상황 속에서, 그리고 일본 문단의 중심부에서 산출되었다. 식민 담론의 위협과

---

10) 탈식민주의적 입장에서 김사량의 문학을 연구한 성과로 권나영, 「제국, 민족, 그리고 소수자 작가―'식민지 사소설'과 식민지인 재현 난제」, 《한국문학연구》 37집, 2009; 김주영, 「김사량의 「빛 속으로」를 통해 본 균열의 제국」, 《세계문학비교연구》 37집, 2011; 이주미, 「김사량 소설에 나타난 탈식민주의적 양상」, 《현대소설연구》 19, 2003; 손혜숙, 「김사량 소설에 나타난 '탈식민성' 고찰」, 《어문론집》 33집, 2005 등을 참조할 수 있다.

11) '혼종적 저항'에 대해서는 하정일, 앞의 책, 32~35쪽 참조.

12) 탈식민주의의 '혼종성'과 '양가성'은 호미 바바의 이론에 의지하는 경우가 많은데, 호미 바바의 모호성에 대해서는 여러 이론가들의 비판이 있었다. 그가 텍스트주의에 매몰됨으로써 현실적 지배 관계를 탈각시켰다거나, 혹은 양가성과 혼종성이 텍스트의 행간에 언제나 잠재해 있는 것이므로 그 행간에 개입하는 저항은 피식민 주체가 아니라 사후의 텍스트 독해에 의해 이루어진다는 비판이 대표적이다. 이경원, 「탈식민주의론의 탈역사성」, 《실천문학》 1998 여름 참조.

설득 속에서 그의 문학은 균열과 불안으로 흔들리기도 했다. 그러나 그의 문학이 '혼종적 저항'을 통해 식민주의를 내파할 수 있었다고 한다면, 흔들리는 양가성 속에 희미하게 존재하는 저항의 거점에 좀 더 주목할 필요가 있다. 그것은 혼종성이라는 양가적 모호함으로도, 민족주의라는 거친 일반성으로도 충분히 설명되지 않는다. 이 글에서는 그 저항의 거점이 '서발턴의 서사'에 있었다는 점[13]을 집중적으로 해명하고자 한다. 이를 위해 '모어와 국가어' 사이에서 그의 문학이 유동했다는 사실보다, '조선인의 감각과 감정에 일치하지 않는 일본어'로 그가 무엇을 쓰고자 했던가에 더 주목할 필요가 있다. 2장에서는 주로 언어 의식이라는 관점에서 주목받았던 그의 평론을 '문학관과 리얼리즘'이라는 측면에서 재조명하고 3장과 4장에서는 '서발턴의 서사'가 그의 문학에서 어떻게 발현되고 확대, 변주되는지를 살펴보고자 한다. '서발턴'의 개념은 스피박에 의해 정립된 탈식민 주체를 위한 개념인데, 탈식민주의에 대한 여러 비판에서 알 수 있듯이 이 개념에도 근본적인 난점이 있다. 이에 대해서는 본문의 내용을 전개하는 과정에서 검토할 예정이다.

---

13) 기존의 김사량 문학 연구에서 서발턴의 문제는 단편적이기는 하지만 자주 언급되었다. 하위 주체와 이산의 문제를 언급한 김주영, 앞의 논문, 김사량 문학이 제국의 경계에서 주변인의 공동체를 찾아냈다고 평가하는 이철호, 「동양, 제국, 식민 주체의 신생」,《한국문학연구》 2003, 「빛 속에서」를 식민주의 비판을 '근대성'으로 봉합했다고 해석하는 과정에서 하위 주체의 존재를 언급한 김혜연, 「「빛 속으로」의 근대성 연구」,《배달말》 46집, 2010, 김사량 문학의 근저에 '식민지 민중(subaltern)의 삶과 모어의 입장'이 놓여 있다고 본 윤대석의 「언어와 식민지―1940년을 전후한 언어 상황과 한국 문학자」, 『식민지 국민문학론』(역락, 2006) 등을 참조할 수 있다. 이 논문에서는 이러한 연구를 참조하면서 서발턴의 문제를 김사량 문학의 일관된 문제의식으로, 그의 저항을 가능하게 했던 중요한 거점으로 해석해 보고자 한다. 이 밖에 정백수의 「'말할 수 없는' 존재의 표상, 그리고 대변―김사량의 「토성랑」」(『한국 근대 문학 연구』, 2000)은 서발턴의 문제를 연구의 중심에 놓았다는 점에서 특별한 주목을 요한다. 대변될 수 없는 서발턴들의 텍스트적 함의에 집중하고 있다는 점에서 이 논문은 본고의 입장과는 다소 차이가 있다. 이에 대해서는 본문에서 따로 논하고자 한다.

## 2 언어, 재현, 리얼리즘

김사량이 일본 문단에서 본격적으로 문학 활동을 시작한 것은 알려져 있다시피 《문예수도》 1939년 10월호에 「빛 속으로」를 발표하면서부터이다. 「빛 속으로」 이후 그는 1940년에 9편, 1941년에 14편의 소설을 발표하면서[14] 일본 문단에서 활발한 활동을 펼치게 된다. 그런데 김사량은 「빛 속으로」를 발표하기 이전에 이미 1939년 6월 《문예수도》에 「조선 문학 풍월록」을 발표한 것을 비롯, 여러 편의 에세이와 평론을 발표한 바 있다. 특히 「조선 문학 풍월록」은 이후 발표된 평론 몇 편의 원형이라 할 수 있는데, 이후의 평론들이 대부분 「조선 문학 풍월록」의 내용을 반복하고 있기 때문이다. 일본 문단에서 소설가로 활약하기 이전에 이미 그의 언어 의식이나 문학 의식은 일정 정도 정립되어 있었다고 해석할 수 있는 대목이다.

지금까지 김사량의 평론은 '이중어 글쓰기'와 관련된 언어 의식을 알 수 있는 자료로 주목받았다. 그는 "조선의 작가는 자신의 독자층을 위하여 훌륭한 자신의 언어로 써야" 함을 강조하고 있으며, "조선의 문화나 생활, 인간을 보다 넓은 내지의 독자층에게 호소하려는 동기, 또한 겸손한 의미에서 더 나아가서는 조선 문화를 동양과 세계에 널리 알리기 위해서 그 중개자가 되려는"[15] 데 일본어 창작의 의미가 있다는 견해를 밝히고 있다. 이를 통해 소수 집단의 소통 언어로서의 조선어의 특권성 주장[16]을 읽을 수도 있고, 내지어로 쓰라는 불가능한 요구 대신 번역 기관의 확충을 고민하는 것이 현실적이라는 주장에서 번역을 사이에 둔 양 언어의 동등성 주장[17]을 읽어 낼 수도 있다. 요컨대 김사량의 평문에서 우리는 주요 작품들을 일본어로 창작했고 일본 문단에서 활발하게 활동했지만, 여전히 조선어의 특권성을 주장하

---

14) 조선, 일본에서 발표된 작품을 모두 포함한 것이며, 같은 작품이 다른 지면에 발표된 경우, 개작된 작품들도 모두 별개의 작품으로 보고 산정한 것이다.

15) 김사량, 「조선 문학 풍월록」, 《문예수도》 1939. 6.(인용은 『김사량, 작품과 연구 2』, 283쪽)

16) 윤대석, 「언어와 식민지」, 앞의 책, 135쪽.

17) 황호덕, 앞의 논문.

며 지배 언어로서의 국가어에 저항하는 김사량의 언어 의식을 읽을 수 있다.

그런데 김사량의 평론에 조선 문학에 대한 그의 견해가 적극적으로 피력되어 있다는 사실은 언어 의식에 비해 그다지 주목받지 못했다. 아마도 '이중어 글쓰기'의 대표적 작가라는 상징성에 근거하여 그의 평론이 독해되었기 때문일 것이다. 그러나 평론에서 조선 문학에 대한 그의 견해는 중요한 비중을 차지하고 있으며 이는 언어 의식에 대한 부분과 마찬가지로 이후의 다른 평론에서도 반복되고 있는 내용이다. 조선 문학에 대한 그의 견해에 주목해야 하는 이유는 그의 문학관을 좀 더 분명히 인지하기 위해서이기도 하지만 그의 언어 인식과 문학관 사이에 가로놓여 있는 어떤 격차 때문이기도 하다. 이 격차란 조선어의 특권성 주장이 단지 언어에 대한 문제뿐 아니라 그 언어가 무엇을 말하는가에 대한 것, 즉 조선의 현실 문제에 깊이 관련되어 있음을 의미하는 것이기도 하다.

「조선 문학 풍월록」과 유사한 내용이지만 '조선 문학'에 관련된 내용을 좀 더 상세히 서술하고 있는 「조선 문학 측면관」(《조선일보》 1939. 10. 4~10. 6)을 통해 이를 확인해 보자. 우선 눈에 띄는 것은 그가 겸손한 보고자로 자처하고 있음에도 불구하고 조선 문학에 대해 대단히 비판적이라는 점이다. '측면관'이라는 제목에서도 알 수 있다시피 김사량은 조선 문학을 국외자의 입장에서 살피고 있는데, 그는 30년의 역사 속에서 조선 문학이 새로운 걸작을 낼 시기가 되었다고 기대하면서도 그간의 전통과 현재의 문학 현실에 대해서는 그다지 호의적이지 않다.

> 제1기의 문학자는 흔히 계몽적 정열문학을 만들고(지금은 기교로 생명을 잇고) 제2기의 문학자는 방화의 문학을 만들었고(지금은 붓을 던지고) 현재의 문학자는 자기변호의 문학을 일삼아 왔다.[18]

---

18) 김사량, 「조선 문학 측면관」, 《조선일보》 1939. 10. 6.(인용은 『김사량, 작품과 연구 2』, 316쪽)

이러한 비판적 관점에는 김사량 자신이 조선 문학의 전통 아래 놓여 있지 않다는 의식이 전제되어 있다. 그는 조선 문학의 전통이 내지 문학의 전통과 상이함을 지적하며 조선에서의 가치 판단과 일본에서의 가치 판단이 상이할 수 있음에 주의한다. 이는 곧 그가 내지 문학의 전통 아래에서 조선 문학을 번역, 소개하는 입장에 놓여 있음을 의미한다. 이러한 입장에서 그는 조선 문학의 현재를 '조선 문단의 빈한함'으로 비판할 수 있게 되는 것이다. "여러 작가들의 잔약한 정신이 회고 취미나 예술 기미나 세태 정서에 침면하고 있음"[19]에 대한 불만은 조선 문학의 현재에 대한 김사량의 불만이며, 이는 일본 문학에 비해 조선 문학이 아직 충분히 성숙되지 못했다는 판단에 근거한 것이기도 하다.

그는 "조선의 문화나 생활, 인간을 보다 넓은 내지의 독자층에게 호소"하는 것에서 일본어 창작의 의미를 찾았지만 이것이 조선 문학의 번역에서 마찬가지의 비중으로 관철되지는 않는다. "하나의 작품으로 만인 앞에 나타날 때 우리는 자신들의 나체를 정시"할 수 있다는, 반성과 분발의 계기를 포함하게 되기 때문이다. 이 지점에서 '겸손한 중개자'의 일본어 창작 동기는 좀 더 적극적인 의욕으로 연결된다. 조선의 문화나 생활을 풍부하게 표현하는 조선 문학이 존재한다면 중개자의 역할은 번역으로서도 충분하다. 굳이 불편한 언어를 통해 조선의 생활을 드러내고자 한다면 그것은 조선 문학을 통해 그것이 불가능하기 때문이다. 김사량이 조선적 감각에 의거한 조선어 창작의 당위성을 주장하면서도 일본어 창작의 가능성을 포기하지 않는 것은 조선 문학이 결여한 것을 자신이 보충하거나 부가할 수 있다는 자신감 때문은 아니었을까. 새로운 리얼리즘을 강조하는 김사량의 주장에는 그 자신의 문학의 방향도 포함되어 있다고 보아야 할 것이다.

우리들은 이제부터 인간의 관찰에도 좀 더 냉철한 눈을 가져야 될 것이다.

---

19) 김사량, 위의 글, 같은 책, 317쪽.

그리고 자기에 대해서도 엄격해야 되리라고 생각한다. 한때 '리얼리즘' 문제가 한창 논의되었을 때에도 이것을 자연주의나 사실주의와 혼동하는 무정견(無定見)을 폭로한 문학자도 불소(不少)했다. 그 당시의 단계로 보아 왜 '리얼리즘'이 우리들의 앞에 새로운 분야를 제공할 추진력이 됨에 대하여 조금이라도 경의를 표하려고 하지 않았는가.[20]

"지금까지 제재나 내용을 확장하는 것으로 새로이 문학을 시작"해야 한다고 할 때, 그리고 리얼리즘이 새로운 분야를 제공할 추진력이 되리라고 기대할 때, 김사량은 조선 문학이 아직 충분히 조선의 현실을 말하고 있지 못함을 지적한 것은 아닐까. 한편으로 리얼리즘의 확대를 주장하고 한편으로 극단화한 언어의 감각 수식을 경계할 때, 그가 겨냥한 것은 조선 문학이 도달하지 못한 현실의 어떤 지점이다. 그 지점이야말로 일본 문단에서 활동하고 있는 김사량이 일본어 창작을 통해 도달해야 할 지점인데, 그렇다면 그것은 조선 반도의 범위를 넘어서지만, 여전히 조선의 현실인 어떤 영역이 될 것이다. 그가 조선 문단의 외부에서 조선 문학을 비판하고 있지만 또한 조선 문학을 제국의 권역 내에서 사고하고 있다고 한다면 지나친 비약일까.

유사한 내용이 반복되고 있기는 하지만 이후 발표된 「조선의 작가를 말한다」(《모던일본》 1939. 11)나 「조선 문화 통신」(《현지보고》 1940. 9)에서는 조선 문학에 대한 신랄한 비판은 드러나지 않는다. 대신 강조점은 조선에서의 조선적인 것의 탐구열이나 조선 문학의 언어 문제로 이동한다. 조선과 일본이라는 발표 기관을 의식한 것일 수도 있고, 조선 문학에 대한 지나친 비판을 스스로 삼가게 된 결과라고 볼 수도 있다. 어쨌든 평론에 나타난

---

20) 김사량, 위의 글, 같은 책, 316쪽. 「조선 문학 풍월록」에도 같은 내용이 반복되지만 표현은 조금 다르다. 「조선 문학 풍월록」의 내용을 옮겨 보면 다음과 같다. "한때 리얼리즘 문제가 활발하게 논의되었던 때, 상당한 수준의 문학자도 그것을 자연주의나 소박한 사실주의와 혼동해서, 게다가 득의만만한 얼굴을 내밀었는데, 어째서 이 리얼리즘이 우리들 눈앞에 꼭 써야만 하는 보다 넓은 분야를 부여하고 있음에 경의를 표하지 않는 것인가."(같은 책, 288쪽)

조선 문학 비판을 통해 김사량의 문학적 지향을 좀 더 구체적으로 알 수 있다. 일본어로 쓰든 조선어로 쓰든 그의 문학은 조선의 현실을 향해 있다. 그리고 그 현실은 지금까지의 조선 문학의 한계를 넘어서는 곳에 있으며 그러므로 조선의 작가들은 제재나 내용의 확장에 노력을 기울여야 한다. 그가 "조선인이나 반도인이라는 말이 투명한 의미로 사용된다고 한다면 그것을 능가하는 것은 없다."라면서 "요컨대 말에는 아무 죄도 없는 것이며", '조선인'이나 '반도인'이라는 말에서 오는 불편함은 "조선인들이 부끄럽게 살아가는 것에 기인[21]"한다고 말했을 때, 그의 문학은 말이 아니라 그 말이 지칭하는 현실을 향해 있다. 조선인의 현실을 일본어로 쓰는 일의 균열 감각은 그의 글쓰기를 제한하지만, 그럼에도 불구하고 그가 무엇을 쓰고자 했는가에 좀 더 주의를 기울여야 하는 이유도 여기에 있다. 그가 조선 문학을 제국의 권역에서 사고한다는 말은 정확히 이런 의미이다. 조선어와 일본어는 지방어(소수어)/국어로 대칭되지만, 조선의 현실과 일본의 현실은 이처럼 정확한 대칭을 이루지 않는다. 그가 일본어를 통해 조선의 현실을 그리려는 의욕을 내보이는 것은 일본어로 쓸 수 있는 조선의 현실이 있기 때문이다. 그것은 정확히 반도의 경계를 넘어서서 제국의 지배 구조 안에 자리한 조선인의 현실이다. 김사량이 독일 문학을 비평하면서 "추방된 이민 문학"에 관심을 표하는 것 역시 이와 연관되어 있다. 그는 "독일의 특수 부락적 애국 문학도 머지않은 장래에 그 문학 자체 속에서 양성되는 모순과 이미 대립되어 오는 추방된 이민 문학에 의하여 새로운 단계로 양기될 것[22]"이라고 전망한다. '특수 부락적 애국 문학'이란 민족을 절대시하는 나치 문학을 일컫는 것이며, 추방된 이민 문학이 전망이 되는 까닭은 나치즘적 애국주의의 모순이 추방된 자들에 의해 폭로될 수 있기 때문이다. 김사량이 혼종과 균열의 일본어를 통해 쓰고자 했던 것이 무엇이었는

---

21) 김사량, 「조선인과 반도인」, 《신풍토》, 1941. 5.(인용은 같은 책, 192쪽)
22) 김사량, 「독일의 애국 문학」, 《조광》, 1939. 9.(인용은 같은 책, 299쪽)

가를 면밀히 추적하는 일은 그래서 더욱 중요하다.

## 3 제국의 권역이라는 시야, 혹은 한계

일본어로 조선의 현실을 쓴다는 것에는 이중의 한계가 자리 잡고 있다. 첫 번째의 한계는 김사량이 그의 언어 의식을 표하는 자리에서 언급했다시피 작가가 느낀 감정을 모어가 아닌 일본어로 표현해야 한다는 사실에서 오는 한계이다. 조선의 사회나 환경에서 포착한 내용을 조선어가 아닌 내지어로 쓰려고 할 때, "일본적인 감각이나 감정으로 이행하여 휩쓸려 갈 것 같은 위험성"이 생기며 "이그조틱한 것에 현혹되기 쉽"[23]다고 김사량은 말하고 있다. 그리고 이 일본어 작품이 조선 문단이 아니라 일본 문단의 제도 속으로 수용될 때 한계는 가중된다. 조선 문학이 번역되거나 혹은 참조되어야 할 식민지의 지방 문학이었다면, 김사량이 쓴 일본어 작품은 직접 일본 문단을 상대할 수밖에 없는, 식민지 본국의 독자들을 의식한 문학이었다는 점에서 더 직접적인 한계에 부닥치게 된다. 김사량은 조선의 현실을 말하면서도 그것이 일본 문학에 수용될 수 있는 형태로 말해야 한다는 이중의 부담을 가질 수밖에 없었을 것이다.

「토성랑」의 개작은 일본 문단에 진입하는 과정에서 겪게 되는 김사량의 고뇌를 분명히 보여 준다. 김사량의 제1소설집 『빛 속으로』의 발문에 의하면 「토성랑」은 사가고등학교 재학 시절에 쓴 것으로 도쿄제국대학 시절 동인지 《제방》에 처음 수록되었다. 그리고 이 작품은 그가 「빛 속으로」로 일본 문단에 공식 등단한 이후 개작을 거쳐 《문예수도》에 발표된다.[24] 《제방》에 수록

---

23) 김사량, 「조선 문화 통신」, 《현지보고》, 1940. 9.(인용은 같은 책, 339쪽)

24) 「토성랑」의 두 판본의 존재는 『빛 속으로』의 서문을 통해 알려져 있었고 일본에서 발간된 『김사량 전집』 해제를 통해 대강의 차이를 짐작할 수 있었다. 초판과 개정판의 실제 차이를 확인할 수 있었던 것은 『김사량, 작품과 연구 1』에 두 작품이 함께 수록된 덕분이다. 내적, 외적 검열의 영향 아래 작품의 변화가 상당했음을 알 수 있다. 차이에 대해서는 임전혜, 『김사량 전집 1』, 「해제」(河出書房, 1973), 곽형덕, 「김사량 「토성랑」의 판

된 「토성랑」과《문예수도》에 재수록된 「토성랑」의 사이에는 최소한 4년의 시간적 격차가 존재하며, 학생 시절의 습작과 공식적인 문단 발표작이라는 차이도 존재한다. 김사량의 언급처럼 초판 「토성랑」에는 "사회에 대한 내 격렬한 의욕이나 정열도 얼마쯤 활사"되어 있었지만 개정판에서 이러한 내용은 대폭 삭제되었다. 사회에 대한 격렬한 의욕이나 정열이란 식민지 빈민들의 극한 빈궁을 일본 제국과 근대화 때문이라고 비판하는 의식을 말한다. 실제로 초판본에서는 토성랑 빈민들의 삶과 죽음이 일본의 도시 계획과 일본인 소유의 공장 건설에 좌우되고 있음이 분명히 드러나 있다. 그러나 개정판에서 이러한 내용이 대폭 삭제됨으로써 토성랑 빈민들의 삶은 운명적인 빈궁으로 형상화된다.[25] 이러한 개작의 과정은 작품 전체에 걸쳐 드러나지만 특히 작품의 결말을 통해 두 판본 사이의 차이는 선명하게 부각된다.

어디에서인가는 아리랑이 구슬프게 들려왔다.

그리고 가을이 찾아왔다. 9월 9일이 되자 제비들이 돌아왔다. 건조한 바람은 색이 바랜 포플러와 벚나무 잎을 강 속으로 불어서 떨어뜨리고는 휘이휘이거리면서 소리를 높였다. 매일같이 쌀가마니를 쌓아올린 트럭이 줄지어서 돌다리 위를 먼지를 풀풀 날리면서 끊임없이 달리고 있었다. 흙둑 동쪽의 낮은 지대에는 몇 천 평도 넘는 땅 위에 커다란 벽돌 공장이 완공되었다. 높은 9월 하늘에 우뚝 솟은 붉은 굴뚝에는 하얀 글씨로 '다카기상회 연와제작소[高木商會煉瓦製作所]'라고 적혀 있었다.[26]

---

본 비교 연구」,《현대문학의 연구》 35집, 2008 참조.

25) 앞에서 언급한 정백수의 논문은 개작된 작품을 저본으로 하고 있으며, '물의 폭력'을 현실의 폭력을 무화시키는 장치로 해석하고 있다. 근본적으로 이 논문은 '대변될 수 없는 서발턴의 존재'를 예각화하고 있으며 그래서 작가의 의도보다는 텍스트의 무의식을 중시한다. 개작을 통해 수정되기는 했으나 초판본에서 작가의 사회 비판 의지가 뚜렷이 나타나 있음을 감안한다면 이러한 해석은 설득력이 떨어진다. 서발턴의 관점이 담론적 '재현될 수 없음'에 치중될 때 드러나는 문제도 함께 지적할 수 있다.

26) 김사량, 「토성랑」,《제방》, 1936. 10.(인용은『김사량, 작품과 연구 1』, 역락, 2008, 54쪽)

여자는 병길에게 몸을 기대고 얼굴을 묻었다. 그는 망연자실하여 원삼이 사라진 먼 곳을 언제까지고 언제까지고 응시했다. 콸콸거리며 기세 좋게 흐르는 탁류는 여전히 막막한 물살을 일으키고 있었다. 이따금씩 먼 곳에서 다시 쿵 하고 토성 한 모퉁이가 무너지는 소리만이 한층 기분 나쁘게 들려왔다.

그로부터 얼마 지난 십육일 밤, 달이 떠올라 물살은 황금 달빛을 받고는 악마의 춤을 덩실거리며 펼쳐 보였다.[27]

「토성랑」의 개작 과정은 그대로 김사량의 일본 문단으로의 진입 과정이라 할 수 있다. 「토성랑」을 통해 조선인의 현실을 그리고자 했으나 그 현실은 일본 문단에 수용 가능한 형태로 변형되어야 했고, 그래서 구체적 비판의 표지를 삭제한 곳에서 조선의 현실은 운명적 빈궁의 모습으로 일반화된다. 그렇다고 해서 「토성랑」 초판본의 문제의식이 사라지는 것은 아니다. 개작본의 텍스트 이면에는 김사량이 그리고자 했던 조선 현실의 원형으로 초판본의 잔상이 남아 있기 때문이다. 토성랑의 빈민들, 제국주의에 의해 점점 파멸해 가는 그들의 삶은 김사량의 '흔들리는 손'[28]이 기댈 수 있는 하나의 거점이 된다.

「빛 속으로」에 대해서도 마찬가지의 해석이 가능할 것이다. 「빛 속으로」는 김사량의 출세작으로 그는 이 작품을 통해 일본 문단에서 한 명의 작가로 인정받았다. 이 소설은 내선결혼에 내재한 권력관계와 그로 인한 정체성 혼란을 그리고 있으며, 이 혼란은 내선일체의 불가능성, 혹은 불완전성으로 연결된다. 그러나 한편으로 이러한 문제의식은 비판적이기보다는 내면적 성찰의 형식으로 그려지고 있다는 점에서 양가적이다. 내면의 불안을 극복하

---

27) 김사량, 「토성랑」, 《문예수도》, 1940. 2.(인용은 위의 책, 96쪽)
28) 황호덕이 김사량의 일본어 글쓰기에서 번역의 (불)가능성을 언급하며 사용한 비유이다. 이 비유는 김사량이 대만 작가 룽잉쭝에게 보낸 편지에 등장한다. 제국의 현실 속에서 식민지인이 국가어로 쓴다는 것 사이에 잠재한 불안과 가능성을 표상한다. 황호덕, 앞의 논문, 1장 참조.

는 것은 개인의 과제이며, 이 불안은 내선일체를 향한 불가피한 진통의 한 요소로 해석될 수 있기 때문이다. 소설의 결말은 이러한 양가성을 더욱 증폭시킨다. 혼혈의 혈통, 조선어 이름의 호명 때문에 갈등과 불안을 겪던 '야마다 하루오'와 '남'은 '조선인'의 정체성을 긍정함으로써 새로운 희망을 얻는다. 이러한 희망적 결말은 갈등의 원인이 된 조선인 차별의 문제가 근본적으로 해결될 수 없다는 점에서 일종의 봉합이며, 그 봉합은 사실상 계속되는 현실의 문제를 은폐하는 기능을 할 수도 있다. 그들의 화해와 희망이 '마쓰자카야 백화점'이라는 일본 근대 소비 문화의 상징을 거쳐 이루어졌다는 점,[29] 춤을 추는 하루오의 환영은 그의 혈통과 신분의 표지를 둘러싼 관계를 배제함으로써 가능한 개인적 승화라는 점에서도 그러하다. 이러한 봉합과 승화의 결말에 이 군이 자동차를 운전하며 합류하는 것은 의미심장하다. 이 군은 어려운 환경 속에서도 운전수 조수로 일하며 성실하게 살아온 인물이다. 그는 남 선생이 조선인임을 밝히지 않는 데 분노하며 야마다 하루오가 일본인의 자식이라는 이유로 외면하는 선량하지만 경직된 민족주의자이다. 그런 그가 드디어 정식 운전수가 되어 자동차를 운전하며 나타난 결말에서, 그는 "겨우 한 사람 몫을 하게 되었다."라며 기뻐한다. 그는 여전히 하루오를 외면하지만 정식 운전수가 되었다는 기쁨 때문에 둘 사이의 서먹함은 문제가 되지 않는다. 이 군이 일본 사회의 시스템에 수용되면서 '한 사람 몫'을 하게 되자 이전의 갈등은 부분적이지만 해소된다. 이전의 그는 일본 사회에서 아직 인간으로 대접받지 못하는 소수자였으나, 직업을 통해 그 역할을 부여받은 후 일본 제국의 당당한 일원이 된다. 민족적 갈등의 표지가 이 과정에서 사라지는 것은 사회의 시스템 속에 진입하는 것으로 그 갈등이

---

29) 김혜연은 그래서 「빛 속으로」가 이중 언어의 갈등을 근대성으로 초극했다고 설명하면서 여기에서 근대성을 '민족을 초월한 보편적인 문명'으로 해석한다. 이러한 관점은 '마쓰자카야 순례'를 '도시 유람의 일탈을 통한 일상성'으로 해석하는 김응교의 논의에서도 드러난다. 김혜연, 앞의 논문, 김응교, 「김사량 「빛 속으로」의 이름·지기미·도시 유람」, 『춘향이 살던 집에서, 구보 씨 걷던 길까지 — 한국 문학 산책』(창비, 2005) 참조.

해결될 수 있다는 희망을 암시하는 것일 수 있다.

김사량은 「빛 속으로」를 두고 '일본인을 향해 쓴 것'이라고 스스로 말한 바 있다. 이 양가성을 김사량도 의식하고 있었으며 그럼에도 불구하고 그는 일본 문단에 받아들여질 수 있는 형태로 「빛 속으로」를 썼다. 전략적 선택과 우회적 글쓰기를 논할 수 있겠으나, 화해와 봉합의 결말에 드리워진 어두운 그림자를 언급하는 것이 더 효과적일 것 같다. 그 그림자란 빛이 쏟아지는 우에노 공원에 합류하지 못한, 화해와 봉합에 참여할 수 없는 조선인 여성 정순이다.

> 「春雄は内地人テす……　春雄はさう思つてゐます……　あの子は接の子ではありません……　それを……　先生が邪魔するのは……　接悪いと思います……」
> 「私は半兵衛さんも南朝鮮で生まれたと聞いてゐるのですが……」
> 「え……　さうです……　母がわたしのやうに朝鮮人でした°……　だが今は……　朝鮮といえば言葉だけでも……　あの人はオコリます……」
> 「だけど春雄君は朝鮮人の私に非常になついて「ました°実は昨夜あの子は私の部屋で泊つて行つたのです」

> "하루오는 내지인입니다……　하루오는 그렇게 생각하고 있어요……　그 아이는 소인의 자식이 아닙니다……　그것을……　선생이 방해하는 것은……　소인 나쁘다고 생각합니다……."
> "저는 한베에 씨도 남조선에서 태어났다고 들었습니다만……."
> "네……　그렇습니다……　어머니가 저처럼 조선인이었습니다……　하지만 지금은……　조선이라 하면 단어만으로도……　그 사람은 화를 냅니다……."
> "그렇지만 하루오 군은 조선인인 나를 잘 따르고 있습니다. 실은 어젯밤 그 아이는 제 방에서 자고 갔습니다."[30]

---

30) 일본어 원문은 김사량, 「光の中に」, 『김사량 전집 Ⅰ』(河出書房, 1973), 29쪽. 번역은 원

말줄임표 투성이의 어눌한 일본어로 그녀는 겨우 말한다. 남 선생의 유창한 일본어와 대비되면서 그녀는 자신을 비하하고 타자와의 대면을 회피하며 침묵과 신음으로 어둠 속에 머무른다. 이 군은 같은 조선인의 처지에서 그녀를 동정하지만 하루오의 피에 섞인 절반의 피를 거부함으로써 그녀의 존재를 온전히 인정하지 않는다. 동족에 의해서도 그녀는 조선인이라는 표지 이상의 의미를 부여받지 못한다. 이 군과 어머니는 그녀에게 조선으로 가라고 말하지만 이미 창녀의 신분으로 전락하여 일본인의 아내가 된 그녀에게 돌아갈 고향은 없다. 조선과 일본 어디에서도 스스로의 존재를 확인할 수 없는 그녀는 제국의 '추방된 이민자', 식민주의의 서발턴이라고 할 수 있다. 그리고 「빛 속으로」의 양가성은 그녀의 존재로 인해 해석의 문제가 아니라 현실적 지배 관계의 문제로 긴장력을 갖는다. 구원되지도 계몽되지도 않는 서발턴은 식민주의의 현실을 아래로부터 재구축한다.


## 4 서발턴 효과

정순은 일본인 남편 한베에와 조선인 이 군 사이에서 말할 수 없었다. 한베에는 그녀를 조선인이라고 멸시했으며, 이 군은 그녀를 불행한 희생자로 인식하면서 그녀의 주체성을 부정했다. 남편의 폭력에 시달리면서도 남편에게서 도망치지 못하는 것은 그녀가 돌아갈 곳이 없기 때문이다. "그 사람은 저를 자유로운 몸으로 만들어 줬습니다…… 그리고 전, 조선 여자입니다……."[31]라는 정순의 말에서 정순이 처한 곤경을 읽을 수 있다. 남편의 폭력과 창녀라는 밑바닥의 삶, 이외에 그녀의 선택지는 없었던 것이다. 물론 이러한 그녀의 비참한 삶은 피식민자이자 여성이며 하층 계급인 그녀가 중층적 억압 속에 내몰려 있기 때문에 발생한 결과이다. 그리고 민족과

---

문의 느낌을 살리기 위해 가능한 한 직역했다.
31) 김사량, 「빛 속으로」, 《문예수도》 1939. 6.(인용은 『김사량, 작품과 연구 3』(역락, 2013), 40쪽)

계급, 젠더 각각의 관점에서만 읽을 때 그녀의 삶은 온전히 이해될 수 없는 잉여를 남긴다. 이 군은 민족의 이름으로 그녀를 구원하려 하지만 한편으로 그러한 시각은 계급과 젠더의 이중 억압에 놓인 그녀의 삶을 은폐한다. 한베에의 폭력에는 민족, 계급, 젠더의 우월감이 복합적으로 투사되어 있기 때문이다. 게다가 한베에는 자신의 피에 조선인의 피가 섞여 있다는 열등감을 그녀를 통해 해소하려 하고 있다. 이러한 정순의 삶은 남 선생에 의해서도 온전히 읽혀지지 않으므로 그녀는 여전히 어눌한 침묵과 상처 입은 신체로 자신의 존재를 증명할 뿐이다. 그러나 그녀를 둘러싼 이 불가지의 침묵이 소설의 결말을 온전한 화해로 봉합되지 못하게 한다.

스피박은 인도의 사티 풍습을 통해 서양 제국주의자들과 식민지 토착 엘리트들이 어떻게 인도 하층 여성을 억압하는지 설명하면서 서발턴을 탈식민주의의 중요한 쟁점으로 만들었다. 야만적 풍습의 희생물이거나 숭고한 민족성의 발현이라는 담론 구조 속에서 그녀들의 삶은 재현되지 못한다.[32] "서발턴은 말할 수 없다."라는 스피박의 단정적 결론은 제3세계의 현실을 특권화시킨다거나, "엘리트와 하위 주체의 괴리, 하위 주체의 '불가지성[33]'"을 고착시키며 그래서 현실적 권력관계 속에서의 저항의 불가능성을 강조한다는 비판을 받아 온 것도 사실이다. 그러나 "서발턴은 말할 수 없다."라는 단언은 사실의 진술이라기보다는 서발턴과 서발턴의 재현을 둘러싼 담론 구조를 끊임없이 다시 읽어야 한다는, '말할 수 있다'는 자신감이

---

32) 스피박의 서발턴 이론과 인도 사티 풍습에 대한 설명은 가야트리 스피박, 「서발턴은 말할 수 있는가?」, 로절린드 C. 모리스 엮음, 태혜숙 옮김, 『서발턴은 말할 수 있는가?』(그린비, 2013) 참조. 이 책에는 1988년에 발표된 초판본과 1999년에 발표된 수정본이 함께 수록되어 있다.

33) 우석균, 「라틴아메리카 하위 주체 연구의 기원, 쟁점, 의의」, 《실천문학》 2005 여름, 340쪽. 이 글은 인도 서발턴 그룹의 연구를 라틴아메리카 연구에 적용시킨 예를 점검하는 글이다. 서발턴 이론에 대한 직접적인 비판이라 하기는 어렵지만 오히려 다른 지역에 적용된 서발턴 연구의 가능성을 점검하고 있다는 점에서 한국의 식민주 연구에 더 유용한 부분도 있다.

이 지속적인 담론 투쟁을 완결시킴으로써 모순을 봉합할 수 있음을 우려하는, 윤리적 주문이라 할 수 있다. 그러므로 만약 김사량의 문학을 통해 서발턴을 문제 삼을 수 있다면, 그것은 서발턴의 재현 여부가 아니라 서발턴을 텍스트에 기입함으로써 가능해진 식민주의 탐구의 연쇄 효과에 관한 것이어야 한다.

　정순의 존재로 인해 「빛 속으로」의 결말이 화해와 희망으로 완결될 수 없다는 것은 앞에서 이미 언급했다. 이는 서발턴이 텍스트에 기입됨으로써 내러티브의 결론이 유보되고 있음을 의미한다. 서발턴의 일차적 효과이다. 하지만 「빛 속으로」에서 정순의 역할은 이러한 1차 효과에 그치지 않는다. 이 군은 정순을 단순히 민족적 혈통으로만 이해했기 때문에 정순이 하루오와의 관계에서 모성을 억압하고 있다는 사실을 인지하지 못했다. 하루오의 어머니에 대한 왜곡된 애정, 그리고 정순의 자학은 식민주의가 모성의 파괴와 여성성의 억압을 초래하고 있음을 의미한다. 게다가 정순은 자신이 조선 여자이며 창녀였기 때문에 남편의 폭력에 저항하기보다는 거기에 의존한다. 스스로를 비하하는 정순의 태도는 일종의 마조히즘적 정신병리라고 할 수 있는데, 이는 식민주의가 어떻게 개인의 자아를 파괴하고 있는가를 보여 주는 예라 할 수 있다. "식민주의라는 문제는 객관적인 역사적 조건뿐만 아니라 그 조건을 대하는 인간의 태도까지도 상관적으로 포함하는 것[34]"이라는 파농의 견해는 정순의 경우에도 유효하다. 파농은 열등감과 의존 의식을 피식민지인의 신경증으로 분석했는데, 이는 식민주의가 사회적 지배 관계뿐 아니라 개인들의 내면으로까지 침투하여 그들을 파괴하고 있음을 지적한 것이며, 그러므로 식민주의 극복은 이러한 내면의 신경증을 치유하는 일까지를 포함해야 한다. 또는 역으로 말하자면 피식민자의 신경증은 식민주의 극복을 통해서만 치유할 수 있다. 그러므로 "'그녀가 지금도 노예처럼 감사하는 마음에 의지하고 살아가고 있다니', 나는 잔인무도한

---

34) 프란츠 파농, 이석호 옮김, 『검은 얼굴, 흰 가면』(인간사랑, 1998), 109쪽.

한베에를 떠올리고 비견할 수 없는 근심에 젖는"[35]것만으로 남 선생은 정순을 재현할 수 없다. 식민주의의 탐구가 더 진행되어야 함을 촉구하는 것, 혹은 '말할 수 없는 자'들을 재현하는 윤리가 단지 지식인의 양심이나 책임감이 아니라 식민주의 극복과 연결되어 있음을 알리는 표지, 「빛 속으로」에서 찾을 수 있는 서발턴 효과는 생각보다 훨씬 더 풍부하다.

「광명」의 여인들이 앓는 신경증 역시 서발턴 효과의 연쇄라 할 수 있는데, 식민주의의 탐구는 이제 피식민지인뿐 아니라 식민자의 분열을 향해 나아간다. 조선인 남성과 결혼한 시미즈 부인은 일본 사회에서의 차별과 소외를 조선에서 온 식모 토요를 통해 발산한다. 그녀는 인간적 융합을 통한 이상적 내선일체를 꿈꾸었지만 현실에서 그것은 쉽게 이루어지지 않는다. 급기야 그녀는 남편이 토요를 탐하고 있다는 망상에 시달린다. 본토에서의 민족적 열등감이 자신보다 더 열등한 식민지 하층 계급의 여성에게 투사되는 것은 흔한 예이다. 일본인인 시미즈 부인뿐 아니라 조선인인 화자의 누님 역시 신경증을 앓고 있다.

> 특히 최근 누님은 방공 연습 등이 시작되면 신경이 점차 날카로워지는 때가 많았다. 어째서인지 누님은 요즘 들어서 침착함을 잃고 자신이 임무를 다하지 못한 것 같다며 들썽들썽하며, 이명을 느끼고 눈앞에서 불꽃이 터지는 듯한 느낌마저 들었다. 게다가 혼자서 빈집을 지키고 있을 딸 생각에 더욱더 제정신이 아니었다.[36]

식민주의는 피식민자만 억압하는 것이 아니다. 차별과 소외의 구조는 식민자의 삶에도 침투한다. 그러므로 이것은 이미 개인의 문제가 아니다. 타자를 존중할 수 없는 삶은 분열되어 신경증을 낳는다. 내선결혼이 "'내선'

---

김사량, 「빛 속으로」.(인용은 앞의 책, 40쪽)

36) 김사량, 「광명」, 《문학계》 1941. 2.(인용은 김사량, 앞의 책, 253쪽)

간의 차별을 해결해 주지 못할 뿐만 아니라 오히려 그러한 차별을 가정 내로 이식해 와 그것을 확대 재생산한다는 것", 그러므로 "구조적인 불평등이 해결되지 않는 한 접촉은 오히려 더 큰 갈등을 양산"[37]한다. 「광명」은 조선인 가족과 내선결혼 가족을 나란히 놓음으로써, 식민주의의 억압이 조선인뿐 아니라 일본인들에게도 가해지고 있음을 드러내고 있다. 그리고 누님의 예를 통해 보듯이 그것은 언제나 식민주의의 정책을 충실히 따를 것을 강요하는 보이지 않는 손으로부터 비롯된 것이기도 하다. 파농의 말을 다시 한 번 떠올려 보자.

> 흑인만의 의무, 백인만의 부담이라는 것은 없다.
> 나는 어느 날 갑자기 뭔가 잘못 돌아가고 있는 세상에 던져진 것이다. 나를 자꾸만 전쟁터로 내모는 세상, 절멸이냐 아니면 승리냐 라는 양자택일의 문제만이 남아 있는 세상에 말이다.[38]

「광명」의 결말은 「빛 속으로」보다 훨씬 노골적이다. 시미즈 부인과 누님은 나란히 서서 방공 훈련에 참여한다. 서로 물통을 건네며 일사불란한 훈련을 하는 광경은 '장관'으로 묘사된다. 식민주의의 가해자이면서 피해자로, 함께 신경증을 앓고 있는 식민자와 피식민자는 전쟁을 위한 방공 훈련에 참여하면서 연대한다. 그러나 이 결말을 제국의 권역 아래에서 충실한 신민으로 화합하는 조선인과 일본인의 이미지로 읽는 것은 불가능하다. 신경증 환자들에게 새겨진 피해의 각인 때문이다. 더군다나 식민지 출신의 하층 계급 여성 토요는 이 방공 훈련에조차 참여하지 못한다. 자신의 말을 갖지 못하고 주변의 동정에 의해서만 그의 삶을 재현할 수 있었을 뿐인 토요는 정순과 마찬가지로 이 소설에서 서발턴 효과를 발휘한다. 조선인과

---

37) 윤대석, 「식민자와 식민지인의 세 가지 만남」, 《우리말글》 57집, 2013, 16쪽.
38) 프란츠 파농, 앞의 책, 288쪽.

일본인을 가로지르는 식민주의의 구조를 읽게 하는 원동력으로. 인근의 공사장 인부와 결혼하여 또다시 다른 지방으로 떠나 버림으로써.

　"그 사람들은 어쨌든 철새들이니까요." 하고 문군은 혼잣말처럼 중얼거렸다.

　다시 어색한 침묵이 이어졌다.[39]

　제국의 전쟁을 준비하는 일사불란한 훈련의 장면에서 토요는 부재함으로써 식민주의의 구조를 재현한다. 서발턴은 김사량 소설의 부재 효과였다고 말할 수 있지 않을까. 그런 의미에서 서발턴은 말할 수 없지만, 또한 그들의 말을 한다.

　「풀 속 깊숙이」에 재현된 화전민 역시 식민주의 탐구의 근거지로서 서발턴 효과를 발휘한다. 소설은 '색의(色衣) 장려 정책'을 화제로 삼고 이를 중계하는 군수, 하수인인 코풀이 선생을 통해 식민주의 정책의 강제성과 실패를 함께 문제 삼고 있지만,[40] 이러한 구도 한편에 식민주의의 사각지대에 놓인 화전민들이 존재한다. 여기에서 사각지대란 두 가지 의미에서이다. 첫 번째 의미는 이들이 식민주의 정책의 영향력이 미치지 않는 곳에 존재한다는 점이다. 마을의 촌민들은 군수의 색의 장려 연설을 들어야 하고 그들의 옷에 먹칠을 당하면서 식민주의 정책에 강제로 수용되지만, 마을을 떠나 산 속에 숨어 사는 화전민들은 이러한 시스템에 편입되지 못함으로써 그 영향권에서 벗어나 있다. 소설에서 의대생 인식은 구호와 계몽을 위해 화전민촌을 찾아 가지만 이들과 만나지 못한다. 인식이 그들을 쫓아내려 한다고 오해한 화전민들은 더 깊은 산속으로 숨어 버리기 때문이다. 계몽의 대상이 될 수 없는 자들은 정책의 대상도 될 수 없다. 이들이 사각지대에

---

39) 김사량, 「광명」.(인용은 앞의 책, 251쪽)

40) 숙부의 연설과 식민주의 비판의 양가성에 대해서는 윤대석, 「식민지인의 두 가지 모방양식」, 『식민지 국민문학론』 참조.

놓인 또 다른 이유는 이들이 민족적 타자성의 경계 지점에 놓여 있기 때문이다. 색의 장려의 지배 정책의 눈으로 보면 이들은 계몽과 교화의 영향력 밖에 있는 식민지의 야만에 다름 아니다. 그러나 이러한 식민 지배의 구조 속에서 이들은 정반대의 방향으로 민족의 상징이 되는데, 이들이 흰옷 입은 민족의 정체성을 보유한 기층 민중의 소망으로 대상화되어 흰옷과 민족 정기를 신봉하는 사이비 종교의 희생물이 되기 때문이다. 식민자의 눈에는 야만의 하등 민족으로 타자화되고, 민족 정기를 표방하는 사이비 종교에 의해서는 숭고한 민족성으로 타자화되는 이들이야말로 자신들의 말을 가질 수 없는 서발턴이다. 이해할 수도 정의할 수도 없는 이들 때문에 식민주의 정책의 모순과 구원을 빙자한 사이비 민족성은 함께 부정될 뿐만 아니라, 식민주의와 민족주의가 서로의 적대를 통해 공생하고 있는 구조가 더 분명해진다.

소설을 군수와 코풀이 선생 중심의 색의 장려 해프닝으로 읽으면 화전민들은 소설의 완결성을 파열시키는 예외적 존재가 된다. 그러나 소설을 해명되지 않는 화전민들을 중심으로 읽는다면 식민주의와 민족주의가 서로를 대립쌍으로 의지하는 모순의 구조가 드러난다. 식민주의의 구조라는 큰 틀에서 본다면, 군수와 코풀이 선생 역시 식민 정책의 집행자가 아니라 피해자로 그 구조에 포함된다. 군수는 결국 군수직을 계속 유지하지 못하고 토지 브로커로 전락했고, 코풀이 선생은 행방이 묘연하다. 인식은 코풀이 선생이 화전민들 앞에서 어설프게 색의 장려를 계몽하다가 살해당한 것일지도 모른다고 상상한다. 불완전한 일본어로 식민자를 흉내 내며 촌민들에 군림했던 군수도, 맹목적으로 식민주의에 복종했던 코풀이 선생도 결국 식민주의 구조 내에서 자신들의 삶을 살지 못했다. 식민 정책의 사각지대에서 사이비 종교의 희생자가 되었던 화전민들 역시 마찬가지였다. 서발턴 화전민들은 식민주의의 구조를 아래로부터 읽는 거점이 되며, 이는 개별적 희생이나 충성을 넘어서 집단적 몰락의 연쇄를 통찰하는 시야를 제공한다. 여기에서 아래로부터의 탈식민이 가능하다. 서발턴을 이해하고 그들의 말을 찾는 일은 식민주의의 구조를 해체하지 않고는 불가능하다. 파농은 "내 환자로 하여금 자신의 무의식을 정확하게 의식하도록 하고, 백인이 되고자 하는 망상을 기꺼이 포기하도록 종용하며, 사회 구조 그 자체를 변화시키려는 노력을 지향하도록 도움을 주는 일"[41]이 정신분석의의 역할이라고 믿었다. 문학 역시 그러한 것이 아니었을까. 김사량이 일제의 패망을 앞두고 태항산으로 탈출한 진정한 이유가 여기에 있다고 나는 생각한다.


## 5 맺음말

이 글은 서발턴의 존재를 근거로 일제 강점기 말 김사량 문학의 탈식민성 추구를 적극적으로 구명하고자 했다. 서발턴의 관점을 통해 김사량 문학 해석의 지평은 더 넓어질 수 있을 터인데 그것은 다음과 같은 이유 때문이다.

첫째, 김사량 문학의 저항 의식을 좀 더 구체적으로 분별할 수 있게 해준다. 김사량은 식민 정책의 모순을 드러냄으로써 식민주의에 저항했다. 내선일체, 창씨개명 등의 황국 신민화 정책에 대한 반대는 자주 그를 민족적 정체성을 강조하는 민족의식의 대표자로 오해하게 한다. 그러나 김사량의 저항 의식은 조선/일본으로 이원화될 수 없는 식민주의 전체의 구조를 문제 삼고 있다. 「빛 속으로」의 예에서 알 수 있는 것처럼 이 군과 남 선생, 하루오, 정순은 조선인이라는 정체성으로 일원화될 수 없다. 식민주의적 차별은 조선과 일본 사회의 다양한 구성원들에게 내면화되었으며, 그 내면화는 다른 구성원에 대한 또 다른 억압으로 파생된다. 서발턴의 문제의식은 개별적으로 교정될 수 없는 식민주의의 폭력적 구조 전체에 대한 탐구 의지를 촉발시킨다. 김사량 문학은 이에 대한 응답이었다고 설명할 수 있다.

둘째, 이중어 글쓰기라는 김사량 문학의 주요 특성을 담론적 실천을 넘

---

41) 프란츠 파농, 앞의 책, 126쪽.

어서는 구체적 현실 탐구로 전환시킬 수 있다. 이중어 글쓰기는 언어를 매개로 한 문학적 저항을 해명할 수 있다는 장점이 있지만, 이를 담론적 모방과 이탈의 메커니즘으로 한정시킬 수밖에 없다는 한계를 지닌다. 침묵하는 서발턴들의 존재는 식민주의 담론 구조의 경계 혹은 바깥에 있으며, 이러한 바깥을 의식하는 작가에게 언어는 유용하지만 제한적인 무기였다. 부재효과로서의 서발턴은 명료하게 재현될 수 없으므로 다른 방식의 실천과 재현을 촉구하는, 식민주의 해체의 서사적 최종 심급이라 볼 수 있다. 서발턴이 거처하는 곳으로부터 식민주의는 언제나 다시 탐구되며, 그리하여 서발턴은 화해의 결말을 지연시킴으로써 저항의 가능성을 연장한다.

셋째, 서발턴을 통해 김사량 문학의 현실주의적 가치를 제고할 수 있다. 김사량은 내지어로 써야 한다는 일본의 황민화 정책에 대하여 조선의 감각을 표현하는 조선어의 특수성과 가치를 강조했다. 그가 말하는 조선의 현실과 조선의 감각이란 단지 반도와 내지라는 지역적 분할 속에 한정된 것이 아니었다. 제국의 권역 속에 포함될 수밖에 없는, 그러므로 거기에서 발생할 수밖에 없는 광역화된 억압과 차별이야말로 김사량이 말하고자 한 조선 현실이었다. '조선어로 써야 한다'라는 언어 의식은 '제재의 확대와 심화'라는 리얼리즘의 주장과 함께 고려되어야 한다. 자신의 일본어 글쓰기를 작가는 '겸손한 중개자의 의도'라고 표현했지만, 이겸양의 표현은 일본어로 쓸 수 있고, 또 써야만 하는 리얼리스트로서의 자부심에 근거한 것이었다.

서발턴의 문제의식은 광복 이후 김사량의 문학에도 이어진다. 1949년 발표된 「칠현금」에서 김사량은 해방된 조국의 희망을, 부상으로 반신불수가 된 노동자의 손에 맡겼다. 노동자 윤남주는 혼자서는 돌아누울 수도 없는 몸으로 전력을 다하여 소설을 쓴다. 그러나 그는 좀처럼 자신이 처한 세계를 솔직하게 그려 내지 못하고 관념적 희망과 자학적 절망 사이에서 머뭇거린다. 부서진 육체와 위축된 정신으로, 그럼에도 불구하고 자신의 삶으로부터 자신의 말을 찾는 일. 탈식민의 독립국가 건설이란, 인민을 위한 사회주의 국가 건설이란, 서발턴의 자기 발화 과정에 다름 아니다. 그리고 해방된 국가의 작가는 그 서발턴의 말을 듣기 위해 혼신을 다해 그의 곁을 지킨다. 서발턴으로부터 시작된 식민주의 탐구는 여전히 서발턴으로부터 탈식민의 진정한 가치를 묻고 있는 것이다. 그런 의미에서 서발턴은 김사량 문학의 일관된 문제의식이었으며, 그것은 '아직 오지 않은 해방'을 심문하는 근원적 통점(痛點)이기도 했다.

# 제5주제에 관한 토론문


서재길(국민대 교수)


서영인 선생님이 발표문의 첫 단락에서 지적한 대로 김사량의 삶과 문학은 꽤 큰 진폭이 있어 김사량 문학에 대한 연구가 본격화된 이래로 그 간극을 메우려는 시도는 연구자들에게 중요한 과제가 되어 왔습니다. 발표자가 지적했듯 그동안 김사량 문학에 대한 연구, 그중에서도 일제 강점기 말 문학에 대한 연구는 주로 일제 강점기 말 다이글로시아(diglossia, 兩層言語現像) 속에서의 일본어 창작의 문학사적 의미를 파악하는 데 중점이 놓여 있었던 것으로 보입니다. 이 경우 관심의 대상이 되었던 것은 포스트콜로니얼한 문맥에서 김사량의 일본어 창작이 지닌 '저항성'이었습니다. 그런데 여기에서는 항일 유격대 활동으로 대표되는 1940년대 이후 김사량의 전기적 사실이 1940년 전후에 생산된 텍스트의 해석에 개입하게 됨으로써, '혼종적 저항'의 의미를 다소 확대 해석해 온 경향이 있었던 느낌을 가지게 됩니다. 이에 비해 본 발표문은 '혼종성' 그 자체에 과도한 의미를 부여하기보다는 혼종성과 균열의 담론 속에서 "저항의 주체를 가능하게 하는 거점을 찾는 일"의 중요성을 강조하면서 그 거점이 '서발턴(subaltern)'의 서사에 있다는 점에 주목하고 있습니다. 김사량 문학의 '저항성'에 대한 기존의 연구가 대체로 일본어 창작이 내포하는 '협력'의 흔적을 지우려는 다소 소극적이고 방어적인 차원에서 진행되었다고 한다면, 이 발표문은 여기에서 한 걸음 더 나아가 민족, 계급, 젠더의 문제를 한꺼번에 건드릴 수 있는 '서발턴'이라는 키워드를 제시함으로써 보다 적극적이고 능동적으로 김사량 문학의 저항성을 해석하고 있습니다.

이 같은 전제 아래에서 이 발표문은 기존에 '이중어 글쓰기'와 관련된 언어 의식을 드러낸 텍스트로 해석되었던 김사량의 에세이와 평론을 "조선 문학에 대한 그의 견해"를 드러낸 것으로 적극적으로 해석하는 데서 시작합니다. 1930년대 후반 식민지 조선의 문학이 이제는 더 이상 조선의 현실을 적극적으로 그려 내고 있지 못한 상황 속에서 김사량은 "제국의 권역에서 사고"하면서 "일본어로 쓸 수 있는 조선의 현실" 다시 말해 "반도의 경계를 넘어서서 제국의 지배 구조 안에 자리한 조선인의 현실"을 그려 내는 일을 자신의 문학적 과제로 사유하고 있었다는 것입니다. 김사량이 일본어로 그려 낸 조선인의 현실은 기존의 연구가 그다지 주목하지 않았던 「빛 속으로」의 조선인 여성 '정순'을 '서발턴'의 문맥에서 다시 소환하는 일에서 시작됩니다. 양가적인 해석이 가능한 「빛 속으로」의 "화해와 봉합의 결말에 드리워진 어두운 그림자"를 '정순'의 시각에서 새롭게 읽어 냄으로써 "양가성은 그녀의 존재로 인해 해석의 문제가 아니라 현실적 지배 관계의 문제로 긴장력을 갖는다. 구원되지도 계몽되지도 않는 서발턴은 식민주의의 현실을 아래로부터 재구축한다."라는 것입니다. 이 같은 '서발턴 효과'는 「빛 속으로」가 "식민주의가 모성의 파괴와 여성성의 억압을 초래"하고 "개인의 자아를 파괴"하는지를 보여 주는 텍스트라는 매우 적극적인 해석으로 연결됩니다. 뿐만 아니라 「광명」을 "피식민지인일 뿐만 아니라 식민자의 분열"을 드러내는 작품으로, 또 「풀 속 깊숙이」를 "식민주의와 민족주의가 서로를 대립쌍으로 의지하는 모순의 구조"를 드러내는 것으로 읽을 수 있게 한다는 것입니다. 결론적으로 기존의 서발턴 연구가 텍스트의 무의식에 집중한 것과 달리, 이 발표문에서는 서발턴 개념을 통해 김사량 문학의 저항 의식을 보다 "식민주의의 폭력적 구조 전체에 해한 탐구 의지"라는 적극적이고 의식적 차원에서 독해하고 있습니다.

참신한 문제 제기와 텍스트에 대한 새로운 독해를 시도하고 있는 발표문을 읽으면서 토론자 역시 맞장구를 친 부분이 많을 정도로 토론자 역시 발표자의 논지에 전체적으로 동의하는 바입니다. 특히 김사량 문학을 언어를 매개로 한 문학적 저항에 머무르는 것이 아니라 새로운 실천과 재현을 적극적으로 촉구하는 '식민주의 해체'의 담론으로 해석하면서 사용한 "부재 효과로서의 서발턴"이라는 개념이 무척 흥미로웠습니다. 따라서 발표문에 대해서 이견을 제시하기보다는 주요 논제에 대해 발표자의 의견을 좀 더 듣기 위한 질문을 제기하는 것으로 토론자로서의 역할을 수행하려고 합니다.

첫째, 김사량의 에세이나 비평문을 분석하면서 언급한 "그의 언어 인식과 문학관 사이에 가로놓여 있는 어떤 격차"에 대해 좀 더 구체적인 설명을 듣고 싶습니다. 발표문에서는 어렴풋하게나마 조선어의 특권성을 주장하는 그의 언어관과, 조선 문학의 리얼리즘에 대한 새로운 지평의 추구 정도로 이해되는 문학관 정도로 이해됩니다만, 둘 사이에는 '격차'만이 존재하는 것인지 아니면 그 격차 사이를 관통하는 일관된 논리가 존재하는 것인지 보다 상세한 설명을 듣고 싶습니다.

둘째, 「토성랑」의 개작에 대한 설명에서 인용한 마지막 구절에 대한 해석입니다. "구체적 비판의 표지를 삭제한 곳에서 조선의 현실은 운명적 빈궁의 모습으로 일반화된다."라고 하셨는데 최초 발표본을 확인하지 못한 사람의 입장에서는 인용된 결말 부분만으로는 개작과 원작의 차이가 뚜렷하게 나타나지 않는 것 같습니다. 발표자는 인용된 구절에 대해 어떻게 해석하고 있는지 궁금합니다.

셋째, 「광명」에 대한 해석에 있어 "식민주의의 가해자이면서 피해자로, 함께 신경증을 앓고 있는 식민자와 피식민자는 전쟁을 위한 방공 훈련에 참여하면서 연대한다. 그러므로 이 결말을 제국의 권역 아래에서 충실한 신민으로 화합하는 조선인과 일본인의 이미지로 읽는 것은 불가능하다."라고 하셨는데, 이 부분의 해석이 잘 이해가 되지 않습니다.

넷째, 기존의 김사량 연구에서 주목한 '서발턴'에 대한 해석과 발표자의 해석의 차이에 대해 좀 더 구체적인 설명이 듣고 싶습니다. 아울러 이러한 해석이 해방 이후 김사량 문학의 해석에 기여하는 바에 대해서도 좀 더 보충 설명을 듣고 싶습니다.

# 김사량 생애 연보

1914년　평남 평양부 인흥정 458의 84번지에서 출생. 본명은 시창(時昌).

1928년　평양고등보통학교 입학.

1931년　평양고등보통학교 동맹 휴교 사건의 주모자로 퇴학 처분을 받음. 12월. 형의 도움으로 도일(渡日).

1932년　시 「시정초추」를 《동광》에 발표.

1933년　4월, 구제(舊制) 사가(佐賀)고등학교 문과 을류(乙類)에 입학.

1934년　첫 소설 작품인 「토성랑」을 창작했으나 발표하지 않고 보관함.

1936년　2월, 사가고등학교 졸업. 4월, 도쿄제국대학 문학부 독일문학과에 입학. '사가고등학교 문과 을류 졸업 기념회지'에 콩트 「짐」 게재. 9월, 도쿄제국대학 동인지 《제방》에 소설 「토성랑」 발표. 10월 28일, 치안유지법에 의해 모토후지[本富士]경찰서에 미결 구류되었다가 12월 중순 석방됨.

1939년　1월 6일, 최창옥(崔昌玉)과 결혼. 도쿄제국대학 문학부 독일문학과 졸업. 장혁주의 소개로 야스타카 도쿠조(保高德藏)를 만나 《문예수도》 동인으로 참가함. 6월, 평론 「조선 문학 풍월록」을 《문예수도》에 발표. 10월, 「빛 속으로」를 《문예수도》에 발표.

1940년　2월, 《조광》에 최초의 장편 『낙조』 연재 시작. 「빛 속으로」가 상반기 아쿠타가와 상 후보작으로 추천됨. 3월, 아쿠타가와 상 시상식에 참석. 일본 문단에서 왕성하게 활동하기 시작. 12월, 제1소설집 『빛 속으로』를 도쿄 오야마쇼텐[小山書店]에서 출간.

1941년　4월, 카마쿠라 고메신테이[米新亭] 별채로 이사. 12월 9일, 사상범

예방구금법에 의해 가마쿠라 경찰서에 구금됨.

1942년　1월 29일, 석방됨. 2월, 귀향하여 평양에서 거주함. 4월, 제2소설집 『고향』을 교토 쿄우쵸우쇼린[甲鳥書林]에서 출간.

1943년　『태백산맥』을 《국민문학》에 연재하기 시작. 8월 28일, 국민총력조선 연맹의 지시로 해군견학단에 참여. 10월, 르포 「해군행」을 《매일신보》에 연재. 12월 14일, 《매일신보》에 장편 소설 『바다의 노래』 연재를 시작함.

1944년　4월, 평양대동공업전문학교 교사가 됨. 6월 중순에서 8월에 걸쳐 중국 여행.

1945년　2월, '재지 조선 출신 학도병 위문단'의 일원으로 중국에 파견됨. 5월, 북경에서 탈출하여 6월, 태항산 항일유격대에 도착함. 8월 15일, 일본의 패전 소식을 접하고 귀국길에 오름. 12월 13일, 조선문학동맹 결성식 참가.

1946년　3월, 《민성》에 「연안만명기」(5월호부터 「노마만리」로 개제)를 7회에 걸쳐 연재함. 장편 희곡 『더벙이와 배뱅이』를 《문화전선》에 연재함. 북조선예술총연맹 국제문화국장직을 맡음. 8월, 희곡 「뇌성」, 「호접」 발표. 소설 「차돌이의 기차」, 「마식령」 집필.

1947년　4월, 르포 「동원 작가의 수첩」을 《문화전선》에 발표. 장편 르포 『노마만리』를 평양 양서각에서 출간.

1948년　작품집 『풍상(風霜)』을 조선인민출판사에서 출간.

1950년　6·25 전쟁이 발발하자 종군 작가로 참전. 10월경 강원도 원주 부근에서 낙오되어 사망한 것으로 알려짐. 정확한 사망일자는 확인되지 않음.

1954년　김달수 편, 『김사량 작품집』이 도쿄의 리론샤(이론사)에서 출간.

1973년　『김사량 전집』이 도쿄 카와데쇼보[河出書房]에서 출간.

김사량 작품 연보*

| 발표일 | 분류 | 제목 | 발표지 | 언어 |
|--------|------|------|--------|------|

해방 전**

| 발표일 | 분류 | 제목 | 발표지 | 언어 |
|--------|------|------|--------|------|
| 1936. 2 | 소설 | 荷(짐) | 佐賀高等學校文學科 乙流卒業紀念會誌(일본) | 일본어 |
| 1936. 6 | 수필 | 雜音(잡음) | 堤防(일본) | 일본어 |
| 1936. 10 | 소설 | 土城廊(토성랑) | 堤防(일본) | 일본어 |
| 1937. 3 | 시 | 奪はれの詩 (빼앗긴 시) | 堤防(일본) | 일본어 |
| 1937. 3. 20 | 소설 | 尹參奉(윤참봉) | 東京帝國大學新聞 (일본) | 일본어 |
| 1939. 4. 26 | 평론 | '겔마니'의 세기적 승리 | 조선일보(조선) | 조선어 |
| 1939. 6 | 평론 | 朝鮮文學風月錄 (조선 문학 풍월록) | 文藝首都(일본) | 일본어 |
| 1939. 6 | 평론 | 극연좌의 '춘향전' 비판(조선) | | 조선어 |

* 생애 연보와 작품 연보는 『김사량 평전』(안우식 저, 심원섭 옮김, 문학과 지성사, 2000) 과 『김사량, 작품과 연구 4』(김재용·곽형덕 편, 역락, 2014) 그리고 『노마만리』(김사량 저, 김재용 편주, 실천문학사, 2002)에서 많은 도움을 얻었음.
** 이중어 글쓰기의 대표적 작가인 작가의 특성에 따라 해방 전 작품은 발표 언어를 밝혀 정리했음.

| 발표일 | 분류 | 제목 | 발표지 | 언어 |
|---|---|---|---|---|
| | | 공연을 보고 | | |
| 1939. 8 | 수필 | 북경왕래 | 박문(조선) | 조선어 |
| 1939. 9 | 수필 | エナメル靴と捕虜<br>(에나멜 구두와 포로) | 文藝首都(일본) | 일본어 |
| 1939. 9 | 평론 | 독일의 애국 문학 | 조광(조선) | 조선어 |
| 1939. 10 | 소설 | 光の中に(빛 속으로)<br>(빛 속으로) | 文藝首都(일본) | 일본어 |
| 1939. 10. 4<br>~6 | 평론 | 조선문학측면관 | 조선일보(조선) | 조선어 |
| 1939. 10 | 수필 | 밀항 | 문장(조선) | 조선어 |
| 1939. 10 | 평론 | 독일의 대전 문학 | 조광(조선) | 조선어 |
| 1939. 11 | 평론 | 朝鮮の作家を語る<br>(조선의 작가를<br>말한다) | モダン日本朝鮮版<br>(일본) | 일본어 |
| 1940. 2<br>~1941. 1 | 소설 | 낙조 | 조광(조선) | 조선어 |
| 1940. 2 | 소설 | 土城廊(토성랑) | 文藝首都(일본) | 일본어 |
| 1940. 2. 29<br>~3. 2 | 수필 | 귀향기 | 조선일보(조선) | 조선어 |
| 1940. 3 | 소설 | 光の中に(빛 속으로) | 文藝春秋(일본) | 일본어 |
| 1940. 4 | 수필 | 母への手紙<br>(어머니께 드리는 편지) | 文藝首都(일본) | 일본어 |
| 1940. 6 | 소설 | 箕子林(기자림) | 文藝首都(일본) | 일본어 |
| 1940. 6 | 소설 | 天馬(천마) | 文藝春秋(일본) | 일본어 |
| 1940. 7 | 소설 | 草深し | 文藝(일본) | 일본어 |

| 발표일 | 분류 | 제목 | 발표지 | 언어 |
|---|---|---|---|---|
| | | (풀 속 깊숙이) | | |
| 1940. 7. 10 | 평론 | 建設への意欲 ― 島木健作著 滿洲紀行 (건설에의 의욕 ― 시마키겐사쿠 작 만주 기행) | 三田新聞(일본) | 일본어 |
| 1940. 8 | 소설 | 蛇(뱀) | 朝鮮畵報(일본) | 일본어 |
| 1940. 8 | 수필 | 현해탄 밀항 | 文藝首都(일본) | 일본어 |
| 1940. 9 | 소설 | 無窮一家 (무궁일가) | 改造(일본) | 일본어 |
| 1940. 9 | 평론 | 朝鮮文化通信 (조선 문화 통신) | 現地報告(일본) | 일본어 |
| 1940. 10 | 수필 | 산가세시간 ― 심산 기행의 일절 | 삼천리(조선) | 조선어 |
| 1940. 11 | 수필 | 平壤より(평양에서) | 文藝首都(일본) | 일본어 |
| 1940. 12 | 소설 | ゴブダンネ(곱단네) | 『光の中に』(작품집, 일본) | |
| 1940. 12 | 작품집 | 光の中に (빛 속으로) | 小山書店(일본) | 일본어 |
| 1941. 1 | 수필 | 양덕 통신 | 신시대(조선) | 조선어 |
| 1941. 2. 14 | 평론 | 內地語の文學 (내지어의 문학) | 讀賣新聞(일본) | 일본어 |
| 1941. 2 | 소설 | 光冥(광명) | 文學界(일본) | 일본어 |
| 1941. 2 | 소설 | 유치장에서 만난 사나이 | 문장(조선) | 조선어 |
| 1941. 3~5 | 수필 | 火田地帶を行く (화전 지대를 가다) | 文藝首都(일본) | 일본어 |
| 1941. 4 | 소설 | 지기미 | 삼천리(조선) | 조선어 |

| 발표일 | 분류 | 제목 | 발표지 | 언어 |
| --- | --- | --- | --- | --- |
| 1941. 5 | 수필 | 故郷を思う<br>(고향을 생각한다) | 知性(일본) | 일본어 |
| 1941. 5 | 소설 | 泥棒(도둑놈) | 文藝(일본) | 일본어 |
| 1941. 5 | 소설 | 月女(월녀) | 週刊朝日(일본) | 일본어 |
| 1941. 5 | 소설 | 虎の髭<br>(호랑이수염) | 若草(일본) | 일본어 |
| 1941. 5 | 수필 | 朝鮮人と半島人<br>(조선인과 반도인) | 新風土(일본) | 일본어 |
| 1941. 6 | 평론 | 조선 문학과 언어<br>문제 | 三千里(일본) | 일본어 |
| 1941. 6. 10 | 평론 | '흑룡강'을 보고<br>— 현대극장 창립 공연 평 | 매일신보(조선) | 조선어 |
| 1941. 7 | 소설 | 蟲(벌레) | 新潮(일본) | 일본어 |
| 1941. 7 | 소설 | 鄉愁(향수) | 文藝春秋(일본) | 일본어 |
| 1941. 7 | 소설 | 山の神々<br>(산의 신들) | 文藝首都(일본) | 일본어 |
| 1941. 8 | 소설 | 天使(천사) | 婦人朝日(일본) | 일본어 |
| 1941. 9 | 소설 | 山の神々<br>(산의 신들) | 文化朝鮮(일본) | 일본어 |
| 1941. 10 | 소설 | 鼻(코) | 知性(일본) | 일본어 |
| 1941. 10 | 소설 | 神々の宴<br>(신들의 연회) | 日本の風俗(일본) | 일본어 |
| 1941. 11 | 소설 | 嫁(며느리) | 新潮(일본) | 일본어 |
| 1941. 11. 3 | 수필 | 南京虫よさよなら<br>(빈대여 안녕) | 讀賣新聞(일본) | 일본어 |

| 발표일 | 분류 | 제목 | 발표지 | 언어 |
|---|---|---|---|---|
| 1942. 1. 31 | 수필 | 故郷の鳴く<br>(고향을 운다) | 甲鳥(일본) | 일본어 |
| 1942. 1 | 소설 | 親方コブセ<br>(십장꼽새) | 新潮(일본) | 일본어 |
| 1942. 1 | 소설 | 「ルオリ島<br>(물오리섬) | 국민문학(조선) | |
| 1942. 4 | 작품집 | 故郷(고향) | 甲鳥書林(일본) | 일본어 |
| 1942. 4 | 소설 | Q伯爵(Q백작) | 『故郷』(작품집, 일본) | 일본어 |
| 1942. 4 | 소설 | 尹主事(윤주사) | 『故郷』(작품집, 일본) | 일본어 |
| 1942. 4. 23<br>~24 | 수필 | 西道談義<br>(서도담의) | 매일신보(조선) | 조선어 |
| 1942. 7 | 소설 | 乞食の墓<br>(걸식의 묘) | 문화조선(조선) | 일본어 |
| 1943. 2~10 | 소설 | 太白山脈<br>(태백산맥) | 국민문학(조선) | 일본어 |
| 1943. 10. 10<br>~23 | 보고문 | 海軍行(해군행) | 매일신보(조선) | 조선어 |
| 1943. 11 | 수필 | ナルパラム(날파람) | 新太陽(일본) | 일본어 |
| 1943. 12. 14<br>~1944. 10. 4 | 소설 | 바다의 노래 | 매일신보(조선) | 조선어 |

해방 후

| | | | | |
|---|---|---|---|---|
| 1946. 3 | 기행 수필 | 노마만리 | 민성(연재) | |
| 1946. 3 | 희곡 | 더벙이와 배뱅이(1) | 문화전선 1 | |
| 1946. 3 | 희곡 | 봇똘의 군복 | 적성 | |

| 발표일 | 분류 | 제목 | 발표지 | 언어 |
|--------|------|------|--------|------|
| 1946. 8 | 희곡 | 뢰성 | 우리의 태양 | |
| 1946. 8. 15 | 희곡 | 胡蝶(호접) | 8·15 해방 1주년 기념 희곡집 | |
| 1946. 9 | 소설 | 총총걸음 | 조선여성 | |
| 1946. 11 | 희곡 | 더벙이와 배뱅이(2) | 문화전선 2 | |
| 1947. 2 | 희곡 | 더벙이와 배뱅이(3) | 문화전선 3 | |
| 1947. 3 | 르포 | 아오지 풍경 | 민주조선 | |
| 1947. 3~4 | 소설 | 성좌 | 조선여성 | |
| 1947. 4 | 르포 | 동원 작가의 수첩 | 문화전선 | |
| 1947. 10 | 장편 르포 | 노마만리 | 양서각(평양) | |
| 1948. 1 | 작품집 | 풍상(風霜) | 민주조선출판사 | |
| 1948. 1 | 소설 | 차돌이의 기차 | 『풍상』(작품집) | |
| 1948. 1 | 소설 | 마식령 | 『풍상』(작품집) | |
| 1948. 9 | 소설 | 남에서 온 편지 | 8·15 해방 3주년 기념 창작집 | |
| 1949. 1 | 낭송극 | 무쇠의 군악 | 노동자 | |
| 1949. 2 | 소설 | E 기사의 초상 | 선전자 | |
| 1949. 6 | 소설 | 칠현금 | 문학예술 | |
| 1950. 4 | 르포 | 대오는 태양을 향하여 | 문학예술 | |
| 1950. 7~8 | 희곡 | 노래는 끝나지 않았다(미완) | 조선여성 | |
| 1951 | 르포 | 지리산 유격 지대를 가다 | 인민군과 함께 | |
| 1952. 4 | 르포 | 바다가 보인다 | 『바다가 보인다』(르포집) | |
| 1952. 4 | 르포 | 우리는 이렇게 이겼다 | 『바다가 보인다』(르포집) | |
| 1952. 4 | 르포집 | 바다가 보인다 | 문예출판사 | |

# 김사량 연구서지

1940. 4  윤규섭, 「다천상 후보 작품 기타」, 《문장》

1940. 6  임화, 「동경 문단과 조선 문학」, 《인문평론》

1940. 11  유진오, 「國民文學というもの(국민 문학이라는 것)」, 《국민
문학》

1941. 1  김남천, 「산문 문학의 1년간」, 《인문평론》

1943. 12  최재서, 「決戰下文壇の1年(결전하 문단의 1년)」, 《국민문학》

1954  『김사량 작품집』, 동경: 理論社

1955  김사량, 『김사량 선집』, 평양: 국립출판사

1960  임종국, 『친일문학론』, 평화출판사

1974. 9  김윤식, 「한국 작가의 일본어 작품」, 문학사상

1974  『김사량 전집』, 동경: 河出書房

1984  김윤식, 「내선일체 사상과 그 작품의 귀속 문제」, 『한국 근
대문학사상사』, 한길사

1987  김사량, 『김사량 작품집』, 평양: 문예출판사

1987  안우식, 최하림 옮김, 『아리랑의 비가』, 열음사

1989  김사량, 『김사량 작품집』, 동광출판사

1989  정영진, 『통한의 실종 문인』, 문이당

1990  정현기, 「김사량론」, 《현대문학》 429, 현대문학사

1991  김재남, 「김사량 문학 연구」, 《세종대 논문집》 17, 세종대

1991  정백수, 「김사량 소설 연구」, 서울대 석사 학위 논문

1991  정영진, 「실록 보고문학 어디까지 왔나」, 《한길문학》 6

| 1992 | 손미선, 「김사량 작품 연구」, 성신여대 석사 학위 논문 |
|------|------|
| 1992 | 추석민, 「김사량 연구 ― 일본어로서의 작품을 중심으로」, 《일어일문학연구》 21권 1호, 한국일어일문학회 |
| 1993 | 김미지강, 「김사량 「천마(天馬)」 소고」, 《日本學報》 30권 1호, 한국일본학회 |
| 1994 | 추석민, 「金史良 硏究 ― 初期の作品を中心に(김사량 연구 ― 초기의 작품을 중심으로)」, 《일어일문학》 2권 1호, 한국일어일문학회 |
| 1994 | 타지마 데쓰오, 「김사량 소설 연구」, 서울대 석사 학위 논문 |
| 1995 | 金美智江, 「金史良 「草深し」 小考(김사량 「풀속 깊숙이」 소고)」, 《인문과학연구》 2, 덕성여대 인문과학연구소 |
| 1995 | 이종호, 「김사량 문학 연구」, 세종대 석사 학위 논문 |
| 1996 | 이석만, 「김사량 희곡의 극구조와 인물유형 분석 ― 「봇똘의 군복」을 중심으로」, 《고황논집》 19, 경희대 대학원 원우회 |
| 1996 | 추석민, 「金史良 硏究: 「光の中に」を中心に(김사량 연구: 「빛속으로」를 중심으로)」, 《일어일문학》 5권 1호, 한국일어일문학회 |
| 1996 | 추석민, 「金史良 硏究 ― 中期の作品を中心に(김사량 연구 ― 중기의 작품을 중심으로)」, 《어문집》 42권 1호, 신라대 |
| 1996 | 호테이 토시히로, 「일제 말기 일본어 소설 연구」, 서울대 석사 학위 논문 |
| 1997 | 추석민, 「金史良 硏究: 在日朝鮮人社會を描いた作品を中心に(김사량 연구 ― 재일 조선인 사회를 묘사한 작품을 중심으로)」, 《일어일문학》 7권 1호, 한국일어일문학회 |
| 1997 | 추석민, 「金史良の文學的抵抗とは何か(김사량의 문학적 저항이란 무엇인가)」, 《논문집》 44권 2호, 신라대 |
| 1998 | 손은정, 「김사량 문학 연구」, 경남대 석사 학위 논문 |

1998 신희교, 「김사량의 「물오리섬(ㅿル才リ島)」 연구」, 《국어문학》 33, 국어문학회

1998 추석민, 「金史良の『太白山脈』研究(김사량의 『태백산맥』 연구)」, 《일어일문학》 9권 1호, 한국일어일문학회

1999 서은혜, 「김사량의 '민족아'에 관하여」, 《한림일본학》 4, 한림대 한림과학원 일본학연구소

2000 유임하, 「사회주의적 근대 기획과 조국 해방의 담론 — 해방 전후 김사량 문학의 도정」, 《한국근대문학연구》 1권 2호, 한국근대문학학회

2000 안우식, 심원섭 옮김, 『김사량 평전』, 문학과지성사

2000 이해영, 「1940년대 연안 체험 형상화 연구 — 「항전별곡」, 「연안행」, 「노마만리」를 중심으로」, 한신대 석사 학위 논문

2000 정백수, 『한국 근대의 식민지 체험과 이중 언어 문학』, 아세아문화사

2001 윤대석, 「식민지인의 두 가지 모방 양식 — 《문예》 지 『조선문학 특집』을 중심으로」, 《한국학보》 27권 3호, 일지사

2001 김사량, 근영 옮김, 『빛 속으로』, 소담출판사

2001 김윤식, 『한일대문학의 관련 양상 신론』, 서울대 출판부

2001 노상래, 「김사량 소설 연구」, 《어문학》 73, 한국어문학회

2001 전영선, 「북한 문화 예술 인물(34)/김일성상 계관 작가 '고난의 행군' 석윤기, 혁명 작가 김사량」, 《북한》 349, 북한연구소

2001 추석민, 『김사량 문학의 연구, 그 문학적 생애와 작품 세계를 중심으로』, 제이앤씨

2002 김석희, 「김사량 작품 연구 — 작품에 나타난 식민지인의 콤플렉스 분석」, 세종대 석사 논문

2002 김응교, 「김사량 「빛 속으로」의 이름·지기미·도시 유람」,

《민족문학사연구》 20, 민족문학사학회

2002 김재용 편, 『노마만리』, 실천문학사

2002 장영은, 「김사량 소설 연구 — 일본어 창작과 식민지 말기 현실 인식을 중심으로」, 성균관대 석사 학위 논문

2002 정가람, 「김사량 문학 연구」, 연세대 교육대학원 석사 학위 논문

2002 추석민, 「金史良文學の研究 —「Q백작」と「蟲」を中心に(김사량 문학의 연구 —「Q백작」과「벌레」를 중심으로)」, 《일어일문학》 18권 1호

2002 추석민, 「金史良文學の研究 —「天使」と「月女」を中心に(김사량 문학의 연구 —「천사」와「월녀」를 중심으로)」, 《일어일문학》 17권 1호, 한국일어일문학회

2003 노상래, 「김사량의 창작어관 연구」, 《어문학》 80, 한국어문학회

2003 윤대석, 「1940년을 전후한 조선의 언어 상황과 문학자」, 《한국근대문학연구》 4권 1호, 한국근대문학회

2003 김윤식, 「일제 말기 한국 작가의 일어 창작에 대하여」, 《한국학보》 29권 1호, 일지사

2003 김윤식, 『일제 말기 한국 작가의 일본어 글쓰기론』, 서울대 출판부

2003 김재용, 「중일 전쟁 이후 문학계의 양극화와 식민주의 — 김사량의 「천마」와 이석훈의 「고요한 폭풍」」, 《한국문학연구》 26, 동국대학 한국문학연구소

2003 사에구사 도시카쓰 외, 『한국 근대 문학과 일본』, 소명출판

2003 사와이리에, 「문명 견문기: 한국어라는 바다를 향한 항해를 나서며 — 김사량과의 만남」, 《문명연지》 4권 3호, 한국문명학회

| 2003 | 이주미, 「김사량 소설에 나타난 탈식민주의적 양상」, 《현대소설연구》 19, 현대소설학회 |
| --- | --- |
| 2003 | 이철호, 「동양, 제국, 식민 주체의 신생 — 1930년대 후반 김남천과 김사량 소설을 중심으로」, 《한국문학연구》 26, 동국대 한국문학연구소 |
| 2003 | 최현식, 「혼혈/혼종과 주체의 문제」, 《민족문학사연구》 23, 민족문학사학회 |
| 2003 | 추석민, 「金史良の文學硏究 —「ムルオリ島」を中心に(김사량의 문학 연구 —「물오리섬」을 중심으로)」, 《일어일문학연구》 44권 2호, 한국일어일문학회 |
| 2004 | 김재용, 「내선일체의 우회적 비판으로서의 김사량의 『천마』」, 《어문논총》 40호, 한국문학언어학회 |
| 2004 | 김진구, 『김사량 소설의 인물의 정체성(identity) 문제 —「덤불 헤치기」, 「빛 속으로」를 중심으로』, 《시학과 언어학》 8, 시학과언어학회 |
| 2004 | 이정숙, 「김사량과 재일 조선인의 문학적 거리」, 《국제한인문학연구》 1, 국제한인문학회 |
| 2005 | 김학동, 「『태백산맥』 연구 — 김사량, 김달수, 조정래를 중심으로」, 충남대 석사 학위 논문 |
| 2005 | 백수민, 「김사량의 일본어 소설에 나타난 현실 인식과 대응 양상」, 영남대 교육대학원 석사 논문 |
| 2005 | 손혜숙, 「김사량 소설에 나타난 '탈식민성' 고찰」, 《어문론집》 33, 중앙어문학회 |
| 2005 | 윤인로, 「일제 말기 한국 문학의 양극화 현상에 대한 재론(再論) — 김사량 일본어 단편 소설의 '탈식민 저항적 성격'을 중심으로」, 《동남어문논집》 20, 동남어문학회 |
| 2005 | 임형모, 「김사량의 초기 한글 소설 연구 — 해방 이전을 중 |

| | 심으로」, 《국제한인문학연구》 3, 국제한인문학회 |
|---|---|
| 2005 | 최광석, 「김사량의 습작기 문학 연구」, 《일본어교육》 32, 한국일본어교육학회 |
| 2005 | 황봉모, 「김사량의 『빛 속으로』 ─ 일본인에서 조선인으로의 '정체성' 찾기」, 《외국문학연구》 21, 한국외대 외국문학연구소 |
| 2006 | 곽현정, 「김사량 문학 연구 ─ 식민지 시대 조선인 지식인상을 중심으로」, 동국대 석사 논문 |
| 2006 | 김석희, 「김사량 평가사 ─ '민족주의'의 레토릭과 김사량 평가」, 《일어일문학연구》 57권 2호, 한국일어일문학회 |
| 2006 | 김철, 「두 개의 거울 ─ 민족 담론의 자화상 그리기」, 《상허학보》 17, 상허학회 |
| 2006 | 김학동 옮김, 『태백산맥』, Notebook |
| 2006 | 김학동, 「김사량의 『태백산맥』과 민족 독립의 꿈 ─ 조선 민중의 혼을 담아내기 위한 글쓰기를 중심으로」, 《일본학보》 167, 한국일본학회 |
| 2006년 가을. | 김재용, 「일제 말 김사량 문학의 저항과 양극성」, 《실천문학》 |
| 2006 | 사희영, 「김사량 문학 연구 ─ 작가의 현실 인식과 작품 수용 양상을 중심으로」, 전남대 석사 논문 |
| 2006 | 사희영, 「식민지 작가 김사량 연구 ─ 작가의 '현실' 인식과 작품 수용 양상을 중심으로」, 《일본어문학》 29, 한국일본어문학회 |
| 2006 | 윤대석, 「경성의 공간 분할과 정신분열」, 《국어국문학》 144, 국어국문학회 |
| 2006 | 윤인로, 「일제 말기 한국 문학의 생극론적 이해를 위한 시론 ─ 김사량의 단편 소설을 중심으로」, 《동남어문논집》 22, 동남어문학회 |

| 2006 | 최광석, 『김사량 문학에 나타난 친일성 연구』, 《일본어교육》 36, 한국일본어교육학회 |
|---|---|
| 2007 | 김학동, 「김사량 문학과 내선일체─조선 민중의 언어와 삶을 지키려 한 고육지계의 문학을 중심으로」, 《일본문화학보》 32, 한국일본문화학회 |
| 2007 | 고인환, 「김사량 소설의 현실 인식 변모 양상 연구─「토성랑」, 「덤불 헤치기」, 「천마」를 중심으로」, 《비교한국학》 15권 1호, 국제비교한국학회 |
| 2007 | 김도윤, 「장혁주와 김사량의 일본어 소설 비교 연구」, 국민대 교육대학원 석사 학위 논문 |
| 2007 | 김학동, 「김사량 문학과 내선일체」, 《일본문화학보》 32, 한국일본문화학회 |
| 2007 | 김학동, 「민족 문학으로서의 재일 조선인 문학─김사량, 김달수, 김석범 문학을 중심으로」, 충남대 박사 학위 논문 |
| 2007 | 김학동, 「민족 문학으로서의 재일 조선인 문학─민족 문학으로서의 일본어 글쓰기」, 《일본문화학보》 34 |
| 2007 | 염인수, 「김사량 소설 연구─「빛 속으로」와 「칠현금」을 중심으로」, 《어문논집》 56, 민족어문학회 |
| 2007 | 유임하, 「해방 이후 김사량의 문학적 삶과 「칠현금」 읽기」, 《한국문학연구》 32, 동국대 한국문학연구소 |
| 2007 | 이정숙, 「김사량과 평양의 문학적 거리」, 《국어국문학》 145, 국어국문학회 |
| 2007 | 조진기, 「김사량의 일본어 소설 연구」, 경남대 박사 학위 논문 |
| 2007 | 최광석, 「김사량의 「천마」에 나타난 탈식민주의 연구」, 《일본어교육》 42, 한국일본어교육학회 |
| 2007 | 최광석, 「김사량의 일본어 문학 연구」, 경남대 박사 논문 |
| 2007 | 최광석, 『김사량의 「천마」에 나타난 탈식민주의 연구』, 《일 |

본어교육》42, 한국일본어교육학회

2007          호테이 토시히로, 「초기 북한 문단 성립 과정에 대한 연
              구 ― 김사량을 중심으로」, 서울대 박사 학위 논문

2007          황호덕, 「국어(國語)와 조선어(朝鮮語) 사이, 내선어(內鮮
              語)의 존재론 ― 일제 말의 언어정치학, 현영섭과 김사량의
              경우」, 《대동문화연구》 58, 성균관대 대동문화연구소

2008          곽형덕, 「김사량의 일본 문단 데뷔에서부터 ʻ고메신테 시대ʼ
              까지(1940~1942)」, 《한국근대문학연구》 17, 한국근대문
              학학회

2008          윤대석, 「조선어의 ʻ마지막 수업ʼ」, 《한국학연구》 18, 인하대
              한국학연구소

2008          황호덕, 「김사량의 「빛 속으로」, 일본어로 쓴다는 것」, 《내
              일을 여는 역사》 32

2008          곽형덕, 「김사량의 「토성랑」 판본 비교 연구」, 《현대문학의
              연구》 35, 한국문학연구학회

2008          김재용·곽형덕 편역, 『김사량 작품과 연구 1』, 역락

2008          이재명, 「김사량의 희곡 「더벙이와 배뱅이」 연구」, 《현대문
              학의 연구》 36, 한국문학연구학회

2008          이춘매, 「김사량의 「노마만리」 연구」, 《한중인문학연구》
              23, 한중인문학회

2008          임형모, 「알레고리로 읽는 전환기적 현실 ― 김남천의 「대
              하」와 김사량의 「낙조」를 중심으로」, 《국제한인문학연구》
              5, 국제한인문학회 5

2008          전설영, 「김사량 문학 연구 ― 주체의 이동을 중심으로」, 연
              세대 석사 논문

2008          황호덕, 「제국 일본과 번역 (없는) 정치 ― 루쉰, 룽잉쭝, 김
              사량, ʻ아(阿)Qʼ적 삶과 주권」, 《대동문화연구》 63, 성균관

대 대동문화연구소

| 2009 | 고인환, 「김사량의 「노마만리」 연구 ― 텍스트에 반영된 현실 인식의 변모 양상을 중심으로」, 《어문연구》 59, 어문연구학회 |

2009    고인환, 「김사량의 「노마만리」 연구 ― 텍스트에 반영된 현실 인식의 변모 양상을 중심으로」, 《어문연구》 59, 어문연구학회

2009    곽형덕, 「김사량의 일본어 소설 생성 과정 연구 ― 「풀숲 깊숙이」와 「산의 신들」을 중심으로」, 《현대문학의 연구》 38, 한국문학연구학회

2009    권나영, 「제국, 민족, 그리고 소수자 작가」, 《한국문학연구》 37, 동국대 한국문학연구소

2009    김병식, 「장혁주의 「산신령」과 김사량의 『태백산맥』 비교 고찰」, 충남대 교육대학원 석사 논문

2009    김석희, 「식민지인의 가책과 폭로의 구조 ― 김사량 「빛 속으로」를 중심으로」, 《일어일문학연구》 71권 2호, 한국일어일문학회

2009    김재용, 「김사량의 「호접」과 비민족주의적 반식민주의」, 《한국근대문학연구》 20, 한국근대문학회

2009    김재용·곽형덕 편역, 『김사량 작품과 연구 2』, 역락

2009    김학동, 『재일 조선인 문학과 민족 ― 김사량, 김달수, 김석범의 작품 세계』, 국학자료원

2009    나병철, 「탈식민주의와 환상 ― 김사량의 「천마」와 「천사」를 중심으로」, 《현대문학이론연구》 39, 현대문학이론학회

2009    남현정, 「김사량 소설에 나타난 탈식민주의」, 한국교원대 석사 논문

2009    박남용·임혜순, 「김사량 문학 속에 나타난 북경 체험과 북경 기억」, 《중국연구》 45, 한국외대 외국학종합연구센터 중국연구소

2009    유임하, 「기억의 호명과 전유 ― 김사량과 북한 문학의 기억

| | 정치」, 《한국어문학연구》 53 |
|---|---|
| 2009 | 이다혜, 「김사량 소설 연구 — '모순의 변증법'을 시점으로」, 국민대 교육대학원 석사 논문, |
| 2009 | 이영구·박민호, 「식민·반식민 시기 '타자적 주체'로서의 피억압 민족 형상」, 《중국어문논역총간》 24, 중국어문논역학회 |
| 2009 | 이춘매, 「김사량 소설의 서술 특성」, 《한중인문학연구》 26, 한중인문학회 |
| 2009 | 임형모, 「욕망의 간접화와 형이상학적 욕망의 실체 — 김사량의 「천마」와 「빛 속으로」를 중심으로」, 《국제한인문학연구》 6, 국제한인문학회 |
| 2009 | 정윤길, 「「번역」과 「풀 속 깊이」를 통해 본 포스트콜로니얼적 문화 실천 비교 연구」, 《동서 비교문학저널》 20, 한국동서문학비교학회 |
| 2010 | 김석희, 「식민지인의 윤리적 분열과 내러티브」, 《일본문화연구》 35, 동아시아일본학회 |
| 2010 | 곽형덕, 「김사량과 1941년 도쿄 — 새 자료 「호랑이 수염」을 중심으로」, 《현대문학의 연구》 42, 한국문학연구학회 |
| 2010 | 권외영, 「김사량 문학의 미적 거리 연구」, 인하대 석사 논문 |
| 2010 | 김석희, 「김시명(金時明)의 생애와 '친일' — 식민지 관료 소설로서의 「풀 속 깊이」를 출발점으로」, 《일어일문학연구》 75-2, 한국일어일문학회 |
| 2010 | 김석희, 「식민지인의 윤리적 분열과 내러티브」, 《일본문화연구》 35, 동아시아일본학회 |
| 2010 | 김순전, 『조선인 일본어 소설 연구 — 일제 강점기 한국 문학의 거세된 정체성 재건을 위하여』, 제이앤씨 |
| 2010 | 김혜연, 「김사량의 「빛 속으로」의 근대성 연구」, 《배달말》 46, 배달말학회 |

| 2010 | 왕원, 「한국 작가의 항일 근거지 체험 연구 — 김태준과 김사량을 중심으로」, 인하대 석사 논문 |
| 2010 | 이자영, 「김사량의 「태백산맥」론 — 작가의 민족의식을 중심으로」,《일본문화연구》 34, 동아시아일본학회 |
| 2010 | 이춘매, 「김사량의 소설에 반영된 일제 강점기 한민족의 삶과 이산(離散)」,《한중인문학연구》 29, 한중인문학회 |
| 2010 | 임경순, 「김사량 문학에 나타난 중국 체험과 의식」,《우리어문연구》 38, 우리어문학회 |
| 2011 | 박종명·김주영, 「식민지 지식 청년의 '자기윤리' — 김사량의 「빛 속으로」를 중심으로」,《일본어교육》 55, 한국일본어교육학회 |
| 2011 | 방민호, 『일제 말기 한국 문학의 담론과 텍스트』, 예옥 |
| 2011 | 김계자, 「1930년대 조선 문학자의 일본어 글쓰기와 잡지《문예수도》」,《일본문화연구》 38, 동아시아일본학회 |
| 2011 | 김계자, 「근대 일본 문단과 식민지의 문학자 — 김사량과 룽잉쭝을 중심으로」,《아시아문화연구》 22, 경원대 아시아문화연구소 |
| 2011 | 김은정, 「일제 말 총동원 시기 '신민≠국민'의 표상과 의미 작용의 함수 관계」,《세계문학비교연구》 37, 세계문학비교학회 |
| 2011 | 김주영, 「김사량의 「빛 속으로」를 통해 본 균열의 제국」,《세계문학비교연구》 37, 세계문학비교학회 |
| 2011 | 김혜연, 「김사량 작품 연구 — 일제 말기 이중 언어를 중심으로」, 중앙대 박사 논문 |
| 2011 | 김혜연, 「김사량과 북한 문학의 정치적 거리」,《한국학연구》 38, 고려대 한국학연구소 |
| 2011 | 이재명, 「김사량의 희곡 「호접」 연구」,《현대문학의 연구》 |

45, 한국문학연구학회

2011 전갑생, 「[북 노획 문서로 본 6·25 전쟁] 또 다른 전사, 종
    군기자로 나선 작가들」, 《민족21》 119, 주)민족 21

2012 박정이, 「金史良『草深し』論 — 紀行文『山家三時間』と『火
    田地帶を行く』を中心に(김사량 「풀속 깊숙이」론 — 기행문
    「산가세시간」과 「화전 지대를 가다」를 중심으로)」, 《일본어
    문학》 58, 한국일본어문학회

2012 김혜연, 『한국 근대 문학과 이중어 연구』, 국학자료원

2012 서기재, 「《관광조선》의 '문학'의 전략성 — '완결 소설'란의
    김사량 소설을 통해」, 《일본어문학》 53, 한국일본어문학회

2012 윤성훈, 「배뱅이굿 극화 전략 연구 — 김사량의 「더벙이와
    배뱅이」를 중심으로」, 명지대 석사 논문

2012 정선애, 「김사량의 일본어 소설 연구 — '일본어 글쓰기'의
    수용과 기능」, 충남대 교육대학원 석사 논문

2012 차승기, 「내지의 외지, 식민 본국의 피식민지인, 또는 구멍
    의 (비)존재론」, 《현대문학의 연구》 46, 한국문학연구학회

2012 홍희정, 「김사량의 일본어 소설 고찰 — 「빛 속으로」를 중심
    으로」, 한국외대 석사 학위논문

2012 후지네 마유코, 「金史良の「光の中に」硏究 — 人物を中心に
    (김사량의 「빛 속으로」 연구 — 인물을 중심으로)」, 경상대
    석사 학위 논문

2013 후지네 마유코, 「金史良の『光の中に』硏究 — 在日朝鮮人の
    群像の分類(김사량의 「빛 속으로」 연구 — 재일 조선인의 군
    상 분류)」, 《일본어교육》 65, 한국일본어교육학회

2013 김영미, 「일제 말기 김사량 문학 연구」, 《한국현대문학연
    구》 41, 한국현대문학회

2013 김재용·곽형덕 편역, 『김사량 작품과 연구 3』, 역락

| 2013 | 김지영, 「제국과 식민지, 일상에서의 혼종/혼혈과 분열증」, 《한국현대문학연구》 41, 한국현대문학회 |
|---|---|
| 2013 | 박은희, 「김사량 문학의 특수성과 동아시아적 보편성」, 《한국학연구》 29, 인하대학 한국학연구소, |
| 2013 | 양정임, 「김사량의 「천마」에 나타난 폭력성 연구 ─ 벌거벗은 자에 대한 공동체의 시선」, 《동남어문논집》 35 |
| 2013 | 오태영, 「제국 ─ 식민지 체제의 생명 정치, 비체(卑體)의 표상들」, 《한국어문학연구》 61, 한국어문학연구학회 |
| 2013 | 윤대석, 「식민자와 식민지인의 세 가지 만남」, 《우리말글》 57, 우리말글학회 |
| 2013 | 이동재, 「김사량 문학 연구 ─ '번역자 위치'와 '욕망'을 중심으로」, 한양대 석사 논문 |
| 2013 | 이재봉, 「식민지 말기 '경성'과 '조선'이라는 지방 ─ 김사량의 「천마」가 제기하는 질문들」, 《코기토》 73, 부산대 인문학연구소 |
| 2014 | 공주은, 「일제 말기 배경 소설의 지식인상 연구 ─ 김사량의 「천마」와 다나카 히데미츠의 「취한 배」를 중심으로」, 영남대 석사 학위 논문 |
| 2014 | 곽형덕, 「김사량 작 「향수(鄕愁)」에 있어서의 '동향'과 '세계' ─ '전향'의 전제 조건을 둘러싸고」, 《현대문학의 연구》 52, 한국문학연구학회 |
| 2014 | 김재용·곽형덕 편역, 『김사량, 작품과 연구 4』, 역락 |
| 2014 | 주약산, 「루쉰과 김사량 소설의 인물 비교 연구 ─ 「아Q정전」과 「유치장에서 만난 사나이」를 중심으로」, 부산대 석사 학위 논문 |

**작성자 서영인** 경희대 강사

# 도착된 순정과 불행한 의식[1]
### 유항림의 해방 이후 소설과 작가 의식의 일관성

정주아(강원대 교수)

## 1 해방, 마르크시즘과 모더니즘 이후

리얼리즘이나 모더니즘이라는 개념의 광의성과 불명료함을 무릅쓰면서
도, 이 두 개념어를 문학사 기술의 주요 축으로 삼는 것은 물론 그것이 근대
에 대응하는 예술 정신의 두 가지 상대적 태도를 표현하는 데 적합하기 때
문이다. 근대를 부르주아의 시대라 일컬을 때, 적어도 마르크시즘과 연계
된 문학 창작 원리로서의 리얼리즘이란 계급적 각성과 혁명 의지의 고취라
는 뚜렷한 목적성 아래 실현될 유토피아를 전제한다. 반면 모더니즘이란 시
대의 조류에 저항하는 자기 부정의 정신 자체를 예술 창작 형식으로 흡수
하고자 시도하되, 역사적 필연성에 기댄 이상주의를 냉소하면서 차라리 미
의식을 통해 제한적 시공간을 꿰뚫는 영원성을 체험할 수 있다는 입장이다.
근대가 낳은 쌍생아임에도 불구하고, 예술 운동의 역할과 목표를 설정하고
나아가 세계의 전망이나 참여 방식을 규정하는 태도는 매우 대조적이다.

---

[1] 이 글은 2014년 5월 한국작가회의와 대산문화재단이 공동 주최한 '탄생 100주년 문학인
기념문학제'의 발표 원고를 수정한 것이며, 이후 학술지 《현대문학의연구》 53호(2014.
6)에 수록되었다.

이렇듯 상반된 두 태도가 인접하는 지점이 바로 문학사적으로 《단층(斷層, LA DISLOCATION)》이 놓인 자리다. 1937년 평양에서 광성고보 출신 문학청년들의 주도로 제4호까지 발행되었던 이 소규모 동인지가[2] 문학사적으로 주목받을 수 있었던 것은 "리얼리즘과 모더니즘의 상호 침투"라는 문제적 상황을 반영하기 때문이다.[3] 프로 문학의 퇴조기라는 시대적 특수성하에서 회의에 빠진 지식인의 내면에 심리주의적 기법으로 접근했다며, "마르크시즘과 프로이티즘의 종합"이라 평한 최재서의 견해가 대표적이다.[4] 학생 시절 마르크스주의 운동에 매혹되었으며, 그 정치적 전위 의식을 곧 문학적 전위가 되고자 하는 작가 의식으로 전이시킨 《단층》의 문학사적 의의는 유항림(兪恒林, 본명 金永燁)의 소설에도 고스란히 적용된다. 창간 동인으로서 매호 가장 밀도 있는 소설을 써낸 데다 동인 중 유일하게 평론을 실어 사실상 단층파의 대(對)사회적 창구의 역할을 자청했다는 점에서 그는 단층파의 대표 작가다. 때문에 유항림 문학을 단독으로 다룬 연구는 드문 편이지만, 《단층》에 대한 분석은 모두 유항림의 글을 모체로 한다고 보면 된다. 해방 이전 단층파 시기 유항림의 문학은 프로 문학 쇠퇴기

---

2) 각 권호의 발행 연도는 다음과 같다. 제1호(1937. 4), 제2호(1937. 9), 제3호(1938. 3), 제4호(1940. 6). 《단층》의 초기 동인은 구연묵, 김이석, 김화청, 김여창, 김환민, 유항림, 이휘창, 양운한, 최정익 등으로 모두 평양 광성고보 동창생들이다. 제2호에 평양 숭실학교 출신의 김조규가 참여하고, 제4호에는 역시 평양 숭실학교 출신의 황순원이 가담한다. 《단층》의 발간 당시 양운한, 김조규, 황순원 정도가 추천이 완료된 신인이었고, 나머지는 모두 작가 지망생 혹은 문학 애호가들이었다. 김이석은 1938년 《동아일보》에 이효석의 추천을 받아 등단하고, 유항림은 《단층》에 실린 작품으로 주목을 받다가 1940년 10월 《인문평론》에 「부호(符號)」를 발표하면서 중앙 문단에 등장했다.

3) 김윤식·정호웅, 『한국소설사』(문학동네, 2000), 280쪽.

4) 최재서는 《단층》의 의의가 '프로 문학의 퇴조기를 맞은 지식인의 회의와 고민에 대해 심리분석적'으로 접근한 데 있다고 본다.(「단층파의 심리주의적 경향」, 『문학과 지성』(인문사, 1938), 187쪽) 카프의 퇴조와 파시즘의 대두로 시대적 위기의식이 팽배하던 시기에 "심리주의적 경향을 특징으로 기교와 표현에 치중한 신세대 문학을 선보였다."라는 평론가 백철의 견해(『신문학 사조사』(1947), 신구문화사, 1980, 476~478쪽)도 참고할 수 있다.

의 전향 문학이 보여 주는 불안과 절망의 파토스,[5] 혹은 경성의 구인회보다 두드러진 실존주의적 자의식 등을[6] 보여 준다고 평가된다. 해방 이후 유항림이 이북에 남아 창작을 계속했다는 점까지 포괄한 연구는 드문 편인데, 이 경우 대개는 모더니스트가 리얼리스트로 이행한다는 관점으로 접근한다.[7] 이러한 접근은 결과적으로 유항림의 소설을 모더니즘 계열과 리얼리즘 계열로 양분하거나, 혹은 해방 이전의 글쓰기를 전향 지식인의 방황으로 보아 차후 리얼리즘에 이르는 도정으로 환원하여 해석하도록 이끈다.[8] 다시 말해, 해방 이전 유항림의 소설은 당대 구인회와 더불어 1930년대 모더니즘 문학의 특징을 분유한다는 차원에서 논의되고, 해방 이후 작품들은 북한 체제 문학의 장에서 창작되었던 만큼 해방을 기점으로 유항림 문학이 완전히 달라졌음을 승인하는 수준에서 논의된다.

이 논문은 선행 연구의 결과를 참조하되, 유항림이 해방 이후 북한에서 창작한 소설까지 포괄하여 살피면서 체제 문학으로의 합류라는 표면상의 명백한 단절과는 별도로 내적인 창작 의식의 흐름을 확인하려는 목적을 지닌다. 최초 이러한 문제의식은《단층》을 통해 확인할 수 있는, 유항림 세대가 지녔던 위기의식의 선명함을 새삼 환기하는 가운데 도출된 것이다. 유항림을 비롯한《단층》동인들이 한때 마르크시즘에 매혹되어 학생 운동에 가담했으며 1930년대 사상 탄압에 의해 전향자가 된다는 정황은 그간 이들을 마르크시스트라 해석하는 핵심 준거가 되어 왔다. 가령 단층파의 소설이 학창 시절 '독서회 사건'에 대한 기억을 공유하고 있다는 점은 중요한

---

5) 신형기,「유항림과 절망의 존재론」,《상허학보》23, 2008, 295~324쪽; 김한식,「유항림 소설에 나타난 절망의 의미」,《상허학보》4, 1998, 325~353쪽.

6) 유철상,「유항림 소설에 나타난 불안과 존재 의식 탐구」,《선청어문》23, 1995, 615~634쪽.

7) 김명석,「단층파 모더니스트 유항림의 문학적 변모 과정」,『한국 소설과 근대적 일상의 경험』(새미, 2002), 187~221쪽.

8) 임형모,「'산문적 로맨스'로부터 일깨워진 '열정'의 의미」,《현대소설연구》34, 2007, 217~237쪽.

참조점이다.[9] 그러나 이들 어린 마르크시스트들의 내면을 이해하는 데 고려해야 할 두 전제가 있다. 하나는 이들이 경성이 아닌 평양에 놓여 있었다는 사실이다. 식민지화된 민족국가에서, 보편주의로서의 공산주의가 어떻게 실현될 수 있느냐는 질문을 던질 때 평양처럼 그 해답의 난해함을 잘 보여 주는 곳도 드물다. 식민지 시기 평양의 지역성은 우파 민족주의 운동 및 기독교의 수용으로 대변되는 토착 부르주아 문화와 분리될 수 없으며[10] 이에 마르크시즘을 비롯한 사회주의 운동의 지향이란 민족주의와 구분되지 않는다. 요컨대 이들이 매혹되었던 마르크시즘은 일종의 지적 유행의 수준에서 수용되었을 가능성이 있다는 것이다.[11] 나아가 마르크시즘을 따르던 학창 시절이 곧 세상에 대한 환멸의 시작점과 겹치고 있다는 것은 단층파의 내면을 이해하기 위한 두 번째 전제라 할 수 있다. 유항림의 「마권」에서 보듯, 경찰의 감시와 체포가 이루어지는 공포 정국에서 이들의 동지애는 학생 사회 내부에서 생겨난 내부 고발자로 인해 서로를 의심하는 가운데 깨어진다. 혹은 이들 세대는 학생 운동에서 이탈하여 자기 처세에 매진하는 동료를 지켜보며 배신감을 경험하기도 한다. 즉 유항림 세대가 느꼈던 위기의식이란 일본의 군국주의화와 사상 탄압이라는 외적 요인에 의

---

9) 정주아, 「불안의 문학과 전향 시대의 균형 감각 — 1930년대 평양의 학생 운동과 단층파의 문학」, 《어문연구》 39, 2011, 322~328쪽.
   독서회 사건이란 1930년대 벽두에 광주 학생 사건에서 발단이 되어 학생 계층이 주도했던 대중 계몽 운동으로 단순한 문학 서클 활동에서부터 동맹 휴학이나 만세 운동으로 나타났다. 경찰은 공산주의 운동의 초보적 조직체라 탄압했지만, 실제로 학생들이 자발적으로 조직하기도 했고 좌우 합작 단체였던 신간회의 지원을 받기도 했다. 공산주의 조직체라 지목한 것은 학생들의 집단 운동을 통제하기 위한 핑계이기도 했다.
10) 신수정은 부르주아 도시였던 평양의 풍요로운 문물 속에서 자란 청년들이 사회주의를 선택할 때 생성되는 이율배반적 내면이 곧 《단층》 특유의 집단적 비관주의를 형성한다고 본다.(「단층파 소설 연구」, 서울대 석사 논문, 1992)
11) 이에 대해 단층파의 동인이었던 화가 김병기는 단층파가 활동할 당시 "평양 지역 서점가엔 전부 마르크스주의 서적뿐이었다."라면서, 그렇지만 그 성격은 민족주의나 같았다고 설명하고 있다. 이 증언은 최근 단층파의 작품 해석은 물론 이들의 전기적 사실까지도 충실하게 복원한 박성란, 「단층파 모더니즘 연구」(인하대 박사 논문, 2012)에 실려 있다.

해 조성된 것이기도 하지만, 그 구체적인 환멸의 양상은 취업과 결혼 등 신념의 차원을 압도하는 제도권 사회로의 편입을 감당해야만 하는 데다 그 과정에서 과거 뜻을 함께했던 동지들이 탈락하는 것을 지켜봐야 하는 청년층의 자의식과 연결되어 있다.[12] 다시 말해, 마르크시즘으로 대변되는 신념의 시대가 막을 내리고 장차 나아가야 할 길을 잃은 상태에서 위기의식에 봉착한 청년 세대의 분열적 자의식을 기록한 것이 단층파 문학을 규정짓는 심리주의의 본령이 되는 것이다.

이러한 궤적을 감안한다면 해방 이후 평양에 남아 재북(在北) 작가가 된 유항림과 그의 문학은 새삼 흥미로운 대상이 된다. 목적 지향적인 개혁 의지의 집단적 분출이라는 방식과 개인의 내면으로 침잠해 들어가는 자기 관조의 방식을 두루 섭렵한 이후, 유항림이 이북에서 선택한 문학적 발화의 방식은 어떤 것이었을까? 주지하듯 해방 이후 유항림은 「직맹반장」(1954)을 비롯하여 체제 홍보성이 짙은 작품을 충실히 써냈다. 유항림이 해방 이후 집단을 위한 문학을 창작한다고 했을 때, 《단층》을 대표하는 모더니스트였던 그에게는 과연 아무 갈등도 없었던 것일까? 무엇보다 한 작가의 창작 성향이란 그렇듯 명쾌하게 '이행' 혹은 '지양'될 수 있는 것일까? 이 글에서는 우선 해방 이전 유항림의 작품 세계를 관류하는 작가 의식의 전모를 살피고, 이어 그가 해방 이후 써낸 소설을 통해 그 반복과 변이의 양상을 논의하기로 한다. 특히 유항림이 해방 이후 써낸 두 편의 중편 소설인 「성실성에 대한 이야기」(1958), 「대오에 서서」(1961)를 중점적으로 살핀다. 단편 소설에 비해 인물과 삽화의 구성이 다양해질 수밖에 없는 중편 소설을 통해 지켜본 작가 유항림의 모습은 체제 문학을 수용한

---

12) 정치적 신념의 포기를 일컬어 '전향'이라 할 때, 이 단어에는 정치적 탄압이라든가 운동 강령에 대한 회의라는 성격이 짙게 가미되어 있다. 마르크시즘에 대한 환멸과 이탈이라는 장면을 이야기하면서도 굳이 '전향'이라는 단어를 쓰지 않은 것은, 이들이 당면했던 위기의식이란 학생 세대가 사회화 과정에서 부딪치게 되는 일상적 삶의 무게와 세속적 입신의 욕망이 주된 요인으로 작용했다는 점을 염두에 두었기 때문이다.

모더니스트의 기대감과 위기의식을 동시에 반영한 것이었음을 미리 밝혀 둔다.


## 2 '산문적 로맨스'와 도착된 순정

해방 이전과 해방 이후 유항림 소설의 가장 큰 차이는 개인의 내면 묘사에 집중하던 작풍이 온전히 체제 문학에 헌신하는 방향으로 바뀌었다는 점이다. 이에 해방 전 모더니스트가 해방 이후 리얼리스트로 전신(轉身)을 꾀했다는 해석이 나오기도 한다.[13] 박태원이나 이태준의 문학이 해방을 전후하여 사상적 변모를 보이는 것과도 같은 맥락이다. 구인회 계열 모더니스트들의 월북 동기는 지금까지 명백하게 설명된 바 없지만, 이태준의 「해방 전후」(1946) 같은 작품은 해방이 이들에게 일종의 부채 의식을 심어 주었음을 보여 주고 있다. 반면 재북(在北) 작가인 데다 학창 시절 이미 마르크스주의를 경험했던 유항림을 구인회와 같은 조건에 놓고 논하긴 어렵다. 다만 우리에겐 해방을 계기로 거꾸로 뒤집혀, 내면 묘사에서 체제 순종으로 변화하는, 전혀 상반된 경향을 보이는 문학적 행보만이 남아 있을 뿐이다.

그러나 해석의 실마리가 전혀 없는 것은 아닌데, 해방 이전 유항림의 소설을 따라 읽다 보면 '거꾸로 뒤집힌' 상태가 그의 문학에 있어서는 별로 낯설지 않은 현상이라는 사실 때문이다. 해방 이전 유항림이 발표한 소설은 총 4편으로,[14] 모두 남녀의 어긋난 사랑을 주제로 삼는다. 이 어긋남의 양상을 잘 집약한 것이 「마권」에 등장하는 "산문적 로맨스"란 표현이다.

---

13) 임형모, 앞의 논문. 논자는 유항림 소설에 등장하는 '산문적 로맨스'가 억압된 '열정'을 시사하고 있음을 감안하여 유항림의 해방 전 작품이 '지양된 모더니즘과 예견된 리얼리즘'이라는 방향성을 내포한다고 정리한다.

14) 「馬券」(《단층》 1, 1937. 4), 「區區」(《단층》 2, 1937. 10), 「符號」(《인문평론》 12, 1940. 10), 「弄談」(《문장》 23, 1941. 2)이다. 해방 이전 유항림이 발표한 작품으로는 앞서 열거한 4편의 소설 이외에 「個性·作家·나」(《단층》 3, 1938. 3), 「小說의 創造性」(《단층》 4, 1940. 6) 등 2편의 평론이 더 있다.

"그러든 동안에 종서는 시대의 거도(巨濤)와 보조(步調)를 같이하는 세계 관과 젊은 열정을 가지고 졸업했건만 세상은 벌써 혼미(混迷)한 적막(寂寞)이 있을 뿐이고 졸업후로 밀우웠든 포부를 살릴길없는 현실에 부닷기고 이론(理論)으로서든 극복(克服)했다고 믿은 가정과 빵을 위하야 죽은 아버지의 친지를 찾어 이십오 원의 초라한 밥자리에 매달리였다. 그때 혜경은 이성(異性)으로서의 여자가 되였다. 이렇게 로맨틱한 아모것도 없이 그들의 산문적 로맨쓰가 시작되였다. (중략) 그렇다고 삭바누질이라도 할 각오라고 저편에서 적극적으로 나선다면 몰으지만 그렇지도 않는이상 될수잇으면 성을 초월한 그무엇이라 설명해버릴려는 노력을 잊지않었기 때문이다."[15]

유항림의 첫 작품인 「마권」의 일부분이다. 한때 마르크스주의자였던 종서는 학교 졸업 후 친척이 운영하는 가게의 점원이 된다. 결혼을 전제로 사귀는 연인이 있지만, 이들은 열악한 경제 사정으로 인해 현실적으로 결혼이 어렵다는 사실을 알고 있다. 이러한 상황 설정 자체는 평범한 것이나, 문제는 그다음이다. 이들은 결혼을 결심하지도 그렇다고 헤어지지도 않는다. 종서는 자신들의 연애를 '산문적 연애'라 부른다. 그것은 현실적 제약으로 인해 로맨틱한 감정이 개입할 여지가 없어져 버린 연애를 의미한다. 이들은 로맨틱한 감정 자리에 "성을 초월한 그 무엇"을 대신 채운다. 과거에 이들은 학생 시절 독서회 활동 등을 통해 사상 운동에 눈을 떴으나 이미 마르크스주의에 대해 회의를 느낀 지 오래고, 학교를 졸업한 지금은 생계를 책임지고 가정을 꾸려야 하는 입장이다. 그럼에도 '그 무엇'의 자리를 채우는 것은 그 옛날 그들이 따랐던 신념들, 즉 결혼과 연애는 별개라는 식의 콜론타이식 연애관, 자유연애론, 남녀 간의 동지적 우정 등의 논리이다. 현재의 신념인 양 동지적 연애에 대해 말하고 있으며 이로써 항간의 통속적 연애 행태와는 다른 관계를 유지한다는 점을 위안 삼지만, 이것이 거짓임은

---

15) 유항림, 「마권」, 《단층》 1, 87쪽.

'산문적 연애'라는 자조에서 드러난다. 사실상 빵과 돈의 문제가 자신들의 인생을 장악했음을 인정하지 않으려 하고, 이론을 수단으로 현실을 위장한다.

산문적 로맨스란 사랑 대신 논리를 내세우는 도착적인 애정 관계이다. 유항림 소설에 등장하는 사랑의 방식은 한결같이 이렇게 뒤집혀 있다. 연인에 대한 육체적 갈망 대신에 이성적 태연함을 가장하고(「마권」, 「구구」), 사랑을 경멸로 표현하며(「구구」), 오로지 연인만을 향하는 마음을 감추려 유곽에 출입하며 방탕을 과시한다(「구구」). 혹은 연정을 품은 상대가 있으면서도 자신이 경멸하는 상대와 결혼하여 일부러 불행의 파국으로 걸어 들어간다(「부호」). 유항림은 이렇듯 왜곡된 사랑의 표출 방식을 두고 "도착된 순정"이라 부르며, '이즈러진 청춘도 청춘이랄 수 있는지' 한탄한다.[16] 대체 이들은 왜 본심과 다르게 행동하며 자신을 기만하려 드는가? 대답을 찾기는 어렵지 않아 보인다. 정상적인 관계를 유지했을 때 나타나는 사태를 감당하는 일이 힘겹기 때문이다. 「마권」의 종서가 점원 노릇을 하며 홀어머니를 모시는 가난한 외아들이라는 사실을 인정해야 하듯이, 「구구」의 주인공은 기둥서방을 둔 기생을 연모하여 몰래 쫓아다니는 가난한 룸펜 신세를 인정해야 한다. 잃어버린 옛사랑과 재회하지만 위암 선고를 받아 버린 「부호」의 주인공은 말할 것도 없다. 즉 '도착된 순정'은 서글픈 자화상을 인정하고 싶지 않은 청년 세대가 만들어 낸 환상의 무대에서 벌어지는 사건들이다.

그러나 보다 흥미로운 것은 이들의 '도착된 순정'이 다만 청년 세대의 서글픈 자화상으로 단순화되지 않는, 절박한 자기방어의 방편이란 사실이다. 왜곡되어 있으며 결코 사실이 아니라는 것을 알면서도 제 손으로 자기 기만의 벽을 허물 수 없는 사정이 있다. 세계에 노출되는 순간에 사회의 제도와 역할론에 침식되어 허물어질지도 모르는 '그 무엇'이 있기 때문이다.

---

16) 유항림, 「구구」, 《단층》 2, 94, 101쪽.

「부호」의 주인공 동규 앞에 옛 연인이 찾아온다. 애정을 호소하며 과거의 어긋났던 사랑을 다시 이을 수는 없을지 떠보는 옛 연인 앞에서 동규는 마음이 흔들린다. 그러나 동규는 끝까지 그녀의 속마음을 모른 체한다. 그녀가 유부녀라서가 아니라, 그러한 상황을 냉철하게 읽고 있는 그 자신, "이런 것을 모두 똑똑히 의식하고 있다는 데 전신이 뛰여들어갈 수 없는 마지막 패짝이 아직도 소중히 남겨져 있는"[17] 상태가 훨씬 중요하기 때문이다. 세계 앞에 저항하는 오직 하나의 '마지막 패짝'이란 '자기의식'을 가리킨다. 이 '자기의식'은 아무것도 현실로 만들어 내지는 못하지만 적어도 세속적 세계와 자신을 구분해야 한다는 의식만큼은 고수하고 있다. 여기에서 '도착된 순정'의 성격도 보다 명료하게 밝혀진다. 그것은 비단 상황에 의해 만들어진 것만은 아니다. 그것은 '자기'를 지키려는 주체가 만들어 낸 방어벽인 것이다. 사랑을 경멸로, 육체적 갈망을 이성적 냉철함으로, 감정을 논리로, 소유를 방기로 표현한다. 무질서한 세계에 뛰어들었을 때 자기가 소멸될지도 모르기 때문이다.

세계와 불화하며 자폐적인 세계를 만들고 그 안에서 자족하는 낭만주의자의 자아를 일컬어 괴테는 '아름다운 영혼'이란 역설적인 이름을 붙였다.[18] 주체로서 세계와 조화를 이룬다는 것은 세계의 제도나 규율이 아니라 자신의 양심에서 울려 나오는 소리에 따라 확신을 가지고 자신의 결단을 행동으로 옮길 수 있다는 의미이다.[19] 그러나 막상 현실적 관계들 속에서 자기 확신과 행동 사이에서 머뭇거릴 수밖에 없는 것이 인간이고 보면, 더 이상 낭만주의자의 자족적 은둔이 가능하지 않은 상황에서의 '아름다운 영혼'이란 자기 확신에 대한 회의는 물론이고 행동을 추동하는 자신의 내면조차 불안하게 바라볼 수밖에 없는 분열된 자기 관조자의 형상

17) 유항림, 「부호」, 《인문평론》, 1940. 10.
18) 괴테, 안삼환 옮김, 「제6권 어느 아름다운 영혼의 고백」, 『빌헬름 마이스터의 수업 시대』 2(민음사), 501~595쪽.
19) F. 헤겔, 임석진 옮김, 『정신현상학』 2(한길사, 2005), 198~207쪽.

으로 추락할 수밖에 없다.[20] 적대적인 세계와 대면하는 가운데 완결된 주관성에 대한 꿈을 잃고 죽어 가는 낭만적 주체는, '의식의 하부로 내려가거나 새로운 감수성의 차원에서 세계와 대면'하며 '세계의 탐색'으로 나아가는 모더니스트로 전신(轉身)한다.[21] 임화와 이상은, 예술이 현대성에 저항해야 한다는 예술적 전위 의식에 투철했던 작가들이되 그에 앞서 자아를 압도하며 군림하는 물화된 세계 앞에서 죽어 버린 낭만적 주체이기도 했다. 각기 식민지 시대의 대표적 리얼리스트와 모더니스트로 꼽히되, 이들의 정신적 근저에는 세계에 맞선 자아의 불안을 내포한 낭만적 주체의 잔해가 남아 있는 것이다. 그렇다면 1930년대 후반 평양에서 '기성 문단과의 층계'를 짓겠다며[22] 전위 의식을 표방했던 단층파의 일원이었던 유항림은 어떠한가. 유항림이 자신을 당초 행동의 가능성이 봉쇄된 세계, 주체의 모험이 애초에 불가능한 세계 속에 배치하고 있다는 점은 '(이미) 죽은 채 태어난 낭만적 주체'라는 자의식으로 요약할 수 있겠다. 그는 이데올로기의 숭고함을 더 이상 믿지 않고 그렇다고 해서 압도적 일상을 자신의 관념으로 장악하려 시도하지도 않는다. 낭만적 주체는 언제 어느 지역에서든 탄생할 수 있다. 그러나 군국주의 파시즘의 인적·물적 시장으로 포섭되어 가는 식민지 조선에서, 더불어 심화되는 신체적·사상적 통제 속에 애초부터 낭만적 주체가 설 땅은 없는 것이다. 유항림의 소설은 자폐적으로 자신의 사유에 사로잡혔다가도 어느 순간 사회적 현상에 대해 소모적 논쟁을 펼치는 '습관과 타성'의 에피소드로 가득하고, 정작 작가 자

---

20) 위의 책, 222쪽; 김상환, 「헤겔의 불행한 의식과 인문적 주체의 역설」, 《철학사상》 36, 서울대 철학사상연구소, 2010.

21) 완결성이 깨어져 버린 세계와 당면한 낭만적 주체의 절망이 짐멜의 '낭만적 주체의 죽음'의 개념과 연결되며, 그로부터 주체는 '세계의 탐색' 자체를 방법론으로 수용한 모더니스트로 거듭난다는 논리는 차원현, 「현대적 글쓰기의 기원―모더니즘의 경험과 방법에 대한 고찰」(『한국 근대 소설의 이념과 윤리』, 소명출판, 2007, 119~124쪽)을 참고한 것이다.

22) 김이석, 「동인지 《단층》에서」, 《조선일보》, 1959. 5. 28.

신은 그런 자신을 내려다보고 조소하는 위치에 놓여 있다. 작가의 초월적 위치는 혼란스러운 세계 속에서 유동하면서 "마지막 패짝", 즉 최소한 '자아'는 지켜야 한다는 위기의식을 통해 분명해진다. 요컨대 그는 자의식의 내부에 갇혀 버린 '불행한 의식',[23] 즉 '사산(死産)된 낭만적 주체'로 존재할 뿐이다.

죽어 버린 낭만적 주체가 선택한 사랑이 곧 '산문적 로맨스'이다. 이것은 상대를 향한 연애가 아니라 자아의 건재함을 확인하려는 열정의 표현이며, 이에 자아를 포기하지 않는 한 청산될 수 없다. 이때 '청산될 수 없다'는 것은 사랑이 성취되어서도 안 되고, 종결되어서도 안 된다는 의미이다. 연인과의 사랑은 자기 확인의 매개로 존재하기에, 유항림 소설에서는 반드시 달성되지 않아도 좋은 목표가 된다. 오히려 달성되거나 종결되지 않은 채 지연되고 보류되어야 한다. 산문적 로맨스는 사랑이 논리로 뒤집힌 도착된 형태의 사랑이지만, 그 구조 속에서만 자신이 지배력을 행사할 수 있고 자신의 위치를 확인할 수 있다. 사랑을 경멸로, 집착을 방기로 표현하는 모든 '도착된 순정'의 형태가 이 자기방어적 기제의 연장선상에 있다. '도착된 순정'이란 위선이자 자기기만이지만, 이 죽어 버린 낭만적 주체에게는 자기기만이 중요하다. 중요한 것은 남을 속이는 것이 아니라 자기가 속는 것이다. 자신은 사랑에 빠진 상태라고 스스로 속는 것이다. 이것이 진짜 사랑으로 실현되어 더 이상 자신을 비출 거울이 없어지거나, 혹은 사랑이 아니라 자신이 그저 자기만족을 위해 연기를 해 왔음을 아는 순간 이 불행한 의식은 헤어날 길 없는 절망으로 떨어진다. 당초 사랑의 열정을 발산할 기회조차 얻지 못한 채 사산된 낭만적 주체에게 있어서 세계와 불화하는 불행한

---

23) F. 헤겔, 임석진 옮김, 『정신현상학』 1(한길사, 2005), 234~263쪽; 김상환, 앞의 논문; 서영채, 『인문학 개념 정원: 금욕주의, 회의주의, 불행한 의식』(문학동네, 2013), 215~219쪽. 불행한 의식이란 사유의 영역에 머물면서 자기 존재를 확인하는 스토이시즘과 눈앞의 타자를 부정하는 가운데 자기를 확인하는 회의주의 사이에서 끝없이 부동하는 의식이다.

의식은 다만 짊어지고 견뎌야 할 고통일 뿐이다. 이러한 고통을 덜 수 있는 출구가 '도착된 순정'의 형태이다. 산문적 로맨스는 남을 속이는 동시에, 자신조차도 속이는 자기기만을 통해 생존하는 방식이다. 그러나 자신을 속인 상태로 세계로 진입하는 것이기에 현실에 참여하는 것도 아니며, 그렇다고 도피하는 것도 아니라 할 수 있다.

이제 이 절의 초반에 주어졌던 상황을 다시 생각해 보자. 세계와 화합하지 못하는 불행한 의식이었다는 점에서, 혹은 사산된 낭만적 주체라는 의미에서 유항림은 모더니스트로서의 요건을 갖추었다고 할 수 있다. 해방 이후 유항림의 문학은 거꾸로 뒤집힌 두 세계로 나뉜다. 이러한 단절적 이행은 리얼리스트 되기라는, 사산된 낭만적 주체가 해방을 맞아 찾아낸 새로운 행동의 출구일까? 즉 '산문적 연애'의 진정한 청산일까? 아니면 또 다른 '도착된 순정'의 대상 찾기, 그러니까 또 다른 자기기만의 연속인가? 그 답에는 두 가지 선택지가 있을 수 있겠다. 하나는 세계 속에서 자신의 역할을 확신하는 고양된 낭만적 주체로 거듭나는 것이며, 다른 하나는 또 다른 자기기만을 확인하며 내적 분열을 거듭하는 불행한 의식으로 남는 경우이다.


## 3 체제 문학의 '미달' 형식과 역설적 성취

### ① 해방 이후 창작된 소설의 전모

해방 이후 유항림은 평양에 남았다. 그는 조만식의 평안남도 건국준비위원회 계열 평양예술문화협회에 합류하여 활동하다,[24] 이 단체가 북조선문

---

24) 오영진, 『蘇軍政下의 北韓: 하나의 증언』(1952), 중앙문화사, 1983. 평양예술문화협회와 평남건준과의 연계 여부에 대해서는 아직 논쟁의 여지가 있다. 조만식 계열 우파 민족주의와의 연계를 주장하는 입장은 김윤식(『해방 공간의 문학사론』, 서울대 출판부, 1989)에서, 비정치적 성격의 단체임을 주장하는 입장은 박남수(『적치 6년의 북한 문

학예술총동맹에 통합되면서 사실상 북한의 체제 문학에 합류하게 된다.[25] 이때 작가에게 왜 남으로 넘어오지 않았느냐는 질문을 던지는 것은 별 의미가 없다. 다만 분명한 것은 해방 직후 그가 놓인 공간적 조건이 변화했다는 사실이다. 휴전선 너머 평양이 기독교 및 민족주의 운동 중심지로서의 정신주의적 경사와 자본주의적 근대화의 중심지라는 기반을 가지고 있었음에도, 그곳에 자리 잡은 정치 체제에 의해 '당'의 땅이 되었다는 사실이다. 유항림이 평양의 모더니스트였다는 사실은 이렇듯 해방 이후의 전경까지 포괄할 때 비로소 흥미로운 물음이 될 수 있다. 과연, 낭만적 주체(엄밀히 말하면 사산된 낭만적 주체로서의 모더니스트)가 개성을 억압하라 스스로를 설득하는 일, 자기의식을 개조하는 일이 어느 정도까지 가능하겠는가라는, 한국문학사는 물론 예술사에 있어 보편적 질문이 가능해지기 때문이다. 앞선 절에서는 이러한 질문을 '산문적 연애'의 진정한 청산인가, 아니면 '불행한 의식'이라는 분열된 자기기만 상태의 연장인가라는 문장으로 정리했었다.

해방 이후 창작된 유항림 소설의 전모는 아직 완벽하게 밝혀지지는 않은 상태이다. 지금까지 필자가 실제로 확인한 작품만을 대상으로 그 수록 현황을 정리하면 다음과 같다.

| 작품집명 | 수록 작품명 | 출판사 및 출판 연도 | 참고 사항 |
|---|---|---|---|
| 건설의 길 | 직맹반장 | 조선작가동맹출판사 (1954) | 공동 작품집/재수록 |
| 진실한 사람들 | 소년 통신병 | 조선작가동맹출판사 (1954) | 공동 작품집/재수록 |

단』, 국민사상지도원, 1952)에서 볼 수 있다.

25) 유항림은 1980년 11월 5일에 지병으로 숨졌다고 전한다. 유항림의 해방 이전 전기적 사항에 대해서는 박성란의 논문이 가장 풍부한 내용을 담고 있다. 해방 이후의 행적은 김명석, 앞의 논문을 참고할 것.

| | | | |
|---|---|---|---|
| 유항림 단편집 | 부득이(1949)<br>최후의 피 한 방울까지(1950)<br>누가 모르랴(1951)<br>소년 통신병(1953)<br>직맹반장(1954)<br>진두평(1951)<br>불바다 속에서(1958) | 조선작가동맹출판사(1958) | 개인 창작집 |
| 영광의 기록 | 와샤(1948) | 조선작가동맹출판사(1958) | 공동 작품집/재수록 |
| 성실성에 대한 이야기 | 성실성에 대한 이야기 | 조선작가동맹출판사(1958) | 단행본/전작 중편 소설 |
| 항일전구 소설집(2) | 가장 귀중한 것 | 조선작가동맹출판사(1960) | 공동 작품집 |
| 조선 문학 | 대오에 서서 | 조선문학(조선작가동맹 중앙위원회 기관지, 1961. 10~12) | 연재물/중편 소설 |
| 고향으로 가는 길 | 고향으로 가는 길 | 조선작가동맹출판사(1977) | 공동 작품집 |
| 분대장과 전사 | 소년통신병 | 금성청년출판사(1997) | 공동 작품집/재수록 |

유항림이 북한에서 써낸 작품들은 아직 온전히 발굴되지 않았거나 북한 문학 관련 서적에서 제목만 전하는 작품이 다수를 이룬다. 현재까지 전하는 서지 사항을 정리하여 필자가 확인한 작품의 규모는 단편 10편, 중편 2편이다. 작품집에 재수록된 작품을 제외했고, 그간 작품 완결 시기가 밝혀지지 않아 논자에 따라 장편 소설로 분류되던 「대오에 서서」(《조선문학》, 1961. 10~12)가 연재 3회 분량의 중편 소설이라는 것을 확인한 결과이다. 또 다른 중편 소설인 「성실성에 대한 이야기」는 세로쓰기 전용의 문고본으로 약 260페이지에 달하는 분량만 본다면 장편 소설에 가까울 것이나, 단행본의 표지에 중편 소설임을 명기하고 있는 점을 감안하여 그대로 중

편 소설로 분류했다. 이 밖에 제목만 남아 있어 아직 출처를 확인하지 못했거나 입수 경로를 확보하지 못했지만, 선행 연구를 통해 그 존재가 추정되어 온 단편 소설은 「휘날리는 태극기」(1945), 「개」(《문화전선》 2, 1946. 11), 「고개」(《조쏘문화》 4, 1947. 3), 「아들을 만나리」(1949), 「형제」(1949), 「판자집 마을에서」(1958), 「열차 안에서」(1960), 「축포」 등 8편 정도가 된다.[26] 현재까지 유항림이 쓴 마지막 소설은 1977년 『고향으로 가는 길』이라는 표제의 전투 실화집에 수록된 동명의 단편 소설로 확인된다. 그러나 위의 표에서 확인할 수 있듯이, 유항림은 여러 작가의 작품을 모아서 엮은 공동 작품집에 기왕 발표된 단편을 자주 재수록하곤 했기 때문에 「고향으로 가는 길」의 발표 시점을 마지막 창작 시기라 확정할 수는 없다.

해방 후 유항림의 소설을 읽을 때, 그것이 당의 선전 문학의 일종임은 너무도 선명한 것이어서 굳이 논의할 필요조차 없어 보인다. 북한에서 창작된 그의 작품 중 지금껏 가장 잘 알려진 작품은 「직맹반장」(1954)이다. 시멘트 원료인 석회를 조달하는 공장에서 생산량 고취를 달성하기 위해 내부 조직의 부패를 해결하는 여성 직맹반장의 역할을 그린 것이다. 이 소설은 "노동자들의 사상 의식 발전 과정을 사회 생산을 위한 노력 투쟁과의 유기적인 연관 속에서 예술적으로 잘 형상화"[27]했다는 평가를 받는다. 이 밖에 어린 통신병이 고립 상태에 빠진 자신의 부대를 구할 전화선을 복구하려 자신의 몸에 전류가 흐르는 것조차 감수한다는 내용을 그린 「소년 통신병」(1953) 정도가 공동 작품집에 재수록되고 있는 것을 보아 대표작으로 인식되고 있는 듯하다.

유항림은 주로 단편 소설을 창작했지만 「성실성에 대한 이야기」(1958)

---

26) 이상 열거한 작품의 목록은 김명석이 『남북한 문학사 연표』(한길사, 1990), 『북한 및 공산권 자료 목록』(북방정보자료교류협의회, 1989), 『북한의 문학』(권영민 편, 을유문화사, 1990), 「북한 문단을 해부한다」(김재용, 《문예중앙》 1995 겨울) 등에 실린 작품명을 검토하여 정리한 논문(「단층파 모더니스트 유항림의 문학적 변모 과정」, 『한국 소설과 근대적 일상의 경험』, 새미, 2002, 207~210쪽)을 참조한 것이다.

27) 박종원·류만, 『조선 문학 개관』 하(온누리, 1988), 172쪽.

와 「대오에 서서」(1961)라는 중편 소설을 써내기도 했는데, 이 두 작품은 「직맹반장」류의 공장 이야기와 「소년통신병」류의 전투담처럼 작가가 능숙하게 다루는 소재를 본격적으로 확대했다는 의의가 있다. 그러나 단편 소설의 완성도에 비할 때, 이 두 편의 중편 소설은 인물 및 플롯의 일관성이라는 측면에서 그 수준이 두드러지게 떨어진다는 특징이 있다. 해방 이전 유항림의 작가적 재능을 새삼 환기해 보면, 해방 이후 유항림 중편 소설에서 공통적으로 발견되는 인물과 플롯의 엉성함은 새삼 흥미로운 현상이 된다. 해방 이전 유항림은 단층파 내에서는 유일하게 추천의 형식이 아닌 청탁의 형식으로, 식민지 말기 양대 문학지면이었던 《인문평론》과 《문장》에 차례로 작품을 수록한 신인 작가였다. 훗날 《단층》이 최재서나 백철 등 문학사가들에 의해 기록될 수 있었던 데에는 평양 문단과 경성 문단을 넘나들며 당대 지식인의 불안한 내면을 집요하게 파헤쳤던 유항림 소설의 완성도에 힘입은 바 크다. 그런 작가가 본격적으로 써낸 중편 소설에서 작품을 장악하지 못하는 현상이란, 그 자체로 해명해야 할 대상이 된다. 더욱이 이 두 편의 중편 소설은 단편보다 분량이 늘어난 만큼 작품의 주제도 단순하지가 않다. 전자가 '성실성'을 키워드로 하여 개인과 집단의 의지가 서로 충돌하는 국면을 다룬다면, 후자는 개인의 예술적 정열이 어떻게 집단의 그것으로 연결될 수 있는가를 다룬다. 이하의 절에서는 두 편의 중편 소설을 중심으로 그 내용상의 균열과 그 의미에 대해 논의하기로 한다.

② 중립적 서사의 파탄과 그 의미

「성실성에 대한 이야기」(1958)는 광산에서 기계 담당을 맡고 있는 강순영을 주인공으로 하여 시작된다. 그는 자신의 직분인 기계공으로서의 수련이나 업무에는 빈틈이 없지만, 자기 원칙을 벗어나는 일에는 설사 그것이 다수의 뜻이라 해도 절대 타협하는 일이 없는 태도를 평생의 신조로 삼아왔다. 강 영감은 이러한 처세 방식을 해방 이전 일제 강점기 시대부터 일관성 있게 유지해 왔기에, 그에게 '괴짜' 내지는 '하는 수 없는 자'라 별명을 붙여 가며 불만의 눈으로 바라보던 일본인들조차 나중에는 그가 '솔직하다'는 것만은 인정하게 되었던 것이다. 이러한 태도는 해방이 되고도 변함이 없어서 가령 작업 기한을 맞추려면 야근을 해야 한다는 다수의 의견에 '팔 시간 노동제가 옳다'며 작업을 거부하는 식으로 대응한다. 강 영감이 작업에 열중하는 이유는 다음과 같이 단순하지만 명쾌한 원칙에 의거하고 있기 때문이다.

> "나두 물론 급하지, 공무부 기사루서두 그렇지만 아들 삼형제 딸 형제를 둔 아버지루서두 그렇쉐다. 난 정치 문제 같은 건 모르는 기술자구, 사회주의가 좋은지 자본주의가 좋은지두 사실 모릅네다. 그러나 우리 아이들이 기를 펴구 살도록, 우리가 전에 겪은 그런 모욕은 겪지 않고 살도록 하려면, 빨리 우리 나라의 산업이 복구되구 발전돼야 한다는 건 압네다. (후략)"[28]

작중 인물인 강 영감의 '난 정치 문제는 잘 모르는 기술자이며, 사회주의자 좋은지 자본주의가 좋은지 사실 모른다'는 발언은 솔직하면서도 대담한 발언이라 할 것이다. 이 밖에 눈에 띄는 장면으로는, 1946년 무렵 강 영감이 산업국에서 간부를 심사하는 자리에서 출신 성분에 대한 질문을 받자 '농사꾼'이라 대답하고, 다시 부농이냐 빈농이냐는 질문을 받자 주저 없이 지주라고 대답하는 대목이 있다. 강순영은 지주 출신인 것이 자랑스러우냐는 심사 간부의 질문에 지주가 아니었으면 자식을 어떻게 모두 중학에 보냈겠냐고 태연히 대답하여 심사관을 아연케 만든다. 때문에 강순영은 해방 이후에도 '괴짜 영감'이라 불린다. 유항림은 강 영감을 두고 "공업학교에서의 일본인 학생들 새에 끼여 공부하던 때로부터 삼십 년을 항상 달팽이 모양으로 자기의 조그만 껍데기를 지고 다니며 사는 데 습관이 된

---

28) 유항림, 『성실성에 대한 이야기』(조선작가동맹출판사, 1957), 43쪽.

그는 그 껍데기를 쉽게 벗어던지지 못했던 것"이라[29] 평가하고 있다.

일제 강점기를 거쳐 해방 이후 북한 체제에 남은 기술자 강순영은 해방 이후 유항림이 고민했던 문제의식의 일단을 보여 준다. 개인적인 삶의 직분과 윤리에 철저한 강 영감의 원칙주의는 집단주의 체제에 포함되면서 갈등의 원천으로 부상한다. 더 이상 식민 통치 시기가 아니며 자민족 차원의 집단주의이기에 강 영감의 원칙주의는 더욱 고립되고 비판의 대상이 된다. 강 영감의 구식(舊式) '성실성'이 새로운 체제하에서 어떤 새로운 성실성으로 거듭날 것인가 하는 것이 이 소설의 핵심 사안이 된다. 이러한 강 영감을 관찰하는 자리에 등장하는 것이, 한때 강 영감의 가르침을 받았던 청년인 류성보라는 인물이다. 그는 생산량 부족에 시달리는 광산의 내부 문제를 해결하기 위해 새로 부임한 초급 당위원장으로서, 과거 그가 존경했던 인물인 강 영감의 성실성이 시대에 맞지 않는 협소한 '성실성'임을 깨닫고, 강 영감을 설득하여 '당의 일꾼'으로 거듭나게 하려고 애쓴다.

"(전략) 그러나 강 선생은 사실 정치적 판단에선 이십 세가 아니라 열에 난 소년이구 또 애써 소년대루만 있으려는 분이 아니웨까? 이런 이가 복잡한 정세에서두 자기 갈 길을 척척 찾으리라구 어떻게 믿을 수 있단 말이웨까? 이렇게 말한다구 해서 위로의 말룬 알지 마십쇼. 이런 자리에 근 십 년 동안이나 그냥 안연히 앉아만 있는 건 성실한 사람의 할 일이 아니란 말이웨다. 이런 점에 대해선 왜 반성하려 하지 않는가고 안타깝다는 말이웨다. 조국의 운명과 민족의 장래가 걸려 있는 그런 준엄한 문제에서 어리광을 부리는 것 같기두 하구……"[30]

시대의 변화와 무관하게 개인적 삶의 윤리를 고집하는 강 영감과 그를

29) 위의 책, 46쪽.
30) 위의 책, 52~53쪽.

설득하여 집단 윤리에 헌신하는 '성실한 인간'으로 거듭나게 하려는 류성보의 대결 구도에는, 자신의 의식조차 분열시켜 관조하기를 즐겼던 유항림의 창작 패턴이 반영되어 있다. 강 영감의 의식이나 행동은 '반동'이자 '부르주아의 구태'를 벗어나지 못한 것임에 틀림없다. 그럼에도 강 영감을 이해하는 동시에 설득하려 드는 류성보라는 인물이란, 맹목적 적의를 거둔 채 역사적 맥락에 강 영감을 두고 현실에 비추어 그 의식 수준을 가늠하고 관찰한다는 사실만으로도 시각적 중립성을 보여 주는 이채로운 존재라 할 수 있다. 이러한 신·구의 대조, 시대 해석의 시각 차이는 일견 해방 이전의 봉건적 민족주의자와 해방 이후 마르크주의자를 대조시킨 이태준의 「해방 전후」(1946)의 구도와 닮아 있다. 오히려 인물의 의식 차이를 비교하는 데 주목하기보다, 신념과 실천을 연결시킨 삶의 윤리 문제를 '성실성'으로 개념화하여 본격적으로 제시했다는 점에서 「성실성에 대한 이야기」가 제시한 문제의식은 충분히 주목할 만한 가치가 있다.

그러나 「성실성에 대한 이야기」는 소설 초반부에 제시된 문제의식의 밀도를 유지하지 못하고 차츰 분열되기 시작한다. '성실성에 대한 이야기'라는 표제가 보여 주듯이 당초 이 소설의 관심사는 자기 세계를 고수하는 것이 곧 성실성이라는 준거를 바꾸는 데에 있었다. 다시 말해 자의식 차원에서 반성을 하는 일에 평생을 매달려 온 주인공을 바뀐 세상의 조건에 맞추어 집단(조국과 인민)의 수준에서 반성하게 만드는 것이 관건이다. 그러나 류성보의 설득에도 강 영감은 자신의 소신을 굽히지 않는다. 이 대립의 구도가 과연 어떻게 될 것인지 궁금해질 무렵, 서사는 여기에서 더 진전되지 못한 채 다른 이야기로 급선회한다. 광산의 생산량이 떨어졌던 것은 적이 침투시킨 스파이들이 광산에 압축 공기를 공급하는 기계를 고장 내는 등 비밀 파괴 공작을 벌였기 때문이라는 사실이 밝혀지는 것이다. 이렇게 이야기의 비중이 옮겨지는 과정에서 소설은 '암해 분자'를 절대의 적(敵)으로 삼은 탐정 추리물로 돌변한다.

역사철학적 주제를 담은 플롯이 탐정 추리물의 플롯으로 돌변하는 과정에서 나타나는 현상도 주목할 만하다. 소설의 중후반부는 광산에 파견된 내무부 군관인 김영하라는 인물이 등장하여 암해분자를 추적·추리하는 내용이 주가 된다. 범죄 현장에서 포착한 단서를 뒤늦게야 조합하여 이야기로 풀어낸다거나, 이러한 대화가 조수 역할을 하는 인물과의 문답을 통해 이루어진다거나 하는, 탐정 추리물의 낯익은 서술 방식이 등장하는 동안에 소설 전반부의 문제의식은 전부 희석되어 버린다. 최초 광산의 규율을 관할하려 부임했던 류성보나, 문제적 인물인 '성실한 사람' 강 영감의 역할은 미미한 것이 되어 버린다. 만약 '성실성'이라는 키워드 자체가 검열에 의해 문제가 되었다 하더라도 이 토막 난 플롯이 담아내는 사태는 여전히 흥미롭다. 탐정 추리물의 클리셰가 서사를 장악한 가운데, 소설에서는 조국과 인민에 충성해야 한다는 상투적인 구호조차 그저 주변적 사설이 되어 그 권위를 상실하고 있는 것이다. 오로지 관심은 악당임이 분명하되 '현장 부재 증명'을 통해 영리하게 사건 현장을 빠져나가면서 뒤에서 배후 조종을 하고 있는 범인을 어떻게 체포할 것인가에 쏠리게 된다. 소설의 대단원에서 개인적 반성과 신념에 준거를 둔 강 영감의 '성실성'이 집단 의지의 공간에 편입되면서 발생한 갈등이라는, 사실상 작가 유항림의 갈등이기도 했을 최초의 문제적 국면은 강 영감이 자신의 일에만 신경을 쓰기 때문에 스파이를 발견하지 못했다는 문책성 훈계로 마무리된다.

결국 「성실성에 대한 이야기」는 개인과 집단을 양 축에 둔 팽팽한 대립의 구도를 통해 작가가 시대적 현안을 문제 삼고 있으며 이러한 현안을 의식한 중립적 인물을 등장시키는 데까지는 도달했으나, 이후 유항림이 어떤 대답도 내놓지 못했다는 사실을 보여 준다. 대신 소설의 지면을 채우는 것은 탐정 추리담이라는 '도착된' 이야기의 형식이다. '당'도 '인민'도 아닌 탐정 추리물이란 체제 문학에 미달된 형식임은 물론이다.

해방 이후 유항림이 써낸 또 하나의 중편 소설인 「대오에 서서」는 1951년 한국 전쟁 시기를 배경으로, 전쟁터에 신병으로 투입된 현도와 그 부대원들의 전투담을 다룬다. 유항림이 한국 전쟁 시기 종군 작가의 자격으로 실제

낙동강 전투에 참여했었던 만큼, 그는 '전투 실화'라는 범주로 분류되는 전투담을 여러 편 써냈으며 「대오에 서서」도 그 일환이다. 이 소설에 생겨나는 스토리의 분절 양상도 앞서 「성실성에 대한 이야기」와 유사하다. 전투 경험이 없는 신병인 현도가 주변 동지들의 격려 속에 두려움을 이겨 가며 전사로 거듭나는 과정을 추적하는 이 소설의 서사는 일견 평범해 보인다. 그러나 이 소설이 진행됨에 따라 본래 전투담으로 출발했던 이야기의 비중은, 최초에 현도의 주변 인물로 등장했던 정민에게로 차츰 옮겨진다. 평소 시를 짓고 읽는 일을 즐기는 정민은 '시인'이란 별명을 지니고 있는 인물이다. 정민과 비교할 만한 위치에 놓이는 인물은 소대원들에게 구전된 설화나 소설 내용을 각색해서 들려주기를 즐기는 이야기꾼인 병찬이다. 정민은 병찬을 다음과 같이 칭송한다.

"문학을 했드라면 병찬 동무는 참 훌륭한 소설가가 됐을 거야. 어떤 이야기든지 한 번 그의 입에 오르기만 하면 재미있게 된단 말야. 저 동무는 무슨 이야기든지 들은 대로 하는 법이 없구 언제나 자기류로 개작을 하지. 그리구 주인공들은 의례 사회주의자이구 혁명가야 하는 모양이구. 그래서는 이야기 줄거리와는 별반 관계가 없는 것까지 덧붙여 놓아서 주인공을 혁명가루 만들어 놓군 한단 말야. 아마 혁명가가 아니구서는 좋은 사람이 될 수 없다구 믿기 때문인가 봐."[31]

정민이 칭찬하는 '훌륭한 소설가'의 조건이란 그 문맥상 모호하게 읽힌다. '무슨 이야기든 자기류로 개작을 한다, 주인공은 으레 사회주의자이거나 혁명가여야 한다, 혁명가만이 좋은 사람이라 믿기 때문이다.' 등등의 이야기는 표면상으로는 칭찬이되 그 내용을 곰곰이 생각해 보면 이야기 창작에 있어서의 창작성의 결핍과 인물 형상화가 기계적이며 상투적이라는

---

31) 유항림, 「대오에 서서」, 《조선문학》, 1961. 10, 31쪽.

비판을 담은 것처럼 보이기 때문이다. 이에 '시인' 정민이 추구하는 창작의 방향은 병찬과 상반된 방식이 된다. 이어지는 에피소드에서 정민은 "시를 너무 사랑해서" 자신이 쓴 시를 숨기려 든다거나, 동료들이 자신의 시 중 한 편을 몰래 훔쳐 낭독하자 "애초 시라고도 할 수 없는 것을 띄워 놓고 시에 대해 험담하지 말라"며[32] 자신의 예술 세계를 고수하려 든다. 비록 전투담의 외양으로 출발했으되, 이 소설은 개인적 영감에서 창작된 예술과 대중(인민)의 집단적 향유물로 소용되는 예술이라는 대립 구도를 다루고 있다. 개인적 창작의 영감이 집단 유희의 양식으로 전이될 때 그 과정에서 희생되는 예술적 영감과 독창성을 어떻게 처리할 것이냐는 질문이, 전투 현장에서 시를 짓는 시인이라는 형상을 통해 드러난다고 할 수 있는 것이다. 자신의 수첩을 훔쳐 낸 동지가 소대원 앞에서 습작 수준의 시를 공개해 버리자 정민은 극심한 수치심에 괴로워한다. 개인의 예술적 영감과 창조적 독창성은 어떻게 집단주의 체제와 화해할 수 있을까. 이러한 질문은 집단과 개인, 정치와 예술이라는 양 영역을 포괄하는 중립적 시선을 지닌 작가의 시선에서 나온 것이다. 과연 유항림은 이러한 문제의식을 어떻게 해결할 수 있었을까. 작가는 이번에도 어느 한쪽의 편을 드는 데 실패한다. 소설은 격렬한 전투가 벌어져 정민이 전사하면서, 숭고한 전사들의 죽음을 시인들에게 기억시켜 노래하게 하라고 유언하는 것으로 끝이 난다. 숭고한 희생을 목도한 동지들이 그의 시를 암송하는 것으로 정민의 유언은 실현된다. 그 자신이 숭고한 전사가 되어 개인의 자격으로 집단의 자리에 기입됨으로써만, 개인의 예술적 열정은 비로소 집단적 기억 내에 편입할 수 있는 자격을 얻게 되는 것이다. 이러한 해답은 절충 혹은 타협이되, 죽어야만 실현 가능하다는 점에서 현실적 삶을 위한 방편이라 할 수는 없다.

---

32) 유항림, 「대오에 서서」, 《조선문학》, 1961. 11, 66쪽.
　"시에 대한 자기의 재능을 시험해 보려고 남몰래 정열을 기울이던 그 심정 — 수줍은 총각의 가슴속 깊이 간직되어 있는 첫사랑의 비밀과도 같이 남이 알가 두려워하는 그 심정을 자기들은 리해하지 못했던 것이나 아니겠는가?"(67쪽)도 같은 맥락이다.

유항림이 남긴 두 편의 중편 소설은 개인의 행동 윤리 차원에서(「성실성에 대한 이야기」), 예술적 주관성의 확대라는 차원에서(「대오에 서서」) 문제를 제기하지만, 뚜렷한 답을 내놓지 못한 채 고민하는 작가의 모습을 담고 있다. 북한의 체제 문학에 협조한다는 것과 작가로서의 창작 윤리의 차원이 별도로 논의되어야 함을 보여 주는 사례라 할 수 있다. 유항림의 단편 소설에 미루어 짐작해 볼 때, 사회주의 체제하의 창작이란 객관화된 혁명 의지로서의 당, 초월적 절대자의 이름인 당의 의지를 어떻게 재현해 내는 데 있다는 점을 몰랐을 것 같지는 않다. 이런 맥락에서 본다면 유항림의 소설은 어떻게 하면 개별적인 인간의 자기의식이 보편적 인간 차원까지 확장될 수 있느냐는 마르크스주의 미학의 근본적 관심사를[33] 질문하고 있으며, 현실 속에서 그 답안을 찾지 못하고 방황한다. 마치 해방 이전 '도착된 사랑'의 서사를 통해 비관적인 현실 앞에서 자아를 사수하고자 애썼듯이, 현실적으로 해답을 찾기 힘든 질문 앞에서 때론 뛰어난 탐정 서사물의 클리셰나 동지를 위해 죽어 간 시인의 숭고한 영혼을 내세워 정면으로 대답하기를 보류하고, 이로써 체제 문학 속에서 이탈하려는 자신을 붙잡아 둔다. 이 과정에서 현실적인 문제의식을 지닌 채 출현했던 중립적인 시선을 갖춘 인물들은 잠깐 출현했다가 사라지거나 죽음을 맞는다.

　해방 이후 유항림의 중편 소설은 그 자체로 자기 분열의 증상이라 이를 만하다. 유항림은 스스로 '달팽이처럼 지고 다닌 자기의 조그만 껍데기'라며 완고한 자의식을 회의하고 있음에도, 해방 이전부터 짊어졌던 자의식을 돌파할 출구를 끝내 찾지 못한 것처럼 보인다. 작가는 인물이나 플롯에서 일관성을 확보하는 데 실패하고, 문제의식이 심화되어 위기의식을 느끼는 지점이 되면 본래의 서사에서 이탈하거나 상투적인 결말로 마무리를 짓고 만다. 탐정 추리물이나 시인의 죽음에 대한 이야기는 개인의 영웅성에 근거를 두고 있다는 점에서, 유항림의 소설은 정치적 메시지의 전달에

---

33) G. 루카치, 이주영 옮김, 『루카치 미학』 2(미술문화, 2000).

도 계급적 전형의 창조에도 미달한 체제 문학이 된다. 그러나 보다 중요한 것은 이러한 '미달'의 형태가 해방 이후 재북 작가의 한 사람이자, 마르크시즘과 모더니즘을 두루 섭렵한 한 작가의 철저한 작가로서의 자의식에서 유래했다는 사실일 것이다. 개인과 집단은 어떻게 화해할 수 있는가, 신념(관념)과 세계(실체)가 자유롭게 만나 결합(사랑)한다는 것은 어떻게 가능한가? 유항림은 이렇듯 궁극적인 질문을 던졌지만, 그 답안을 찾아내긴 역부족이었기에 자신이 제기한 문제를 스스로 모른 척하는 포즈를 취한다. 답안을 보류하는 것만이 그가 체제에 계속 머무를 수 있는 방편이기 때문이다. 이렇듯 자신이 놓인 세계에 대해 어떠한 해답도 찾아내지 못한 채 방황하는 불행한 의식을 그대로 표출한 것만으로도, 유항림의 문학은 해방이라는 갑작스러운 공간적 재편에 휩쓸려 혼란을 겪었던 작가들의 곤경을 드러내는 준거가 된다. 서사의 균열이 도리어 의의를 획득하게 된다는 점에서 해방 이후 유항림의 문학은 역설적 성취를 이루게 된다고 할 수 있겠다.


### 4 미완의 로맨스, 불행한 의식으로서의 모더니스트

추상적인 사유나 세상에 대한 회의만을 반복하는 불행한 의식의 탈출구는 신이나 국가, 민족이나 당성(黨性) 같은 외부의 절대자에게 자기를 내놓고, 이를 통해 세계에서 고립된 개체의 불안에서 벗어나는 것이라 한다.[34] 그러나 유항림의 서사는 당초 그의 소설이 출발했던 원점이었던, 세계와 불화하는 의식을 포기할 줄을 모른다. 이에 해방 이전과 해방 이후 유항림의 소설이 모더니즘에서 리얼리즘으로 전환했다는 국면은 이렇게 설명될 수 있다. 자기 관념에 준거한 서술이 물적 토대

---

34) H. 헤겔, 『정신현상학』 1, 앞의 책, 250~263쪽; 김상환, 앞의 논문, 62~68쪽. 위의 구절은 현실과 자기의식이 어떻게 통일될 수 있느냐는 문제에 대해 기독교인이 신을 자신의 일부로 만드는 사례를 예로 들어, 자아를 박탈당하는 경험이 도리어 보편 의지를 확인하고 정신의 가능성을 자각하게 만든다는 설명을 하는 대목에서 발췌한 것이다.

에 준거한 서술로 바뀌었다는 점에서 그의 소설은 정반대로 뒤집혀 있다. 그러나 세계를 향한 열정의 표현처럼 보이는 표면적 서술과는 달리 그 열정은 다시금 자기 확인의 절차로 소급된다는 점에서 그의 소설은 여전히 '도착된 순정'의 연속선상에 놓여 있다. 해방 이후 유항림 소설은 그의 문학이 자기 분열을 중지하지 않았으며, 이에 개인/집단, 자아/세계의 양 축 속에서 계속 유동하는 서사가 만들어지고 있었다는 점을 보여 준다.

어느 지점에도 안주하지 못하는 분열적 상태와 이에 완결성이 떨어지는 서사가 나타나는 현상으로 유항림의 문학을 실패라 단정할 수는 없다. 해방 이전의 작품과 이후의 작품을 아우르면서 분명해지는 사실은, 그의 창작적 일관성이란 역설적으로 의도와 결과가 자꾸 어긋나고 질문에 대한 대답을 자꾸 보류하는 도착적 서사에 있다는 점이다. 이러한 어긋남이 세계를 향한 질문을 생성하고 그 질문의 위력 앞에서 자신을 지키려 드는 불행한 의식의 방황에서 왔음을 감안한다면, 적어도 유항림은 새롭게 당면한 세계 속에서 견지해야 할 작가로서의 윤리에 대해 고민했던 것이 된다. 늘 주어진 현실 앞에서 방황하는 것이 자의식을 무기 삼아 살아가는 근대인의 숙명이라면, 유항림은 세계와의 합일을 꿈꾸었으되 자꾸만 실패하고 마는 불행한 의식으로 존재했던 모더니스트의 한 전형이라고 할 수 있겠다.

# 참고 문헌

《단층》 1~4

《인문평론》, 《문장》

유항림, 『유항림 단편집』, 조선작가동맹출판사, 1958

＿＿＿, 『성실성에 대한 이야기』, 조선작가동맹출판사, 1958

＿＿＿, 「대오에 서서」, 《조선문학》, 1961. 10~12


김명석, 「단층파 모더니스트 유항림의 문학적 변모 과정」, 『한국 소설과 근대적
　　일상의 경험』, 새미, 2002

김상환, 「헤겔의 불행한 의식과 인문적 주체의 역설」, 《철학사상》 36, 서울대 철
　　학사상연구소, 2010

김윤식·정호웅, 『한국소설사』, 문학동네, 2000

김윤식, 『임화 연구』, 문학사상사, 1989

김한식, 「유항림 소설에 나타난 절망의 의미」, 《상허학보》 4, 1998

박남수, 『적치 6년의 북한 문단』, 보고사, 1999

박성란, 「단층파 모더니즘 연구」, 인하대 박사 논문, 2012

박종원·류만, 『조선 문학 개관』 하, 온누리, 1988

백철, 『신문학 사조사』(1947), 신구문화사, 1980

서영채, 『인문학 개념 정원』, 문학동네, 2013

신수정, 「단층파 소설 연구」, 서울대 석사 논문, 1992

신형기, 「유항림과 절망의 존재론」, 《상허학보》 23, 2008

오영진, 『소 군정하(蘇軍政下)의 북한(北韓): 하나의 증언』(1952), 중앙문화사, 1983

임형모, 「'산문적 로맨스'로부터 일깨워진 '열정'의 의미」, 《현대소설연구》 34, 2007

정주아, 「불안의 문학과 전향 시대의 균형 감각 — 1930년대 평양의 학생 운동
　　과 단층파의 문학」, 《어문연구》 39, 2011

차원현, 『한국 근대 소설의 이념과 윤리』, 소명출판, 2007

최재서, 「단층파의 심리주의적 경향」, 『문학과 지성』, 인문사, 1938

F. 헤겔, 임석진 옮김, 『정신현상학』 1·2, 한길사, 2005

G. 루카치, 이주영 옮김, 『루카치 미학』 2, 미술문화, 2000

# 제6주제에 관한 토론문

신수정(명지대 교수)

정주아 선생님의 「도착된 순정과 불행한 의식」은 유항림의 광복 이후 소설들, 특히 두 편의 중편 「성실성에 대한 이야기」(조선작가동맹출판사, 1958)와 「대오에 서서」(《조선문학》, 1961. 10~12)를 집중적으로 분석하고 있는 글입니다. 이제까지의 유항림에 대한 연구가 주로 1937년 첫 호를 낸《단층》과의 연관성 아래 연구되어 온 사실을 상기하면, 정주아 선생님의 이 논문이 얼마나 의미 있는 시도를 하고 있는지 짐작하기 어렵지 않을 겁니다. 이 논문은 광복 이후 유항림과 관련된 작품의 서지 사항을 정리하여, 단편 10편, 중편 2편에 이르는 유항림의 작품들을 확인하고 있습니다. 이러한 사실을 통해 그간 완결 시기가 밝혀지지 않아 논자에 따라 장편 소설로 분류되어 오기도 했던 「대오에 서서」가《조선문학》에 연재된 3회 분량의 중편 소설임을 확인할 수 있었던 것은 중요한 발견이라고 할 만합니다. 이는 꼼꼼한 텍스트 확인의 결과라는 점에서 정주아 선생님의 학문적 성실성과 열정을 입증하는 중요한 단서라고 할 만합니다.

다만 그 의도와 의욕에 비해 실제 이 두 중편을 분석하는 분량이 이 논문에서 차지하는 비중이 그리 높지 않다는 점이 아쉽기는 합니다. 아마

추후 논문을 수정할 경우, 해방 이전의 성과보다 북한에서 창작된 작품 분석에 좀 더 초점을 맞춘다면 상당히 의미 있는 논문이 되지 않을까 싶습니다. 이 토론문은 바로 그 '추후'를 위한 몇 가지 질문과 요구로 이루어져 있다고 생각해 준다면 고맙겠습니다.

우선, 정주아 선생님이 유항림의 광복 이전과 이후의 소설 세계 전체를 포괄하고 의미를 부여하는 '입장'을 분명히 확인할 수 있기를 바랍니다. 이 논문은 '리얼리즘과 모더니즘의 혼종 상태'라는 서론으로 시작합니다. 이는 광복 전 《단층》파 혹은 유항림의 소설들을 모더니즘으로 규정하며 광복 이후 리얼리즘으로 이행해 갔다는 기존의 이른바 '이행파'와 선을 긋고 《단층》에 대한 최초의 비평적 언급이라고 할 최재서의 '마르크시즘과 프로이티즘의 종합'을 원점에서 다시 한 번 확인하고자 하는 태도로 이해됩니다. 이 '리얼리즘으로의 이행'과 '모더니즘의 지양'이라는 이제까지의 결론에 대한 거부는 경청할 만합니다. 무엇보다도 텍스트의 실제가 그 가설을 확증해 주지 않는다는 점이 그 가장 큰 이유가 되겠지만, 그것이 아니더라도 그러한 이행과 지양설을 담보하기 위해서는 모더니즘이나 리얼리즘에 대한 보다 세부적인 개념 규정이 필요하다는 점에서도 그것은 그러합니다. 한국문학사에서 모더니스트의 전향을 다루는 방식이 대부분 비슷한 입장을 취하고 있습니다만, 만약 그러한 입장에 따른다면 모더니즘은 리얼리즘으로 지양됨으로써 그 진정한 소설사적 의의를 획득하게 됨은 물론 한 시대의 대변자로서의 자신의 책무를 다할 수 있게 됩니다. 이는 암묵적으로 리얼리즘을 소설의 최고 단계로 설정하고 그것을 작품을 평가하는 최고의 절대적 기준으로 전제하고 있는 태도임은 물론입니다. 문학사를 이러한 발전 사관에 비추어 이해하는 여타의 방식에 대한 반성들이 다양한 형태로 제기되고 있는 오늘날의 실정을 생각하면, 저 역시 정주아 선생님과 마찬가지로 이 '이행과 지양'과의 선긋기에 많은 부분 동의합니다.

그러나 그럼에도 불구하고 정주아 선생님의 이 입장에 대한 비판은 이 글에만 국한해서 본다면 상당히 애매하고 분열적인 것 또한 사실입니다.

광복 전 유항림 소설을 '산문적 로맨스'로, 광복 이후를 '미완의 로맨스'로 규정하고 있는 데서도 알 수 있듯이, 정주아 선생님은 '리얼리즘'이나 '모더니즘'이라는 논란이 많은 개념을 버리고 '로맨스'라는 키워드를 채택하고 있습니다. 이 글에서 분명하게 드러나고 있지는 않지만 이때 '로맨스'는 '세계에 맞선 자아의 불안을 견디는 낭만적 주체의 서사'로 이해됩니다. 식민지 시대의 대표적인 리얼리스트와 모더니스트라고 하는 임화와 이상을 공히 낭만적 주체의 열정을 대변하는 작가들로 설정하고 있는 데서 그 단초를 읽을 수 있습니다. 그런데 문제는 '로맨스'를 그렇게 규정할 때, 이 글이 의도하든 그렇지 않든, 다시 '로맨스'가 하나의 준거로 작동할 수도 있다는 점입니다. 정주아 선생님이 광복 전후 공히 유항림 소설이 '죽은 채로 태어난 낭만적 주체의 소설' 즉 헤겔식의 '불행한 의식'의 소설의 패턴에서 벗어나지 않는다고 규정지을 때 이 판단은 더욱 강화됩니다. 조금 단순화해서 노골적으로 말하자면, 유항림의 소설은 임화와 이상의 열정이 제거된 '미완'의 산문'의 세계로 정리됩니다. 이때 임화와 이상은 암암리에 두 개의 정점으로 전제됩니다. 우리는 이 순간 한 점에서 다른 한 점으로의 단선적 이행을 포기하는 순간 두 점의 공존이라는 다원론이 자리 잡게 될 뿐, 절대를 상정하고 그를 기준으로 어떤 것이 '완성'이고 '미완'이냐 평가 방식은 달라지지 않았음을 확인할 수 있습니다. 물론, 정주아 선생님은 이 경향을 '실패'라고 단정할 수 없다고 결론짓지만 이 글의 논지 전개의 과정상 유항림은 '실패'로 기록될 운명에 처하게 된다는 이야기를 하지 않을 수 없습니다. 만약 그가 '실패'라면 우리는 다시 원점에 서야 할는지도 모릅니다. 일찍이 최재서가 예견한 것처럼 진정 '마르크시즘과 프로이티즘의 종합'은 불가능한 미션인 것일까요. 이 질문에 대한 답을 함께 고민하고 싶습니다.

다음으로, 텍스트 분석과 관련된 문제를 제기하고 싶습니다. 정주아 선생님이 이 글의 주요 텍스트로 다루고 있는 「성실성에 대한 이야기」와 「대오에 서서」는 현재 쉽게 구하기 어려운 텍스트들입니다. 정주아 선생님 역시 복사와 대출이 불가능한 이 책들을 도서관에 출근하여 일일이 원문을 확인한 바 있다고 각주에서 이야기하고 있습니다. 이는 문학 연구가 텍스트에 대한 실증적 확인으로부터 시작된다는 점에서 백번 치하해도 모자랄 정도의 열정이라고 할 만합니다. 다만 그러한 노력이 좀 더 부각될 수 있었으면 하는 마음에서, 텍스트 분석과 관련하여, 정주아 선생님과 조금 다른 견해를 조심스럽게 제기하고자 합니다. 여기에서는 시간 관계상 「성실성에 대한 이야기」와 관련된 문제만 이야기해 보고자 합니다.

　「성실성에 대한 이야기」의 플롯은 두 가닥으로 진행됩니다. 광산에서 기계를 담당하고 있는 기술 반장 강순영과 리동수 등 그의 동료들 간의 '성실성'을 둘러싼 논쟁들이 그 하나라면, 이 과정에서 드러나는 '반간첩 투쟁'의 스파이 색출 서사가 다른 하나입니다. 이 두 겹의 서사를 통해 우리는 작가가 명목상의 허울 좋은 '가짜' 성실성의 주창자들(리동수 들)과 '진짜' 성실성(강순영)을 대립시키고 무엇이 '조국과 인민'의 적이자 '간첩'이 될 수 있는지 자신의 입장을 개진하고 있음을 알 수 있습니다. 재미있는 것은 이 모든 과정을 통합하는 힘으로 제시되고 있는 '초급당 위원장' 류성보라는 캐릭터입니다. 그는 다른 대중들의 공동의 적이 되고 있는 강순영에 대한 지지를 철회하지 않는 인물입니다. 강순영은 '정치 문제 같은 것은 모르는 기술자'의 입장에서 생산성을 높이기 위해 야간 노동을 하자는 데 반대하며 '8시간 노동제'를 고수하고 있는 원칙주의자입니다. 또한 그는 광복 이후 1946년 북한에서 출신 성분 심사가 이루어지는 자리에서 본인이 토지를 불하받은 빈농 출신임에도 불구하고 어찌어찌하여 중학이라도 졸업했다는 점에서 '지주'라고 답해 불이익을 자초한 인물이기도 합니다. 물론, 강순영에 대한 류성보의 지지는 비판적인 것이기는 합니다. 그 역시 강에게 '개인적 양심'을 '사회적인 양심'으로 집단화할 필요가 있음을 역설하고 있기는 합니다. 그러나 그는 지금 이 시점에서 가장 필요한 성실성은 사이비 애국자들의 그것이 아니라 바로 강순영과 같은 것임을 잘 알고 있다고 할 수 있습니다. 그런 의미에서 그는 1950년대 후반 유항림이 생각하는 윤리의 대변자라고 할 수도 있을 것입니다.

그런데 정주아 선생님은 이 인물이 결국 '강 영감이 자신의 일에만 신경을 쓰기 때문에 스파이를 발견하지 못했다'고 '문책성 훈계'를 행하는 인물로만 파악하고 있습니다. 이는 서사의 결론에 지나치게 집착한 판단이 아닌가 싶습니다. 어떻게 보면 유항림은 「성실성에 대한 이야기」를 통해 '강순영의 대변자'로서의 당위원장 '류성보'를 강렬하게 부각시키고자 했는지도 모릅니다. 조국과 인민의 이름으로 '강순영'을 폄훼하던 '리동수'가 오히려 '간첩'임을 백일하에 밝혀내고 '강'을 구원해 낸 것은 결과적으로 '류성보'가 아닙니까. 그렇게 보자면, 이 소설을 '체체 문학의 미달'이라든가 '서사의 파탄'으로만 규정하는 것은 적잖이 아쉬운 부분이 아닐 수 없습니다. 애초에 '체제 문학'이라는 기준 자체가 이 소설의 의의를 드러내는 데 적합하지도 않을뿐더러 그런 기준을 적용하는 그간의 입장들에 반대하는 것이 정주아 선생님의 이 논문이 의도하는 바라고 판단되기 때문입니다. 따라서 애초의 의도와 달리 실제 소설 분석에 있어서 '체제 문학'을 하나의 기준으로 끌고 들어온 것은 무엇을 위해서인지 이해하지 못할 바는 아니나 오해를 불러일으킬 여지도 적지 않다고 보입니다. 사실, 이 소설은 광복 이후 새로운 사회 건설의 현장에서 유항림이 보기 드물게 '열정적 주체'로서의 인물, 정주아 선생님의 용어를 따르자면 '아름다운 영혼'을 서사의 전면에 등장시킨 소설이 아닌가 싶기도 합니다. 그런 의미에서, 우리는 이 소설을 광복 이전의 유항림 소설의 연장선상에서 '체제 문학'이나 '리얼리즘'의 도정이라는 기준을 그대로 관철시킬 것이 아니라, 유항림의 소설이 광복 이후 북한 사회의 건설 현장에서 보여 주는 미세하고도 의미 있는 '변화'의 '징후'로 눈여겨볼 필요도 있을 것입니다. 그리고 바로 그럴 때만이 정주아 선생님이 이야기하는 '이행론'을 넘어서는 문학적 긴장이 가능하지 않을까 싶습니다.

마지막으로, 이왕 '변화'라는 용어가 나온 김에 '광복'이 식민지 시대 작가들에게 미친 영향이랄까, 의의랄까 하는 점을 조금 이야기하고 싶습니다. 정주아 선생님은 '광복'이 우리 문학사에 미친 영향에 대한 그간의 과장된 결론을 경계하고 싶은 욕망이 없지 않았던 듯합니다. 월북한 다른 모더니스트들의 경우도 그러하지만, 유항림의 광복 이후 소설에 대하여 지나치게 흥분한 채 그것을 진정한 리얼리즘의 도정으로 파악하는 입장이 일면적인 면이 없지 않다는 데 저 역시 동의합니다. 다만 그를 위해 이 글이 유항림 소설에 나타나는 광복 이후의 변화의 징후를 애써 과소평가하고 있는 것은 아닌가 싶은 것은 상당히 아쉬운 부분이라고 하지 않을 수 없습니다.

위에서 살펴보았듯이 「성실성에 대한 이야기」만 놓고 보더라도 이 소설은 1950년대 후반 새로운 조국의 건설이 기치로 내걸린 '평양'이라는 공간에서 그가 보여 줄 수 있는 어떤 최대치라는 판단도 듭니다. 그는 그가 이제까지 견지해 왔던 개인의 양심, 그 자의식의 세계를 버리지 않으면서도 '조국과 인민'에 봉사할 수 있는 길을 생각했고 그 길을 '초급당 위원장'인 '류성보'라는 존재를 통해 어느 정도 구체화하고 있는 것도 사실입니다. 아마도 광복 전 유항림의 소설에서라면 이런 인물을 보여 주기란 거의 불가능했을 것이라는 생각도 듭니다. 1937년 일제에 의한 전시 파시즘 체제 아래에서의 '열정'을 표출하는 방식, 즉 정주아 선생님이 이야기하는 '도착된 순정'과 해방된 조국의 새로운 사회주의 체제하에서의 그것은 여러 면에서 다른 양상을 보일 수밖에 없는 것이 당연할 것입니다. 그렇다면 「성실성에 대한 이야기」를 바로 그 달라진 세계에 대한 유항림 식의 응답의 하나로 읽지 못하리라는 법도 없을 듯싶습니다. 그런 의미에서 이 논문이 "해방 이후 유항림 소설은 그의 문학이 자기 분열을 중지하지 않았으며, 이에 개인/집단, 자아/세계의 양 축 속에서 계속 유동하는 서사가 만들어지고 있었다는 점을 보여 준다."라는 결론만을 내리기엔 석연치 않은 점이 없지 않습니다. 모든 문학이 그러하듯 결국 소설이란 한 시대의 윤리에 대한 질문과 무관하지 않은 것이라면, 어떤 의미에서 유항림은 소설과 윤리가 만나는 하나의 접점을 보여 준 것은 아닐까 하는 생각도 듭니다. 이에 대한 정주아 선생님의 답이 궁금합니다.

## 유항림 생애 연보*

1914년   1월 19일, 평남 평양 진향리에서 출생. 본명은 김영혁(金永爀).

1932년   3월, 평양 광성고보를 우등생으로 졸업. 상급 학교에 진학하지 않고 평양 남문통 네거리에서 '태양서점'이라는 고서점을 운영. 이 고서점은 단층파의 회합 장소가 됨.

1937년   4월, 김이석, 최정익, 김화청 등 광성고보 동창생들과 함께 《단층》 창간. 창간호에 「마권」 발표.

1940년   10월, 《인문평론》에 「부호」를 발표하며 중앙 문단에 진출.

1945년   광복 직후 평양예술문화협회에 회원으로 참여. 평양예술문화협회의 회장은 최명익이었으며 1945년 9월에 조직되었고, 유항림, 김조규, 이휘창 등 《단층》 동인은 물론 오영진, 한태천, 남궁만 등 재평양예술인을 망라하고 있었음. 조만식이 주도한 평안남도 건국준비위원회 (평남건준)에 오영진, 주영섭 등과 함께 관여하고, 조선문학건설본부의 회원으로 김조규, 최명익 등과 함께 가입하는 등 사회적으로 활발한 행보를 보임.

1946년   평양예술문화협회가 해산한 이후에는 북조선 교육국 국어편찬위원회, 북조선문학예술총동맹 출판국에서 근무하며 창작 활동을 함.

1950년   6·25 전쟁이 발발하자 종군 작가로 낙동강 전선까지 파견됨. 이후 평

---

\* 생애 연보 작성을 위해 참고한 글의 목록은 다음과 같다. 김명석, 「단층파 모더니스트 유항림의 문학적 변모 과정」, 『한국 소설과 근대적 일상의 경험』(새미, 2002); 박남수, 『적치 6년의 북한 문단』(보고사, 1999); 박성란, 「'단층파' 모더니즘 연구」, 인하대 박사 논문, 2012.

양으로 돌아왔으나, 전선이 다시 북으로 올라오자 당시 시(市)대의원
이었던 신분 때문에 강계 지역으로 피신함.

1954년 전후에는 작가동맹출판사 출판국에서 근무. 「직맹반장」을 씀.

1956년 조선작가동맹 제2차 작가대회 동맹위원 명단에 중앙위원회 후보위원
으로 이름이 오르는 등 창작과 정치 활동을 병행.

1958년 첫 작품집 『유항림 단편집』(조선작가동맹출판사) 발간.

1961년 10~12월, 《조선문학》에 「대오에 서서」 연재. 이 소설은 현재까지 게
재일이 확인된 마지막 작품임.(이후 1977년 「고향으로 가는 길」이라
는 단편이 발견되지만 창작물인지 과거의 발표작을 재수록한 것인지
불확실함.)

1980년 11월 5일, 불치의 병으로 사망했다고 전함.

# 유항림 작품 연보*

| 발표일 | 분류 | 제목 | 발표지 |
|---|---|---|---|
| 1937. 4 | 단편 소설 | 마권 | 단층 1 |
| 1937. 10 | 단편 소설 | 구구 | 단층 2 |
| 1938. 3 | 평론 | 개성·작가·나 | 단층 3 |
| 1940. 6 | 평론 | 소설의 창조성 | 단층 4 |
| 1940. 10 | 단편 소설 | 부호 | 인문평론 1, 2 |
| 1941. 2 | 단편 소설 | 농담 | 문장 23 |
| 1948 | 단편 소설 | 와샤 | 공동 작품집 『영광의 기록』(1958) |
| 1949 | 단편 소설 | 부득이 | 『유항림 단편집』 (1958) |
| 1950 | 단편 소설 | 최후의 피 한 방울까지 | 『유항림 단편집』 |
| 1951 | 단편 소설 | 누가 모르랴 | 『유항림 단편집』 |
| 1951 | 단편 소설 | 진두평 | 『유항림 단편집』 |
| 1953 | 단편 소설 | 소년 통신병 | 『유항림 단편집』 |
| 1954 | 단편 소설 | 직맹반장 | 『유항림 단편집』 |

* 이 목록 외에 전문을 확인하지 못했으나 각종 문학사 관련 기록 및 선행 연구를 통해 그 존재가 언급된 작품의 목록은 다음과 같다. 「휘날리는 태극기」(1945), 「개」(《문화전선》 2, 1946. 11), 「고개」(《조쏘문화》 4, 1947. 3), 「아들을 만나리」(1949), 「형제」(1949), 「판자집 마을에서」(1958), 「열차 안에서」(1960), 「축포」.

| 발표일 | 분류 | 제목 | 발표지 |
|---|---|---|---|
| 1958 | 단편 소설 | 불바다 속에서 | 『유항림 단편집』 |
| 1958 | 중편 소설 | 성실성에 대한 이야기 | 『성실성에 대한 이야기』 |
| 1960 | 단편 소설 | 가장 귀중한 것 | 공동 작품집『항일 전구소설집 2』 |
| 1961. 10~12 | 중편 소설 | 대오에 서서 | 조선문학 |
| 1977 | 단편 소설 | 고향으로 가는 길 | 공동 작품집『고향 으로 가는 길』 |

.

# 유항림 연구서지

| 1991 | 박덕은, 「유항림의 작품 세계」, 『해금 작가 작품론』, 새문사 |
| 1992 | 신수정, 「단층파 소설 연구」, 서울대 석사 논문 |
| 1994 | 류보선, 「전환기적 현실과 환멸주의 — 유항림론」, 《한국현대문학연구》 3 |
| 1995 | 유철상, 「유항림 소설에 나타난 불안 의식과 존재 탐구」, 《선청어문》 23-1 |
| 1995 | 이강언, 「유항림 소설 연구」, 《한민족문학》 28 |
| 1995 | 이화진, 「유항림 소설에 나타난 지식인의 자기 모색과 현실 대응의 논리」, 《국어국문학논총》, 태학사 |
| 1998 | 김한식, 「유항림 소설에 나타난 '절망'의 의미」, 《상허학보》 4 |
| 1999 | 김명석, 「유항림: 단층파 모더니스트의 행로와 작품 세계」, 조정래 외, 『1930년대 한국 모더니즘 작가 연구』, 평민사 |
| 2002 | 김명석, 「단층파 모더니스트 유항림의 문학적 변모 과정」, 『한국 소설과 근대적 일상의 경험』, 새미 |
| 2004 | 김태진, 「유항림의 소설 텍스트에 나타난 담화의 구성 방식과 의미」, 《시학과 언어학》 8 |
| 2007 | 임형모, 「'산문적 로맨스'로부터 일깨워진 '열정'의 의미 — 유항림론」, 《현대소설연구》 34 |
| 2008 | 신형기, 「유항림과 절망의 존재론」, 《상허학보》 2, 3 |
| 2008 | 이은선, 「모더니즘 소설의 체제 비판 양상 연구」, 이화여대 |

석사 논문

2012         박성란, 「단층파 모더니즘 연구」, 인하대 박사 논문

**작성자 정주아** 강원대 교수

# 한국 문학,
# 모더니티의 감각과 그 분기<sup>分岐</sup>

탄생 100주년 문학인 기념문학제 논문집 2014

1판 1쇄 찍음 2014년 12월 8일
1판 1쇄 펴냄 2014년 12월 16일

지은이 · 윤지관, 유성호 외
펴낸이 · 박근섭, 박상준
펴낸곳 · (주)민음사

출판등록 1966. 5. 19. (제16-490호)
서울시 강남구 도산대로1길 62 강남출판문화센터 5층 (135-887)
대표전화 515-2000 / 팩시밀리 515-2007
www.minumsa.com
www.daesan.org

※ 이 논문집은 대산문화재단과 한국작가회의가 기획, 개최한
'탄생 100주년 문학인 기념문학제'의 일환으로 제작되었습니다.

ISBN 978-89-374-3150-0 03800